Nora Webster

Colm Tóibín

ノーラ・ウェブスター

コルム・トビーン

栩木伸明 訳

CREST BOOKS
Shinchosha

ノーラ・ウェブスター

NORA WEBSTER
by
Colm Tóibín

First Japanese edition published in 2017 by Shinchosha Company
Japanese translation rights arranged with
Colm Tóibín c/o Rogers, Coleridge and White Ltd., London
through Tuttle-Mori Agency, Inc., Tokyo.

Photo by Stockbyte / Getty Images
Design by Shinchosha Book Design Division

ブリージ・トビーン（1921–2000）
ナイル・トビーン（1959–2004）

第1章

「さすがにもううんざりでしょう。いつになったら来客がとぎれるんだろう?」隣人のトム・オコナーが自宅の玄関ドアを背にして突っ立ったまま、彼女を見ながら返事を待った。

「ええ」と彼女がつぶやいた。

「わたしなら玄関へ出ないな。知らんぷりをしてやる」

ノーラは庭門を閉めた。

「皆さん、善意で来て下さるんですよ。善意なんですから」と彼女が返した。

「そうは言っても毎晩でしょう」と相手が続けた。「堪忍袋の緒がよく切れないねえ、奥さんは偉いや」

ノーラは、毎度のことなので返事をせずに家へ引っ込んでやろうかと思った。相手が今日、今までとは口調を変えているのに気がついた。彼女にたいして権力を振りかざすかのようなしゃべり方だ。「善意なんですから」彼女は同じことばを繰り返した。その瞬間ふいに悲しくなったので、唇を嚙んで涙を押し戻した。トム・オコナーと目が合ったとき、彼女は、みじめにしおれはてた自分の姿を自覚した。そうして家へ引っ込んだ。

その晩八時に、玄関ドアを叩く音がした。奥の間の暖炉にあかあかと火が燃えて、息子ふたりがテーブルで宿題をしていた。

「おまえが出ろ」ドナルがコナーに言った。

「やだよ、兄ちゃんが出ろ」

「どっちでもいいから、出なさい」ノーラが言った。

弟のコナーが玄関へ出た。ノーラは息子がドアを開けたとき、女性の声がしたのを聞き逃さなかったが、誰の声かはわからなかった。コナーがそのひとを表の間へ招き入れた。

「コート通りに住んでる小さいおばさんだよ」奥の間へ戻ってきたコナーがノーラにささやいた。

「小さいおばさんって誰のこと？」と彼女が尋ねた。

「知らない」

ノーラが表の間に顔を出すとメイ・レイシーが悲しげに首を振った。

「ノーラ、あたしは今まで遠慮していたんだけどね。モーリスのことをどう慰めたらいいのかわからないよ」

彼女は両手をさしのべてノーラの手を取った。

「まだ若かったのにねえ。モーリスはちっちゃな頃から知っていたよ。あの時分は皆、フライアリー通りに住んでいたからね」

「コートを脱いで奥の間へ来てくださいな」とノーラが言った。「子どもたちが向こうで宿題をしているところだけど、こっちの部屋へ来させて、電気ヒーターを点けさせますよ。どっちみち、あの子たちはもうじきおねむの時間だから」

メイ・レイシーは奥の間でノーラの正面に腰掛けておしゃべりをはじめた。帽子の下から灰色の薄毛がはみ出し、首にはスカーフを巻いたままだ。少しして、子どもたちが二階へ上がる音がした。ノーラがコナーを呼び下ろしたが、彼ははにかみ屋なのでおやすみなさいのあいさつができなかった。じきにドナルが下りてくると、弟はようやく落ち着いて、黙ったままメイ・レイシーを観察した。

今夜はこれ以上来客はなさそうだった。互いに知らない相客をもてなしたり、仲が悪い同士が鉢合わせしたのをあしらったりしなくていいとわかり、ノーラは胸をなで下ろした。

「それでね、トニーが」とメイ・レイシーが続けた。「ブルックリンの病院に入院していたときの話なんだけど、隣のベッドに新しい男のひとが入ってきたんだって。おしゃべりしているうちにそのひとがアイルランド人だとわかったものだから、トニーがそのひとに、うちの妻はウェックスフォード州の出身ですって教えたんだよ」

彼女はそこまでしゃべったあと、何か思い出そうとするかのように口を噤《つぐ》んだ。そうして男の口まねで先を続けた。「そりゃあ奇遇だな。俺もウェックスフォードの出身で、とそのひとが言ったんだ。それでトニーが、うちの妻はエニスコーシーなんですと言ったら、相手が、俺もエニスコーシーだよって。それで、エニスコーシーのどこかと訊いてきたもので、トニーが、フライアリー通りですと答えたわけ」

メイ・レイシーはノーラの顔をじっと見つめて、興味と驚きを無理やり引き出そうとした。

「そしたら相手が、俺も同じ通りだよと答えたんだって。信じられないよねえ！」

メイ・レイシーはまたひと呼吸置いて相づちを待った。

「で、そのひとがトニーに、この町に住んでた頃、ジェリー・クレインズのパブの窓に、鉄製の――ほら、あの何とか言うやつ――保護網だか格子だかをとりつけたのは俺なんだよと言ったんだって。それであたし、わざわざあのパブまで行って確かめたんだけど、確かに鉄網がついてた。ジェリーに訊いたら、いつ誰がその鉄網をつけたのかは知らないって。でもね、ブルックリンの病院でトニーと隣り合わせになった男のひとが、俺がつけたと確かに言ったんだよ。溶接工なんだからって。こんな偶然ってあるかねえ？　ブルックリンで起きた実話だよ」

ドナルが寝室へ上がったのを見計らってノーラはお茶を淹れた。それからビスケットとパイをトレイに載せて、奥の間へ運んだ。ふたりでささっとテーブルの準備を整えたあと、メイ・レイシーがお茶をひとすすりして、また話しはじめた。

「うちの息子たちは皆、モーリスが大好きでね。手紙を書いてくるときには必ず、モーリスの近況を訊いてきたものだよ。ジャックが町を出るまでの間、モーリスはとても親しくしてくれた。なにしろすばらしい先生だったから、男の子たちの尊敬の的。わたしはいつも評判を聞いていたよ」

暖炉の火を眺めながらノーラは、メイ・レイシーが以前この家に来たことがあるかどうか、思い出そうとした。なかったはずだと彼女は思った。メイ・レイシーのことはずっと昔から知っていて、普通にあいさつや社交辞令は交わすし、何か変わったことでもあるときには立ち止まってうわさ話をやりとりする間柄だった。ノーラは彼女の旧姓をはじめとして、やがて入る墓地がどこにあるかまで個人情報を知り尽くしていた。ノーラは一度、メイ・レイシーがコンサートに出て、甲高いソプラノで歌っているのを聞いた覚えがある。「埴生の宿」か「ときどき静かな夜に」のような歌だ。

ノーラの印象では、メイ・レイシーは、日曜日のミサや買い物に出る以外はあまり外出しない人物だった。

話題がとぎれたので、メイはじきに帰るだろうとノーラは思った。

「わざわざ来て下さってありがとう」と彼女が言った。

「ノーラ、ご不幸お気の毒だったね。お悔やみの気持ちを伝えたいと思っていたんだけど、押しかけるのがためらわれて今日まで待ったんだよ」

　メイはお茶のお代わりを断った。ノーラは、トレイを台所へ下げて戻ってくるときには、彼女が立ち上がってコートをはおっているだろうと予想した。ところがメイはまだ椅子に腰掛けていた。ノーラは二階へ上がって息子たちが眠っているのを確かめた。彼女は、もし今このまま寝室へ入って眠ってしまったら、メイ・レイシーは暖炉の火を見つめながら待ちぼうけを食わされておもしろいだろうな、とひとりでにやにやした。

「女の子たちは？」ノーラが戻ってくるやいなやメイが言った。「以前はよく見かけたのに最近は全然姿がみえないね」

「オーニャはブンクロディの学校へ通っています。それで向こうに住んでいるの」とノーラが言った。「フィオナは先生になるためにダブリンで勉強中」

「それじゃあ寂しいね」とメイ・レイシーが言った。「あたしもいつも、うちの子たちのことを思い出しているけど、不思議なのは、今ここにいてくれたらいいのにって一番思うのはアイリーシュなんだ。ジャックのことも思い出すけど、あの子だけは失いたくない気持ちが強いね。ローズが亡くなった後——そのいきさつはあなたも知ってる通りだけど——あたしは、アイリーシュがこの町へ戻ってきて、こっちで就職してくれると思ってた。ところがたった一、二週間里帰りしただけ。ある日、あの子らしくもなく黙り込んでると思ったら、テーブルに突っ伏して泣き出した。ニューヨークに恋人がいて、里帰りする前に結婚したんだと知らされたのはそのときだった。いったん里帰りしたら戻って来ないかもしれないと思った男が、結婚を急いだんだ。あの子はあたしたちにはひと言も相談してくれなかった。『それならしかたないね、アイリー』とあたしは言った。『そのひとのところへ戻らなくちゃならないね』って。それだけ言ったきり目も合わせず、ことばも交わさずに別れたよ。あの子ったら後日ニューヨークから、亭主とふたりで写っている写真を送ってきたけど、あたしはその写真もまともに見られなかった。だって、世界で一番見たくないものだから。アイリーがエニスコーシーを捨てたのは、今でもとても悲しいよ」

「そうでしょうね、彼女がアメリカへ戻ったと聞いたときには残念だと思ったもの。でもきっと向こうで幸せに暮らしているのでしょう」ノーラはそう口に出したとたん、相手が悲しい顔をしてうなだれているのに気づいて、悪いことを言ってしまったかなと思った。

メイ・レイシーはハンドバッグの中をごそごそ探して、老眼鏡を掛けた。

「ジャックの手紙を入れてきたと思ったんだけど、置いてきてしまったかな」とメイが言った。

彼女は紙切れを取り出して一枚ずつ仔細に見た。

「やっぱりないね。見せたいと思ったのに。ジャックがノーラに尋ねたいことがあると言ってきたんだ」

ノーラは黙っていた。彼女は、ジャック・レイシーとは二十年以上も会っていなかった。

「手紙を見つけたらこっちへ届けるよ」とメイが言った。

そしてようやく彼女は立ち上がった。

「ジャックはもう帰ってこないと思う」コートをはおりながらメイが言った。「この町でできることなんかありゃしないだろ? 家も家族もバーミンガムにあるんだから。遊びにおいでよって誘ってくれもしたけど、あたしはイングランドを見ずに天国へ行くことにするって伝えたよ。でもね、ジャックはエニスコーシーとのつながりを欲しがっていると思う。たとえばアイリーの子どもたちがこの町に住んでいれば、ジャックだって会いに来たくなるに違いないよ」

「でも、ジャックが会いに来たくなるひとなら、あなたがいるでしょう」とノーラが言った。

「あの子はね、おたくがクッシュに持っている家を売りに出すんじゃないかと思ってるんだ」スカーフを巻きながらメイ・レイシーが言った。何気ない口ぶりだったが、ノーラを見つめるまなざしはきつく張りつめていて、あごの先が小刻みに震えはじめていた。

「それでジャックがあたしに、おたくがあの家を売る気があるかどうか訊いておいてくれって手紙で頼んできたわけ」そう言い終えると彼女は唇をぎゅっと結んだ。

「そういうことは考えていません」とノーラが答えた。

メイはもう一度、唇に力を入れた。そしてそのまま動きを止めた。

「手紙を持ってくればよかった」と彼女が言った。「ジャックは昔からクッシュとバリーコニガーが大のお気に入りでね。モーリスや友達とよくあそこへ出掛けたときのことを、今でもなつかしがっているよ。クッシュはほとんど変わってなくて、あたりの人が皆ジャックを知ってくれているんだ。一方この町はどうかと言えば、あの子がこの前来たときには知り合いが半分に減っていたからねえ」

ノーラは口を噤んで、メイが早く帰ってくれればいいと思った。

「ジャックにはとにかく、このことを話題にしたと伝えておくよ。あたしにできるのはそこまでさ」

ノーラが返事をしなかったので、相手は明らかに気分を害して見つめ返した。ふたりは部屋を出て玄関に立った。

「やがて癒されるときがくる。間違いない。あたしも経験したから」

メイがため息をつき、ノーラが玄関のドアを開けた。

「メイ、来て下さってありがとう」とノーラが言った。

「おやすみ、ノーラ。体を大事にするんだよ」

ノーラは歩道をゆっくり帰っていくメイの後ろ姿を見つめた。

十月のある土曜日、ノーラは車を運転して、古いA40号線をクッシュに向かっていた。息子たちは友達と遊びに出ていたので、誰にも行き先を告げずに出発した。秋から冬へ向かうその時期、息子たちのために——そしてたぶん自分のためにも——彼女は決して泣かないように心がけた。涙を見せれば、父親がいない状態に慣れつつある彼らを動揺させ、おびえさせると思ったからだ。ノーラの見るところ、息子たちは万事ふだん通りで、欠けたものは何ひとつないかのようにふるまっていた。本当の気持ちを隠すすべを身につけてしまったのだ。他方ノーラは、考えを迷路へ誘い込む危険信号を察知できるようになった。彼女は自分自身の感情をどのていど押さえ込めているか自己判断することで、息子たちへの態度がちょうどいいかどうかを測るようになった。

バラーを通り抜けて丘を下っていくと海がちらりと見えた。この道路にひとりきりで車を走らせるのははじめてだった。今まではいつも、この場所を通るたびに息子のどちらかが「海が見える」と騒ぎだすので、座りなさい、静かにしなさい、と言わなければならなかった。娘たちも幼い頃には同じように騒いだものだった。

ブラックウォーターを通過するとき、クッシュに早く着きすぎてはつまらないので、ちょっと車を止めてタバコかチョコレートでも買おうかと考えた。だがきっと、彼女を知っているひとが出てきて、慰めのことばを掛けてくるに違いないとも思った。ひとびとの口からは、「このたびはお気の毒様でした」とか「ご不幸お悔やみ申します」とかいうことばがいとも簡単に出てくる。お悔やみのあいさつはどれも似たり寄ったりなのだが、返事のほうには決まり文句がない。「いやどうも」とか「ありがとう」などと返せば冷淡に響いて、うわべをつくろっている感じをぬぐえない。顔に穴が空くほど見つめられて、いたたまれなくなって逃げ出すのがおちだ。ひとびとがノーラの手を取り、目を見つめるしかたには一種の渇望がこもっている。彼女は自分もこういう態度で誰かに接したことがあったかと考え、ないと結論づけた。交差点を右に曲がってバリーコニガー方面へ向かいながら、とはいえ皆に避けられるようになっては最悪だ、と考えた。そして、もしかすると避けられていたのに気づいてなかっただけかもしれないと思い返した。

　空がにわかに掻き曇り、フロントガラスに雨粒が降りかかった。ブラックウォーターへ向かう田舎道よりも、このあたりのほうがいっそうわびしい景色だった。ハンドボールコートのところで左折してクッシュへ車を走らせながら、ノーラはしばらく夢想にふけった――数年前の夏の日、今にも降り出しそうな曇り空の下、肉とパンと新聞を買いにブラックウォーターへ行ったあと、クッシュの家へ戻るところ。買った物はぜんぶ後部座席に放り込んである。家族は、泥灰土の池のすぐ脇のあの家で待っている。モーリスと子どもたち、そしてたぶんその友達もひとりかふたり一緒にいる。子どもたちは朝寝坊した。お日さまが出ていないのでがっかりしたが、家の前でラウンダーズ（ソフトボールに似た球技）をしたり、泥んこ遊びをしたり、浜へ出るぶんには問題なかった。だがいざ雨が降り出せば家へ入らなければならず、そうなったら息子たちはトランプしかすることがないのに飽き飽きして、母親に文句を言いに来るに決まっている。

　ノーラは心ゆくまで夢想にひたった。だがコリガン家の屋根の向こうに海と水平線が見えたとたん夢想は役立たずになって、耐えがたい現実へ引き戻された。

　馬車道を走った先でトタン張りの大きな門の鍵を開けた。それから車を乗り入れて家の前に停め、車で来たのを見られないよう門をただちに閉めた。旧友のカーメル・レドモンドかリリー・デヴローが来てくれて、お悔やみの口上は抜きにして、子どもやお金やパート仕事や、暮らしぶりでも話題にしてくれれば大歓迎なのに、とノーラは思った。彼女たちならこちらの話も聞いてくれるに違いなかった。だがダブリン住まいのカーメルは夏しか来られないし、リリーは自分の母親に会いに来るついでにときどき立ち寄るだけだった。

ノーラは車のシートに身を預けて、海風が車体に吹きつけるうなり声を聞いていた。家の中はとても寒そうだった。もっと分厚いコートを着てくるべきだった。友達と一緒に過ごしたいと思ったり、車の中で震えながらぐずぐずしているのは、空っぽの家へ足を踏み入れる瞬間を少しでも遅らせるためにに自分をごまかしているのだ――彼女はそれを承知していた。

強烈な突風がびゅうと吹いて、車が持ち上がるかと思われた。突き詰めることは許さなかったものの、しばらく前から心の隅でくすぶっていた考えがふいに躍り出て、ノーラに約束をさせた。ここへは二度と来ない。この家へやってくるのは今日が最後。これから家へ入り、部屋の中をひととおり見て回る。置き去りにできない私物のみ持ち帰ることにして、ドアを閉めたら町へまっすぐ帰る。そして未来永劫、ブラックウォーターとバリーコニガーの中間にあるハンドボールコートのところで左折はしない。

彼女は、あまりにもすんなりと決心を固めた自分自身に驚いた。今まで愛していたものをいともあっさり捨てると決めた。道順を尋ねられたら崖へ向かう馬車道の途中ですと教え、道順をたどってやってきたさまざまなひとたちとにぎやかに夏を過ごした家を、見限ることにしたのだ。海に覆いかぶさっている、打撲傷を負ったような空をフロントガラス越しに見上げながら、ため息をついた。彼女は自分が失ったものの大きさと、将来感じるだろう寂しさを噛みしめていた。そうしてついに車から出て、強風を正面から受け止めた。

ドアをあけると狭い玄関があって、左右にふたつずつ部屋がある。左側のふたつには二段ベッドが置かれている。右側には小さな台所がついた居間があり、子どもたちの部屋から一番遠い奥にバスルームと夫婦の寝室がある。

毎年、六月初旬の週末、天気が悪くても家族全員でこの家に来た。掃除用のたわしとモップと洗剤に窓拭きの雑巾も携え、よく風に当てたマットレスも持ってきた。家族にとってはその日が季節の節目で、たとえ曇りがちで霧の多い天気にしかならなくても、ここから夏がはじまるのだった。今となっては忘れずにおきたいあの時代、この家に着いた子どもたちはいつも騒がしくはしゃいでいて、テレビの『うちのママは世界一』に出てくるアメリカ人一家みたいだった。子どもたちはアメリカ英語を真似てしゃべり、お互いにコツを教えあうのだが、じきに飽きて退屈してしまう。そんなときはノーラが気を利かせて、子どもたち同士で遊ぶようにしむけ、浜へ行かせたり村を散歩させたりした。じつはここから大事な作業がはじまる。子どもたちを邪魔にならないところへ行かせてようやく、モーリスは木造部分のペンキの塗り直しや、セメント表面の塗装をはじめることができる。床のリノリウムにできた穴の補修や、カビや染みが浮いた壁紙の継ぎ当てもしなければならない。子どもたちを追い払い、静けさを確保して集中的に作業することがどうしても必要だった。ノーラは一インチの誤差も出ないように長さを測り、ちょうどいい濃度に糊を調整し、真新しい花柄の壁紙で継ぎ当てをこしらえるのを楽しんだ。

フィオナはクモが大嫌いだった。ノーラはそれをはっきり覚えている。クッシュの家の大掃除はまず第一に、クモや甲虫やタンポポの綿毛や、毛虫のたぐいを一掃するのが目的だった。男の子ふたりは姉に金切り声をあげさせては喜んだ。フィオナのほうも、モーリスが大げさな身振りで守ってくれようとするおかげで、キャアキャア言いながらけっこう楽しんでいた。「ジャックと豆の木」に出てくる巨人を真似たモーリスが「どこにいる?」と叫ぶと、フィオナが走っていって父親にしがみついた。

だがそれらはみな過去の話。過去は戻らないと考えながら居間へ移動した。狭くて寒い居間に入ると奇妙な安堵感があった。天井に新しい染みが浮き出ているので、トタン屋根が雨漏りしているに違いない。強風が激しい雨を窓ガラスに打ちつけると家全体がガラガラ音を立てる。窓は近々修理が必要で、木の建具は腐りはじめている。崖の浸食が徐々に進んでいるから、いつかはこの家も危なくなる。州の条例にしたがってこの家を取り壊さなくてはならなくなるのは、いつのことだろう？　今後は、そういうことを心配するのはノーラではない。漏れ穴を修理するのも、壁から浮き出す湿気に対処するのもよその誰か。電気を引き直してペンキを塗り、やがては朽ちるにまかせて放置するのも次の所有者だ。

ノーラはこの家をジャック・レイシーに売り払うことができるだろう。地元の人間が買いたがらないのは、ベントレーやカラクローやモリスキャッスルと比較すれば、この土地の不動産は投資価値が低いのを知っているからだ。この家の現状を見たら、ダブリンの人間でも手を出さないに違いない。ノーラは室内をぐるりと眺めて身震いした。

彼女は子どもたちの寝室と夫婦の寝室を見て歩きながら、バーミンガムに住むジャック・レイシーにとっては、この家を所有するのが夢だというのも納得できた。少年少女が自転車に乗り、すべてが輝き、可能性に向かって開かれていたまばゆい夏の思い出の舞台なのだから。その一方で、ノーラは現実も承知している。来年か再来年、ジャックが二週間ほど休暇を取ってアイルランドへやってきてこの家に足を踏み入れれば、天井が落ちかけ、いたるところにクモの巣が掛かり、壁紙が剝がれ、窓も壊れて、電気も遮断されたありさまを目にするだろう。おまけに夏は毎日、雨がしとしとと降っても の淋しい。

ノーラは引き出しを全部開けて調べたが、めぼしいものは見つからなかった。散らばっているのは黄ばんだ新聞紙と麻ひものくずばかりで、陶器や台所用品もわざわざ持ち帰る値打ちがあるとは思えない。寝室の棚に写真立てと本が何冊か残っていたので、それだけは持って帰ることにした。それ以外は何もなし。家具はガラクタで、カーテンもすでに黒ずんでよれよれだ。二、三年前にウェックスフォードのウールワースで、そのカーテンを買ったときの記憶だけが新しい。家中のあらゆるものが朽ちて色あせていた。

雨が降り出した。寝室の壁から鏡をはずすと、薄汚れた壁紙がその部分だけ真新しかった。

ドアを叩く音がしていたのだが、最初のうち、何かが風にあおられて扉か窓に当たっているのだろうと思った。ところがいつまでも音が鳴り止まず、呼び声も聞こえたので、来訪者だと気がついた。ここへ来たときは誰にも見られなかったし、車も人目に触れていないはずなのでノーラは驚いた。とっさに隠れようと思ったが、見つかったのならしかたがないと思い返した。

玄関の鍵を開けると、強風にあおられたドアが内側へ開いた。外に立っている人物はぶかぶかのアノラックを着ていて、大きなフードが顔を半分隠している。

「ノーラ、車の音が聞こえたんだけど。大丈夫？」

フードをはずしたのはミセス・ダーシーである。葬式のとき以来、はじめて顔を合わせた。ノーラは彼女を招き入れてドアを閉めた。

「まずうちへ寄ってくれたらよかったのに」と彼女が言った。

「すぐ帰るつもりなので」とノーラが返した。

「車に戻ってうちへ行こう。ここは体に毒だから」

ノーラはそのセリフを聞きながら、このひともわたしのことを、ものごとが判断できない子ども扱いしていると思った。葬式の日以来ずっと、彼女はこの手の子ども扱いを無視したり我慢したりし続けてきた。要するに皆、手っ取り早く親切心をあらわしたいのだ、と考えるよう心がけた。

今日はわずかな私物を持ち帰るためだけにこの家へ来たので、用が済んだらさっさと車に乗り込んで、クッシュにおさらばしたかった。ところがミセス・ダーシーの親切心が割り込んできたので、そうもいかなくなってしまった。

ミセス・ダーシーは服がびしょ濡れだから車には乗らないと言った。ノーラが車で彼女の家へ向かう間に、歩いて帰るから大丈夫だ、と。

「用事はあと数分で済むので。済みしだい、後を追いかけるわ」とノーラが言った。

ミセス・ダーシーは困ったような顔で彼女を見た。ノーラは極力何げない調子でしゃべったのだが、隠しごとがあるのを見破られたようだった。

「家へ持って帰る品物をいくつか探しているだけだから」とノーラが返した。

ミセス・ダーシーは壁に立てかけた本と写真立てと鏡に目をやって、即座に事情をのみ込んだかに見えた。ノーラは、自分が何をしているかミセス・ダーシーに見抜かれたと思った。

「早くしておくれよ」と彼女が言った。「お茶を淹れて待ってるから」

ミセス・ダーシーが出ていった後、ノーラはドアを閉めて家の中へ戻った。

これでけりはついた。ミセス・ダーシーがすばやい視線で部屋中を舐めまわしてくれたおかげで、すべてが現実的になった。ノーラは今日この家を出たら二度とここへは来ない。この村の馬車道を歩くことはないし、悔やむこともない。これでお終い。彼女は集めた品々を持ち出して車のトランクにしまった。

ミセス・ダーシーの家の食堂兼居間《キッチン》は暖かかった。彼女は焼きたてのスコーンにバターを添えて皿に載せ、カップにお茶を注いだ。

「どうしているかなあと思ってはいたんだ。でもビル・パールがお悔やみを伝えに行った夜、帰ってきて教えてくれたところでは、お客さんがたくさん来ていたという話だったからね。そういう時期に押しかけるよりは、クリスマスの後まで待って、おたくのほうでも来客を迎える気分になっているときにおじゃましたほうがいいだろうと思ってさ」

「お客様は確かにたくさんいらっしゃったわ」とノーラが言った。「でもあなたならいつ来てくれても歓迎だったのに」

「ありがとう。あんたは皆に好かれているからねえ」とミセス・ダーシーが言った。それからエプロンをはずして椅子に腰掛けた。「皆で心配していたんだよ。もうこっちへは来なくなってしまうんじゃないかって。知ってるかとは思うけど、カーメル・レドモンドはモーリスが亡くなったときよそへ行っていたから、後から話を聞いてひどく驚いていたよ」

「聞いてます。その後手紙をいただいて」とノーラが言った。「それから訪ねてきてくれたのよ」

「そうだってね、聞いたよ」とミセス・ダーシーが言った。「あの日、リリーはここにいたんだ。それで、あたしたちにできることを何かしてあげなくちゃねって言った。あたしは毎年、おたくが家族連れで夏前に、家の手入れをしに来るのが楽しみだった。あれを皮切りに夏がはじまるような気がしてね。おたくの家族がやってくるのを見るとなんだかうきうきしたもんだよ」

「ある年は」とノーラが言った。「雨降りばかりが続いたので、あなたが気の毒がって、うちの家族全員をここへ呼んでお茶をごちそうしてくださったわね」

「そんなこともあったね」とミセス・ダーシーが言った。「おたくの子たちはとってもお行儀がいい。育て方がいいんだと思う。オーニャはここへ顔を出すのが好きだった。おたくの子たちは皆来てくれたけど、オーニャが一番いろいろ話をしてくれた。日曜日、ラジオで試合の中継があるときには、モーリスもやってきたね」

ノーラは窓の外の雨を眺めた。彼女はミセス・ダーシーに、これからもここへやってくるつもりだ、と嘘を言いたい誘惑に駆られたが口には出せなかった。ノーラは、ミセス・ダーシーは彼女の沈黙の意味を正しく理解していると感じた。そして、ノーラが家を売る気になっていると直感した裏付けをとるために、彼女が言ったことや言わずにいることを勘案しているに違いないと思った。

「それで、うちの家族で決めたんだけど」とミセス・ダーシーが言った。「来年は夏前の家の手入れをこっちでしてあげるよ。さっき見たところではトタン屋根を修理する必要がありそうだから、うちにある材料ですぐにでもなおせる。こっちには人手があるからね。他の作業もうちのほうで手分けしてやれるよ。あたしが鍵を預かっているんだから、もっとはやく手を打ってあんたを驚かせることだってできたんだけど、まず承諾をもらってからにしなさいってリリーが言うもんでね、クリスマスの後に手を打とうと考えていたんだ。あの家はおたくの持ち物なんだから出しゃばっちゃだめだよって言うもんだから」

ノーラは今こそ言ってしまおうと思ったが、ミセス・ダーシーの提案があまりにも暖かい善意に溢れていたので言い出せなかった。

「でも、こんどこっちへ来たときに家の準備が整ってれば」とミセス・ダーシーが続けた。「やっぱり便利だよねえ。だから難しいことは抜きにして、あたしのほうで夏の準備をするのがもし迷惑なら、ひとことそう言っておくれよ。鍵はとにかく、返して欲しいってあんたに言われるまで、大事に預かっておくことにするから」

「とんでもない、ミセス・ダーシー。迷惑だなんて。鍵はいつまでも持っていてくださいな」

ブラックウォーター方面へ車を走らせながら、ノーラは考えた。ミセス・ダーシーは、ノーラが家を売ろうとしているのを承知の上で、家をきれいに掃除しておけば転売価値が上がると思っているのかもしれない。あるいはもしかすると、ノーラが勝手に勘ぐっているだけで、ミセス・ダーシーは何も感づいていないのかもしれない。ノーラは、家の前に車を止めて門を閉めるとき、自分のふるまいがいかにもうさんくさかったのを自覚していた。また、ミセス・ダーシーがやってきたときの自分はこそ泥同然だったし、彼女の厚意をすぐに受け入れなかったのも恥ずかしいと反省した。

彼女はため息をついた。不手際でみっともない一幕だったけれど、とにかく終わった。ミセス・ダーシーとリリー・デヴローとカーメル・レドモンドに手紙を書こうと思った。以前はこういう決断をした後、翌朝になって気が変わったりしたものだが、今回はその心配はなさそうだった。決心は固かった。

エニスコーシーへ帰る道すがら頭の中で計算をはじめた。とはいえ、あの家の不動産価値がどれくらいのものかは見当もつかない。当てずっぽうの金額を手紙に書いて、ジャック・レイシー宛てに送るだけのことだ。メイ・レイシーと交渉するのは嫌だったので、先方が、こちらが提示した価格より安い値段を出してきた場合でも、常識的な数字なら受け入れるつもりだった。新聞に売却広告を出すのは気が進まなかった。

車の保険と税金はクリスマスまで有効である。クリスマスまで乗ったら車は手放すつもりだったのだが、家を売れば車は売らなくてもよさそうだ——あるいは新車に買い換えることさえできるかも知れない——と考えた。家の代金があればモーリスのために黒大理石の墓を立てられるし、来夏、一、二週間、カラクローでトレーラーハウスを借りることもできるだろう。残ったお金は家計費と、娘たちと自分のための服飾費にもあてられる。さらに余るようなら、いざというときのために貯蓄しておこう、と胸算用をした。

彼女はひとりで微笑みながら、あの家は、コナーが数年前の夏、誰かからもらったハーフクラウン硬貨みたいなものだと考えた。どの夏だったか定かではないけれど、とにかくモーリスがまだ元気だった夏で、コナーがお金の価値がわからないほど幼かった頃の話だ。コナーはもらった硬貨をモーリスに預けておき、その夏の間じゅう、ブラックウォーターへ行くたびにこっそりモーリスに頼んで、惜しみ惜しみ切り崩して使った。もう使い果たしてしまったと言われたとき、コナーはそのことばを信じようとしなかった。

ノーラはメイ・レイシーに手紙を書いて、ジャックに宛てた封書を同封した。ジャックからじきに返信が届き、彼女が提示した値段で家を買い取ると伝えてきた。そこで彼女は返書をしたため、売買契約書を作成する事務弁護士の名前を書き添えた。

彼女は、クッシュの家の売却を息子たちに打ち明けるタイミングを見計らっていた。いざ話しはじめたとき、息子たちがあまりに心配そうな顔をしているので面食らった。彼らはあたかも自分たちの将来に深刻な影響を及ぼす話を聞くかのように、母親の話に耳を傾けた。彼女は家を売った代金がいかに使い道があるかを語りながら、息子たちが暗黙のうちに、ノーラが車を売るに違いないと覚悟していたのに気づいた。家を売れば車は持ち続けられるのだと説明したとき、息子たちは微笑まず、安心した様子も見せなかった。

「ぼくたちは大学へは行けるの?」コナーが尋ねた。

「もちろん」と彼女が言った。「どうしてそんなことを考えるの?」

「お金は誰が払うの?」

「その分のお金はちゃんと別にとってあるんだから」

彼女はまだ、ジムおじさんとマーガレットおばさんがたぶん払ってくれるよ、とは言いたくなかった。ジムとマーガレットはモーリスの兄と姉で、ふたりとも未婚のまま、町にある古い実家で暮らし続けていた。息子たちはことりとも音を立てずに母親をじっと見つめていた。ノーラは台所へ行き、ケトルのスイッチを入れて戻ってきたが、息子たちは微動だにしていなかった。

「休暇にはいろんなところへ行けるわよ」と彼女が言った。「カラクローかロスレアでトレーラーハウスを借りてもいいと思ってるの。トレーラーハウスにはまだ泊まったことがないでしょ」

「ミッチェル一家と同じ時期にカラクローに泊まれるかな?」とコナーが尋ねた。

「そうしたけりゃすればいいじゃない。いつ行くか尋ねて、時期を合わせたらいいんだから」

「一週間か二週間?」とコナーがさらに尋ねた。

「もっと長くしてもいいわよ」とノーラが答えた。

「ト、トレーラーハウスをう、うちで買うの?」ドナルが尋ねた。

「ううん、借りるのよ。買うにはちょっと大きすぎるから」

「あ、あの家を買うのは、誰?」ドナルが尋ねた。

「まだ秘密。こっそり教えるから誰にも言っちゃだめだよ。たぶん、メイ・レイシーの息子さんが買いそうなの。イングランドに住んでいるひと。わかるでしょ」

「あのおばさんが来たのはそのため?」

「そうね、たぶんそう」

ノーラはお茶を淹れ、息子たちはテレビを見るふりをした。彼女は自分のせいで彼らが動揺したのがわかった。コナーは顔をまっ赤にして、ドナルはお仕置きを待つかのようにうつむいていた。彼女は新聞を手にとって読もうと努力した。息子たちと顔を合わせているのが気まずかったので、二階へ上がって戸棚の中身を入れ替えるとか、顔を洗うとか、窓を拭くなどしたくなってむずむずしたが、今はどうしてもここにいなくてはだめだと思った。そして彼女は、自分が何か言わなくてはいけないと思った。

「来週、ダブリンへ行こうか？」

息子たちが顔を上げた。

「なんで？」ドナルが尋ねた。

「遊びに行くの。学校は一日休んだらいいわ」と彼女が言った。

「水曜は二時間つ、つづきの理科の授業があ、あるんだ」とドナルが言った。「嫌いだけど、休めない。月曜はダ、ダフィ先生のフ、フランス語がある」

「それじゃ木曜ならいいわね」

「車で？」

「車じゃなくて列車で行くの。木曜ならフィオナにも会えるし。あの子、授業が午前中で終わりだから」

「どうしても行かなきゃならないの？」コナーが尋ねた。

「ううん、行きたければ行けるっていうこと」とノーラが答えた。

「学校にはどう言うの？」

「お医者様に行かなくちゃなりませんので、という手紙を書くから大丈夫」

「い、一日なら手紙はな、なくても平気だよ」とドナルが言った。

「それじゃ決まり。楽しいお出かけにしましょう。フィオナに手紙を書いておくね」

ノーラはこわばった空気を和らげるためにそう言い、今後も楽しみにできるお出かけはあるのだと印象づけた。だが息子たちの表情は変わらなかった。クッシュの家を売却するというニュースは、それまで考えずに済ませてきたことを考えるよう促したのだ。とはいえ何日かすると息子たちは再び、何事もなかったかのように明るい顔を見せるようになった。

ダブリン行きの前夜、ノーラは息子たちのよそ行きの服を出した。そしてそれぞれ、自分たちの靴を磨いて、階段の下に置いておくよう指示した。ノーラがふたりに早めに寝なさいと言うと、彼らはどうしても見たいテレビ番組があるのだと言い張った。ノーラは息子たちに夜更かしを許した。ところが番組が終わってもふたりは寝たがらなかった。ノーラにやかましく説教された彼らは、寝室と浴室の間を何度も往復し、寝室の電気を点けたり消したりした。

しばらくしてノーラは二階の様子を見に行った。息子たちは寝室のドアを開け放ったままベッドですやすや眠っていた。寝具がめちゃくちゃになっていたので直してやろうとしたらコナーが目を覚ましかけたので、静かに部屋を出てドアを閉めた。

翌朝、ふたりは早起きしてノーラより先に服を着た。そうして彼女の寝室へお茶とトーストを持っていった。お茶は濃すぎた。ベッドから起きたノーラは息子たちに気づかれずに、浴室の洗面台にお茶を捨てた。

寒い朝だった。駅まで車で行って、車は駅前広場に駐めておこうね、と彼女が息子たちに言った。そうすれば夜帰ってきたときに便利だから。息子たちはしかつめらしくうなずいた。ふたりはすでにコートを着込んでいた。

駅まで車を走らせる道中、町はほとんど人気がなかった。夜が明けきらぬ時間だったので、電灯が点いている家もあった。

「列車のどっち側の席に座るの？」駅に着くとコナーが尋ねた。

発車時刻まで二十分あった。チケットは購入済みだった。コナーは、母親と兄とともに暖房が効いた待合室で過ごすのを嫌がり、鉄骨製の跨線橋を渡って反対側のホームへ行き、そこから手を振って見せた。さらに信号塔のところまで歩いていった。コナーが待合室へ戻ってきて、列車がいつ来るのか何べんも尋ねたので、居合わせた男が、いいかね、ホームとトンネルの中間に信号機があるだろ、あの腕木が下に下がったら、列車が来るという合図なんだよと教えた。

「でも列車が来るのは皆わかってるんでしょ？」とせっかちにコナーが訊いた。

「列車がトンネルの中まで来るとあの腕木が下がるんだよ」と男が答えた。

「それじゃ、列車がやってくるときにトンネルの中に人がいたら、挽肉になっちゃいますね」とコナーが言った。

「その通りだよ、細切れになっちまう。ところで君は知ってるかな。列車が家々の下を走り抜けると、家中のカップや受け皿がカタカタ鳴るんだぞ」と男が言った。

「ぼくの家ではカタカタ鳴らないんだけど」

「君の家の下には列車が通ってないということだね」

「どうしてわかるの？」コナーが尋ねた。

「そりゃあね、おじさんは君のお母さんをよく知ってるからだよ」

ノーラはこの男が誰だかおおよそわかった。町の人間ならたいていは見当がつく。たぶんドノヒューの自動車修理工場に勤めている男だ。彼女はこの男の物腰がなんとなく気に入らなかったので、ダブリンまで一緒に座っていくことになどなって欲しくないと思った。

列車が到着する直前に、息子たちはもう一度信号塔のところへ行った。男がノーラに向かって話しかけた。

「やっぱり父親がいなくなると男の子たちは寂しいでしょう」と彼が言った。

男はノーラの表情に反応が浮かぶのを待ちながら好奇心で目を細めた。ノーラは、即座に何かきついことを言ってやらなくちゃだめだと思った。この男が図に乗ってしゃべり出さないように。それよりも第一に、この男が列車で隣に座ったりしないように。

「お気遣いありがとうございます。でもあいにくそのことばは今、息子たちの耳に一番入れたくないのです」と彼女は言った。

「いや、そんなつもりで言ったわけでは……」

列車が到着すると彼女は男から離れた。息子たちが母親めがけて、大喜びでホームを走ってきた。ノーラは自分の顔が紅潮しているのを自覚していたが、息子たちは何も気づかぬまま、列車のどちら側に座るべきか議論していた。

列車が走り出すと彼らは貪欲になった。トイレが見たい。走っている最中に地面がかいま見える、客車と客車の中間に立ってみたい。食堂車でレモネードも買いたい。これらすべてを、ファーンズ駅で列車が停車するまでに実現したふたりは、カモリン駅に着く頃にはぐっすり眠っていた。

ノーラは眠らなかった。駅で買った新聞をざっと読んでかたづけた後は、シートにはまり込むようにして眠る息子たちを眺めていた。彼らがどんな夢を見ているのか知りたかった。彼女はここ数か月、屈託なく気楽だったはずの、息子たちとの関係が変わったのに気づいていた。息子どうしの関係にも変化が生じたようだった。彼女は、今後は彼らのすべてを把握するのは難しそうだと感じていた。

コナーがふいに目を覚ましてノーラを見つめた後、頭をテーブルの上に組んだ両腕に預けて再び眠り込んだ。彼女は手を伸ばしてコナーの髪に触れ、指で髪をほぐして梳《す》いた。ドナルがそれを見てい

思われた。彼の静かなまなざしはノーラに、ぼくはぜんぶわかっているから大丈夫だよと語っているように
た。

「コナーはよく眠ってる」ノーラはそう言って微笑んだ。

「今どのあたりかな?」ドナルが尋ねた。

「アークロウに近いところ」

ウィックロウの手前でコナーが目覚め、再びトイレに行った。

「列車が駅に止まっているとき、トイレを流したらどうなるの?」とコナーが尋ねた。

「線路に流れるんでしょ」とノーラが答えた。

「じゃあ列車が走っているときはどうなるのかな?」

「あとで車掌さんに尋ねてみようね」とノーラが言った。

「か、母さんがそ、そんなこと聞くはずない」とドナルが言った。

「駅の線路がまずいことになったりはしないのかな?」とコナーが心配した。

「そ、そこらじゅうがく、臭くなるぞ」とドナルが言った。

風のない朝だった。水平線に浮かんだ雲は灰色で、ウィックロウの海ははがね色に見えた。

「トンネルが続くのはどこからかな?」とコナーが尋ねた。

「もうちょっと先からよ」とノーラが言った。

「次の駅の先かな?」

「そうね、グレイストーンズ駅の先」

「長い?」

「漫画を読んでればいいわ」とノーラが言った。

「線路がやけにガタガタ揺れるね」

最初のトンネルに入ると息子たちは手で耳をふさいで、恐怖にさいなまれるふりをして遊んだ。次のトンネルはもっと長かった。母さんも耳をふさいだほうがいい、とコナーに勧められて、ノーラは息子を喜ばせるために耳をふさいでみせた。コナーが睡眠不足なのはわかっていたので、下手に逆らうとだだをこねそうだと思ったからだ。ドナルは耳をふさぐのに飽きて窓際に座り直していた。列車がトンネルから出ると、なだれ落ちる急斜面の下に海面があらわれた。コナーは母親の脇へ席を移し、彼女を動かして自分にも海が見えるようにした。

「落っこちそうだよ」とコナーが言った。

「大丈夫、大丈夫、列車にはレールがあるの。自動車とは違うんだから」とノーラが言った。

コナーは危ないのがうれしくて窓にかじりついていた。ドナルも窓辺から離れなかった。やがてダンレアリー駅に着いた。

「もうお終い？」とコナーが尋ねた。

「もうまもなくよ」とノーラが言った。

「最初はどこへ行くの？　フィオナに会うの？」

「まずヘンリー通りへ行こうね」

「やったー！」とコナーが叫んだ。座席の上に立ち上がりそうになった彼を、ノーラが押さえて座らせた。

「それからウールワースでお昼を食べましょう」とノーラが言った。

「あそこのバイキング？」

「そう。だから、待たなくても大丈夫だよ」

「オレンジジュースを飲んでもいい？　ミルクは飲みたくないんだ」とコナーが言った。

「いいわよ」とノーラが返した。「何でも好きなものを食べたり飲んだりしていいのよ」

三人はアミエンズ通り駅で下車して、湿っぽく荒れはてた構内を歩いた。それからタルボット通りへ出て、ショウウィンドウを覗きながら歩いた。ノーラは、肩の力を抜いていいのだと自分に言い聞かせた。用事は何もないのだから、行きたいところへ行って時間をつぶしたらいい。彼女は息子たちに小遣いを十シリングずつ与えた。だがその次の瞬間、与えすぎたと後悔した。息子たちはお金をしげしげと眺めてから、母親を疑うように見つめた。

「な、なにか買わなくちゃいけないの？」とドナルが言った。

「本でも買ったらいいかもよ」とノーラが返した。

「漫画か年鑑を買ってもいい？」とコナーが訊いた。

「年鑑はまだ出てないよ」とドナルが言った。

オコンネル大通りに近づいてきたので、ネルソン記念柱（イギリス海軍の提督を顕彰するために一八〇九年に完成、一九六六年、ＩＲＡの元構成員により爆破された）があった場所を見ようという話になった。

「ぼく、覚えてるよ」とコナーが言った。

「覚えているはずないよ。お、おまえは赤ん坊だったんだから」とドナルが言った。

「覚えてる。高い柱のてっぺんにネルソン提督が立ってて、こっぱみじんに爆破されたんだ」

三人は複数の車線を走ってくる自動車によく注意して、信号が変わるのをきちんと待ってからオコンネル大通りを渡った。ノーラは、ヘンリー通りへ歩いていく自分たちが田舎者に見えるのを自覚していた。息子たちはあらゆるものを吸収する一方で、一歩引いたところから町を眺めていた。見知らぬひとびとが闊歩し、はじめて見る建物が並ぶこの場所で、彼らは視野に入ったものを何ひとつ見逃さないよう目を見張っていた。

コナーはどんな店でもいいからとにかく商店へ入って、何か買い物をしたくてうずうずしていた。

「靴なんかを選んでみたいんじゃない？」ノーラがそう水を向けるとコナーが首を横に振った。ノーラは息子が、行き先を決める主導権を自分が握っていると考えて、胸を張っているのがありありとわかった。

「靴？」コナーはいかにも嫌そうな顔をした。「そんなことのためにわざわざダブリンへ来たの？」

「それじゃどこへ行きたいの？」と彼女が尋ねた。

「エスカレーターで上ったり下りたりしてみたい」

「あなたも興味ある？」ノーラがドナルに尋ねた。

「そ、そうだね、まあ」ドナルがつまらなそうに答えた。

ヘンリー通りのアーノッツ百貨店へ入った。コナーがノーラとドナルに、これからエスカレーターで上階へ行ってくるから見ていてくれと言った。上に着いたらすぐ下りてくるから、ぼくを見ていて。一緒に来ないで動かずに見ていて、と彼は念を押した。コナーはふたりに約束までさせた。ドナルはあきれた顔をみせた。

最初、コナーは母と兄のほうを何度も振り返った。母と兄はエスカレーターのてっぺんで消えたコナーが再び姿をあらわすのを待ち、エスカレーターで下りてくるのを見守った。彼はふたりに向かってにっこり微笑んだ。二度目は大胆になって、手すりにつかまったまま一段飛ばしで駆け上がった。三度目はドナルに一緒に来てくれと頼み、ノーラには同じ場所で見ていてくれるよう頼んだ。ノーラはコナーに、これで最後にしようねと言った。午後、時間が余ったら戻ってきてもいいけれど、エスカレーターの上り下りは三回もやればじゅうぶんよね。

息子たちが下りてきたとき、ノーラは、ドナルまで妙にいきいきした表情を浮かべているのに気づいた。彼らは、向こうのほうにエレベーターがあるのを見つけたので、上り下りしてみたいのだと説明した。

「一回だけよ」とノーラが言った。

彼女はひとりで雨傘売り場をひやかした。今まで見たこともないくらい小さくたたんでハンドバッグに入れられる、折りたたみ傘が目にとまった。雨が降るかも知れないので一本買っておくことにした。レジで待ちながら息子たちを目で探したが姿は見えなかった。支払いを終えてから待ち合わせ場所へ戻り、さらに、エレベーターが下りてくる横の入り口脇まで行った。

息子たちはいなかった。彼女は待ち合わせ場所とエレベーターの真ん中当たりに立って、息子たちがあらわれるのを待った。エレベーターに乗って探しに行こうかとも考えたが、事態を混乱させるだけだと思ってやめた。ここでじっと待っていれば、息子たちは必ずあらわれるはずだった。

息子たちがノーラのところへ戻ってきた。彼らは何食わぬ顔で、エレベーターが各階止まりだったせいで遅れたふうをよそおった。迷ったのかと思ったわよ、と彼女に言われたふたりは顔を見合わせた。エレベーターの中で何かが起きたのだが、くわしくは言いたくなさそうだった。

午後三時までには、ダブリンで見たいと思っていた場所はすべて訪れた。ムーア通りの路上市で桃を一袋買い、ウールワースのバイキング式食堂で昼食を摂り、イーソンズ書店へ行って漫画と本を買った。今、ビューリーズ・カフェでフィオナを待ちながら、息子ふたりはかなりくたびれていた。ノーラの見るところでは、コナーが居眠りせずにいられるのは、二段になったセルフサービス用の棚からパンを何個取っても見逃してもらえるか考えているせいだった。

「取った分はお金を払うのよ」とノーラが言った。

「何個取ったか誰が見てるの？」

「たいていのお客さんは正直なの」とノーラが答えた。

フィオナがやってきた。息子たちは興奮して顔を輝かせ、いっせいにしゃべりたがった。ノーラは正面に座ったフィオナを見て、少し痩せたし血色もよくないと思った。

「ダ、ダブリンことばをお、教えようか？」とドナルが言った。

「ムーア通りへ行ってきたのよ」とノーラが言った。

「あまーい桃だよ、買っとくれー」ドナルがどもらずに歌ってみせた。

「ぼーくは本を買ったよ、見ておくれー」とコナーも調子に乗った。

「あはは、おもしろい」とフィオナが言った。「遅れてごめんね。何台か続けて来たバスに乗り損ねたら、いつまで待っても次のが来なかったんだ」

「二階建てバスの上の階に乗ってみたいなあ」とコナーが言った。

「コナー、フィオナにちょっとだけしゃべらせてあげて。そしたらあなたもおしゃべりしていいから」とノーラが言った。

「それで母さん、おでかけは楽しんでる？」とフィオナが尋ねた。

フィオナははにかんだような微笑みを見せたが、口ぶりは大人びて自信も感じられた。彼女はこの数か月でぐっと成長していた。

「もちろんよ。でもさすがにちょっとくたびれたから、ここでちょうどいい具合にひと息入れたところ」

母も娘も次にどんなことばを継げばいいのかわからない様子だった。ノーラはたった今自分が返した答えが、まるで知らないひとに話すようなよそよそしい口調だったのを自覚していた。フィオナはコーヒーを注文した。

「何か買い物はしたの？」と娘が尋ねた。

「時間がなかったから」とノーラが答えた。「ペーパーバックを一冊買っただけ」

ノーラは、娘がきびきびと要領よくコーヒーを注文したのに感心した。そして、カフェの店内を注意深い——隙を見せないと言ってもよさそうな——目つきで見回したのを心に留めた。だがフィオナの口調は、弟たちに話しかけるときには再びうちとけた。

「オーニャの近況は聞いてる？」ノーラがフィオナに尋ねた。

「短い手紙を寄越したわ。あの子、個人宛の手紙を学校の修道女たちが盗み読みしてるらしいって言ってたけど、たぶんその通り。だからあんまり中身のあることは書いてこない。アイルランド語の先生がいいひとだ、とか、フランス語作文のテストでいい点を取ったとか、そういう話ぐらい」

「近々会いに行ってみようと思ってるんだけど」

「その話ならあの子も書いてきた」

「うちんちは家を売ることにしたんだよ」コナーが突然、フィオナに大声で告げた。

「じゃあこれからは道端で暮らすってこと？」フィオナが笑いながら尋ねた。

「そうじゃない。カラクローでトレーラーハウスを借りるんだよ」と弟が答えた。

フィオナは母に目をやった。

「クッシュの家を売ろうかと考えているのよ」とノーラが言った。

「そっちの家の話ね」とフィオナが返した。

「つい最近、決心したの」

「売ることに決めたってこと？」

「そういうこと」

微笑もうとしたフィオナの目に涙があふれ出したので、ノーラは驚いた。彼女はモーリスの葬式のときでさえ涙を流さず、妹とおばたちのそばでただじっと黙り込んでいた。ノーラはあのとき、フィオナがそっけない態度でいるのを見て、彼女の気持ちが痛いほどわかった。彼女は娘にどう声を掛けたらいいかわからなかった。

ノーラはコーヒーをすすった。息子たちはじっとしたまま、何も言わなかった。

「オーニャはそのことを知ってるの？」とフィオナが尋ねた。

「あの子に手紙で知らせる勇気がなかったの。こんど会ったときに話そうと思ってる」

「本当の本当に決心したのね？」

ノーラは答えを返さなかった。

「夏はあの家に行けたらいいなって思ってたんだ」とフィオナが言った。

「あなたは夏はイングランドへ行くんじゃないの？」

「そう、六月の末にね。でも春学期は五月末に終わるの。六月のひと月をクッシュで過ごそうかなと思ってた」

「ごめんね」とノーラが言った。

「父さん、あの家が好きだったよね？」

「そうだったね」

フィオナはうなだれてしまった。

コナーがノーラに付き添ってもらってトイレを探した。ノーラが戻ってくるとフィオナがコーヒーをもう一杯注文した。

「家は誰に売るつもりなの？」とフィオナが尋ねた。

「ジャック・レイシー。イングランドに住んでる、メイ・レイシーの息子よ」

「メイ・レイシーがうちへ来たんだ」とコナーが口を挟んだ。

ドナルがコナーを肘で突いて、唇に指を当てた。

「今、現金が入るのはとても助かるのよ」とノーラが言った。

「二年後にはわたしもお給料がもらえるようになるわ」とフィオナが言った。

「今お金が必要なの」とノーラが返した。

「年金がもらえるんじゃないの？」とフィオナが尋ねた。「期待通りの額がもらえるんでしょ？」

ノーラは、今お金が要るという話を、娘にはまだしていなかったかもしれないと思った。

「あの家さえ売れば自動車を手放さなくても済むのよ」ノーラはそう説明しながら、今後、息子たちの前でお金の話をせずにすめば、あの子たちを動揺させることもなくなるのだと娘に気づかせようとした。

「あの家で過ごした夏はいつも楽しかったよね」とフィオナが言った。

「そうね」

「もう行けないと思うと寂しいな」

「休暇には他の場所へ行けばいいじゃない」

「あの家がいつまでもあると思ってたから」とフィオナが言った。

ふたりはしばらく黙り込んだ。ノーラはそろそろ、息子たちを連れてもう一度ヘンリー通りへ戻りたくなってきた。

「いつ売るの？」フィオナが話を蒸し返した。

「契約書の準備が整い次第」

「オーニャが泣くかも」

ノーラは、自分はもうあの家へ行く気にはなれないのだと言いそうになって口を噤んだ。息子たちの前でそれは言えなかった。ぶちまけなくてもいいことをぶちまけそうになる、感情に溺れそうなことばだった。

ノーラは立ち上がった。

「この店はどうやって支払いをするんだっけ？　覚えてないわ」

「ウェイトレスを呼んで伝票を書いてもらうのよ」とフィオナが言った。

「あと、パ、パンをいくつ取ったかも忘れずに言うんだよ」とドナルが言った。

店を出てウェストモアランド通りのほうへ向かって歩きながら、ノーラはフィオナに何か違う話をしたかった。ところがどうしても話題が思いつかなかった。フィオナは少しうつむいているように見えた。ノーラはほんの一瞬、娘に癇癪《かんしゃく》を起こしそうになった。フィオナは住みたい場所に住み、やりたいことをして、自分自身の人生を生きはじめていた。フィオナは、そこに住む誰もが彼女のことを知っており、将来がどうなるか細かいところまで丸見えの田舎町へ、列車に乗って帰らなくてもいいのだ。

「ヘイペニー橋を渡ってヘンリー通りへ行くことにするわ」とノーラが言った。

「列車に乗り遅れないようにね」とフィオナが言った。

「学校へはどの道を歩いて戻るの？」とノーラが尋ねた。

「グラフトン通りへ行く用事を思い出したのよ」

「駅まで一緒に行って見送ってくれるんじゃないの？」とノーラが言った。

「駄目なの。わたし、行かないと」とフィオナが言った。「帰る前に買っておきたいものがあるんだ。しばらく中心街へは出てこられないから」

正面からにらみあいながら、母は娘を冷淡だと思った。そして今湧き上がっている怒りと、後から感じるだろう孤独を、しっかり胸に刻んでおこうと思った。それじゃ行くねと言いながらノーラがフィオナに微笑むと、彼女もノーラと息子たちに微笑みを返した。だがノーラは、そうやって別れた瞬間無力感に襲われ、別れ際に何かひとこと、やさしいことばを掛ければよかったと後悔した。今度いつ来るのかとか、次に会える日をどれだけ楽しみにしているかとか、簡単なひとことがなぜ言えなかったのだろう。せめて家に電話があればもっと頻繁に連絡できるのに。そうだ、明日の朝、フィオナに短い手紙を書いて、今日は会いに来てくれてありがとうと伝えればいい、と彼女は考えた。

駅に近づいたタルボット通りで、コナーはおこづかいの残りを使ってレゴを買おうとした。ところがどの色にするか決められなかった。ノーラはくたびれていたが話を聞き、親身になって助言を与えた。ドナルは離れて突っ立っていた。支払いの直前にコナーが決心を変えて、箱入りのレゴを他の色と取り替えに戻ったとき、ノーラはレジ係に微笑んで見せた。

夕闇のとばりが下りて寒くなってきた。三人は駅の小さな軽食堂の壊れたプラスチック製の椅子に腰掛けていた。買い物袋に入れた財布を取り出すためにノーラが手を伸ばすと、数時間前には新鮮で熟れきっていた桃がどれもつぶれていた。紙袋も破れていた。列車へ持ち込んでもいたみがすすむばかりだとわかったので、ゴミ箱に捨てた。

息子たちは、帰りの列車旅が夜になるのが前もってわかっていたわけではない。コナーはレゴの箱を開封し、ドナルは本を読んだ。しばらくするとコナーは、向かい側に座っている母親の脇へ移ってきて、よりかかって眠った。ノーラは、本のページをめくっているドナルをテーブル越しに見て、奇妙に大人びているので驚いた。

「あ、あしたは、が、学校へ行くんだよね？」とドナルが尋ねた。

「そうよ、ふたりとも」とノーラが答えた。

ドナルはうなずいて本に目を戻した。

「フィ、フィオナはこ、今度、いつ帰ってくるの？」と彼が尋ねた。

ノーラがフィオナと別れるときに言ったことばが、ドナルの心の隅に居座っているのがわかった。息子の不安と憂鬱を消すことができる決め手はないか、彼女は考えた。

「フィオナはきっとトレーラーハウスが気に入るわ」とノーラが言った。

「そ、そんな感じはしなかったけど」と息子が返した。

「ドナル、わたしたちは皆新しい暮らしをはじめなくちゃならないのよ」とノーラが言った。

ドナルはまるで難しい宿題を出されたかのように、母親のことばについてしばらく考えた。それから肩をすくめると、本をまた読みはじめた。

暖房が効きすぎだったので、ノーラは眠っているコナーをやさしくどかしてコートを脱いだ。コナーは一瞬目覚めたようだったが目を開けさえしなかった。ノーラは、カラクローでトレーラーハウスを借りるにはどうすればいいのか尋ねておこうと思った。

彼女は再びクッシュの家にいる自分自身を思い描いた。夏の日である。子どもたちが物干しロープから水着を取って浜へ下りていく場面。あるいはモーリスと自分が夕刻、羽虫の群れを追い払いながら、馬車道を家まで歩いてくる場面。家へ入ると子どもたちがトランプで遊んでいる声がする。すべてはもう終わったことで二度と戻らない。家は空っぽだ。暗闇に沈む狭い部屋べや。みじめな光景。とても住めたものではない家。トタン屋根を叩く雨音、風に吹き煽《あお》られて扉や窓がたてる音、マットレスを取り外して枠だけになったベッド、暗い隙間にひそむ虫、そして容赦ない大海原——ノーラはそれらを次々に想像した。

エニスコーシーへ列車が近づいていくにつれて彼女は、クッシュの家はかつてなかったほど荒れはてていると思った。

コナーが目覚めて周囲を見回し、ノーラに微笑んだ。それから伸びをして寄りかかってきた。

「もうすぐ着く？」と彼が訊いた。

「もうじきよ」とノーラが答えた。

「カラクローで泊まるときは」とコナーが訊いた。「トレーラーハウスはウィニング・ポストの近くに停める？　それとも丘の上に停めるの？」

「ウィニング・ポストの近くがいいんじゃない」とノーラが言った。

答えるのが早すぎた、と彼女は思った。息子たちは母親のひとことについてじっくり考えているようだった。コナーがドナルの反応を確かめようとしてちらりと目をやった。

「そ、それはもう決定なの？」とドナルが訊いた。列車がスピードを下げた。ノーラは今日初めて、声を上げて笑うことができた。

「決定？　もちろんそれは決定よ」

列車ががたがたと揺れて停止すると、三人は手早く荷物を持って立ち上がった。ドアの手前で車掌とすれ違った。

ドナルがノーラを肘で突いて、「列車のト、トイレを流したらど、どうなるか訊いてみて」とささやいた。

「わかった。あなたが知りたがってるからって言ってみるね」とノーラが返した。

「こちらのソーセージ君はロスレアまでひとりで乗って行かれますか？」と車掌が尋ねた。

「いいえ、あいにくこの子は明日、学校があるんですよ」とノーラが答えた。

「ぼくはソーセージじゃないよ」とコナーが言った。

車掌が声を上げて笑った。


車を運転して駅前広場から出ていくとき、ノーラの心にひとつの記憶がよみがえり、気がつくとその話を息子たちにしゃべりはじめていた。

「父さんと結婚したばかりの頃の、確か夏休み中の話だけど、ある朝、車を走らせて駅へ着いたら、紙一重の差で列車に乗り遅れてしまったことがあった。列車が行ってしまったので、ふたりしてがっかりしたの。たまたまその朝はいつもいる駅長さんが留守で、学校で父さんに教わった若いひとが駅を任されていた。そしたらその若いひとが、車に乗ってすぐファーンズへ向かって下さい、向こうの駅で列車を停めておくよう手配しますからって言ってくれたのよ。ファーンズまでなら六、七マイルしか離れていないからね。おかげでその朝は列車に乗れて、ダブリンまで行けたのよ」

「か、母さんが運転してたの？　そ、それとも父さん？」とドナルが尋ねた。

「運転してたのは父さんよ」

「すんげえ速く走ったんだろうね」とコナーが言った。

「か、母さんよりも、と、父さんのほうが運転上手だったの？」とドナルが尋ねた。

ノーラがにこやかに答えた。

「そりゃあ上手だったわよ。覚えてないの？」

「い、一度、野ネズミを轢いたのは覚えてるよ」とドナルが言った。

町の通りは静かで、他には一台も車が走っていなかった。息子たちは元気いっぱいで、質問やおしゃべりをする気満々になっていた。ノーラは、家に着いたらまっさきに暖炉に火を入れようと思った。そうすれば子どもたちにも、長かった一日の疲れがいっぺんに出るだろうから。

「で、でも父さんと母さんはどうしてその日、れ、列車はやめて、ダ、ダブリンまで車で行こうって思わなかったの？」とドナルが訊いた。

「さあ、どうしてかしらね、ドナル」と彼女が返した。「じっくり思い出してみるわね」

「いつか、もしできたら、車でダブリンへ行ってみない？」とコナーが言った。「車なら好きなところへ寄り道できるよね」

「もちろんできるわ」家の前で車を停めながらノーラが答えた。

「やってみたいな」とコナーが言った。


ノーラは暖炉にすぐ火を入れ、息子たちはいつでも寝られるようパジャマに着替えた。すでに興奮はおさまっていたので、寝室の電灯さえ消せば、ふたりともすぐに眠ってしまうのはわかっていた。彼女は、今日の夕刻、留守中にお客さんは来なかったか考えた。そして、夕闇の中で訪問客がドアをノックし、誰も出ないので、しばらく待ってから歩き去る場面を思い浮かべた。

彼女はお茶を淹れて、暖炉のそばの肘掛け椅子に腰を下ろした。ラジオをつけたがあいにくスポーツニュースだったので、すぐに消した。二階へ上がり、子どもたちが眠っている姿をしばらく眺めてから寝室のドアを閉めた。それから階下へ下りて、もしかしたらテレビで何かおもしろい番組をやっているかもしれないと思い、スイッチを入れ、ブラウン管に映像が出るのを待った。こういう時間はどうやってつぶしたらいいんだろう？　汽車にまた飛び乗ってダブリンへ行き、通りをそぞろ歩くことが許されるなら、引き替えに何だってあげる、とノーラは思った。アメリカのコメディ番組がブラウン管にあらわれた。彼女はほんのしばらくだけ番組を見たが、録音された笑い声がどっと入るのが気に障ったのでテレビを消した。暖炉で薪がパチパチ音を立てている以外、家中が静まりかえっていた。

彼女はダブリンで買った本のことを考えた。なぜあの本を選んだのか思い出せない。台所へ行き、バッグに入れっぱなしだった本を探した。開いてみたがすぐに閉じた。彼女は目をつぶった。今後、お客さんはそれほど来なくなるだろう。それはつまり、息子たちが眠ってしまったあと、こんなふうにひとりぼっちになる回数が増えるということだ。この時間の過ごし方を学ばなければならない。平穏な冬の夜の真ん中で、ノーラは今後どのように生きるかを問われていた。

第2章

一月後半のある日曜日、ジョージーおばさんが前触れもなくやって来た。子どもたちは暖炉の火でぬくぬくした奥の間で、夢中になってテレビを見ていた。ノーラは台所で食器を洗っていた。玄関ドアにノックの音を聞いたとき、彼女はエプロンをはずし、鏡で自分の顔を確かめてから出ようかと思ったが、そんなことはせず、エプロンでざっと手を拭き、短い廊下を小走りして玄関へ出た。ドアのすりガラスに目をやった瞬間、来たのはおばさんだとほぼ確信した。木枠とガラスを隔てていても、押し出しが強く、厳格で気短な人物が石段の最上段で待っている存在感がひしひしと感じられたのだ。

「たまたま町まで来たもんだから」ノーラがドアを開けたとたんに相手が言った。「ジョンの車に便乗してきたんだよ。あの子はこれから用事があるんでね、あとで落ち合うことになってる。あんたがどうしてるかと思って来てみたんだ」

ジョージーおばさんの息子のジョンが歩き去っていく背中が見えた。ノーラはおばが玄関の内側へ入るまでの間、ドアを押さえていた。

「男の子たちはいるのかい?」

「今テレビを見てるところよ、ジョージーおばさん」

「ふたりとも元気かい？」

ノーラはジョージーを表の間には通せないと思った。電気ヒーターをあわてて点けても部屋が寒すぎた。それに、彼女を奥の間に通した場合、ひっきりなしにしゃべり続けるに決まっているので、息子たちがテレビを消さざるを得なくなるか、テレビにかじりついて音声を聞こうとするかのどちらかになるのは目に見えていた。息子たちがどの番組を見ていて、それが何時に終わるのか、ノーラは覚えていなかった。近頃では息子ふたりが並んで腰掛けている姿を見るのは珍しい。ノーラはジョージーが玄関をノックするまで、わが家の平穏無事な静けさを楽しむ気分になっていたのだ。

「いいねえ、部屋を暖かく居心地よくしてあるんだ。ありがたいことだよ」とジョージーが言った。息子たちは彼女にあいさつのことばを掛けられて、びくついたように立ち上がった。「おやまあ、会うたびに大きくなるね、この子たちは。見てごらん、小さいとはいえ一人前の男だよ。ドナルなんかもう、あたしと同じ背の高さだ」

ノーラはドナルとコナーが彼女のほうをちらちら見ているのに気づいた。ノーラはジョージーに、子どもたちが見ている番組が終わるまでおしゃべりは控えめにしてください、と言いたくなったがやめておいた。

「女の子たちは？」とジョージーが尋ねた。「元気かい？」

「ええ、とても元気よ」ノーラが静かに言った。

「週末なのにフィオナは帰ってこないのかい？」

「ダブリンのほうに用事があるみたいで」

「オーニャは？」

「向こうの暮らしに慣れたところよ、おばさん」

「ブンクロディはとてもいい学校だよ。あそこへ入ってくれてほんとによかった」

ノーラは暖炉に薪をふたつほど放り込んだ。

「あんたのために本を持ってきたんだ」ジョージーおばさんはそう言いながら、手に提げていた買い物袋を床に置いた。「気に入るかどうかわからないけど、小説本が何冊か。それ以外はいわゆる宗教書ってやつだけど、まんざらつまらなくもないよ。一番上に載ってるのがトマス・マートン。お葬式の直後に話題にしたのを覚えてるかい。その下はテイヤール・ド・シャルダン。病院でモーリスには紹介したんだけどね。好きか嫌いか、自分で読んで確かめてみたらいい」

ノーラはドナルとコナーに目をやった。ふたりともテレビ画面を凝視していた。彼女は、もう少し音量を上げてもいいよと言いそうになった。

「みんな元気で何よりだね」とジョージーおばさんが言った。「オーニャはがんばって勉強してるんだろう。近頃は何かと競争が激しくて、なかなか大変だって言うじゃないか」

ノーラはおとなしくうなずいた。

「もうじき終わるから」とノーラが言った。「うちの子たちはテレビをほとんど見ないのだけど、この番組だけは好きなのよ」

息子たちはテレビから少しも目をそらさなかった。

「うちに泊まっていたときには、ドナルもコナーもとてもよく本を読んだよ。うちではテレビはニュースしか見ない。アメリカのくだらないテレビ番組は一切見せない方針だから」とジョージーが言った。「ああいう番組が世の中でどう論評されているか、あんたの耳には入ってないかもしれないけどね」

ドナルが大人のほうに向いてしゃべろうとしたのを見て、ノーラは吃音がひどくなっているのに気づいた。最初の単語を口から出せないのだ。彼は今までにないほど苦労した末にあきらめた。発話する前から吃音がはじまっている。助けようとするかのようにコナーが片腕を動かしている。ノーラは息子が言いたいことばを推理した。そして一瞬、代わりにしゃべってあげたいと願うあまり、とぎれとぎれの音に耳を澄まして、しわを寄せた額に目をやった。だがすぐに思い直して顔を背けた。そのほうが息子の緊張がほぐれて、うまくしゃべれるかもしれないからだ。ところがドナルはあきらめて、べそをかく寸前の表情でテレビのほうを向いてしまった。

ノーラは、どこかよそへ行きたいと願っている自分に気づいた。どこかの町に、あるいはダブリンの一角でもいいから、わが家と同じような二軒一棟の小住宅が建っている並木道はないかしら？　誰も訪ねてこないそんな家があったら三人で引っ越したい。彼女はさらに、物思いが横滑りしていくのを自覚した。そういう場所——というか家——へ引っ越せば、起きてしまったことを帳消しにできるかもしれない。心の重荷を下ろして、過去を取り戻して、痛みのない今へ向かって苦労せずに進んで行けそうな気がした。

「あんた、まさか、わたしはそう思わないなんて言うつもりじゃないだろうね、ノーラ？」ジョージーがノーラを見つめながらことばに力を込めた。

「さあね、おばさん、わたしにはよくわからない」話題が変わったのかどうかわからなかったものの、彼女はとりあえずそう返答して立ち上がり、こういう場合はお茶とサンドウィッチかパイでも出すのが一番だと考えた。

「どうぞおかまいなく。お茶さえあればじゅうぶんだから」とジョージーが言った。

台所にたどりついたノーラはほっとして、つい笑みをこぼしそうになった。子どもたちはジョージーから直接強引に話しかけられないかぎり、テレビから目をそらすことはない。奥の間の静けさから判断して、ジョージーはまだ、子どもたちの注意を自分に向けさせるには何を尋ねればいいか考えあぐねているらしい。ケトルのスイッチを入れ、カップと受け皿をお盆に並べながら、ノーラは耳を澄ました。聞こえてくるのはかすかなテレビの音声だけだ。今のところ息子たちが優勢だ、と彼女は思った。

番組が終わった。部屋を出ようとして立ち上がる息子たちを見て、ノーラは違和感を覚えた。はにかんでいる上に危なげで、行儀が悪いと言ってもいいくらいだ。ドナルは顔をまだ赤らめていて、ノーラと目を合わせることができなかった。

ジョージーはまたしゃべりはじめた。自宅の庭に手を入れて、干し草置き場の向こう側に大きな菜園をこしらえるつもりなのだと語ったあと、近所のひとたちのうわさ話をした。子どもたちがテレビを消して寝室へ上がってから、彼女はクリスマスのことを話題にした。

「クリスマスが終わってよかったね」とジョージーが言った。「あたしは毎年、一月いっぱいそう言い続けるんだ。だんだん日が長くなってくるのもいいよね」

「わが家のクリスマスは静かだった」とノーラが言った。「クリスマスが終わって本当によかったわ」

「でも女の子たちが帰省するのはうれしいだろ？」

「確かにそれはうれしかった。でもそれぞれが胸に秘めている思いがあるから、家族同士とはいえ、掛けることばに悩んだりして。お互いにずいぶん気をつかいあったのよ」

ジョージーはノーラが着ているカーディガンを褒めた。そこから先は服やファッションの話になったが、ノーラはそういう話題には興味がなかった。

「ウェックスフォードの町にフィッツジェラルズっていう店があるだろ」とジョージーが言った。「町歩きしてたときちょっといいなと思ったんだ。その日あたしは、ジョンが用事を済ませるまでの二時間をつぶさなけりゃならなかった。中へ入ったらすごく感じのいい店員が満面の笑顔で出迎えた。あたしが試着をはじめると、その店員がアクセサリーをいろいろみつくろった。あんたに値札を見せたかったね！　しめて十通りのよそいき服を着てみたんだけど、その店員たら奥へ引っ込んで、もっと似合いそうなのがありますよなんて言って服を出してくるんだ。あたしは時間つぶしがしたかっただけなのにね。おかげで優に一時間はつぶせた。この色はどうあの色はどう、流行のあれこれは似合うとか似合わないとか、蘊蓄《うんちく》を聞かせてもらった。最後に自分の服に戻って、いざ店を出ようとしたとき、その店員の言いぐさがいいじゃないか――ああ時間の無駄だったって大きな声で言ったんだよ。そうして店から送り出すとき、もう二度とご来店いただかなくてけっこうですってほざいたんだ」

　ノーラはお腹の皮がよじれるほど大笑いした。ジョージーは目に涙をきらりと光らせて憮然としていた。

「だから今度、春物を買うときにはフィッツジェラルズには行かない」おばは悲しげにそう言って首を振った。「あの店員のやつ、生意気ったらありゃしない！　役立たずのくせに」

　ジョージーはハンドバッグの中を探って大判の封筒を取り出した。

「それはそうとね、ノーラ。あたしはつい最近、ずいぶんしばらくぶりに思い立って、古いわが家を大掃除したんだよ。やりかけて中途半端でやめたから、家中がめちゃくちゃになってしまってね。死んだ夫に、おまえは片づけられない女だって烙印を押されて、離婚されたかもしれないと思った。そしたらだんなに捨てられた未亡人になってたとこだよ。で、それはともかく、こんなものが出てきたんだ。ずうっと家にあったものだけど、あんたに見せたいと思って持ってきたよ」

　封筒の中には古いセピア色の紙挟みが入っていて、開くと片側のポケットに白黒写真が収まり、もう片方にはネガが差してあった。紙挟みの背の部分はよれよれになっている。ノーラは写真を引き出して見た。父だとすぐにわかり、膝に乗っているのは自分自身だとわかった。次の写真には、父と母が得意げにポーズを取った立ち姿が写っている。たぶん二十代の頃に撮ったのだろうと彼女は思った。父も母もよそゆきの服を着ていた。その他の写真にも両親の片方か両方が写っていて、そのうちの何枚かには幼いノーラも写っていた。

「こんな写真があるなんて知らなかった」とノーラがつぶやいた。「はじめて見るわ」

「あたしが撮ったはずなんだけど」とジョージーが言った。「よくわからない。カメラを持ってたのは覚えてる。あの当時カメラを持ってたのはあたしだけだったから、あたしが撮って現像してもらって、それっきり忘れてたんだね、たぶん」

「父さんはハンサムね、そう思わない？」

「あんたの父さんかい？」

「そう」

「たいそうな男前だったよ。皆があんたの母さんに言ったのを覚えてるよ——おまえさんがあの男と結婚しなかったら、きっと他の娘が間髪を入れずにあの男をさらっていっただろうってね」

「両親もこの写真は見たことがなかったのかしら？」とノーラが尋ねた。

「他に焼き増しがなければね」とジョージーが言った。「覚えてないんだ。奇妙なことにすっかり忘れてる。他の誰かが撮ったのかも知れないけど、だとしたらあたしがネガまで持っているのが不思議だよね」

「あの頃は何も知らなかったのね」とノーラがつぶやいた。「誰も何も知らなかった。何がどうなるかわかってなかった。わたしは父を看取ったのよ」

「家族皆で看取ったんだろう」

「そうじゃない。わたしひとりだった。父が死んだとき、わたしは十四歳だった」

「あんたの母さんはいつも、あんたの父さんが死んだときには家族全員がベッドの周りにいたって話していたよ。ノーラ、あんたの母さんがそう言っていたんだよ」

「それは知ってる。でもあれは作り話なのよ。嘘。母さんはわたしの前でもそう話してた。でも父が死んだときに一緒だったのはわたしひとり。息を引き取ってから一、二分して、わたしは階下へ駆け下りたんだもの。一、二分待ったのは家族をあわてさせないため。いや、わたし自身を落ち着かせるためだったかもしれない。息を引き取った父さんと一緒に、わたしは静かに座っていたのよ。階下へ下りて母さんに報告すると、母さんは金切り声を上げながら通りへ飛び出していった。母さんがなぜあんなことをしたのかはいまだにわからない。父さんのぬくもりがまだあるうちに、町中のほとんどすべてのひとたちがやってきたの」

「皆、ロザリオの祈りを唱えたりしたんだろうね」

「そう、ロザリオの祈り。ロザリオの祈りなんてもう二度と聞きたくない」

「ノーラ！」

「嘘じゃない。わたしの気持ちは神様が知ってるんだから。そう言い切れるわ」

「古くからある祈りには強い癒しの効果があるんだよ」

「おばさんはそう言うけど、わたしはいくら祈っても癒されない。少なくともロザリオの祈りはぜんぜん効かない」

ジョージーはもう一度写真を取り出して一枚ずつ眺めはじめた。

「あんたはお父さんっ子だったね。下の子たちが生まれたあとも一番のお気に入りだった」

ジョージーはノーラが母親の膝に乗っている写真を手渡した。ノーラの目には、カメラに向かってポーズを取る母親のこわばった様子が手に取るようにわかった。膝の上の赤ん坊はどこかよその子のように見えた。

「あんたの母さんは赤ちゃんをどう扱ったらいいかわからなかったんだと思う」とジョージーが言った。「あんたの場合は、赤ちゃんが生まれた日からどう扱えばいいのかわかってたみたいだけど」

「娘ふたりは確かに育てやすかったわね」とノーラが言った。

ジョージーが声を上げて笑いだした。

「あんたの母さんがあんたのことをどう言ってたか覚えてる？　よせばいいのにあたしったら、あのひとに、どのお婿さんが一番好きなのって尋ねたんだ。そしたらあのひと、考えれば考えるほど、どのお婿さんも申し分ないし、ノーラ以外は娘たちだって気に入ってるよって答えたんだ。あたしはあんたのことを尋ねたわけじゃないのに。あの頃、あんたとあんたの母さんの間に何かあったのかな？」

「さあね。でもきっとあたしが何かしたんでしょうね。いや、何もしなかったかな。しなかったかもしれない」

ジョージーがまた大笑いした。

「この話をあんたに報告したら、あんた、あたしに嚙みつかんばかりだった」

「その話を聞いて、わたしもおもしろいと思って嚙みつきたくなったのかも。でもたぶん、あとから思い返してようやく笑えるような話よね」

「何はともあれ写真は預けておくよ。あんたの妹や婿さんたちも写真を手元に置きたいなら、パット・クレインが焼き増ししてくれるからね」

「自分たちが写っていない写真なんか欲しがらないと思うけど」

「でも、母親の若い頃の写真が出てくれれば手元に持っていたいと思うんじゃないかい。あの頃の写真なんてそうたくさんはないんだから。あんたの妹たちだって、母親が若い頃どんなだったか興味があるに違いないよ」

ノーラはジョージーが言っていることの裏の意味を理解した。妹たちは母親と同じ保守的な田舎者なのだ。ノーラはあんなふうに老いていくのはまっぴらだった。彼女はジョージーを見てにっこり笑った。

「そうね、確かに」


息子たちがおやすみなさいを言いに下りてきてからずいぶん経って、ジョージーがようやく帰った。ノーラが上階へ行ってみると息子たちは熟睡していた。彼女は玄関ドアの施錠を確かめ、階下の電灯をすべて消した後、寝室へ行って眠る支度をした。ベッドに入り、ジョージーおばさんがくれたトマス・マートンの本の冒頭部分を少し読んだ。文章が頭に入ってこなかったので枕元のランプを消し、暗闇の中でしばらく横たわっているうちに眠りに落ちた。

目覚めたときは何時かわからなかったが、おそらく真夜中だった。息子のどちらかが上げた悲鳴を聞いた。あまりに激しい絶叫だったので、何者かが家に忍び込んだに違いないと考えた。彼女は自分の寝室の窓を開けようか迷った。窓から叫んで近所のひとを起こせば、警察を呼んでもらえるかもしれないと思ったのだ。

もう一度悲鳴が聞こえたとき、ドナルの声だとわかった。コナーの悲鳴が聞こえないのでノーラはよけいにおびえた。そして、他人に助けを求めるより先に自分自身が、息子たちのところへ行くべきだと考え直した。寝室のドアを開けて廊下へ出たとたん、ドナルが何か叫んでいる声が聞こえ、そのあとでまた絶叫が聞こえた。どうやら悪夢を見ているらしい。彼女は息子たちの寝室のドアを開け、電灯を点けた。ドナルは母親の姿を認めるとベッドから上体を起こし、いっそう大きな声で叫んだ。まるでノーラが恐怖の対象であるかのようだった。近づいていくとドナルは尻込みし、彼女を押し返さんばかりに両手を突き出した。

「ドナル、夢よ。夢を見ただけよ」とノーラが言った。

ドナルは今や叫ぶというよりも泣きじゃくっており、腕組みをした自分の上腕に爪を立てていた。

「ただの夢よ。誰だって悪い夢は見るんだよ」

ノーラはそう言ってコナーを見た。彼は静かに彼女を見つめていた。

「大丈夫？」彼女がコナーに尋ねた。

コナーはうなずいた。

「階下へ行ってドナルにミルクを一杯持ってきてあげようね。ミルク飲む、ドナル？」

ドナルは上体を前後に揺らして泣きじゃくるばかりで返事をしない。

「大丈夫よ」とノーラが言った。「ほんとに大丈夫だから」

「大丈夫じゃないよ」とコナーが静かに言った。

「いったいどうしたって言うの？」とノーラが尋ねた。

コナーは答えない。

「コナー、ドナルがどうしてこんなになったか知ってるの？」

「毎晩、眠りながらうめいているよ」

「でもこれほどひどくはないでしょ？」

コナーは肩をすくめた。

「ドナル、どんな夢だったの？」

彼はまだ体を揺らしていたものの、もう泣きじゃくってはいなかった。

「ミルクを一杯持ってこようか？　ビスケットも食べる？」

ドナルがうなずいた。

ノーラは階下へ行き、ふたつのコップにミルクを入れた。台所の時計は四時十五分前を指していた。窓の外は漆黒の闇だった。階上へ戻って寝室に足を踏み入れたとき、息子たちは互いに見つめ合っていたが、ノーラの姿を見てふたりともあわてて目をそらした。

「どうしたの？」と彼女が尋ねた。「悪い夢を見たのね？」

ドナルがうなずいた。

「どんな夢だったか覚えてる？」

息子はまた泣きはじめた。

「電灯は点けたままにしておこうか？　ドアも開けたままにしておこうね。そのほうがいいわね？」

ドナルがうなずいた。

「ドナルは何を叫んでいたの？」ノーラがコナーに尋ねた。

彼女は、コナーがどう答えるべきか慎重に考えているのがわかった。

「わからない」と相手が答えた。

「ジョージーが来たせいなの？」ノーラがドナルに尋ねた。「パニックになったのはそのせい？　ジョージーおばさんが嫌いなの？」

彼女は息子たちの顔を順番に見た。

「嫌いなのね？」

ふたりとも黙っていた。コナーは毛布にくるまって眠りたがっているようだった。彼はミルクのコップに手を触れていない。ドナルはゆっくりミルクを飲みながら、母親と目を合わせるのを避けている。

「明日の朝、話そうか？」

ドナルがうなずいた。

「朝十一時のミサに行ければいいから、早起きしなくても大丈夫だからね」と彼女が言った。

ノーラは息子たちがもう一度目くばせしているのを見逃さなかった。

「どうかしたの？」と彼女が尋ねた。

ドナルは、母親の背後の廊下に何か目を引くものがあらわれたかのような目つきになった。ノーラはとっさに振り向いたが何もいなかった。

「わたしも寝室のドアを開けておくから。そのほうがいいわよね？」

ドナルが再びうなずいた。

「眠れそうかな？」と彼女が尋ねた。

ドナルはミルクを飲み終えてコップを床に置いた。

「万が一、悪い夢がまた襲ってきたら声を掛けてね」

ドナルはわかったと言う代わりに微笑みを返した。

「それじゃ寝室の電灯は消すわよ。ドアは開けておくし、廊下の電灯も点けておくからね」

「わかった」とドナルが消え入るような声で答えた。

「悪い夢は一度目覚めたら消えてしまうから」とノーラが言った。「もう大丈夫だと思う」

翌朝、朝食の準備をしながら、ノーラは、ドナルはたとえ思い出せたとしても悪夢の内容を語りはしないだろうと思った。そして、ドナルの不安を煽るのはよくないので、息子のどちらかが口火を切らない限り、昨夜のことは話題にするまいと心に決めた。彼女は息子の吃音が何とかならないかカディガン医師に相談してみようと思っていたが、ドナル本人はまだ連れて行かないつもりだった。気にしすぎるのはたぶんよくないからだ。放っておけばひとりでに治るかもしれない。第一、吃音について学校からは何も報告を受けていないので、吃音が出るのは家にいるときだけかも、とも考えた。一生吃音が続くとか、十代の間は続くとかいう可能性が頭をよぎるだけで恐ろしくなるので、そういうことは考えないようにした。

朝食のテーブルを息子たちと囲みながら——その後三人でバック・ロードを歩いて大聖堂へ向かう道々、さらにミサの最中もずっと——昨晩ジョージーを見たときに息子たちがふいに立ち上がった姿がノーラの脳裡に何度も去来した。コナーのほうが目立っていたが、ドナルの目にも不安そうな、ほとんど怯えと言っていい光が宿っていた。昨晩は、テレビドラマの内容のせいで息子たちがびくついているのだと思った。だがドナルが悪夢から目覚めたときにノーラがジョージーの名前を出すと、息子たちは黙り込んだ。ノーラはしばらく間合いを取ってからジョージーの名前をもう一度出して、息子たちの反応を確かめてみようと考えた。だがその一方で、ドナルが二度と悪夢を見ないようにするためにも、しばらくの間は口を噤んでいるほうがよさそうだとも思った。子どもたちが父親の死を受け止めるまでに時間が掛かるのは目に見えていたし、人生は長いのだ。ものごとは絶えず変化するものだけれど、中にはよいほうへ変わっていくことだってあるのだから。

息子たちは決してジョージーおばさんの名前を口に出さなかった。だが次の週もずっと、彼らの態度にしこりが感じられたので、ノーラはジョージーが土曜の晩にやってきた理由を勘ぐりはじめた。おばがやってきたのは、子どもたちが自分にたいしてどのような態度を取るか、さらには彼らがノーラに、自分にまつわることを何か打ち明けなかったか確かめるのが目的ではなかったか？　ノーラはジョージーの訪問を一から順々に思い出してみた。彼女がひっきりなしにしゃべり続けたのは、何か心にわだかまりがあったからではないのか？　考えれば考えるほど奇妙な感じがぬぐえなくなった。息子たちはモーリスの最期が近づいた時期、二か月間ほどジョージーおばさんの家に居候させてもらった。ふたりが彼女に会ったのは葬式の日以来だったのだから、彼女の姿を見たとき、子どもたちはもう少し愛想よくしてもよかったのではないか？　彼女の家に泊まっていたときのことを話すとか、ジョークくらい言うとか、あちらの家でしたことを話題にしても不思議はなかったはずだ。ジョージーのほうも子どもたちと同じくらいよそよそしかった。まるで初対面のひとみたいだった――いやそれ以下かも知れない――とノーラは考えた。

金曜日、週末を過ごすためにフィオナがやってきた。その翌日、ノーラはフィオナと息子たちに、これからウェックスフォードの町へ買い物に行ってお茶の時間までには戻ると告げた。フィオナは読んでいた本から顔だけ上げて、何も尋ねなかった。ノーラは、息子たちはまだ幼いので、行き先が嘘かもしれないとは気づかないのだろうと考えた。

ノーラはブンクロディ方面へ車を走らせ、途中で川沿いの道から逸れてジョージーおばさんの家をめざした。不在かも知れないし、来客中かも知れないが、今日こんなふうにいきなり訪ねるのは間違っていない。モーリスが死ぬ直前の時期、息子たちが彼女に預けられていたときに何があったのか、とりとめもなく憶測するよりはましだと思ったからだ。

どんなことを話すべきか、どう口火を切るかについては、わざと前もって考えないようにした。おばに会いさえすればどうすべきかわかると信じて、ただひたすら車を走らせた。ジョージーは息子のジョンが結婚し、自分が教員を退職したのを機に、古い農場家屋の脇に自分用の家を建てた。その家は窓の形も屋根のスレートも母屋とお揃いにしたので、母屋の一部に見えた。ジョージーはその工夫を自負していた。その家には夏向きにしつらえた部屋があり、二階には山並を見渡せる居間もあって、小さな寝室とバスルームが付属していた。一階にもバスルームつきの寝室があり、暖炉があるこぢんまりした居間の隣に小さな台所があった。彼女は来客に、扉口とバスルームは車椅子で出入りできるように設計されているのだと吹聴したが、将来、車椅子生活になったとき、上下どちらの階で暮らすつもりなのかはまだ決めていなかった。そもそも自分が車椅子を手放せなくなるのを想像しただけで大笑いがこみあげた。彼女は庭いじりをしたり、本を読んだり、ラジオを聞いたり、長電話をしたりして日々を過ごしていた。

ノーラは、息子たちがあの二か月間、ジョージーおばさんの家で過ごすことになったのはノーラが頼んだのか、それともおばさんの発案だったのか思い出そうとした。だがあの時期を振り返ってみると、細部まで鮮明な映像を伴った真に忘れがたい瞬間がある一方で、それ以外のときの記憶は、雨水で濡れそぼったガラス越しに覗き込むようなものでしかなかった。モーリスは生きて病院を出ることはないだろうと承知しながら、ロビーをふたりで歩いたのを憶えている。彼がもう一度空を見たいと言ったのでひとりで行かせて、ノーラはロビーで待つことにしたのだ。するとドアのところまで行ったモーリスが泣き出した。彼女は夫の後ろ姿をじっと見つめていた。一部始終が生々しくて明瞭なその記憶と較べたら、息子たちをジョージーおばさんに預けたときの経緯などは霧の彼方だった。

それでもなんとかして思い出さなくてはだめだ、とノーラは思った。ジョージーと話し合ったときは決してうわの空だったわけではない。どちらが言いだしたとしても無理はないし、自然な解決策として子どもたちを預けることになったはずである。ノーラはふたりの世話をしてくれるおばさんに感謝した。モーリスが病院を出て最期の日々を自宅で過ごすことになったとき、ますます衰えゆく父親の姿を息子たちには見せられないと思ったから、ノーラは胸をなで下ろしたのだ。

もちろんモーリスが息を引き取ったのは自宅ではない。苦痛がいよいよ激しくなり、身体機能も衰えてきて、ノーラの看病ではどうにもならなくなったとき、彼女は夫をブラウンズウッドへ連れて行かざるを得なかった。町はずれにあるその病院はかつて結核療養所だったが、今は一般患者を受け入れている。夫は担架に乗せられて目を閉じ、数日前からは単語をつぶやくことしかできなくなっていたが、これで自宅は見納めだとわかっているはずだ、とノーラは思った。彼女は夫の手を握っていた。夫が彼女の手を握り返そうとすると手先に力がこもりすぎて、かぎ爪で摑まれているように感じられた。息子たちが一緒でなくてつくづくよかったと思った。

ノーラはわだちができた長い馬車道伝いに車を走らせて、ジョージーおばさんの家に到着した。二箇所ある鉄門を開け閉めするために車から降りたとき、水たまりやぬかるみにはまらないよう注意した。小道の両側に排水溝が掘ってあり、名も知らぬ赤い花がところどころに咲いているのが目についた。空は薄暗く、ブラックステアーズ山塊に雲がかかっていた。砂利敷きの小道の行き止まりに駐車したらぶるっと震えがきた。車がないのでジョンは出掛けているらしい。農場の母屋の玄関をノックすべきか、ジョージーの家のほうへまわって勝手口を叩くべきか迷った。どうやら母屋には誰もいなそうだったので、草の露で靴をべったり濡らしながらおばさんの家のほうへまわった。このあたりは町よりも雨が多いのだろう、とノーラは思った。窓から覗き込んでみると、肘掛け椅子の脇に小さな卓が見え、新聞の上にメガネが載っていた。もうひとつの卓の上には花瓶があって、鮮やかな色の百合と溝に咲いていた赤い花が生けてある。別の窓の内側には整えていないベッドが見えて、ベッドから落ちたように見える書物が床に散らばっている。ジョージーおばさんは引退後の生活を楽しんでいるに違いないと思って、ノーラはふと微笑んだ。

勝手口のドアを軽くノックしてみたが返事はない。ノーラはあたりが静まりかえっているのに気づいた。静寂を破るのは遠くで鳴いているカラスの声と、トラクターのかすかなエンジン音だけだ。トラクターは近づいてきているのかと思ったが、遠ざかっていくらしいとわかった。周囲を見回すとカラマツとカバノキが、干し草置き場に立てたトタン張りの納屋を覆い被さんばかりに繁っている。かつて果樹園があったあたりへ向かう小道が草地を横切っている。ジョージーによれば、果樹の手入れをぜんぜんせず、剪定もしなかったおかげだという話だったが、突然の大収穫をもたらした後、木々は枯れてしまった。たくさん穫れた年があったのを覚えている。何年か前、梨とリンゴが思いのほか枯れ残った少しの木にはもう実がならなかった。実るのは誰も欲しがらない姫リンゴだけだった。リンゴが欲しければスーパーで買うほうが手間いらずだし、はるかに手っ取り早い、とおばさんは言った。おまけにこの家の果樹園の梨はとても硬かったので、完熟するまで放置しても、好んで食べる者はいなかったのだ。

ジョージーおばさんの興味はすでに、果樹園の奥の干し草置き場沿いに造成した新しい菜園に移っていた。ジョンに土を掘り返してもらったその菜園で、彼女は案内書と首っ引きで各種の花や野菜を育てていた。そしてうれしそうに、この歳になってはじめて農場暮らしの楽しみがわかってきたと言った。肥料の重要性ばかりでなく、土や季節の変化の意味も生まれてはじめて納得したと語った。ノーラは耳の奥でおばさんの声を聞きながら、もしかしたら庭のほうにいるかも知れないと思い、樹木の枝をくぐり、いばらの棘《とげ》を避けながら奥のほうまで行ってみた。

ノーラは菜園の手前にある石垣の踏み越し段を越えた。おばさんは菜園内で、針金や支え棒を必要とする作物を育てているようだった。ノーラは目の前にあるのがラズベリーの木なのかどうかわからない。菜園の片側にはじゃがいもを植えた畝《うね》がきれいに列をつくっている。その向こうには花壇があるが、今は何も植わっていない。これだけの菜園を維持するには膨大な作業量が必要なはずなので、ジョージーおばさんは背中を痛めやしないかと心配になった。ノーラがふと振り向くと彼女がいた。そして、しばらく前から黙ってノーラの様子を見ていたのだと気づいた。

「ノーラ、靴がだいなしになるよ」と彼女が声を掛けた。手に小さな熊手と茎を何本か持っている。庭仕事用の手袋をつけているが、サイズが大きすぎた。

「てっきりお留守だと……」

「あたしがどれほどがんばって働いてるか見てもらおうと思って、少しのあいだ声を掛けなかったんだよ」

ジョージーの声音には、縄張りに無断侵入されたのをとがめるような棘が聞き取れた。何の用があってやってきたんだろう、と彼女が考えているのが手に取るようにわかった。だがノーラは何食わぬ顔で会話を続けた。

「今日の分の仕事はもう終わったんだ」とジョージーが言った。「たいていは早起きするからね。お天気がよくなりしだい一年生植物の種を二、三種類蒔けるように、早めに段取りしておくんだ。それから家へ戻って新聞を読んで、朝食を摂って、もう一度様子を見に出てくるわけ。今日ぐらいの時間になればやるべきことはぜんぶ終了。ついさっきここへ来て、仕事のできばえを自画自賛して、後片付けをしたところなんだよ」

ノーラのほうへ近づいてきたジョージーは考えごとでもしているように見えた。足取りがやけにゆっくりで、唇は固く閉じていた。

「ノーラ、あんたも年を取ったらわかるよ」と彼女がつぶやいた。「ささいなことでも満足できるようになるけど、何かにつけて不満の塊を抱えこむことにもなる。どうしてそうなるのかはわからない。疲れるほど長時間作業したわけでもないのに、何だか半端にくたびれて、立ってるだけで大変なんだよ」

ジョージーは石垣の踏み越し段を越えるとき、ノーラにもたれかかった。そのあと、果樹園を横切って歩きながら手袋をはずした。

「さてと、二階へ上がろうね」家に着くとジョージーが言った。「二階のほうが片づいているから。新しいお茶道具もあるし、廊下には小さい冷蔵庫なんかもあるんだ。手と顔だけちょっと洗ってすぐに戻るよ」

ノーラは二階の部屋の天井がどれほど高いかを忘れていた。室内には淡い灰色の重たげな光が射し込んで、灰色の絨毯を照らしている。壁は白塗りでランプシェードは豪華な青色、ソファーのクッションとカーテンも青で、柄物の膝掛けと本がぎっしり詰まった書棚が裕福な雰囲気を醸し出している。馬車道を通り掛かったり、建物を外から見たり、荒れはてた果樹園のほうから歩いてくるだけでは、決して想像できない豪華さなのだ。

ノーラは窓辺にたたずんで外の景色を眺めながら、これほど手を掛けた内装の家に息子たちが暮らしたらさぞかし場違いだっただろう、とはじめて気づいた。ジョージーは整理整頓にはこだわらないとはいえ、子どもたちの存在は邪魔だったに違いない。思い返せばあの状況下では、息子たちを妹のどちらかに預けるよりも彼女に預けるほうがよい選択肢だった。キルケニー在住のキャサリンが声を掛けてくれたけれど、ノーラは断った。キャサリンにも子どもたちがいて大変だと思ったからだ。末妹のウーナは常日頃オーニャの面倒を見てくれている。おまけに週末にフィオナがダブリンから帰ってくるときには、彼女もウーナの厄介になる。その上に息子ふたりの世話まで頼むのは到底無理だった。モーリスの姉のマーガレットが息子たちを溺愛してくれるのはわかっていたが、頼む気になれなかった。近所のひとやいとこに頼むのも無理があった。その点、ジョージーおばさんなら家は広いし、暇だってあるし、町に近いところに住んでいるから好都合だった。彼女とジョンとジョンの奥さんなら息子たちと旧知の仲で、息子たちは農場の母屋とジョージーが住む建て増し部分もよく知っていた。あのときの状況では理にかなった解決策だったのだ。ところが今、窓の外の景色を眺め、ジョージーが引退後の暮らしのために手を掛けてしつらえた室内を眺めてみると、息子たちをあれほどの長期間、彼女に預けたのは正しい選択ではなかったように思われた。

ジョージーは髪を梳き、カシミアのセーターに着替えてきた。彼女が押している小さなワゴンの上にはティーポット、ティーカップと受け皿が二組、砂糖入れ、それからミルクの入った水差しも載っていた。

「茶葉が落ち着くまで待っておくれよ」ジョージーはそうつぶやいて窓辺に立った。

「晴れた日は気持ちがいい。暖房設備をつけたから冬でもこごえなくてすむようになったよ。ヒーターはどうかなって思ったんだ。空気が乾きすぎるって聞いてたから。でもね、心配は要らなかった——」

「おばさん、わたしね、息子たちのことを訊きたいと思って」とノーラが口を挟んだ。

「ふたりとも元気かい？」ワゴンのほうへ向かいながらジョージーが言った。

「息子たちを預かってもらったときの様子を訊いたことがなかったから」

「あたしがどうだったか訊きたいのかい？」と相手が言った。

ノーラは黙っていた。

「あたしの発案でやったことだよ、ノーラ。裏も表もないさ」

「息子たちはどんな様子だったの？」ノーラが静かに尋ねた。

「ノーラ、あんたはあたしを責めてるのかい？」とジョージーが言った。

「違うわ、尋ねてるのよ。ただ訊きたいだけ」

「そう、それならとにかく座って。そんな目であたしを見ないで」

ノーラはソファーに座り、ジョージーはその脇の肘掛け椅子に腰を下ろした。

「ドナルは帰宅したら吃音になっていたんです」

「確かに吃音はこの家にいるときにはじまったんだよ、ノーラ。間違いない」

「コナーは大丈夫だったかもしれない。でもドナルは土曜の夜、悪夢を見たのよ。ひどいことになってしまって」

ジョージーがワゴンを引き寄せてお茶を注ぎはじめた。

「お好みでミルクとお砂糖を入れておくれよ。わたしには分量がわからないから」

「息子たちに何かあったのかしら？」ノーラが尋ねた。

ジョージーは角砂糖をひとつとミルクを少しカップに入れた。そしてお茶をひとすすりして、カップをワゴンに置いた。

「あの子たち、ここの静けさには気づいたと思う」とジョージーが言った。

「静けさ？　それだけ？」

「そう。ふたりとも町育ちだから。地元の子どもたちと一緒に遊ぶようにしてやるべきだったかも知れないけど、ふたりともそういうのは望んでなかったよ。だからこの家にずっとこもっていたんだ。静けさっていうのはそういうこと。ふたりともあんたが来てくれるだろうと思っていたけど、一度も来なかっただろ。馬車道を車が走ってきたり、路上で停まる気配がすると、ふたりともはっとしたように遊びの手を止めていたよ。そうやってときが過ぎていった。ふたりを預けっぱなしにして、一度も様子を見に来なかったことについてはどう思ってるんだい?」

「モーリスは死にかけていたのよ」

「コナーはほぼ毎晩おねしょをしてた。ふたりは預けっぱなしにされてたんだよ」とジョージーが繰り返した。

「他にどうしようもなかったのよ」

「そりゃあそうだ。何の変化もなしにふたりが帰宅すると思ってたのかい?」

「どう思っていたか覚えてない。だからここへ来て尋ねてみようと思ったのよ」

「なるほどそれで訊いたわけだね、ノーラ」

ふたりはしばらくの間押し黙っていた。ノーラは二、三度、何か言おうとしたがことばにならずに終わった。

「わたしはモーリスの世話で手一杯だったから」ノーラがついに口を開いた。

「あんたがどう説明しようと、もちろんあたしに異論はない。コナーが動揺したときには何とかして話しかけて、安心させてやろうとしたんだ。でもあんたがいつ子どもたちに会いに来るのかわからなかったからね。ドナルが何を考えていたかは全然わからない。目が離せないのはドナルのほうだったよ。まあそれを言うならふたりとも要注意だったけどね。あんたが泊まってた宿へ電話したけど、一度も折り返しかけてこなかっただろう」

「毎日、容態が変化したから」

「あたしは何度も電話したのに一度もかけてこなかった」

「かかってくる電話が多すぎたから」

「あたしも他のひとたちも一緒くたなわけだね？」

「終わりが見えなかったから……」

「子どもたちにも終わりは見えてなかった。だからひとりひとりが最善を尽くしたんだ。お終いの頃にはふたりともよくなったよ。コナーがおねしょする頻度だって減ったんだから」

「おねしょのことは知らなかったわ。いろいろお世話してくださって本当にありがとう」

「ふたりのところへ戻っておやり」

「そうするわ、おばさん」

ノーラはお茶を飲み残したまま立ち上がった。彼女はジョージーも立ち上がるかと思って一瞬待ったが、相手は動かなかった。ジョージーおばさんは肘掛け椅子に身を預けたまま、背中を丸めて床を見つめていた。

「またじきに会いましょう」とノーラが言った。

「町へ行ったら寄るようにするから」

ノーラは階下へ下りて、勝手口を出て母屋のほうへまわり、車を停めたところまで歩いた。まだ午後である。腕時計で確かめるとこの家へ来てから三十分も経っていない。彼女にその気さえあれば、ウェックスフォードの町まで足を伸ばし、買い物をして帰ることも十分可能な時間だった。

第3章

　モーリスの兄のジムが暖炉の向こう側の安楽椅子に腰掛けていた。彼はドナルとコナーが表の間を出ていくのを待ってから、内ポケットに入れていた紙片を取り出した。

「この祈りの文句を記念カードに印刷するっていうのは本気なのかね？」と彼が言った。

「本気ですよ」とノーラが返した。

「気が変わってくれないものかと思っていたのだが」

　ジムの妹のマーガレットがにっこり微笑んだ。

「兄はそのお祈りが好きじゃないのよ」彼女はあたかもジムがその部屋にいないかのような口ぶりで、ノーラに打ち明けた。「あなたのお母様が亡くなられたときも、うちの母親のときも、ほら、故人を偲ぶ記念カードには簡単なお祈りの文句を印刷したでしょう」

「印刷費だってかさむよ」とジムが言った。

「モーリスが生きていたら費用にはこだわらなかったはず」とノーラが言った。「その祈りの文句はわたしが使いたいと思っているんだもの」

「わたしたち、その祈りは今まで聞いたことがないのよ」とマーガレットが言った。

ノーラはジムが差し出した紙片を受け取って音読しはじめた。

「『ひとびとは言う、死ぬには若すぎたと。若すぎた？　いや、とんでもない。若くして不滅の列に加えられたのはむしろ、祝福された証し。老いによって震える手をまぬがれたのだから』大事なことを述べているお祈りでしょ。モーリスは若くして不滅の列に加えられたのだもの」

「そしたらあなたが配るカードにだけ、その祈りを印刷したらいいわ、ねえ？」とマーガレットが提案した。「わたしたちは普通のカードを自分たちでつくるから。うちはキルティーリーに一族が住んでいて、コークにはライアン家がいるし、国中に親戚がいるでしょう。皆、そのお祈りの文句は特殊すぎると思うに違いないわ、ノーラ。モーリスを偲ぶカードにはもっと簡単なお祈りを記したものを欲しがると思うの」

「記念カードを二種類つくったら、わたしたちが仲違いしたと思われないかしら？」とノーラが言った。

「わたしたちが仲良しなのは皆承知しているわ、ノーラ。とりわけこういう時期でもあるしね」

「どうやらそれが一番いい解決策のようだね」とジムが言った。

マーガレットとジムは前もって細かいことまで相談を済ませてきたに違いない、とようやく気がついた。ノーラはこの妥協案を歓迎した。そして、簡単なお祈りを記した普通のカードがいいと兄妹に言われたとき、言いなりにならなくてよかったと思った。

玄関ドアにノックの音がして静寂が破られた。息子のひとりが応対に出た気配に三人の大人が耳を澄ました。玄関で女性の声がした。ノーラは紙片を静かにかたづけた。来客が誰かは聞き分けられなかった。彼女は部屋を横切って、扉を開けた。

「あら、ミセス・ウィーラン、どうぞ入って」とノーラが言った。「お目にかかれてうれしいわ」

モーリスが亡くなってからもう半年になるので、弔問客はずいぶん減っていた。誰も来ない晩には、ノーラは胸をなで下ろしていた。彼女はミセス・ウィーランをよく知らない。モーリスが学校で彼女の子どもを教えたこともなかったのではないか。あの家の子たちは職業訓練校へ進学したように記憶しているが、彼らがまだ町に住んでいるかどうかも知らなかった。

「すぐおいとましますから」とミセス・ウィーランが言った。マーガレットとジムにあいさつしたあと、椅子に腰掛けはしたものの、コートとマフラーは取らなかった。

「メッセージをお伝えに来ただけですので手短にさせてください。お茶はけっこうです。どうぞおかまいなく。伝言を預かってまいりました。ご存じかどうかわかりませんが、わたくしはジブニー家が経営している会社に勤めております。弊社のペギー・ジブニーがあなた様にぜひお目に掛かりたいと申しておりまして、ウィリアムも同じことを申しております。午後であればどの日でもおいでください。特に都合の悪い日はありませんが、日にちをご指定下さればいっそう確実だと申しております」

ノーラは、マーガレットとジムがミセス・ウィーランを注視しているのがわかった。兄妹は、先方がくだけた用向きで来たのではないと理解した。ミセス・ウィーランとノーラは同窓生だがずいぶんしばらくぶりの出会いである。ノーラは結婚前、ウィリアムの父親が社長だった時代に、家族経営の製粉工場の事務所でウィリアムと一緒に働いていたことがある。今ではウィリアムが経営全般を取り仕切っている。製粉工場だけでなく、町で最大の卸売業者も彼の傘下にある。ウィリアムとペギーが用事もないのにノーラを呼び出すことなどあり得ないのは、彼女も承知している。父親が住んでいた古い屋敷に移り住み、すべてを相続したウィリアムはよそよそしくなった、とかいう噂を聞いたことがある。

「先方のご都合がいい日なら」とノーラが言った。「いつでもけっこうですよ、ミセス・ウィーラン」

「それでは水曜日ではいかがでしょう？　午後三時では？　それとも三時半のほうがよろしいですか？」

「水曜日で大丈夫です」

ミセス・ウィーランはお茶を勧められたのを再度断り、おいとましますと言い張った。玄関でノーラとふたりきりになったとき、彼女がささやき声で言った。

「ふたりはあなたに会社へ戻ってきて欲しいのです。でもお会いになったとき、あなたのほうからはその件に触れないこと。向こうから口火を切るようにさせて下さい」

「欠員があるということ？」とノーラが尋ねた。

「すべてふたりが説明します」とミセス・ウィーランがささやいた。

ノーラが奥の間へ戻ると、玄関で語られた話の手がかりを探そうとして、マーガレットとジムがノーラの顔を見つめた。ノーラが腰を下ろすと、ふたりは彼女が口を開くのを待ちわびて口を噤んでいた。ノーラは暖炉に炭をくべて期待を煽った。

「ジブニー家は栄えてるんでしょう」とマーガレットが言った。「製粉工場の他にも手広く事業を拡大しているんだもの。農場主たちが麦を現金で買ってもらうためにあそこへ直接押しかけるせいで、小型トラックがよく列をつくってるわ。卸売業のほうも大きな商売をしているって。息子の代が揃って進取の気性に富んでいるのね」

「あてにできる、立派な息子たちなんだろう」とジムが言った。

じきにドナルとコナーがおやすみなさいを言いに来た。それを潮にジムとマーガレットが立ち上がり、そろそろ帰る時間だと告げた。ノーラは兄妹を玄関まで見送った。

「それじゃ記念カードは二種類つくるということで」とジムが言った。「写真は同じものを使えばよさそうだね」

ノーラは黙ったままうなずいた。

彼女は玄関ドアを開けた。ジムが彼女の前を通り過ぎるときにこっそり封筒を手渡した。

「困難を乗り切るために」と彼が言った。「何も言わずに黙って受け取って欲しいのだよ」

「お金は受け取れません。だって今までの費用をあなたがすべて支払って下さったんだもの」

「当座の困難を乗り切るための資金だから」と彼が繰り返した。その声を聞いてノーラは、二十一年ぶりにジブニー家の会社で働くことにジムが賛成しているばかりでなく、仕事への復帰が彼の期待に応えることにもなりそうだと悟った。ジムが石段を下りる前に心得顔で振り向いた。彼は町の顔役のひとりなので、ミセス・ウィーランが今晩やってきた背後にはジムの画策があったのかもしれない、とノーラは思った。

兄妹を見送ったあと、ノーラは椅子に身を預けて、ジブニー家のひとびとのことを考えた。父の死後、修道女たち——とりわけシスター・キャサリン——が家へやって来て、母親に、ノーラをあと三年間学校へ行かせる費用をどうしても工面できないのか尋ねた。中等学校さえ卒業できれば、奨学金制度を利用して大学へ進学することも可能だし、公務員として就職すればいい給料がもらえるのだと教えた。ノーラは、母親がなんとかして学費を工面しようと奮闘している間に、父母両方の親戚と不仲になってしまったのを知っていた。ノーラは母親にお金がないのは百も承知しており、自分の頭が悪くないのもわかっていたので、中等学校を中退してジブニー家の会社に雇ってもらうのがいいと考えた。彼女は十四歳半のときに働きはじめた。十五歳になるやいなや夜学へ通い、速記法とタイピングを学んで昇格に備えた。最初の数年間は給料袋をそのまま母親に手渡していた。母親がやっている小店は品揃えに乏しいのでタバコを一本売りしたり、大聖堂で裕福なひとの結婚式があるときには聖歌隊に参加して小銭を稼いだりした。その当時、母親とノーラとふたりの妹たちが食べていくのは本当に大変だったが、キャサリンとウーナが町で事務仕事ができるようになると生活は楽になった。

ノーラは十一年間、ジブニー家の会社で毎週五日と半日働いた。家で待つ母親の存在を負担に感じることはほとんどなく、職場では事務能力をいかんなく発揮できたのを今でも覚えている。結婚して子どもができた時期には、仕事に復帰する日が来ようとは思いもよらなかった。会社勤めは過去の彼方に霞んでいた。当時の友達がひとりだけいたが、彼女も幸せな結婚をして遠くへ引っ越していった。ノーラとその友達にとって、ジブニーズは給料を稼ぐ場所だった。自分たちの知性を生かす機会に恵まれない娘たちは、そこで何年間もくすぶって過ごすしかなかった。ふたりは結婚後も知性を温存したまま今にいたっていた。

ノーラはモーリスと結婚したおかげで味わえた自由について考えた。子どもたちが学校へ行ってしまえば――あるいは幼い子たちが眠っている間は――いつでも好きなときにこの部屋へ来て、本棚から書物を取り下ろして読むことができた。好きなときに表の間へ行って窓から通りを眺めたり、谷間を隔てたヴィネガー・ヒルや空の雲を眺める自由もあった。心を解き放ち、台所へ戻り、学校から帰ってくる子どもたちの世話をするときにも憂いはなく、義務さえも自由の一部だった。友達が訪ねてきたりして時間が取られることはあっても、一日をどう過ごすかはあくまで自分次第だった。二十一年間続いた結婚生活において退屈や欲求不満を感じたことは一度もない。ところが今、彼女の自由な時間が取り上げられようとしている。今度ジブニー家のひとびとと会うとき、事務所には欠員などないと言ってくれればいいのに、とノーラはひそかに願った。あの事務所へ舞い戻る自分を想像すると、逃げた籠へ戻った鳥になるような気がした。とはいえジブニー家へ行って復職の誘いを受けたら、断ることなど到底できないのも承知していた。自由な年月はすでに終わった。それは単純な事実だった。

ノーラは、モーリスの記念カードのために選んだ祈りの文句を今一度目でたどった。するとほんの一瞬だけ気が晴れて、夫を喪った悲しみと、今後どうやって食べていけばいいのかという不安から解き放たれたように感じた。だが祈りの文句に目を戻したとたん、涙が溢れて止まらなくなった。彼女はその顔をジムとマーガレットに見られなくてよかったと思った。そして、息子たちも寝てしまったあとでよかったと思いながら、祈りの文句の冒頭を読んだ。「おお、神よ、あなたがくださったものをすべて今お返しいたします」

その文句は実際に起きたことに近いと思った。ノーラはモーリスを神様に返したのである。それ以上言えることはほとんど何もなかった。彼女は祈りの文句の第二節を目でたどった。「ひとびとは愚かにも、若くして死ぬひとは人生の盛りに刈り取られたなどと言う。刈り取られたなど、とんでもない。比喩をひとひねりするならば、若くして死ぬひとは人生の盛りへ、その豊かさの真ん中へ、急ぎ飛び込んでいく。そのひとは確かに、死に見つけられるまで待ち続ける人生から引き離される。退屈な凡人の人生からは引き離される。ひとびとが愚かにも、生のさなかに不幸に見舞われたと呼ぶひとは、本当はまぬがれたひと。ひとびとは言う、死ぬには若すぎたと。若すぎた？　いや、とんでもない。若くして不滅の列に加えられたのはむしろ、祝福された証し。老いによって震える手をまぬがれたのだから」

この祈りの文句が言わんとすることはあまりにも明らかだ、とノーラは思った。たった今モーリスがどこにいるとしても、彼はこの家とノーラが与えることのできる安らぎを求めているはずだ。その願いは、過去一年間を帳消しにして戻ってきて欲しいとモーリスに切に願う、ノーラの気持ちと同じくらい強いに違いなかった。

水曜日の朝ノーラは町の美容院へ行き、髪を切ってもらった。そのとき美容師のバーニーに、最近読んだ新しい白髪染めのやり方について尋ねてみた。白髪が増えてきたので、そろそろ手を打たないといけないかなと思ったからだ。

「紺色に染めるのはいやなのよ」と彼女が言った。

「そうね、わかりますよ」とバーニーが返した。

「でも黒くし過ぎると、いかにも染めましたという感じになってしまう。かといって、わたしは若いときもブロンドじゃなくて、そのことは町のひとも皆知ってるから、いまさらブロンドに染めるわけにはいかないの。染めたのが目立たないくらいの、ちょうどいいブラウンはないかしら?」

「これなんかいかがです?」バーニーが見せたパッケージには、自然な感じなブラウンの髪をカールさせた女性の写真がついていた。

「最初は控えめに染めてみたらどうかしら?」と彼女が言った。

「説明書には全部使い切るように書いてあるんですよ。以前にも残したことがあるので大丈夫。とても評判のいいお品です。きっとびっくりなさいますよ」

「じゃ、それをお願いするわ」とノーラが言った。

バーニーは薬剤を髪に塗ってからナイロンのネットをかぶせ、しばらく雑誌でも読んでいて下さいと言った。ノーラが時計を確かめると、息子たちに昼食をつくってやらないといけない時刻だった。彼女はこんな時間に美容院へ来てしまったことを後悔し、早く帰ろうと思ってバーニーに合図した。ところがバーニーは、ふたり連れで来店した客の対応で忙しくしている。そのふたり組は髪にハサミを入れるたびに、ああでもないこうでもないと相談しあっているのだ。

「あと少しだけ待って下さいね」とバーニーが言った。

ようやくやってきた彼女はネットを外しながら、心配ご無用と言い、ドライヤーをかけてブラシと櫛を入れればたちまち自然になるので、おおらかな気持ちでいてくださいとつけくわえた。ノーラは、バーニーが髪を切ったふたりの客がこちらを熱心に見つめているのに気づいた。そして、誰にも相談せずに白髪染めをしてもらったのはまずかったかも知れないと考えた。だが相談すべき相手は誰ひとり思い浮かばなかった。妹たちはふたりとも、たぶんすでに白髪を染めているが、彼女たちがそんな話をしているのを聞いた覚えはない。バーニーがドライヤーをかけているのを眺めながら、仕上がりつつある髪型はずいぶん若向きだと思った。向こうから眺めている二人組もそれに気づいているものの、違和感は覚えていないようだった。

バーニーが髪を整えれば整えるほどかつらみたいに見えた。いったん染めた髪がそう簡単に元に戻らないのはノーラも知っている。鏡の中のバーニーは、自分の仕事に大いに満足しているように見えた。仕上がりに文句をつける理由は何ひとつない。

「ちょっと若向き過ぎないかしら?」とノーラが言った。

「とてもよくお似合いだと思いますよ」とバーニーが返した。「このカットは今とても流行っているんです」

「流行りのカットなんてはじめてだから」とノーラが言った。

髪が仕上がった。彼女は帰り道、この姿を見られたら正気を失ったと思われるか、未亡人ではなく若い女みたいに見られたがっていると思われるだろう、と不安になった。

「慣れるまでに二、三日かかります」とバーニーが言った。「でも今は誰だって白髪は染める時代ですから」

「染めた色が不自然に見えているということ?」

「二、三日で不自然な感じは消えます。ひとに見られても元々の髪の色だと思ってもらえますよ。不安そうなお顔をしてらっしゃるけれど、週末までには染めてよかったと思えるはず。うけあいますよ」

「もう洗い落とせないのかしら?」

「それはできません。でも徐々に色は薄くなります。来月、きっとまたここへいらして染め直すことになりますよ。わたしの経験では、染め直すのをやめて白髪頭に戻ったお客様はいません。ただ次回は、ハイライトを入れたくなるかも知れませんね。ハイライトは近頃とても人気なので」

「ハイライト? とんでもないわ」

美容院を出たノーラは背筋を伸ばして、コート通りとジョン通りに住む主婦たちが全員、食事のしたくで忙しくしていて玄関ドアから外を覗く暇などありませんように、と祈った。知っているひとに会いませんように。それから胸の中で、夫が死んで半年しか経っていないのに髪を染めたことを、激しくとがめるひとたちに出くわす場面を詳細に思い描いた。ジムの顔が思い浮かんだ。ジムとマーガレットには一週間以内に会うことになっている。彼らはきっと理解に苦しむだろう。

ミセス・ホーガンがジョン通りから歩いてくるのを見つけたとき、相手がノーラだとわからずに通り過ぎるか、あえて何も言わずにやり過ごすつもりか、彼女には判断できなかった。ノーラの間近まで来たとき、ミセス・ホーガンは飛び上がったように見えた。顔が一瞬引きつってすぐ元に戻った。

「思い切ったことをしたわね」とミセス・ホーガンが言った。

ノーラは微笑もうとした。

「バーニーでしょ?」と相手が尋ねた。

ノーラはうなずいた。

「新しい毛染め液を仕入れたんでしょう。わたしも行かなくちゃ」

エプロン姿でよれよれにすり減った靴を履いたミセス・ホーガンがノーラの髪型をうんぬんする資格があるのなら、自分だって何か言ってやる資格はあるだろうとノーラは考えた。

「そうね、おすすめよ」ノーラは相手の髪に目をやり、毛染めの効果に注意を引きながらさりげなく言った。一瞬の後ミセス・ホーガンはようやく、自分が馬鹿にされているのかも知れないと気づいた。

ノーラのほうはおかげで勇気が出た。もう誰と出会っても立ち止まらないつもりだったが、髪を染めたのは間違いだったと悔やんでいた。彼女は今までの人生で、今回のように前もってじゅうぶん考えずに、思いつきで行動したことがあったかどうか考えた。思い出したのは結婚前のある日のことだ。昼食を摂るために帰宅する途中、キャッスル・ヒルの麓のウォーレンズ競り市場の外に古本の屋台が出ていた。どんな本があるか見ていたら、学校で習ってお気に入りになった詩が収録されたブラウニングの詩集があった。手にとってページをぱらぱらめくっているところへ、ボリーン・ヒルのミセス・カーティーがやってきて足を止めた。ノーラは老女とふたりで、本の見返しに鉛筆書きされた値段を調べてみた。思っていたよりもずっと高かった。だがいずれにしろ彼女はお金を持っていなかった。ふたりは店を後にしてフライアリー・プレイスに沿ってフライアリー・ヒルを上がった。丘のてっぺんで別れるとき、ミセス・カーティーが上着の懐に隠していた本をノーラに手渡した。

「一冊くらいなくなったって気づきやしないさ」と老女が言った。「でもどこで手に入れたのか、誰にも言ってはいけないよ」

髪を染めて家路をたどる今の気持ちは、ブラウニングのあの詩集を実家へ持ち帰った日の気分を思い出させた。後ろめたさの正体は、誰かにあとをつけられ、やがて見つかるという恐怖感だった。

帰宅するとすぐにじゃがいもをゆで、豆の缶詰を開け、フライパンにラムチョップを三本入れた。

子どもたちが帰ってきたとき、じゃがいもはまだゆであがっていなかった。ノーラは二階から声を掛けて、昼食の準備ができるまでもうしばらく待ってね、と言った。彼女は化粧台の鏡の前に腰掛けて、染めた髪が少しでも自然に見えるように工夫できないか考えあぐねていた。バーニーにヘアスプレーを使わないよう頼めばよかったと思ったがあとの祭りで、髪はべたついて甘ったるい匂いを放っていた。

息子たちは母親の姿を見た瞬間、押し黙った。ドナルは目をそらし、コナーは近寄ってきた。コナーが彼女の髪に手を触れた。

「ごわごわだね」とコナーが言った。「どうしたの?」

「今朝、美容院へ行ったのよ」とノーラが言った。「似合う?」

「その下はどうなってるの?」

「何の下?」

「頭にかぶってるそれの下だよ」

「頭の上にあるのはわたしの髪に決まってるでしょ」

「それで外へ行くつもり?」とコナーが尋ねた。

ドナルはもう一度母親に目をやり、再び目をそらした。

ノーラはジブニー家へ何を着ていこうか考えた。あまりによそ行きの格好では職を求めていないように見えてしまう。先方と対等な人間として社交的な訪問をしに来たと受け取られては困る。かと言って古くさい装いで行くわけにもいかない。服の悩みはつきないと思った。あの会社に復職すれば、皆からウィリアムとペギー・ジブニーの友人だとみなされるだろう。会社にはまだ、昔、勤めていた頃からの知り合いで、以後つきあいが途絶えてしまったひとたちがいる。今さらのこのこ復職したら、あのひとたちはきっとわたしのことを不愉快に思ったり、違和感を持ったりするに違いない、とノーラは思った。

車で町を横切って駅前広場まで行き、そこから徒歩で向かえば余計なひとに髪を見られる心配はない、と思いつくと恐怖心が消えた。洋服ダンスに掛かっている服の中からグレーのスーツを取り出して、紺色のブラウスを合わせた。靴はいちばんいいのを履くことにした。ジブニー家のふたりがノーラに何を話すつもりか定かでないし、仕事に戻るよう勧められるかどうかもわからない。午後のお茶を飲みながら給料の額について話すことはあるまいとも思われた。先方が何を考えているにせよ、彼らの屋敷へ着いたとき、物欲しそうな顔に見られるのだけは避けたいと考えた。

玄関ドアを開けたのはミセス・ウィーランだった。彼女に案内されて、右手奥の大きな居間へ入った。室内には布張りの重厚な椅子が配置され、壁には古い絵がたくさん掛かっている。まだ午後なのに陰翳が部屋を覆っている。縦長の窓からはあまり光が射し込まないようだ。

ペギー・ジブニーが椅子から立ち上がった。羽織っていたカーディガンが肩からずり落ちたのを見たミセス・ウィーランが、すばやく駆け寄って元に戻した。豪奢な部屋の主はそのようにかしずかれて当然である、と無言のうちに示すかのように、ペギー・ジブニーは礼を言わなかった。彼女はノーラに、正面の肘掛け椅子に腰掛けるよう身振りで示してから、ミセス・ウィーランに指示を出した。

「マギー、事務所のミスター・ジブニーに電話を掛けて、ミセス・ウェブスターがお着きですと知らせてくださいな」

ノーラは覚えている。もうずっと前のことだが、ペギーが妊娠を自覚した当初、彼女はウィリアムと結婚していなかった。ウィリアムの両親がペギーを認めなかったからだ。ノーラが表の事務室で静かに仕事をしていたとき、ミスター・ジブニー・シニアがウィリアムに向かって話しているのを小耳に挟んだ。ペギーをイングランドへ行かせて向こうで出産させ、赤ん坊は施設に引き取らせればよいという話だった。ウィリアムが事務室から出て行ったので、てっきりペギーをミスター・ジブニー・シニアに言われた通りにさせるつもりだと思っていたが、ウィリアムはペギーと結婚し、ペギーは町の市立病院で出産した。そして、ウィリアムの両親はしだいにペギーと孫に愛着を持つようになった。ペギー・ジブニーは今、この屋敷に腰を落ちつけて、いまだかつて自分の地位に疑念が生じたことなどなかったかのように、ノーラに語りかけている。

ペギーの声音にはもはや、娘時代にしゃべっていたぞんざいな町ことばの面影はない。考え抜いたことを——前もってすべて決まっていることを——通達するかのような話し方だ。

「そう、本当にね」彼女はノーラか誰かが話題を切り出したのを受けるかのように口を開く。「税金は高いし、生活費もかさむ今日この頃ですから、たくさんのひとびとがやりくりに苦労していますわね」

ノーラはペギーの兄弟姉妹の消息を尋ねてから、しまったと思った。

「元気ですよ、ノーラ、皆元気です」ごくわずかに尊大な口調が混ざった口ぶりで相手が答えた。「皆それぞれの人生を生きています」

なるほど、彼女の兄弟姉妹たちはこの屋敷へは招かれていないのだな、とノーラは合点した。ところが子どもたちのことを尋ねられると、ペギーの表情は一転して明るくなった。

「ウィリアムは、子どもたちひとりひとりにふさわしい資格を身につけさせる方針なのです。帰郷してこの会社で働くときにはそれぞれに専門分野を任せられるように」

ペギーは「専門分野」という単語を慎重に発音した。

「ウィリアム・ジュニアはすでに一人前の会計士で、トマスは生産性向上技師として実力を発揮しています。エリザベスはダブリンの最高の学校で商業学を修めて戻ってきました。三人それぞれが自分の足で立っているのよ」

「あら、そうなんですか?」とノーラが言った。

ノーラはミルパーク・ロードのミセス・ルイスを頭に思い浮かべていた。彼女が話すのはいつも自分の子どもたちの出世話ばかりで、話の最後はいつも、末娘のクリスティーナがタ、イ、プ、ラ、イ、タ、ーになってくれたらいいのに、としめくくるのだった。ノーラは、ペギーの居間の厳粛な空気の中で笑い出しそうになるのを必死でこらえた。そして懸命に努力して真面目な表情を保った。

「この町にはいろいろな変化が起きつつあると皆さんが話してくれます」とペギーが言った。「わたしはあまり旅行には出ません。ときどきロスレアへ行くくらいです。あそこは静かでいいわね。でもわたしはどこにいても、しなくてはならないことがたくさんあって、年中忙しいの」

ノーラは、ペギーにはミセス・ウィーランの他にもうひとり専従のメイドがついている、と教えてくれたのは誰だったか思い出そうとした。

「でもウィリアムはもっと忙しくて、休暇も休暇にならないの。あれやこれや解決しなくてはならないことをいつも抱えているから。だからせっかくロスレアへ出掛けても、あちらとこの町を何べんも車で往復することになってしまって、休暇が休暇にならないのよ」

居間へやってきたウィリアムは、ノーラが覚えていたよりも小柄に見えた。三揃いのスーツを着ている。握手を求められたノーラは、このひとは昔のことをまだ覚えているかしらと思った。彼の父親は、息子の学校教育を十六歳でやめさせ、その後は長年にわたって息子にお金を掛けようとせず、他人が見ている前で息子を「抜け作」呼ばわりした。だがウィリアムの父親はずいぶん前に死去し、会社は彼が相続して年月が経っているので、昔のことを覚えているのはノーラくらいしかいないのだろう。

「わざわざご足労いただいて恐縮です」彼がそう言いながら椅子に腰掛けると、ミセス・ウィーランがお茶とビスケットを持ってきた。

「お疲れさま、いや、お疲れさま」彼はまるで、何か他のもっと深刻なことがらに心を奪われているかのような口ぶりでつけくわえた。

ノーラは落ち着いた目で彼を見つめながら黙っていた。彼女はウィリアム・ジブニーに礼を述べる気持ちにはなっていなかった。

「わたしの父はいつもあなたが一番優秀で、決してミスをしないと申していました。あなたとグレタ・ウィッカムのことです。ノーラとグレタさえいればこんな混乱は防げたのになあ、というのが父の口癖でね。もっとも、混乱などありはしなかったのですが」

「そうそう、お父様はいつもあなたを褒めていたわ」とペギーが口を挟んだ。「それから、ウィリアム・ジュニアとトマスが学校でモーリス・ウェブスター先生に習っていた頃は、先生をとても尊敬していたの。今でも覚えているのはトマスが熱を出した日のことだけれど、わたしたちは口を揃えて、一日学校を休めばいいと勧めたのよ。ところがトマスは、今日はウェブスター先生の二時間続きの商業の授業があるから休みたくないと言い張って、登校したの。トマスはダブリンで資格を取ったのだけれど、修了後、あちらのひとたちに引き留められましてね。将来有望な就職口のオファーをたくさんいただいたんですよ。いいところがあったらダブリンに勤めてもいいんだよと伝えてあったのに、本人がこの町へ帰郷するほうを選んだのです。そのほうがいいからと申しましてね。ウィリアムも同じでした。ただエリザベスだけは違うの。あの子はどこへ行くか分からない。心して見張らなくちゃと思っています」

自分と家族のことについて遠慮会釈なく語り続けるペギーの口ぶりには、ノーラを遠回しに傷つけようとする意図らしきものが感じられた。ペギーは自分自身を褒め称えてもさしつかえのない高みまで上った人物なので、他人も自分を敬うのが当然だと言わんばかりの口ぶりなのだ。ノーラは、ウィリアムが雇っている従業員は百人くらいか——あるいはもっとたくさんいるかもしれない——と見積もった。そういう夫の妻なのだから、ペギー・ジブニーが平凡でいるのは難しいのかも知れない。とはいえ、ペギーの真正面に座らされたノーラとしては、沈黙以上のものを彼女に捧げてやる義理はないと思った。

ウィリアムのほうは少し違っていた。彼はつぶやくようなしゃべり方で、神経質に同じ単語をくり返したあと、別の単語を探しあぐねて絶句する癖があった。

「わが社ではいつも欠員はあるのですよ、ノーラ」と彼が語りはじめた。「欠員はあるのです……」

ノーラはウィリアムに目を向けてにっこりした。

「若い女性事務員の中にはスペリングができていない子もいるのよ」とペギーがまた口を挟んだ。「おまけに計算も満足にできないくせに、口だけは達者ですぐ病欠するんだから——」

「そうだね」とウィリアムが言った。「そうそう」

ノーラはウィリアムをくわしく観察して、自分と同じようにペギーにいらだっている証拠がないか見極めようとしたが、どうやらペギーのことはそっちのけで、目の前のことには興味がないように見えた。

「身なりがだらしない子もいるでしょう。エリザベスが言っていたわ——」

「トマスは」とウィリアムが口を挟んだ。「ミス・カヴァナーを頼りにしているんです。ミス・カヴァナーが事務部長なので、あなたの時間さえ許せば、トマスと一緒に彼女に会ってもらえるとありがたい。細かいことはわたしよりもトマスのほうがよく把握しているのでね」

ウィリアムはその先のことばを継ぎあぐねるかのように、ひと呼吸置いてノーラに目をやった。

「つまりその」ウィリアムは絨毯を見つめながら続けた。「わたしは会社の経営者で、会社の責任者に過ぎません。ですがトマスは、あなたをミス・カヴァナーに紹介できる。そこで話をつけてさえくれれば、あなたの都合が整い次第、勤めはじめてもらえます。都合が整い次第、勤めはじめてもらえばいいわけです」

「そのひとはフランシー・カヴァナーですか？」ノーラが尋ねた。

「そうだと思いますよ」とウィリアムが言った。「もっともずいぶん前にその呼び名では呼ばれなくなったと思いますが」

「そうそう、もちろん」とペギーが言った。「あなたは彼女を昔から知っているのよね。トマスはあのひとをべた褒めしているわ。あなたたち同士は連絡をとりあってきたのかしら？」

「と言いますと？」ノーラが鋭く聞き返した。

「あなたとミス・カヴァナーはお友達なのかしら、ということ」

その発言はペギーが長年月、他人同士の友人関係を気に掛ける暇などなく、自分自身が誰かとの友情を温める暇もなかっただろうことを暗に示していた。ノーラはそれを承知した上でなおかつ、ペギーはふたりの関係をどこまで知っているのだろうと思った。たとえば二十年前の——いやもっと前だったか——ある木曜日に起きた出来事は当時、ひとびとの語りぐさになったからだ。あの日、事務所の勤務が午前中で終わったので、ノーラとグレタ・ウィッカムはバリーコニガーまで自転車で遠乗りすることにした。そこへフランシー・カヴァナーが自分も行きたいと言い出したので、ノーラとグレタは自転車を全速力でこいでフランシーに置いてきぼりを食わせておいて、行き先をバリーコニガーからモリスキャッスルへ変えたのだった。そして、まかれたフランシーがひとりで帰宅する途中、バラーの近くで自転車がパンクし、日が暮れてから雨に降られて木陰に逃げ込んだもののびしょ濡れになり、家にたどり着いたのは明け方だったという話を聞いたとき、ふたりはフランシーに謝る代わりに、ほとんど噴き出さんばかりになった。フランシー・カヴァナーはその日以後、ふたりとは口をきかなくなった。

ウィリアムとペギーはノーラを見つめていた。フランシー・カヴァナーに関する質問に答えるタイミングを逸してしまったが、もう遅かった。ノーラは、自分が結婚して子どもを生み育てたこの年月のあいだ、フランシーはずっとジブニーズの事務所で働き続けた結果、今では事務部長になったのだと思った。それはちょうど、たった今悠長なしぐさでティーカップを手に取ったペギー・ジブニーがこの屋敷に居座り、夏にはロスレアへ行き、まがい物の威厳を身につけて、義母や、町の商家の妻たちの見よう見まねをしているのと同じことだ。ノーラは、沈黙が音から離れているのと同じくらい、自分とこのふたりの女たちはかけ離れていると思った。

ウィリアムが立ち上がると部屋の空気が変わった。社交辞令は終わったのでノーラはもう帰ってよい、ということをウィリアムとペギーが暗黙のうちに伝えた。ノーラが立ち上がってもペギーは座ったままでいた。客人を屋敷の外まで見送るのは自分の役目ではないと考えている証拠である。ウィリアムはノーラに握手を求めた。

「月曜の午後二時にトマスに会ってもらえませんか？　表の事務室でトマスを呼び出して下さい。表の事務室でね」ウィリアムはそう言い残し、どこかうわの空のまま部屋を出た。ノーラは彼が玄関を出て、ドアを閉める音を聞いた。そのあと、玄関広間で待機していたミセス・ウィーランが、ノーラを玄関まで案内した。

「あなたがおいでくださったのであの方は大喜びなさいますよ」と彼女がささやき声で言った。「ご承知かも知れませんが、あの方は限られた方にしかお会いにならないのです」

「あら、そうなんですか?」とノーラが言った。ミセス・ウィーランが好奇心をむき出しにして見つめているのに気づいて、ノーラは白髪染めをしばらくぶりに意識した。

第4章

ノーラはトマス・ジブニーと会う約束をしたことについて、また、二十年以上の時を隔ててフランシー・カヴァナーと近々再会することについても、誰にも言わなかった。ジムとマーガレットには遠からず打ち明けるつもりだったが、ふたりが家へやってきたとき、ジブニー家を訪問したさいのことを根掘り葉掘り聞かれなかったのでありがたかった。ウーナに訊かれたときには、まだ決めていないと答えておいた。

「ゴルフクラブでは、姉さんはあの事務所に戻って働きはじめるっていう噂だったわよ」とウーナが言った。

「ゴルフクラブへ行くといろんな話が聞けるのね」とノーラが返した。「わたしもゴルフができたら、というか、他人様の詮索がもっと好きだったら、ゴルフクラブに入会すれば楽しいかもね」

もうひとりの妹のキャサリンがノーラに手紙を寄越して、近々週末に子どもたちを連れて泊まりに来ないかと誘ってきたので、ノーラは返信を書いて、次の週の金曜日、息子たちが学校から帰ってきたらそちらへ向かい、日曜までお世話になるつもりだと伝えた。病気になる前までは、モーリスはキルケニーの近郊にあるキャサリン一家の農場を訪ねて、彼女の夫と語りあうのが大好きだった。ふたりは作物の収穫高や価格について話したり、政治について議論したり、お互いの近所に住むひとびとの噂話を交わしたりした。小さな子どもたちをフィオナかオーニャに任せて、夫婦四人で近所のパブへ行ったりもした。ドナルとコナーも気分転換を楽しんでいる様子で、自宅よりもはるかに広い家の、勝手が違う部屋で眠るのがお気に入りだった。

母親がよく言っていたことは事実だとノーラは思った。母親だけでなくふたりの妹たちも、ノーラよりモーリスのほうが好きで、モーリスが語る話のほうに耳を傾けた。キャサリン夫婦と四人でパブへ飲みに行くと、男ふたりで話し込むのがつねだったが、キャサリンは男たちの話を聞くのを好み、彼らに質問したり、彼らの興味を引きそうな話題を提供した。ノーラは一切、そういう気を遣わなかった。国内で起きていることにたいしてモーリスほど強い意見を持たなかったので、彼女はいつも中途半端に話を聞いていた。キャサリンと夫のマークはモーリスと同じように信心深かった。三人は奇跡と祈りの力を信じるとともに、カトリック教会が近代化しつつある方向性も支持していた。そういう問題について、三人はノーラの意見を求めなかった。ノーラは内心自信はなかったものの、三人と同意見だったわけではなく、教会の近代化はもっと強力に推し進めた方がいいと思っていた。彼女は三人が当然だと考えていることがらにたいして、疑問がないわけではなかった。他のことについても自分なりの意見はあったけれど、会話に加わらなくてもじゅうぶん満足だった。モーリスが死んだ今、以前よりもたくさんしゃべらなくてはならないのだろうか、とノーラは考えていた。

息子たちが学校から帰ってきたので、ノーラは荷物を車に積み込んだ。彼女は息子たちと相談して、キルティーリーまではドナルが助手席に座り、そこから先はコナーが助手席に座ることにした。

マイルハウスの先にひとつの農場がある。モーリスが元気だった頃、その農場の前を車で通るたびに、彼は車内の会話を無視して物思いに沈み、張りつめた顔になった。どうしてそうなるのかは尋ねないままに終わった。モーリスが語りたがらなかったからだ。だがノーラは、義母の通夜の席で、マーガレットと彼女のいとこがそのことについて話しているのを小耳に挟んでいたので、事情を心得ていた。その農場は前世紀の末、モーリスの祖父が立ち退かされた場所だった。祖父と妻と子どもたちが町へたどり着いたとき、所持品は古い鞄に入れた書物数冊と衣類だけだった。祖父は当時、政治信条のせいで警察からにらまれていた。ノーラはいつも、モーリスはこの事件をどのていど深刻にとらえているのだろうと考えていた。また彼女はこの場所を通りかかるたびに、祖父の事件について語るのは神聖な受難を汚す行為だと言わんばかりに、夫が頑なになるのを不思議に思った。

トゥローを過ぎたあたりに、ノーラの母親が若い頃家政婦として住み込んでいた屋敷がある。その屋敷の当主だか、当主の弟だか息子だかが、昼も夜も彼女に馴れ馴れしくつきまとったという話を聞いた。ジョージーがいつか詳しく語ってくれたところによれば、神父様に来てもらわなくてはならないところまで迷惑が昂じたのだという。ノーラの母親になる娘の純潔を守るため、神父様がエニスコーシーのカレンズ百貨店の支配人に頼み込んで、家政婦から店員に転職させたのだそうだ。トゥローの田舎屋敷を舞台にした、娘の純潔と神父様と当主と弟と息子をめぐる物語はあまりにもあり得ない話に思えたので、ノーラは思わず笑い出してしまった。ジョージーが本当の話なのだと力説すればするほど、ノーラは笑いが止まらなくなった。しまいにジョージーは、この話は他言無用、もし口が滑った場合でも話を聞いて笑ったなんて言ってはいけない、と大まじめで注意した。そうしてさらに、こういう話を聞いて笑い出したなんて言うと他人様に常識を疑われる、と釘を刺した。

狭い道が続いたので気をつけて運転した。こんな昔話はじきに聞かれなくなるだろう、とノーラは思った。大昔の立ち退き話なんてもうじき皆忘れてしまうに違いない。モーリスの祖父母は共同墓地の名前が書かれていない墓に眠っている。誰の墓だかじきにわからなくなってしまう。ノーラが思うに、彼女の妹たちはトゥローの田舎屋敷と母親の関係も、そこの当主や弟や息子のことも知らないだろう。おそらく妹たちは、母親が実家を出てからエニスコーシーのカレンズ百貨店に就職するまでの間に、家政婦として働いていた時期があることさえ知らないと思われた。

キルティーリーを過ぎてコナーが助手席に座ると、学校やクラスの友達や先生の話をした。コナーはいとこたちと一緒に過ごしたり、農場を見たりするのを楽しみにしているようだった。

「キャサリンおばちゃんの農場には幽霊が出るの？」とコナーが尋ねた。

「出ないわよ、コナー。あそこの家はわが家より古いし大きいけど、幽霊は出ないから大丈夫」

「でもたくさんのひとがあの家で死んだんでしょう？」

「さあね、知らないわね」

「幽霊屋敷ってどんなだろう？」とコナーが尋ねた。

「幽霊屋敷の話なんて嘘ばっかりなのよ、わかるでしょ」

「バック・ロードのフィーランズのパブは幽霊屋敷だよ。ジョー・デヴローがある晩、あそこの店先でのっぺらぼうの男に出会ったんだ。タバコに火を点けようとしていたんだけど、顔がなかったんだって」

「影のせいでしょ、それは」とノーラが言った。「ジョーが懐中電灯さえ持っていれば、その男の顔をちゃんと見られたはずよ」

「あそこは幽霊屋敷だから、神殿奉献《プレゼンテーション》女子修道院から家へ帰るときには必ず道の反対側を歩くんだ」とコナーが続けた。

「なるほどね。でもわざわざあそこへ行く用事なんかないでしょう」

「あ、あ、あそこに幽霊がいるのは皆知ってるよ」ドナルが後部座席から口を出した。

「わたしは聞いたことないけどね」とノーラが返した。

息子たちはしばらく黙り込んでいたが、ノーラは彼らがまだ幽霊のことを考えているのがわかった。車はボリスにさしかかっていた。

「そういう幽霊話はぜんぶ当てにならないと思うわよ」と彼女が言った。

「でもキャサリンおばちゃんの家ではたくさんのひとたちが死んだはずだよ。二階に寝室がいくつもあるんだから」とコナーが続けた。

「でも幽霊なんてものは出ないのよ」とノーラが言った。

「そ、それじゃあ聖霊はどうなの？」とドナルが言った。

「ドナル、それは神様のことでしょう、別の話」

「ぼくはキャサリンおばちゃんの家では、ひとりで二階へ行かないようにする」とコナーが言った。

「昼間でもひとりで二階へは行かない」


キャサリンの家に着く少し前におしゃべりは一段落した。ノーラは話題を変えようとしたが、息子たちを亡霊や幽霊屋敷の空想から引き離すことはできなかった。細い幹線道路、道路沿いの寂しい景色、ぽつんぽつんと見えてくる農場をつないで何マイルも続く馬車道、薄汚い側溝、道路に覆いかぶさる木々。それらすべてが夜間の物音や幻影の不気味さを煽っていた。キャサリンが新婚の頃、マークのいとこが所有する家について話してくれたのをノーラは覚えている。キヅタに覆われたその家ではひとりでに家具が移動したり、ドアが開いたりしたのだという。キャサリンとマークは話の真実性を少しも疑わないでくわしく語った。ノーラはそういう現象が起きるのは遺言とか遺産とか、あるいは不和とか誰かが追い出されたとかいうことに関係があるのではないかと考えた。そして息子たちにはそんな話を聞かせないでほしいと思った。

キャサリンの特徴のひとつはほとんど座らないということだ。ノーラの記憶では母親も同じで、絶えずせわしなく動き回っていた。ノーラとウーナはその状態を「せかせかドンドン」と呼んでいる。彼女たちの母親は、できる仕事があるうちに座り込む女を認めなかったのでよけいに始末が悪かった。ノーラは結婚以来ずっと、夕食後の洗い物をし終えたら、できる限り長い時間座り続けるよう心がけてきた。自分とモーリスが飲むお茶のためにケトルでお湯を沸かしたり、冬場に湯たんぽの準備をする以外には、わざわざ立ち上がって台所へ行く用事はつくらないようにした。

ノーラにあてがわれた寝室はモーリスといつも泊まった部屋だった。その部屋に鞄を運び込んでしまうと家へ帰る気がしなくなった。会社には、具合が悪いのでしばらく採用を延期して下さいと伝言を送りたくなった。ノーラの髪を見たときのキャサリンの表情も気力を失わせた。ひと目見て黙っていたということは、あとからいろいろ言うつもりなのだ、とノーラは考えた。

マークの農場は広大である。だがキャサリンが自分の側の親戚には面積を教えないので、どれくらい広いのかノーラは知らない。ようするにマークは、キャサリンが喜んで認める以上の広さを持つ農場を所有しているということだ。もし農場が狭ければ、キャサリンは土地の狭さを話題にして不平を言って見せただろうから。キャサリンは昔から衣類はセールで買うほうで、結婚後もその習慣は変わっていない。だが今は衣類の他は――とりわけ家まわりのことには――惜しまずお金を使うようになっていた。マークが語ったことばの中で、ノーラとモーリスが一番おもしろいと思ったひとことは、「ものが値が張ると思うのは、買った当日だけだよ」。ふたりとはまったくかけ離れた価値観だった。

そういうわけで車回しには新車が二台あり、家具もつねに新しく買い換え、台所用品も新しいものが揃っている。ダブリンのブラウン・トマスやスウィッツァーズで買った品々だった。ノーラが思うに、キャサリンの行きつけの美容院はダブリンにあるに違いない。あるいは裕福な農夫の妻たちがひいきにしている、キルケニーの店かも知れない。エニスコーシーの店のバーニー・プレンダーガストに白髪染めを頼んだなどと言えば、彼女は卒倒するかも知れなかった。

ノーラは、モーリスがいてさえくれれば自分は注目されずにすむからよかったのに、と思った。モーリスなら何の苦労もなく、おっとりした魅力でひとを引きつけたはずだった。ノーラはカーペットを敷き詰めた階段を下りながら、貼り替えたばかりの高そうな壁紙の上に、マークの母親から譲られた版画が新しく額装されて掛かっているのを見た。そして自分は、この家で注目の的になるように見えても、実際は哀れみの対象なのだと考えていた。キャサリンとマークはこの週末、ノーラと息子たちを迎えるのを喜んでくれており、歓待し真心も尽くしてくれるだろうけれど、三人が帰ったあとにはほっとして、義務を果たし終えたと感じるに違いない。ジブニーズで働きはじめたら、働いていることを口実にして、しばらくこの家へは来ないようにしよう、とノーラは考えた。

ドナルとコナーはいつも、農場に慣れるまで時間がかかった。ふたりにはやりたいこととそうでないことがある。いとこたちに誘われて果樹園へ行くさいにはイラクサに近寄らずにすむようにした。家の中へ井戸水を引き入れる手動ポンプがあって、押し引きして操作するのだが、ふたりともこのポンプで遊ぶのは大好きだった。ところが長靴と古着に着替えて家畜のそばへ行ってみようとか、搾乳所や、牛糞のある干し草置き場へ行ってみようなどと誘われても、すぐにはうんと言わない。ふたりはその場の空気を読んで、大人たちと一緒に座り込んで話を聞いているのが許されそうなら、そちらのほうを好んだ。

食堂兼居間《キッチン》を見たノーラは、キャサリンが新しい洗濯機を買ったのに気づいた。洗濯機はその前日、ダブリンから届いたばかりで、テーブルについたキャサリンの目の前に取扱説明書が開かれていた。

「乾燥機も届いたの」とキャサリンが言った。「でもまだ梱包を解いていない。洗濯機の使い方を覚えるのが第一だから。配管工事をしてくれたひとに尋ねればよかったんだけど、パイプがつながったらすぐに使えると思ってたのよ。ディリー・ハルピンっていう友達がいてね、彼女も洗濯機を持っているので電話して訊いたら、取扱説明書の中身を理解するのは、大学を卒業するのと同じくらいたいへんだったんだって」

キャサリンは、ドナルとコナーとふたりのいとこが囲んでいるテーブルにノーラの場所をこしらえた。

「操作を間違えたせいで、最初からやりなおさなくちゃいけないとかいうのだったら、まだいいの。わたしったらそもそも、この洗濯機を回すことができないんだから」

彼女はたくさんの図表を見せた。

「ほらね、いろんな洗い方ができるのよ。シーツとテーブルクロスの場合はこれ。こっちはシャツとブラウス用。これはもっとデリケートな生地の場合。説明書には英語だけじゃなくて、ドイツ語とフランス語も書いてあるんだけど、翻訳が悪いのかなあ。他のことばだったらすんなりわかるのかも知れない」

キャサリンと彼女の家族はもう夕食はすませたのかしら、とノーラは思った。もう六時を過ぎていて、キャサリンは子どもたちにテレビ漫画と、そのあとの子ども向け番組を見るのを許可した。ところが食事については何も言わなかった。ノーラは、息子たちがもうじき空腹になるのが分かっていた。キャサリンはわたしたちが家を出る前に食事をしてきたと思っているかしら。奇妙なのはキャサリンがわたしに、食事のことを話題にするチャンスをくれていないことだ。キャサリンはわたしが目の前にいるのに、誰もいないかのようにしゃべり続けている。

それがわかるとすべてがわかった。キャサリンはひとりごとをつぶやいているわけではなくて、ノーラがいるのはもちろん分かっている。それを承知の上で、ノーラにはしゃべりたいことなどないだろうという空気を醸し出しているのだ。もしキャサリンがわざと意地悪しているのであれば、じきにぼろが出ただろう。ところがその空気はキャサリンから自然に湧き出しているように見えた。ノーラは以前から、キャサリンがノーラは何も言いたいことがない人間だと思っているのに気づいてはいた。だが今、本人を目の前にして、それが本当に本当だとわかった。キャサリンがノーラにたいして抱いている勘違いは、教会の外壁みたいに堅固なのだ。外壁はアーチ天井をただ単に支えるためではなく、天井が崩れないよう持ちこたえるために建てられている。ノーラは、キャサリンとふたりでひどく風通しの悪い部屋に腰掛けているように感じた。キャサリンは洗濯機と乾燥機の話をまくしたてたあと、玄関へ行ってディリー・ハルピンに電話を掛けた。相手はすぐに来て、洗濯機の使い方を教えられるかどうかやってみてくれるらしい。

「姉さんにこれから話すことをディリーには黙っていて欲しいんだけど」とキャサリンが言った。

「じつは先週、ディリーとふたりでダブリンへ行って、彼女のお姉さんの家に泊まったの。ご亭主は法廷弁護士。マラハイドのすてきなお屋敷でね、ノーラ、自家用のボートまで持ってるのよ。あのお宅ほど何から何までモダンな家は、はじめて見たわ。ご亭主の実家は建設業で栄えていて、本人も弁護士として立派にひとり立ちしているの。ディリーのもうひとりのお姉さんもすごくいいひとなんだけど、そのご亭主は最高裁判所のマーフィー判事。ご亭主は揃ってアイルランド共和党《フィアナ・フォイル》のお偉いさん。別のお姉さんはデラハント家のひとと結婚していて、ディリーの話では嘘みたいに裕福なんだって」

ノーラはキャサリンが「嘘みたいに」という単語を使うのをはじめて聞いた。また、よその一族についてこんなふうに語るのを聞いたのもはじめてだった。

「それで、ここからが本題なんだけど、わたしたちはその晩、インターコンチネンタル・ホテルへディナーに連れて行ってもらったわけ。ディリーの義兄のコンとファーガス、それから彼女のお姉さんふたりと、わたしたちの六人でね。あれほど素敵なお食事とワインを味わったのははじめて。請求書の金額は言わずに置くけど、逆さの数字をちらっと見たとき心臓発作が起きそうになった。マークにも言ってない。わかるでしょ、彼の場合、お金の使い道が違うから。ディナーにそんな大金は使わない。でもね、レストランは満席だった。ダブリンにはそういう人種がいるわけよ。その翌日、ディリーに一緒に行ってもらって、洗濯機と乾燥機を買ったのよ。彼女とお揃いの洗濯機が欲しかったから」

コナーが顔を出して、キャサリンが話し終わるまで待った。

「ぼくたちはいつ夕食を食べるの？」と彼が言った。「みんなはもう食べたんだって。ぼくたちはいつ食べるの？」

キャサリンは、訊き返そうとするかのようにコナーを見た。コナーはおばでは埒《らち》が明かないと見て、ノーラに目をやった。

「テレビを見てるんじゃないの？」とキャサリンが言った。

「ぼくたちは夕食を食べてないんだ」とコナーが繰り返した。

「あら、そうなの？」キャサリンが訊き返し、ノーラを不審げに見た。

ノーラは自分が悪いことをして責められているような気がした。

「子どもたちが学校から帰ってきてすぐに出発したのよ。夕食はこっちでいただけるものだと思ってたの」

「あら、ごめんなさい。ディリーがじきに来るの。マークもうじき帰ってくると思うけど、何時になるかはわからないわ」

キャサリンは取り乱したように見えた。ノーラは、息子たちの夕食ならサンドウィッチか、トーストに煮豆を載せたものでじゅうぶんだから、ということばが口から出かかったが言わずにおいた。そしてあたかも自分には関係ないと言わんばかりに、遠い目をしていた。ノーラはほとんど怒っていた。コナーは母親とおばを見比べながら突っ立っていた。

「ごめんなさいね」とキャサリンが言った。「前もって考えておくべきだったのに」

キャサリンは突然愛想がよくなり、せわしなく動きはじめた。そして、他に行き届かないところはないか尋ねたので、ノーラは、自分が暗黙のうちに感じていたことが妹にようやく伝わったのだと思った。キャサリンは食料貯蔵室の大きな冷蔵庫へ行った。

「ハンバーガーがあるわ」と彼女が言った。「ポテトフライもつくれる。子どもたちはそれでいいかしら？　あなたはステーキでいい？　それともラムチョップのほうがいいかしらね？　子どもたちの食事はテレビの部屋でさせてもいいよね？」

「申し分ないわ」とノーラが言った。

ディリー・ハルピンがやってきて、キャサリンとふたりで洗濯機の取扱説明書の解読をしなくてはならなくなったので、ノーラが料理を引き継いだ。ふたりが洗濯機のノブをあれこれいじりはじめたのを無視して、彼女は料理に専念した。キャサリンとしては、ノーラも子どもたちのいるテレビの部屋で一緒に食事をすませたほうが都合がいいと思っていたに違いない。だがノーラはそんなことにはおかまいなく、まず息子たちの食事をこしらえて食べさせてから、自分の分の料理にとりかかった。

洗濯機がようやく動きだし、ディリー・ハルピンがキャサリンに、乾燥機のほうはスイッチをオンとオフに切り替えるだけだから簡単だと説明した。ディリーは食堂兼居間《キッチン》のテーブルに腰を下ろし、キャサリンはまだ動き回っていた。ノーラが食事をつくりましょうかと提案するとふたりは喜んだ。彼女はラムチョップを料理して、ブラウンブレッドとバターを添えてテーブルに出した。それからお茶も淹れた。ノーラはふたりの会話がなんとなく不自然で堅苦しい感じなのは自分がいるせいだろうかと考えた。ノーラの耳には、ふたりがお互いに向けて語り合っているのではなく、ノーラの存在を意識してお芝居のセリフを棒読みしているように聞こえた。ふたりは自分たちが参加した、トマスタウン近郊の領主屋敷で行われた家具調度品売り立てのオークションについて話していた。

「わたしは暖炉用道具一式の入札に参加したの」とディリーが言った。「十八世紀の品。競り落とせなかったわ。ダブリンの骨董業者と張り合って、こわい目つきでにらみつけてやったんだけど、負けちゃった。あなたはあの素敵な絨毯が手に入ってよかったわね、キャサリン。どこに敷くの？」

「マークを驚かせてやろうと思ってるのよ」とキャサリンが言った。「寝室に敷くの。一部分をベッドの下に押し込まなくちゃならないから、誰かに手伝ってもらうつもり。マークが気づいてくれるのを祈るばかりよ」

「競売が延々と続いたからトイレに行きたくなって」とディリーが言った。「領主屋敷を探検してみようと思い立ったのね。《この先立ち入り禁止　個人宅》という標識を無視してずんずん入って、屋敷の奥でトイレを探していたら、プロテスタントのおばあさんにつかまってしまった。見た目でわかるけど、あの歳で未婚だわね。トイレを探しているんですけど見つからないのですって言ったら、トマスタウンとイニシュティーグの間のお好きなところで用をお足しなさいと返されたので、わたしもつい、わざわざ階段を上ってここまできたんですよって言ってやったの。そしたらそのおばあさん、こっちへ近づいてきた。あんまり頭にきたものだから、あの屋敷の地所から出るところで車を停めて、羊がいっぱいいる牧草地の門を開けてやった」

「よくやったわね」とキャサリンが言った。

「よくやったでしょ。逃げた羊がまだ見つかりませんようにと願ってる。あのおばあさんたら失礼にも程があるわ！　あの手のひとたちは、いまだにこの国を所有しているつもりなんだから！」

「姉さんは知らないかも知れないけど、このあたりではいまだに古い考えに凝り固まったひとたちがいるのよ」キャサリンがノーラに言った。

「あのおばあさんは、わたしが暖炉用道具一式を落札できなかったのを感謝すべきだわね。もしあの一式が手元にあったら、火かき棒で何したかわからないところだもの」

ディリーが怒りを募らせ、キャサリンが調子を合わせているのを見て、ノーラが声を上げて笑い出した。

「火かき棒で何かするところを見たかったわ」と彼女が言った。

ノーラは笑いながらテーブルを立った。キャサリンの顔がまっ赤になって、歯を食いしばっているのが見えた。ノーラは息子たちといとこたちがまだテレビを見ているか確かめたあと、トイレに入り、笑いの発作がこみ上げてこなくなるまでじっとしていた。もう大丈夫と思って食堂兼居間《キッチン》へ戻ると、ディリー・ハルピンは姿を消していた。キャサリンはせわしなく動き回っていて、マークが帰宅したあともノーラにはほとんど話しかけなかった。そのせいでノーラは、マークにたいしてことさらに愛想を振りまいた。彼女は陽気に振る舞いながら、キャサリンのいらだちが手に取るようにわかった。

「姉さんは知らないまま暮らしているけど」とキャサリンが言った。「わたしたち、ここに住んでるといろいろあるのよ。アイルランド在郷婦人会の会合やゴルフクラブに行けば、領主屋敷に住んでいるプロテスタントのひとたちと会うし、そのひとたちはアイルランド農業者会でマークのことを知っているの。マークのお父さんやお母さんの代から知っているひともいるのよ。それなのにあのひとたちは、キルケニーの本通りで出会ってもこっちを見さえしない。あの競売にわたしたちが参加したのは、いいものを安く手に入れたいからだけじゃないんだから」

「何の競売の話？」とマークが尋ねた。

「キャサリンの友達のディリーが、プロテスタントの老婦人に火かき棒で殴りかかった話よ」とノーラが言った。

「彼女はそんなことしてない！」

「とても感じのいいひとね、キャサリン」とノーラが言った。「でも正直な話、彼女は冗談を言っているとしか思えなかった。火かき棒やら羊やらの話を聞いているうちに真顔でいられなくなっちゃったんだから」

「どこの羊の話？」とマークが尋ねた。


その晩は皆早寝した。競売と領主屋敷と新しい洗濯機の話からようやく解放されて、ノーラはせいせいした。彼女がキャサリンとディリーに語れる話の種など、何ひとつなかった。ふたりどころか自分自身の興味をそそる話さえすることができなかった。自分は何に興味があるのだろうと自問すれば、何にも興味はないと答える他にない。自分が今大切だと思っていることがらは彼らと分かち合えないのだ。モーリスの死を看取ったとき、ジムとマーガレットが一緒にいた。病院では口に出さなかったけれど、今語り合うことばの底には彼を看取った共通の体験があるので、ふたりが家へ来たときには三人でくったくなく語り合える。三人の間には空気と同じように共通の体験があるから、その存在をあらためてことばにする必要はない。三人にとって語り合うという行為は、困難を乗り越えてものごとをなしとげるための方法になった。ところがキャサリンとディリーにとって、語り合うことは会話以上でも以下でもない。ノーラは、いつの日か自分も普通の会話ができるようになるだろうか——どんな話題なら興味を持って無理せず話ができるのだろう——と考えた。

さしあたって語れる話題は彼女自身のことしかない。だがノーラは、自分の話など誰もが聞き飽きているだろうと思っていた。そろそろふさぎ込むのをやめて気持ちを切り替えた方がいい、と皆は考えているに違いなかった。ところが他には考えることが見つからない。起きたことの衝撃が大きすぎた。水中でずっと暮らしてきた結果、空気を求めて泳ぐのをやめてしまったようなものだ。もがく力などない。他のひとびとがいる世界に放たれるのはかなわない。第一そんなことは望んでいない。だからといって、元気ですかと尋ねたり、夫の死から立ち直りましたかと訊いてくるひとたちに、そんな返答はできなかった。

ノーラは翌朝早く起きて、はじまろうとする一日を恐れた。息子たちも同じ気持ちだろうかと思った。フィオナやオーニャも目覚めるとき、一日を恐れるのだろうか？　ジムやマーガレットはどうだろう？　おそらく皆は自分の心を満たすことができる、何か別のことを持っているに違いない。だがノーラだって、本当に別のことを考えるつもりなら、お金や子どもたちのことや、ジブニーズでの仕事のことなどがないではない。考えることを見つけられないのが問題ではなかった。ノーラ自身がひとりぼっちになり、今後どうやって生きていけばいいのかわからなくなってしまったことが問題なのだ。だがその問題を解決するのに他人の家へやって来たのは間違いだった。自分のベッドにさえ違和感を覚えるのに、のこのこ他人の家のベッドへやってきて寝るなんて間違っている。違和感から妙案は生まれそうにない。次回よその家に泊まるのはずっと先のことになりそうだ、と彼女は思った。

階下ではキャサリンが近所に住む女性の手を借りて、洗濯機の脇に乾燥機を据えつける前に、食堂兼居間《キッチン》と食料貯蔵室の大掃除をはじめていた。磁器や陶器類がすべて棚から取り出されてきれいに拭き清められた。キャサリンは戸棚を掃除している最中で、引き出しの中のものをぜんぶ出して、捨てるものとしまいなおすものに仕分けしていた。ドナルはひとりで離れたところに座っていたが、コナーといとこのひとりは手伝っていた。ドナルはキャサリンと目が合ったとたん、自分は関係ないといわんばかりに肩をすくめた。

「ノーラ、お茶は自分で淹れて飲んでね」とキャサリンが言った。「それからパンとトースターがどこにあるかわかれば……ほんとにもう、ここさえ片づけばひと息つけるのよ。手はじゅうぶんに足りてるんだから」

「ちょっと散歩に行ってくる」とノーラが言った。

キャサリンは振り向いて不審そうな顔をした。

「雨降りよ。散歩には向かないわ。あとで一緒にキルケニーの町へ行きましょう。洗濯機に合う洗剤を買わなくちゃならないから。こんな機械を買い込んじゃってちょっと後悔しているの。ディリーがこれさえあれば家事仕事が半分になるって言ったもんだから……」

「傘はどこかしら?」とノーラが言った。

「玄関ドアの脇の傘立てに入ってる」とキャサリンが言った。「玄関を開けるときは気をつけてね。今日みたいに湿気の多い日はとても開けにくくなっているから」

ノーラは自分を持てあましていた。彼女は普通の感情や欲望を持つことができなかった。キャサリンはそれがわかっているのだが、ノーラをどう扱ったらいいかわからないので事態がいっそうこじれてしまう――ノーラはそう考えていた。公道へ出るまでの細道を歩きながら、意のままにならぬ怒りが湧き出すのを感じた。だがその怒りは、自分で抑えるより他にしかたがないのも承知していた。妹の家へなど二度と来るもんか、と胸の中でつぶやいたところで埒は明かない。モーリスが死を迎えた病棟の主任医師と交渉するとき、キャサリンが助けてくれなかったせいでひとりぼっちだったのをうらんでもしかたがない。医師への怒りが高じて心の中で何通も手紙を書き、サインをしてポストに投函した。罵りの手紙もあれば、冷たく事実を並べた手紙もあった。モーリスの死に際にあなたがしたことをばらしてやる、と脅迫する手紙もあった。あんなにうめいて苦しんでいたのに、どうして鎮痛剤の投与を拒否したのですか？　ノーラは繰り返し看護婦に訴えたあげく、医師に直訴したことも何度かあった。看護婦たちは皆、ノーラと一緒にモーリスのベッドまで来て、何らかの手を打つ必要があると言ってくれた。ところがかんじんの医師はベッドの脇へ来もせずに——彼のことを考えるだけで歩く速度が早くなり、空の雲を眺める心の余裕も消え失せた——おたくのご主人は容態が深刻で心臓が弱っていますから、心臓に負担のかかる鎮痛剤は処方できませんと言うばかりだった。

ノーラとジムとマーガレットはしかたなくベッドの周囲を衝立で覆い、他の入院患者やお見舞いのひとたちに見えないように工夫して、モーリスを見守り続けた。だがうめき声は外へ漏れた。司祭館のクウェイド神父と聖ヨハネ病院修道会のトマス修道女が来てくれたときもうめき声は止まなかった。ノーラとマーガレットはモーリスの手を取ってなだめ、はげまし、じきによくなると約束したが、彼の痛みが死ぬまで去らないのは百も承知だった。

死はなかなか訪れなかった。モーリスは激痛に苦しみ続けていたので、伸ばしてきた彼の手を取るのは危険にさえなった。彼が相手の手を渾身の力を込めて握りしめたからだ。身の内にさしせまった欲求と恐怖と苦痛を燃えたぎらせたモーリスは、かえって活気づいたように見えた。彼はしまいに吠え散らす獣のようになり、うめき声が廊下だけでなく病院の受付まで届くようになった。

例の医師にしてみれば、医学生だったときにはこんな小さな、もうじき閉院になる病院に勤務するはめになるとは考えていなかったのだろう。病院内に常駐している医師は彼ひとりのようだったから、忙しさも想像できる。外科病棟も個室病室もなく、心臓病専門医も、学生たちをしたがえた教授もいない、片田舎の病院に勤めるのは屈辱的だったに違いない。ノーラがようやくつかまえて話しかけると、時間がもったいないといわんばかりの態度だったあの医師は、痛みや死について何ひとつ知らなかったのだ。ノーラは深く激しい憎しみを覚えた。歩き続け、雨が降りはじめると、その憎悪は奇妙な快楽のように感じられた。

ざんざん降りのただなかを歩いていたらキャサリンが車で迎えに来た。ドナルが助手席に座っていたが、いったん外に出てノーラにその席を譲った。開けたドアを支えている間、彼は共謀でもしているかのように、ノーラに向かってにやりとした。ドナルが微笑むのを見たのは数か月ぶりだった。黙ったまま妹の家まで帰る道中、ノーラはその微笑みを味わい続けた。

キャサリンは、大人の言うことを聞かなかった子どもを扱うかのようにノーラを家へ招き入れた。

「靴が台無しだよ」とキャサリンが言った。

「乾くわよ」

ノーラは服を着替え、鞄に小説本が入っているのを思い出した。そして階段を忍び足で下りて、食堂兼居間《キッチン》ではなく居間へ入った。その部屋にはマークが相続した絵画や陶器や花瓶やランプが飾られていた。家具もマークの家に代々伝わってきたもので、椅子の布は最近ダブリンの名のある職人に頼んで張り替えたばかりだった。めったに使われないこの居間に入りこんで、普段着姿で肘掛け椅子に身を預けて本を読んでいれば、いまだに食堂兼居間《キッチン》でばたばた動き回っているキャサリンをいらいらさせるに違いなかった。ノーラはスツールを引き寄せてストッキングを履いた足を載せた。それから小説を読みはじめ、本の世界に没入したいと願った。だが結局、本を投げ出して目を閉じた。彼女は、開けた車のドアを支えてくれたときのドナルの表情を思い出して、車でわたしを探しに出るとき、キャサリンがあの子に何か言ったのかしらと勘ぐった。キャサリンが何か言ったにせよ、あるいは——こちらのほうがいっそうありそうだったが——ノーラのいらだった沈黙や声の調子がドナルをおもしろがらせたにせよ、ああでもないこうでもないと考えはじめると愉快な気分になれた。

キャサリンはウーナに電話するだろうとわかっていた。ところが彼女は母親の倹約精神をいびつな形で受け継いでいたので、長距離電話にお金を掛けるのが嫌いだった。とくにウーナへかけるときのように長電話になるのが嫌なのだ。それでもノーラは、彼女はウーナに鬱憤をぶちまけずにはいられないだろうと思った。友人のディリーにノーラがどれほど無礼で、面と向かってどれほど大笑いしたか。正気を失った女みたいに雨の中を出ていき、どうやって救助されたか。しまいには、布を張り替えたばかりの椅子にどんなふうに足を載せていたか。ウーナは、キャサリンの話に同情して耳を傾けるに違いなかった。

午後一時までに食堂兼居間《キッチン》は片づいた。ノーラが見るところ、キャサリンはこの食堂兼居間《キッチン》を愛している。アーガのコンロとオーブンのそばに立って食卓を整えたり、マークの下で働いているふたりの男たちをはじめとして、この家へ出入りするひとたちとおしゃべりするのが好きなのだ。キャサリンは『アイリッシュ・インディペンデント』の朝刊を食卓に広げて記事を拾い読みしているが、集中は長い時間続かない。ノーラは彼女の向かい側に腰掛けて、キャサリンの子どもたちが姿を見せたときに語るおしゃべりに耳を澄ますよう心がけている。コナーによれば、ドナルがチェス盤を見つけて、いとこのひとりにチェスのやりかたを教えているらしい。

キャサリンは食料貯蔵室と食堂兼居間《キッチン》を行き来して午餐の用意をはじめた。ノーラは手伝いを申し出ようかと思いはしたものの、結局うわの空のまま新聞を読みはじめた。モーリスが入院したときから新聞の定期購読はやめていたが、『アイリッシュ・タイムズ』をとってもいいかな、と考えていた。『アイリッシュ・タイムズ』はプロテスタント系の新聞だけれど、記事の分量がたっぷりしていて、他の新聞よりも中身が濃いように思えた。たぶん他紙よりも手堅いのだ。だがジムとマーガレットが来たときには、『アイリッシュ・タイムズ』を隠さなくてはならない。あのふたりは『アイリッシュ・プレス』の読者で、『アイリッシュ・タイムズ』を購読するなんてお金の無駄だと考えるに違いなかったからだ。

マークが入ってくると部屋の空気が変わった。かぶっていた帽子をとった瞬間、彼が午前中作業している間じゅう楽しみにしていたのは他でもない、皆と一緒に食べる食事だとわかった。ノーラは彼の暢気《のんき》な人柄を好ましく思うようになっていた。自分がやがて相続する農場で育ったせいでこういう人柄になったのかしら、と考えてはみたものの、マナーの良さはそれだけでは説明できそうになかった。モーリスだったらこういうときはたいてい、何かの雑誌記事かニュースか書物について考えごとをしているので、子どもたちに向かって、おまえたちうるさいぞと小言を言った。もっともモーリスが上機嫌なのは皆知っていたので、そういう小言を子どもたちは受け流していた。

ノーラはしだいに、マークが姿を見せたせいでキャサリンが変化するのに気づいた。彼女は夫の言うことすべてに関心を抱き、気の利いた質問をした。ばたばた動きまわるのをやめて、ふたつのことを同時にしようと努めていた。子どもたちが食卓の準備をするのを眺めているうちに、ノーラもうれしくなった。ふだんの憂鬱な物思いから解放されるのはありがたかった。モーリスの死の重みがはじめて軽くなった。マークとキャサリンがふだんの会話を交わしているのを聞くだけで、心が軽くなったのだ。肺にたまった空気をはじめて心置きなく吐き出せたかのように、何も考えず、何も感じずにただ腰掛けていた。こんな状態が訪れるとは思ってもみなかったので、どれくらい続くのかわからなかった。

午後、キャサリンが車を出してキルケニーへ行こうと提案したが、ノーラは頑固に留守番をすると言い張った。

「本と椅子さえあればひとりでここにいるほうがいいのよ」とノーラが言った。

「それが賢いと思う」とマークが返した。「土曜日にキルケニーの町で駐車スペースを見つけるのは一苦労だからね」

「必要なものもいろいろあるから」とキャサリンが言った。「でもなるべく早く帰ってくる。今夜は子どもたちは早寝すると思うから、その後大人だけでゆっくりできるわ」

ノーラは、このセリフを聞いたドナルがはっとしたのに気づいた。ノーラ同様、ドナルも外出しないつもりだった。だがそれより何より、自分が子どもたちと一緒くたにされて早寝させられるのに抵抗を覚えたのだ。ドナルは切迫するとうつむく癖がある。彼はうつむいた目を上げて、大人たちを心配そうに見回してから再びうつむいた。

「ドナルはわたしと一緒に留守番すればいいわ」とノーラが言った。

ドナルはそれでも母親に目を向けなかった。おばさんといとこたちと一緒にキルケニーへ行かされたあげく、早寝させられるというシナリオにがっかりした彼は、立ち直るのに時間がかかりそうだった。結局いとこのひとりが家に残ってドナルとチェスをすることになったが、コナーを含む他の子どもたちはキルケニーへ出掛けた。

「わたしもね、本当は野生馬に引きずられてもキルケニーには行きたくないんです」とマークがノーラに言った。「会計士に会うために毎年二度、キルケニーへ行かなくちゃならないんだけど、費用を負担してやってもいいから会計士にこの近所へ引っ越してもらいたいくらいですよ。そうすればあの町へ行かなくてすむから。トマスタウンやカランへ行くのは苦にならないけど、キルケニーはちょっとね。店が多すぎるでしょう。買い物客だって多すぎる。顔見知りに出会いすぎるんだ。ところがこのひとは何度出掛けても飽きないんだから」

　彼はそう言いながら、口紅を塗っているキャサリンに向かってうなずいた。

「キルケニーでなければダブリン。ダブリンは――とくに木曜のダブリンは――悪くないけどね。とはいえ、近頃は物騒になってきたという噂もあるからなあ」

「わたしはあなたに服を買わせたいだけ」とキャサリンが言った。「それだけよ」

　マークは帽子をかぶり、玄関で長靴を履いた。農場での作業がきっと気分転換になっているのだろう、とノーラは思い、ひとりでにやりとした。キャサリンは食卓の上にハンドバッグの中身をぶちまけて何かを探している。捜しものが見つかってハンドバッグの口をぱちんと締めると、彼女は食堂兼居間《キッチン》を見回した。ノーラは、皆が留守の間に洗い物をすませておくよう期待されているのだと気づいた。だが彼女はすでに、今回の滞在では妹の流し台に手を触れるのはやめておこうと決めていた。

「ちょっと寒いから」とノーラが言った。「居間の暖炉に火を入れさせてもらうかもしれない」

　彼女は、この家にはセントラルヒーティングがあるけれど、めったに使われていないのを知っていた。食堂兼居間《キッチン》にはアーガがあるからいつも暖かい。

「クリスマス以来、あの部屋の暖炉は焚いてなくて」とキャサリンが言った。「火を焚いたと言ってもわずか二、三時間だったから、煙突の状態がどうなってるかわからないの」

　ノーラはうなずいて、でもとにかく火を焚いてみたらいいと妹が言うのを待った。だがそれきりで会話は終わったので、ノーラは、午餐前に読んでいた小説よりも冒頭の文章がましな書物を階段の上の書架から選び取って、ベッドの中で午後を過ごすことに決めた。うたた寝するのもいいと思った。土曜の午後、妹が子どもたちを引き連れてキルケニーの町をのろのろ歩いている間、ひとり静かに過ごしてやろうと考えるだけでいい気分になった。

皆が帰宅したのは日没後だった。ノーラはすこし眠ったあと、居間へ来て、ヒーターが二本ついた電気ストーブを見つけて暖まっていた。

「あら、この部屋ずいぶん蒸し暑いわよ」とキャサリンが言った。

「暖かいって言いたいんでしょ」とノーラが返した。「他の部屋は凍える寒さだもの。こんなに寒くしておいて大丈夫なの?」

「セントラルヒーティングが古くて」とキャサリンが言った。「湯水のように石油をくうのよ。取り替えなくちゃいけないんだ」

ノーラは今読んでいる小説に満足していたので、寝る時間までずっと放っておいて欲しかった。そしてキャサリンは、ノーラの世話を焼くことで援助の手をさしのべていると自己満足したいのだろう、と思い至った。今回の訪問はそのためのいい機会なのだ。だとしたら料理も掃除も洗い物もすべて彼女がやるのが当然だ。ノーラには干渉せず、自由に本を読ませてほしいと思った。ノーラは、キャサリンがウーナに電話をかけて話す内容を想像した。こっちは週末に片づけなくちゃならないことが山ほどあるのに……ノーラときたら流しが汚れたお皿で一杯なのに手伝いもしないで……ストーブでぬくぬく暖まっているんだから、とつけくわえるに違いなかった。

その晩子どもたちが寝静まったあと、マークがノーラに、これからのことを何か決めたのか尋ねた。ノーラは、ジブニー家の会社でまた働くことにしたと伝えた。ジムにもマーガレットにも、フィオナにもオーニャにも、息子たちにさえまだ話していないのだと言った。

「もう少ししたら話すつもりだけど」

キャサリンがノーラを見た目つきで、ノーラは、ウーナがゴルフクラブで耳にした噂をすでにキャサリンに話したのがわかった。

「姉さんに来てもらえるなんてジブニーズはラッキーよ」とキャサリンが言った。

「他に行き場がないんだもの」とノーラが言った。「タイピングと速記以外に資格がないのに、両方ともさびついてるんだから。皆がわたしを気の毒がってくれるけど、就職口をくれるほど気の毒がってくれたのはジブニーズだけだったってこと」

「寡婦年金と貯金だけでは食べていけないの？」とキャサリンが尋ねた。

「貯金はないのよ。財産はクッシュの家しかなかったからそれを売って、もらったお金の一部はまさかのときのために取っておくことにして、残りのお金を食いつぶして暮らしているんだから。寡婦年金は一週間六ポンド」

「それだけ？」とマークが尋ねた。

「結婚する前にジブニーズで働いていた頃に国民保険料を納めてたから、その分の拠出年金がもらえるはずなんだけど、その年金は資産調査にもとづいて給付されるしくみになってて。で、社会福祉局から調査のひとが来たんだけど、そのひとはわたしが貯金を持っているに違いないと勘ぐっているわけ。でもわたしは貯金はゼロなので、それさえ信じてもらえれば、そっちの年金も下りるはずなのよ」

「ジブニーズはどれくらいくれると言ってるの？」とキャサリンが尋ねた。

ノーラは微笑んだ。

「ビリー・コンシディンがマークに、おたくの地所は何エーカーあるんだいって尋ねた晩のことを覚えてる？」

「よく覚えてますよ」とマークが言って笑った。「あの晩、あの男はわたしが言うことをぜんぜん理解してくれなかった。こき使われているのは教師ばかりで、農家の人間はぜいたくに暮らしていると考えたかったんでしょう」

「本当にお金がないの？」とキャサリンが尋ねた。

「ないの。だから働くの。ジムとマーガレットがオーニャの学費を払ってくれていて、フィオナは来年教員免許がもらえるのよ。そうなればわたしは、息子ふたりと自分のことだけ考えればよくなるわけ」

「ドナルのことは考えたの？」とキャサリンが尋ねた。「あの子、ここへ来てからひとこともしゃべっていないでしょ。ジョージーおばさんがあの子のことばのことを心配してるわ」

「吃音が続いていて」とノーラが言った。「あの子はとても気に病んでる。でもあえて放ってあるの。一時的な症状であってほしいと願ってるから」

「言語聴覚士に見てもらった方がいいんじゃないの？」とキャサリンが言った。

「あの子はマーガレットに話しかけるときは吃音が出ないのよ。まったく問題なし。彼女にはなついているから。そういう姿を見ていると、そのうちきっと治ると思って」

「マーガレットはドナルがお気に入りだものね」とキャサリンが言った。「クッシュで過ごした最初の夏、マーガレットが毎晩、車を飛ばしてドナルの顔を見に来てたのを覚えてる？　ドナルが眠っているときでさえ、ベビーベッドの脇に腰掛けて、あの子の顔をじっと眺めていたんだから」

ノーラはその頃のことを思い出して悲しくなった。マークと目が合うと、彼が優しいまなざしで彼女を見つめていた。最近の暮らしについて質問に答えたりするんじゃなかった、とノーラは悔やんだ。

「ジブニーズへ働きに出て大丈夫なの？」とキャサリンが訊いた。「もう少し待ってからのほうがいいんじゃない？」

「ぐずぐずしている暇はないの。あそこの事務所は、古ギツネのフランシー・カヴァナーが仕切っているけどね」

「フランシー・カヴァナー？　わたしたちはあのひとを聖心って呼んでた」とキャサリンが言った。

「なんでかは知らないけど」

「あなたはペギー・ジブニーにも会ったほうがいいわね。あなたのお友達のディリーよりも一段とご立派だから。ご立派すぎて動きが取れないくらい」

「ディリーはご立派かな？」とマークが尋ねた。

「ご立派よ、マーク」ノーラはそう言ってキャサリンを見た。

「帰り際にディリーが、姉さんはとても元気そうに見えるって言ってたわよ」とキャサリンが言った。

「髪型を変えたせいね」

「いつそれを言ってくれるか待ってたのよ」

「それはそうと、キルケニーにすごいひとがいるの」とキャサリンが言った。「わたしたち皆、彼女を信頼しているの。姉さんも今度ぜひ会ってほしいわ。人生の相談に乗ってくれるのよ」

「一時間五ポンドとられるけどね」とマークが言った。

「違う、そんなことないわよ、マーク」とキャサリンが言った。「姉さん、ぜひ会ってみて」

「そうね、考えとくわ」ノーラがそう言って微笑んだ。

第5章

三人が帰宅したのは日没に近く、家の中は冷え切っていた。ノーラはすぐに奥の間の暖炉に火を点け、ドナルとコナーにうるさいことは言わずにおいた。週末のあいだ息子たちが緊張し続けていたのは承知していたので、羽を伸ばさせてやろうと思ったのだ。煮豆を載せたトーストを食べたあと、コナーはテレビを見、ドナルは落ち着きなく家中を歩き回った。

帰途、ノーラはキルティーリーで車を停めて息子たちの席替えをし、商店がまだ開いていたので『サンデー・プレス』を買ってきた。コナーのためにテレビ欄をチェックすると、九時のニュースに続いて映画がはじまるのが目に留まった。イングリッド・バーグマンとシャルル・ボワイエの『ガス燈』である。ドナルが部屋へ入ってきたので、彼女は彼に話しかけた。

「今まで見たなかで最高傑作の映画がはじまるよ」

結婚前、アビースクエアにあった仮設映画館へ、グレタ・ウィッカムと見に行ったのを思い出す。モーリスと交際していた頃、彼はほとんど映画へ行きたがらず、結婚後は映画に無関心になった。アイルランド共和党《フィアナ・フォイル》関係のことがらや、もの書き仕事や、生徒たちの宿題の添削で忙しすぎたのだ。彼が夜ひとりで過ごすのを好んだのは、いつもふたりでいられるのがわかっていたからである。ふたりは今や結婚しているのだから別々の家へ帰らなくてもいい、という純粋に甘美な気分が、モーリスの脳裡を決して去らなかった。

「どんな映画なの？」コナーがノーラに尋ねた。

「家で暮らしている奥さんの話」とノーラが答えた。

「それだけ？」

「た、たぶん、い、家にいるお、奥さんに何かが起きるんだよ」とドナルが言った。

コナーがノーラを見た。

「強盗が来るのかな？」

「見てみればどれほどいい映画かがわかるわよ。全部説明してしまったら見る意味がなくなってしまうでしょ」

「皆で見ようか？」

「遅くまでかかるわよ」

「母さんは見るの？」

「見ようかなと思ってる」

「じゃあ最初のところをまず見て、それから考えてもいいね」

「朝起きられなくなるわよ」

「起きられないのは兄ちゃんだよ」

「あ、朝はに、苦手だ」とドナルが言った。

九時のニュースが終わりに近づいても息子たちはじっとテレビを見ていた。もしかしたら息子たちとことんなふうに映画を見るのははじめてかもしれない、とノーラは思った。そして、『ガス燈』を褒めた自分のことばを息子たちが信じてくれたので心が浮き立った。

ところが映画がはじまるとコナーはがっかりし、たぶんドナルも失望しているのがわかった。

「登場人物はこれでぜんぶなの？」とコナーが尋ねた。

最初のコマーシャルが入ったとき、ノーラは息子たちに映画のストーリーをできるだけ話して、続きも見るかどうか本人たちに決めさせようと思った。

「男のひとが女のひとから家を横取りしようと考えているの。彼女を精神病院に入院させて、彼女のおばさんの宝石を見つけ出そうとしているわけ。屋根裏部屋をごそごそやってるのは、宝石を探してるのよ」

「だったらどうして女のひとを殺さないんだろう？」とコナーが尋ねた。「ナイフで刺すか銃で撃てばいいのに？　さもなきゃ縄で縛り上げるとか？」

「でもそんなことしたら捕まってしまうでしょ。あの男のひとは女のひとを追いやって、ひとりであの家に住みたいのよ。刑務所には入りたくないの」

コマーシャルが終わったとき、息子たちは物語をちゃんとのみ込んでいた。二、三分後、イングリッド・バーグマンがガス燈の揺れる炎におびえる場面になると、コナーはノーラに近寄って足元に座り込んだ。

忘れていた部分もある。以前見たときにはスリラーというかホラー映画だと思っていたのだが、今は違って見えた。イングリッド・バーグマンが奇妙にひとりぼっちで弱い存在に見える。彼女の顔が大写しになるたび、おびえや恐怖ばかりか混乱や疑念も内奥で渦巻くのが窺える。彼女は極度に緊張しているので現実から遊離している。まなざしは不安定で、微笑みには尖った不安が紛れ込んでいる。

映し出されているのは傷ついた精神なのだ。ドナルもコナーも画面に釘付けになっていた。次のコマーシャルがきたとき、ドナルもノーラが座っている肘掛け椅子の脇へ移動した。

男が女に、自分は物忘れがひどくて物をなくしやすいのだと信じ込ませていくところを、ドナルとコナーは夢中で見ていた。女にたいする男の策略、男の嘘、さらには女に対するメイドの厚かましさが積み重なって、内にこもった不穏さが増していく。ノーラは、イングリッド・バーグマンがコメディ映画に出演したのを見たことがあったかどうか考えた。もし今、誰かがやってきて玄関ドアをノックしたとしても、三人は決して応対に出なかっただろう。

映画の中でガス燈の炎が再び揺れ、女が今まで以上におびえるのを見て、三人は手に汗を握って黙り込んだ。ノーラはふと、息子たちは今まで冒険映画や連続テレビドラマしか見たことがないのだと思い当たった。コナーは連続ドラマ『トルカ通り』に出てくるダブリンことばがお気に入りだったが、コナーもドナルも『ガス燈』のような映画ははじめてだった。映画は彼らのうぶな心を直撃した。それはまるで女とともに家に閉じ込められるような体験で、彼女はどんなにがんばっても張りつめた緊張と困惑から逃れられず、心に掛かることをぶちまけることもできずにいた。ノーラは映画を見ているうちに、イングリッド・バーグマンは幸せな大家族の出身ではないだろうと思えてきた。だが彼女はバーグマンの演技に、女優本人の背景を読み込みすぎているのかもしれず、バーグマンはただ単に偉大な女優であるに過ぎないのかもしれない。彼女の演技には隠された不思議を引き出す力があるが、息子たちにとってはモーリスの不在――彼が墓に埋葬されたこと――こそが隠された不思議である。ノーラは、息子たちにこの映画を見せるべきではなかったかもしれないと後悔した。日曜の夜はもっと無難に過ぎ去るはずだった。

映画が終わると息子たちは寝室へ上がった。ノーラは映画の残像の中で、ひとり余韻を味わっていた。この家はモーリスとともに二十年以上暮らした住まいである。すべての部屋べや、そこに響く音、空間の隅々にまで一緒に暮らした年月が――そして日々が――染みこみ、彼の不在が刻み込まれていた。ひとりで静かにしているとそれをひしひしと感じ、受け止めることができた。だがその不在こそ息子たちの動揺を呼ぶ種なのだ。映画の中で引き出された、隠されたものの正体は明らかだったけれど、父親の不在にあらためて気づかされた息子たちは心をざわつかせたに違いない。古い映画を今一度見たとして、この映画ほど新しく、謎めいた意味を発見できる作品はいくつあるだろう、とノーラは考えた。彼女はしばらく腰掛けたまま、無防備で潔白なイングリッド・バーグマンの姿を思い浮かべた。それから電灯を消して二階の寝室へ行った。朝まで熟睡したかった。

翌週の日曜日はジブニーズに勤めはじめる直前の、最後の自由な一日だった。土曜日にフィオナが来たので、働きに出ることにしたと打ち明けた。息子たちにも話したが、彼らはすでに知っているらしかった。ノーラは息子たちが聞いているところでこの話をした覚えはない。ジムとマーガレットに話したのも、息子たちがとうに寝静まったあとだったはずなので不思議だった。日曜の午後、オーニャが顔を出した。ブンクロディの同じ寄宿学校にいる近所の娘の家族が車に乗せてきてくれたのだ。月曜の予習をするのに差し支えない時間に車で送り返すのはノーラのお役目になる。

マーガレットはいつも新聞をくまなく読み、求人広告をチェックしていた。ノーラはモーリスとふたりで、マーガレットは情報通だから、図書館司書助手の補助員の募集がメイヨー州西部の僻地で告知されても、出願締め切り日と必要な資格を把握しているよ、などと冗談を言いあったりした。そういうわけで彼女は、収入が少ない家庭の子どもたちの大学進学を支援する奨学金が告知されたのを見逃さず、オーニャのために応募するようノーラに勧めた。マーガレットが言うには、モーリスが奨学金を受けて卒業したユニバーシティ・カレッジ・ダブリンの入学資格を得るためにはラテン語が必須なので、オーニャはラテン語を勉強し直さなければならない。ノーラはオーニャがラテン語の勉強をやめたのを聞いていなかった。マーガレットには話したのかもしれないがノーラには話していなかったのだ。

その日曜日、オーニャがノーラに、マーガレットが手紙をくれて、休暇中におこなわれるラテン語集中講座の受講料を払ってくれることになったと報告した。オーニャは他の科目の勉強に集中するため、ラテン語は過去に出題された問題だけをやることにしたらしい。ノーラは、マーガレットが彼女に真っ先に相談しなかったことについて、小言を言うべきかどうか迷った。マーガレットはオーニャの教育にかかわる問題全般について、ノーラがすべきことをぜんぶ肩代わりする形になっていたからだ。ノーラはこのことについてはあまり考えすぎないようにしようと思った。ノーラはオーニャに、マーガレットとの間で話はついているので、あなたはラテン語集中講座でしっかり勉強なさいとだけ言った。

午後の二、三時間、姉たちが帰ってきたせいで、ドナルとコナーの様子ががらりと変わった。コナーは姉たちの後を部屋から部屋へとついてまわり、姉たちの寝室から追い出されると階下へ下りて、フィオナがダブリンへ帰る列車の時刻と、オーニャが予習をするために寄宿学校へ帰る時刻まで、あとどれくらい時間があるのか確かめた。コナーは階段の一番上の段に腰掛けて、姉たちが機嫌を直して寝室に入れてくれるのを辛抱強く待った。

ドナルはカメラにフィルムを入れて、みんなにポーズをとらせた。フラッシュが上手く作動しないときもあったが落胆はしなかった。カメラを首から下げたドナルは、ふだんよりも油断なく気を張っているように見えた。

午後の時間が過ぎていくにつれて、ノーラは自分が誰にも必要とされていないのを自覚した。今こっそり家を抜け出して散歩に出ても気づかれないだろうと思って、彼女はひとり微笑んだ。ウーナが到着し、娘ふたりが階下へ下りてきたとき、皆がようやくノーラに注目した。

「仕事に出る前に美容院へ行ったのは正解ね、かっこいいわよ」とオーニャが言った。

「素敵って言おうと思ったんだけど」とフィオナが言った。「ちょっとショックだった」

「あなたたちだってわたしたちぐらいの年齢になれば」とウーナが口を挟んだ。「白髪染めの意味がわかるわよ」

「事務所のお勤めは毎日なの?」とオーニャが尋ねた。

ノーラがうなずいた。

「母さんが外で働いているあいだ、ドナルとコナーはどうなるの?」

「わたしは遅くとも六時には帰るわ」

「でも弟たちは三時半か四時に帰ってくるでしょう?」

「宿題でもしていればいい」

「ぼくたち、家の掃除をするよ」とコナーが言った。

「わたしたちの部屋は掃除してくれなくていいから」とオーニャが言った。

「遠慮しなくていいよ。部屋中掃除して、ボーイフレンドからの手紙を全部見つけてあげるからね」

「母さん、この子たちをわたしたちの寝室に入れないでよ」とオーニャが言った。

「コナーは石橋を叩いて渡るタイプだから大丈夫」とノーラが言った。

「石橋を叩いて渡るって何のこと?」とコナーが尋ねた。

「あんたが出しゃばり屋だっていってるのよ」とフィオナが言った。

「でもホントの話」とオーニャが尋ねた。「ドナルとコナーは誰かの家に預けたほうがいいんじゃないの？」

「他人の家なんか行かないよ」とドナルが言った。

「コナーが困ることがあったらドナルが助けてあげてよ」とノーラが言った。「わたしは昼食のときにも帰ってくるから」

「昼食は誰がつくるの？」

「前の晩にわたしが準備しておくわ。ドナルが学校から戻り次第、じゃがいもを火に掛けてね」

ノーラは厳しい反対尋問から逃れるために話題を変えたいと思った。五人が揃いも揃って奇妙に疑り深くなっていて、彼女が自分の義務を逃れるためにジブニーズへ働きに出ようとしているとでも言わんばかりだった。子どもたちはノーラがどれほどお金に困っているか知らないし、キャサリンがウーナにどこまで話を打ち明けたかも知らない。自家用車はまだ持っていたし、家自体も貧困に見舞われているようには見えなかったので、五人には事態の緊迫度が見当もつかなかった。だがクッシュの家は売却したものの、ノーラが働きに出なければ早晩車も手放さなければならなくなるだろうし、小さな家に住み替える必要も生じるのは目に見えていた。

「ダブリンへ引っ越して向こうで仕事を探したらどうなの？」とオーニャが言った。

「どんな仕事を探すの？」

「さあね。事務とかでしょ」

「ぼくはダブリンへ行きたくない」とコナーが言った。「ダブリンのひとは嫌いだ」

「なんで嫌いなの？」とウーナが言った。

「『トルカ通り』のミセス・バトラーみたいだからだよ」とコナーが答えた。「ミセス・フィニーやジャック・ノーランやペギー・ノーランみたいだから。皆やたらにおしゃべりなんだ」

「そんならあんたが『トルカ通り』を見逃さないですむように、この家にひとりだけ置いてけぼりにしてあげるよ」とフィオナが言った。

「聖心って呼ばれてたあの女が、今でもジブニーズの事務所を仕切ってるわけ？」とウーナが訊いた。

「本名は何て言ったかしら？」

「フランシー・カヴァナー」とノーラが言った。

「ブリーダ・ドブスって覚えてる？」とウーナが訊いた。「彼女の娘があそこの事務所で働いてたんだ。わあ、しまった、この話するんじゃなかった。コナー、もしこの話をよそのひとにしゃべったら、あんたの左右の耳をかじりとってやるからね！」

「コナーは口が堅いから大丈夫だよ」とフィオナが言った。

「ぼくはぜったいバラしたりしない」とコナーが返した。

「じゃあ言うけど、ブリーダの娘が結婚前、あそこに何年間も勤めていたんだけど、聖心が大嫌いだったんだって。それで最後の日に、リベンジしたっていう話」

ウーナはそこでひと息ついた。

「何をしたって言うの？」とフィオナが訊いた。

「やっぱりこの話、はじめなければよかったな」とウーナが言った。

「もったいぶらないで」とフィオナが促した。

「じゃあ言うね。皆知ってることだけど、聖心はお昼休みを取らない。一日中、飲まず食わずで仕事をしつづけるの。そのせいで午後四時頃になると怒りっぽくなるんだと思う。それで彼女はコートを、他の人たちも使っている廊下のコート掛けに掛けていた。ブリーダの娘は聖心が大嫌いだったから一週間掛けて犬のうんこを集めておいたんだよ。で、毎朝集めたそれをぜんぶ、聖心のコートの左右のポケットに詰め込んだわけ。四時になって彼女は聖心に、今日は最終日なので十五分早く上がっていいですかと尋ねると、早上がりなんてもっての外です、すぐにデスクに戻りなさいって言われたんだって。聖心はその日、遅くまで残業したので、その後どうなったのかは誰も知らない。コートのポケットに手を突っ込まなかったら、帰宅するまでうんこには気づかなかったかもしれないっていう話」

「ポケットは大きかったのかな？」とコナーが尋ねた。

「聖心はそれ以後、目が届くところにコートを掛けるようになったって」とウーナが続けた。「可笑しいのは何ごともなかったみたいに、事件の翌日も同じコートを着てきたということ。古ぼけた茶色のコートだよ。もしかしたらまだそのコートを着てるかもしれない」

「うぇー」とフィオナが言った。

「ドブスの娘さんもそこまでしなくちゃならなかったとは、運が悪かったね」とノーラが言った。

「あの子はウラートのゲティンス家にお嫁に行ったの。だんなさんはとてもいいひとで、新築の家に住んでるわ。自営業。あの子と一緒に何回かゴルフをしたことがあるけど、性格がとてもいいんだ。幸せに暮らしてる。お話はこれでお終い」

「牛糞だったらもっとひどいことになってたかもね」とコナーが言った。

「ぎ、牛糞、ぎゃふんだ」とドナルが言った。

　ブンクロディの寄宿学校までオーニャを車で送る道すがら、助手席に座った彼女がノーラに、ウーナは近頃ゴルフクラブのひととつきあっているのだと教えた。オーニャの友達も後部座席から、うちの母さんもゴルフクラブでその噂を聞いてきた、とだめ押しした。

「ウーナが？」とノーラがつぶやいた。

「そう、ご機嫌なのはそのせいなの。ウーナが二階へ上がってきたとき、姉さんとふたりで問い詰めたら、頬をまっ赤にして、ゴルフクラブのひとたちは噂話をしすぎなのよってぶつぶつ言ってた」

ノーラは四十六歳なので、ウーナはもうじき四十歳の誕生日を迎えるはずだと計算した。ノーラとキャサリンの見るところ、ウーナは生涯結婚せずにローチズ麦芽製造所で事務仕事を続けていきそうだった。ウーナは三人姉妹の母親と同居してその死を看取ったあと、今でも古い家に住んでいる。

「おつきあいしている相手の名前は知っているの？」とノーラが尋ねた。

「知らない。教えてくれないと、お相手はラリー・カーニーだってことにして言いふらすわよって姉さんとふたりで脅迫したら怒られた。それで結局、教えてくれなかった」

ラリー・カーニーならノーラだって知っている。町で有名な酔っ払いで、追い出されたパブの外に座り込んでいる姿をよく見かける。何年も前、キャサリンとウーナがローズ・レイシーとリリー・デヴローと連れだって、カヴァン州のゴルフ場つきホテルへ泊まりに行った。そのホテルで夕刻、ダブリン住まいを鼻にかけた、高飛車なカップルと一緒にお茶を飲むはめになったが、そのふたりがダブリンの高級ゴルフクラブの話をしはじめた。その話があまりにも鼻持ちならなかったので、リリー・デヴローがだんなのほうに向かって、エニスコーシーにはウェックスフォード州随一のゴルファーがいるんですが、あなたはそのゴルファーにそっくりですよ、ともったいぶった口ぶりで言った。ラリー・カーニーというひとなんですが、もしかしてご親戚じゃありませんこと？　キャサリンは噴き出しそうになるのを必死にこらえてレストランを飛び出した。ウーナもすぐ後を追いかけた。

「ひとりで何を笑っているの？」クロハモンを走り抜けているとき、オーニャがノーラに尋ねた。

「ラリー・カーニーがゴルフクラブに入ったとでも？」とオーニャが畳みかけた。

「違うわよ、ばかなこと言わないで」

同じ日の後刻、ドナルとコナーが、ダブリンへ列車で帰るフィオナを見送りに駅までついてきた。彼らが鉄骨造りの跨線橋を上りに行っている間、ノーラはフィオナが悲しげな顔をしているのに気づいた。

「大丈夫？」とノーラが尋ねた。

「帰りたくない」とフィオナが言った。

「どうかしたの？」

「修道女も寮も、教員養成大学も嫌。ぜんぶ嫌い」

「でも友達はいるんでしょ？」

「いるわ。皆、学校が嫌いなのよ」

「夏はロンドンへ行けるし、あと一年だけ辛抱すれば、こっちへ戻ってこられるんだから」

「戻る？」

「えっ、戻らないつもりなの？」

「ダブリンに留まって、夜学で勉強を続けるかもしれない」

「フィオナ、この家はわたしひとりじゃ大変なのよ。お金が足りるかどうかもわからないし」

「年金がもらえるんでしょ？　クッシュの家を売ったお金もあるわよね？　ジブニーズのお給料だって入るじゃない？」

「ジブニーズは週給十二ポンドだよ」

「それっぽっち？」

「あそこの息子のトマスはけちん坊なのよ。来るのか来ないのかって、そっけなかった。トマスの両親はおべんちゃらを言うタイプだったけど、トマスは金銭第一。ビジネスってのはそういうものらしいね。わたしはビジネスなんて知ったことじゃないけど」

「わたしもこっちで仕事を探したほうがいいのかな」フィオナが小声でつぶやいた。

「どうなるか、様子を見てみるのが一番だよ」とノーラが言った。

フィオナがうなずいた。列車が来たのをコナーが知らせた。

「クッシュの家のこと、ごめんね」とノーラが言った。

「いいのよ、そんなこと忘れてた」とフィオナが言った。「知らせを聞いた日はショックだったけど、今はもう大丈夫」

彼女はそうつけくわえてから、小さなスーツケースを持ち上げた。

車で家へ帰る道中、『サンデー・プレス』のテレビ欄に今夜も映画が放映されると書いてあった、とドナルが言った。

「なんていう映画？」とノーラが訊いた。

ドナルは黙りこくった。タイトルを覚えていないのではなく、ことばが出てこないのだ。

「息を止めて、ゆっくり言ってごらん」とノーラが促した。

「う、失われた地平線」とドナルが言った。

「その映画はくわしく知らないけど、とりあえず最初のほうだけ見てみたらいいかもね」

「先週の映画はおっそろしく怖かったね」とコナーが言った。

「でも気に入った？」とノーラが尋ねた。

「クラスの皆に映画の話をしたら、夜更かしはいけませんってダン先生に叱られた」

「どうして皆に話したの？」

「かわりばんこにお話をしなくちゃならないんだ。金曜日はぼくの番だったから」

「ア、アイルランド語で？　そ、それとも英語でしゃべったの？」とドナルが尋ねた。

「英語に決まってるよ、ばーか」とコナーが言った。

「お兄さんのことを〈ばーか〉なんて言っちゃいけません」とノーラが言った。

「じゃあ教えて。『ガス燈』ってアイルランド語でどう言うの？」とコナーが訊いた。


新聞に載っていた紹介記事を読んで、『失われた地平線』がどんな映画かを思い出した。ダブリンを歩いていたとき、その映画に出てきた「理想郷《シャングリラ》」という単語が家の門柱に掲げてあったので、モーリスとふたりして噴き出したのを覚えている。あたかもその家の住人が異界へ旅立った後、すぐに現実界へ舞い戻ってきたみたいに思えたからだ。彼女の記憶ではこの映画は、『ガス燈』と較べたらはるかに無害なファンタジーなので、息子たちに見ることを許可した。そして、退屈したら寝室へ行けばいいとつけくわえた。


ところがいざ映画がはじまってみると、鮮烈で一風変わった作品であることがわかった。第一に音楽がおもしろい。飛行機が墜落する場面そのものも恐ろしく、とてもリアルなので、画面から目が離せない。最初のコマーシャルが入ったとき、息子たちがノーラに解説を求めた。

「理想郷《シャングリラ》っていうのは常若の国《ティール・ナ・ノーグ》みたいなもので」とノーラが言った。「そこに住むひとたちは年を取らないの。百歳とか二百歳のひともいるけど、皆、若く見えるのはそのせいだよ」

「ミセス・フランクリンと同じくらい年寄りなの？」とコナーが尋ねた。

「そう、もっと年上のひともいる。あのおばあさんだって理想郷《シャングリラ》へ行けば若い娘みたいに見えるの。

でもこれは本当の話じゃなくて映画だからね」

そう言いはしたものの、見ているうちにだんだんと映画の世界が、昼間この家で話していたことと地続きになっているように思えてきた。ノーラは、息子たちと静かに座り込んで、テレビから聞こえてくるドラマチックな音楽と低い声に身を任せている今の状態がはたして正しいのか、間違っているのか、わからなくなった。彼女は主役の男優の名前を思い出せなかった。他の映画では見た覚えがないその俳優は力強くて頼り甲斐があり、ロマンチックで、率直さと好奇心にあふれた人間像の典型みたいに見えた。

ラマ僧が病み衰え、死が見えてくる場面で、コナーがノーラに近寄ってきたので、彼女はクッションを渡して床に座らせた。ドナルはひとりぽつんと離れていた。彼は『ガス燈』よりも、今回の映画のほうにいっそう夢中になっていた。コマーシャルがはじまっても画面から目を離さず、コナーが質問しても振り向きさえしなかったので、ノーラが代わりに答えた。

彼女はその先の筋書きがわかっていた。ずっと忘れていたのだがふいに思い出したのだ――三人の登場人物はやがて救助され、イングランドへ帰れることを期待しながら、徒歩で山を下っていく。理想郷《シャングリラ》の聖域を出た瞬間、女性の顔がさっとしなびる。彼女は死に、主人公の弟は恐怖のあまり身を投げる。その後、主人公は救われ、イングランドへ無事帰還する。

ドナルは映画の終わり近くで、椅子に腰掛けたまま不安に駆られているように見えた。主人公は最後にロンドンへ戻るのだが、すぐに懐かしい現世を捨てて、今一度、理想郷《シャングリラ》へ帰りたいと願う。現世の人間が血眼になって探しても決して見つけることができないあの場所――故郷を恋しがる代わりに楽園を楽しみ、いつまでも若くいられるあの場所――へ帰ろうとする。そこに込められたメッセージはあまりにも明らかなので、ノーラは息子たちの胸中を思いやるまでもなかった。ドナルとコナーは、その場所こそモーリスが行った場所だと考えているに違いなかった。ノーラ自身も同じことを考えずにはいられなかったので、映画を見終わったら何も言わずに黙っているのがいいと判断した。ノーラはテレビのスイッチを消したあと、明日の昼食の下ごしらえをはじめた。息子たちは寝室へ上がった。

翌朝、徒歩で町を横断して会社へ向かう道すがら、ノーラは周囲の視線を感じた。その朝は早起きして服選びに時間を掛けた。派手すぎないよう心がけるとともに、みすぼらしくなく、やぼったくもないように装う必要があった。二着あるウールのオーバーのどちらかを着るほど寒くはなかったので、モーリスが病気になる前に買ったきりで一度も袖を通していない赤のレインコートをはおった。色が明るすぎて若向きだったかもしれないけれど、この朝にちょうどいい、重すぎないコートはこれしか持っていなかった。

コート通りまで歩いてきたところで、ノーラは服選びを間違えたと思った。聖ヨハネ病院へ通勤する女性たちや、ローチズ麦芽製造所へ向かう男たちとすれ違ったが、全員が彼女の染めた髪と赤いコートに目を向けた。ノーラは知りあいに出会いたくなかった。立ち止まって話しかけたり、質問してきたりするひとにどうか会いませんように。彼女はフライアリー・ヒルを下り、誰にも出会わずにすむようにフライアリー・プレイス沿いの道を選んだ。スレイニー・プレイスを横切り、橋までたどりつくとひと息入れた。目的地は目の前だ。事務所の建物に到着して、受付でミス・カヴァナーに用があると告げた。フランシー・カヴァナーにたいして無理やり愛想よくふるまっても意味はないと思った。お互いに好感を持って接したことはなく、今もってその気持ちは変わっていないからである。ペギーが同席した場でウィリアム・ジブニー本人が彼女に就職を勧めたこと、それからモーリスがジブニー家の男の子たちの恩師だという話が彼女の耳にも入っていれば、きつい態度をすこしは和らげるかもしれない。それが唯一のかすかな期待だった。

受付係に名前を尋ねられたとき、ノーラは自分自身がやけにもったいぶった口調でしゃべっているのに気づいた。そのせいで受付係が上目遣いでちらりと見た。こんなところでもったいをつけても無駄なので、おとなしく物静かで、しかも有能で抑制が利いた人物であることをアピールしようと切り替えた。彼女は、今日から自分がどんな仕事をするのか見当もついていなかった。トマス・ジブニーによれば、仕事内容を決めるのはフランシー・カヴァナーの裁量に任されていたが、どんなことを任されても、ノーラにとってははじめての仕事なのだから、一人前にできるようになるまで時間が掛かるはずだった。受付で待たされている間に何人もの従業員が狭い廊下を通っていった。ほとんどは女性で彼女よりもはるかに若い。女学生にしか見えない娘たちも混じっていた。

受付係に促されたミス・カヴァナーが、ついにノーラの来訪に反応した。

「よりによって、一年のうちで一番間が悪い日の朝に来たもんだね」受付係がいる小部屋と廊下の間の半開きになった窓から首を出して、彼女が大声で言った。「どうしたらいいんだろうね。今日いらっしゃいってあんたを呼んだのは誰なんだい?」

「ミスター・トマス・ジブニーが、今朝から勤めはじめるようにとおっしゃったんです」とノーラが返した。

「ああ、ミスター・トマス・ジブニーね。本人を連れてくるからそこで待ってて!」ミス・カヴァナーはそう言ってから、書類整理箱の引き出しをかき回した。

しばらくするとミス・カヴァナーはどこかへ行ってしまい、いつまで経っても戻って来なかった。ノーラは受付係の注意を引こうとしたが、相手はなかなか上を向いてくれない。こうなったら声を張り上げて誰かを呼び止めようかとも思ったけれど、やめにしておいた。

突っ立ったまま待っていると、若い女性がドアを押し開けて出社してきた。今朝見たどの女性とも違う雰囲気の人物だ。髪を美しくカットして、服も高そうなのを着ている。メガネさえも特別に見えた。

「あなたがミセス・ウェブスター？」と彼女が尋ねた。

「はい、あなたのことを存じ上げています」とノーラが返した。「他のひとたちとはぜんぜん違いますから。エリザベスですね」

「ぜんぜん違うのは望むところよ。いいこと言ってくれるじゃない！」

「ジプニー家のひとは見ただけでわかります」とノーラが言った。

「あらそう。ジプニー家の人間だと見られないようになれるなら何でもします、と言いたいところだけど、これがありのままだからしかたないわね。わたしは誰の指図も受けません。それなのにエニスコーシーへ戻ってきて実家暮らしで、ここの事務所で働いてる。わたしったら絶対いやだと言い切ったことをふたつもしているのよ」

「あなたのお祖母様を存じ上げていました。お父様方のお祖母様です」とノーラが言った。「生き写しですね」

「お祖母様ね、もちろんよく覚えてるわ」とエリザベスが行った。「向こうの家で寝たきりになってしまってそのままなのよ。今もね」

ノーラは、エリザベスにミス・カヴァナーの居場所を尋ねるのは失礼かと思って、一瞬躊躇した。

「誰かを待っているの？」とエリザベスが尋ねた。

「はい、ミス・カヴァナーを」

「彼女が見つからないの？　いつだってせわしなく動き回ってるのに」

「いったんはいらしたんですが、どこかへ行ってしまったんです」

「なるほど。会計課のあたりで、大声で何か言い散らかしてることがよくあるわ。わたしと一緒に来ればきっと会えるわよ」

ノーラはエリザベスについていくことにした。ドアを開け、大きくて忙しい事務室を横切って小さな部屋へ入った。その部屋には窓がひとつあり、遠景には山が見えて、手前には中庭が見下ろせた。中庭にはトラックや乗用車がたくさん停まっていた。部屋には事務机がふたつとファイリング・キャビネットがいくつか並んでいた。

「ここへ帰ってきて以来、わたしがやりおおせたただひとつの仕事は」とエリザベスが言った。「エルサ・ドイルを、エプロンと曲がったつむじともどもこの部屋から追い出して、隣の事務室へ異動させたこと。あいつったら、わたしが電話でしゃべってる話に聞き耳を立てて、話の中身に口を出すようになったのよ」

「エルサ・ドイルというと」とノーラが尋ねた。「デイビー・ドイルの娘ですか?」

「そうよ」とエリザベスが答えた。「詮索好きは父親ゆずりだけど、父親と違って陰険ではないわ。わたしは家族に、もしあの女をわたしの執務室から追い出すのを認めてくれなかったら、ダブリンへ戻って屋台で商売して生計を立てることにしますって言ってやったの。わたしが戻ってくるまではこの部屋はあいつの執務室だったのよ。あいつの机は気に入った?」

「どの机ですか?」

エリザベスはドアに近い方の机を指さした。

「誰かに止められる前に、その机はわたしのものですって言い張ってみたらどう? 父の意思です、とわたしが後から口添えしておいてあげる。わたしに楯突く人間は誰もいないわ」

ノーラがその事務机に向かって座ってみている間に、エリザベスがいったん席を外し、お茶とビスケットを載せたトレイを運んできた。

「わたし専用のビスケットがあって、秘密の場所に隠してあるの。あなた、気をつけた方がいいわね。フランシー・パンツのカヴァナーが探してるから。敵愾心《てきがいしん》丸出し。あなたに会ったかどうかわたしに尋ねたから、肯定も否定もしないでおいたわ」

「すぐに行ってあのひとを探さなくていいんでしょうか？」

「まずお茶を飲んでからになさい」


じきに使いの者が来て、ミス・カヴァナーがご自分の執務室でミセス・ウェブスターに指示を与えるためにお待ちですので、今すぐおいでくださいと告げた。ミス・カヴァナーの執務室は大きい事務室の一番奥にあって、事務室をくまなく見渡せる窓がついていた。

「仕事の内容について、ミスター・ウィリアム・シニアかミスター・トマスから指示を受けているの？」ミス・カヴァナーが一瞬だけ顔を上げて尋ねた。それから再び机の上の書類に目を落としてページをめくりはじめた。

「いいえ、特に指示は受けていません」

「そう。わたしも特に指示は受けてないし、今日はご両人ともダブリンへ出張中だから、わたしたちふたりで決めればいいわね」

ノーラは返事をしなかった。

「あのエリザベス・ジブニーはアイルランド一の怠け娘」とミス・カヴァナーが言った。「しかも最も不愉快な女。上司の娘であろうがなかろうが関係ない。わたしは誰でも平等に扱います。あのひとはとてつもない意地悪をして、エルサ・ドイルを執務室から追い出したのよ。エルサは申し分ない事務員なのに」

ミス・カヴァナーがふいに目を上げた。

「新規採用されたひとにまずやってもらう仕事があるわ」

そう言いながら彼女はフォルダーを取り出した。

「長い足し算」ミス・カヴァナーがノーラに手渡したのは薄汚れた一枚の紙で、六桁の数字が上から下までびっしり何列も並んでいた。表面だけでは足らずに、裏面も半分あたりまで数字が並んでいた。

「その数字をぜんぶ足して、総計を出すこと」彼女はそう言うと背筋を伸ばし、ノーラを正面からにらみつけてペンを手渡した。

ノーラは足し算をはじめた。これならいささか自信がある。かつてジブニーズに勤めていたとき、自分がやるとミスだらけになるからと言って、ミスター・ジブニー・シニアがいつも頼んできた仕事が足し算だった。彼女は、じっと見つめているミス・カヴァナーの視線を無視して暗算を続けた。最初の縦列の足し算が終わると、彼女は数字を書きとめた。

「その紙に書いちゃだめ！　また使うんだから。こっちの紙に書きなさい！」

ミス・カヴァナーが紙切れを手渡した。そうやってノーラの集中を邪魔しようという魂胆らしい。彼女は完璧を期すためにもう一度最初から暗算をはじめた。二列分を足し上げ、三列目の半分あたりまできたとき、ミス・カヴァナーが再び邪魔をした。

「ミスター・ウィリアム・シニアかミスター・トマスから、エリザベスの執務室で働くよう指示を受けているの？」

ノーラは顔を上げて、ミス・カヴァナーの視線を真正面から受け止めた。

「どうなの？」とミス・カヴァナーが問いただした。

ノーラは視線を落として三列目を一番上から計算し直しはじめた。正面にミス・カヴァナーが座っているのを忘れて、足し算だけに精神を集中しようと試みた。これはほとんど戦いだった。ノーラは、ミス・カヴァナーがもしもう一度話しかけてきたら、できる限りていねいなことばづかいで、邪魔するなと言ってやる覚悟ができた。ところがそんなことを考えているうちにどこまで足したかがうやむやになり、三列目から四列目に繰り越す数字を見失った。そして一瞬頭を休めたが最後、完全に集中が途切れてしまった。

「急いで」とミス・カヴァナーが言った。「一日中待ってるわけにはいかないんだから」

ノーラはもう一回、ぜんぶやりなおすことにした。一列目はさっきと同じ早さで合算できたものの、最初にやって書きとめたのとは違う数字になってしまった。もう一度だけ、今度は非常にゆっくり念を入れて合算しなければならないと思った。一年前ならこんな場面は悪夢でしか見なかっただろう。フランシー・カヴァナーに監督されて足し算をさせられるなんて思ってもみなかった。将来のシナリオをどういじっても決して出てくるはずがない場面だった。雑念がまた邪魔をして集中がとぎれた。彼女は窓越しに大きい事務室を見やった。

「あっちの部屋にはあなたに興味を持っているひとはいないから」とミス・カヴァナーが言った。「下を向いて数字に集中すること」

ノーラには他に特技などない。彼女はふと思った——勤めを辞めて以来、毎日の食事をこしらえたり、家の掃除をしたり、子どもの世話をしたり、モーリスの看病をしたりした年月の間に、ひとつのことに精神を集中することができなくなってしまったのかしら。もしそうだとしたら、雑念を払って足し算だけに集中できるようにもっと努力しなくてはだめだ。よけいな考えが割り込んできたらただちに止めること。今考えるのは数字のことだけ。彼女は今一度最初から足し算をはじめた。自信と能率を保ちながら作業は進み、雑念にさまたげられずに一列目を終え、次の列へ正しい数字を繰り越して、ついに最後までたどりついた。ノーラはごくわずかな傲慢と侮蔑を顔に浮かべながら、答えの数字を黙って差し出した。

フランシー・カヴァナーはその数字に目をやり、机の一番上の引き出しから計算機を取り出した。そうして大きい事務室に向かって大声で叫んだ。

「誰かすぐ来て。そこのあなた！　ミス・ランバート。こっちへすぐ来なさい！」

ひとりの娘が入ってきた。彼女はミス・カヴァナーともノーラとも視線を合わせなかった。

「この計算機でこれから検算をしてもらいます。ミス・ウェブスターにはわたしより先に結果を見せないこと。検算が終わったらすぐにわたしに見せなさい。今ちょっと会計課へ行ってくるから。さあ大急ぎで作業開始！　ミセス・ウェブスターにつきあっていたら一日が終わってしまいそうなんだから」

娘はミス・カヴァナーから例の紙を受け取り、大きい事務室へ戻っていった。

ミス・カヴァナーに長時間待たされたあげくののしられている間に、午前中が終わってしまった。昼休みになったので事務所を出て橋を渡っていくと、二十五年前と同じ気分になった。純粋な解放感は昔も今も変わりなかった。昼休みにせよ夕方にせよ、ジブニーズの事務所を出るときはいつも、もうこれで最後、二度とここへは戻って来ないというふりをしてみせた。今日、キャッスル・ヒルのふもとを横切って家へ向かいながら、昔のふりをしてみせるのはつらくなかった。それはまるで、必要不可欠なそぶりのように思われた。五時半の退社時にまた同じふりをするのが目に見えていた。

いろいろと話し合った結果、ノーラは毎日、午前中はエリザベスの執務室で注文書や送り状関係の仕事をこなし、午後は大きい事務室へ出て給料、賞与、営業関係の旅費および必要経費全般を処理する仕事をすることになった。ミス・カヴァナーは、ノーラが午後担当する仕事が一番複雑なのだと説明した。巡回営業マンは給与の算出方法がひとりひとり異なるため計算が難しいのだが、過去の記録にさかのぼって算出方法をチェックできるという話だった。ミス・カヴァナーによれば、年配の巡回営業マンの場合にはさまざまな形で昔、個々に交渉して決められた約束が生きており、近年契約した若い営業マンの場合には、もっぱらミスター・トマス・ジブニーが交渉を担当してきたのだという。営業マンたちは自分以外のひとの歩合給がどうなっているか知らないし、知る必要もないとはいえ、お互い同士の関係は不信感と敵意だらけなのだ、とミス・カヴァナーが言った。

「もしわたしがすべてを任されたら」と彼女が言った。「巡回営業マンにはボーナスだけを支給して、それ以外の給料はなしにするわね。そうしてしばらく様子を見れば、あの連中の行儀もすこしはましになるかもしれないから。給料計算の担当者があなただと聞きつけて個人的に何か言ってくるひとがいても、顔を上げては駄目。短い祈りをとなえてから、わたしに直接話すよう伝えること。わたしが席を外している間につかまったときには、いかなる場合でもあなたがたと直接お話はしないよう、ミス・カヴァナーから指示を受けています、と伝えること」

ノーラはほんの一瞬、ミス・カヴァナーの執務室のフックに掛かっている茶色いコートに気を取られた。そして、ウーナの話に出てきたのはこのコートなのかしらと考えた。

「ミセス・ウェブスター」とミス・カヴァナーが訊いた。「今わたしが話したことを呑み込めた?」

「はい、完璧に理解しました」ノーラはよそよそしい口調で答えた。

たくさんいる巡回営業マンの中には社用車を割り当てられている者もあればそうでない者もいた。マイル当たりの旅費にも差があって、年間売り上げ目標額を達成した者は、旅費またはボーナスの――または両方の――ランクが上がる契約になっている場合もあった。ファイリング・キャビネットの引き出しのひとつには営業マンから提出された明細記入請求書が詰まっていたが、中には給与の算定法を細かく記した紙がついているものもあった。別の引き出しには営業マンが苦情や不満を述べた手紙が入っていた。ざっと目を通してみると、彼らと会社の間で交わされた契約やとりきめがどのようになっているのか概略がつかめた。

ノーラがエリザベスに、巡回営業マンの給与支払いのやりかたが複雑怪奇だと報告すると、エリザベスが声を上げて笑った。

「オールド・ウィリアム――わたしの父だけど――が言うには、営業マンの士気をキープするにはその方法しかないのだそうよ」

ノーラは徐々にわかってきた。ミス・カヴァナーは営業マンの給与に関する仕組みをすべて把握していると言い張っているが、それは真実ではない。マリアン・ブリックリーという娘が何年間もその方面の仕事を一手に引き受けていたが、あるとき結婚退社した。その直後、苦情を訴えた事務員たちにたいして、ミス・カヴァナーはクビをちらつかせて言いなりにさせただけだ。混乱状態を正すために新しい娘が配置されるたびに混乱はますますひどくなった。巡回営業マンたちはミスター・ウィリアム・ジブニー・シニアに直訴し、シニアは息子のトマスに事態の打開を命じた。トマスはノーラに白羽の矢を立てた。巡回営業マンひとりひとりのために給与計算をおこなうとともに、営業マンにたいして激しい嫌悪感を抱いているせいで毎日のように悶着を起こさずにいられないミス・カヴァナーを上手にあしらえるのはノーラしかいない、と判断したのだ。

ノーラは、細長い事務室の端にある書類戸棚の中に、未使用のフォルダーが山と積まれているのを見つけた。彼女は自分の一存でそれらのフォルダーを取り出し、机上に積み上げてひとつひとつに営業マンの個人名を記して、ひとりひとりがジブニーズと取り決めた内容を記した覚え書きを丹念に仕分けしはじめた。営業マン本人と顔を合わせた場合には、ミス・カヴァナーから言われたことは無視して、会社と彼らが結んだ取り決めの詳細を聞き出すとともに、彼らが立て替えた金額と費目の詳細を書きとめた書類を提出するよう促した。大多数の営業マンが、ボーナスや経費の支払いを長期間待たされていた。ノーラは新入りなので彼らの注目を浴びた。不安げな目で見る者もいたが、彼女の出社時と退社時にドアのそばで待ち構えている男たちもいた。

営業マンのひとりがノーラに、各自が立て替えた金額だけを紙に明記し――費目の詳細などは記載せずに――《緊急支払い》と添え書きしてミス・カヴァナーに送ればいいことになっている、と教えた。ファイルをチェックしてみるとそのように書かれたメモ書きがたくさん見つかったので、なるほどと思った。さらに別の男からは、支払いは月一回おこなわれるのだが、支払日はあらかじめ決まっておらず、日程を決めるのはミス・カヴァナーだという話も聞いた。

ミス・カヴァナーが執務室へ入ろうとするときに、巡回営業マンが個人的に話しかけようとした場合には、彼女はノーラの存在を利用していつも同じことばを浴びせた。
「ごらんの通り、ミセス・ウェブスターとわたしは誠心誠意仕事しているんです」と静かにまず言う。それから声を上げ、「それがわかったら、またの機会に来て下さい」と言い残して、彼らの鼻先でドアをぴしゃりと閉じるのだ。

ノーラは営業マンたちの個人ファイルを整理しながら、ひとりひとりに略称をつけようと思いついた。VBは「禿頭《ベリー・ボールド》」、SBは「がりやせ《スキン・アンド・ボーン》」、SMは「にこやか《スマイラー》」、Jは「若造《ジョッキー》」、BTは「乱杭歯《バッド・ティース》」、DFは「ふけ《ダンドルフ》」。ノーラは短期間のうちに全員にあだ名をつけ、ドナルとコナーにだけ打ち明けた。息子たちはすぐに覚えてしまった。誰にも言っちゃだめよ、とノーラが釘を刺した。

ミス・カヴァナーはあらゆる人間とぶつかったが、ミスター・ウィリアム・ジブニー・シニアとそのふたりの息子だけは例外だった。彼女は、彼らの姿が見えているときだけは柔和なそぶりを見せ、にこにこしたりお辞儀をしたりした。だが彼らがいなくなるやいなや、序列が低い簿記係やタイピストを執務室に呼びつけて大声で叱ったり、大きい事務室へ出てきて女子事務員の後ろに立って、「今やってる仕事は何なんだろうね？　今この瞬間、そこに座ってお給料をいただくに足る仕事をしてるって言えるのかい？」と声を張り上げたりした。

ミス・カヴァナーとエリザベス・ジブニーはお互いに無視しあっていた。
「あの女は普通じゃないのよ」とエリザベスがノーラに言った。「吠えてるだけならまだいいけど、嚙みつくと始末が悪いんだから。あなたの前職だった子は結婚退社したって聞いてるでしょ？」

ノーラはうなずいた。
「ある日、あの子ったらかわいそうに突然狂ったみたいになって、ファイリング・キャビネットひとつ分の中身をぜんぶ空中にぶちまけて、口にできないようなことばでフランシー・パンツをののしったの。それから、父と兄たちとわたしの悪口を叫んで、金切り声を上げながら道へ飛び出していった。バリンダッギンに住んでる家族に緊急呼び出しが掛かって、あの子は家へ連れて行かれたわ。トマスとわたしは夜遅くまでかかってファイリング・キャビネットの中身を元に戻して、オールド・ウィリアムに事情を説明したんだけど、父はフランシー・パンツが悪いやつだとは信じたがらなかった。わたしがあの女を一切無視しているのを知らないのよ。リトル・ウィリアムとトマスが口を出さなかったのは、わたしが脅迫しておいたから。わたし専用の執務室をくれなかったら、そして、わたしには手出しはできないとフランシー・パンツに思い知らせてくれなかったら、思いもよらないやりかたで仕返ししてやると言ってやったのよ」

ノーラは毎日午前中、エリザベスの執務室で働くのを楽しんだ。もっともエリザベス本人は毎日、かなりの時間をさいて週末の計画を立てたり、終わったばかりの週末について誰かと電話でおしゃべりしたりしていた。そんな調子だから、ここでの仕事は気が楽だった。エリザベスは、電話をかけた相手がつかまらないときだけノーラに話しかけてきた。机上には外線直通の電話機と、社内用の内線電話が並んでいた。彼女はしばしば複数の友達にたてつづけに電話をかけて、プライベートなひとつの話を繰り返し語った。ノーラはそれを聞いているうちに、ダブリンにロジャーという男がいるのを知った。堅実で信頼でき、地位もある男で、週末ごとにエリザベスに会いたがっていた。

エリザベスはここ数週間、ロジャーからの電話を避けていた。ロジャーに違いないと思った電話には出ず、鳴りっぱなしにさせておいた。彼女は間合いを置いて友達に電話をかけ、ロジャーからかかってくる電話のことを話し、土曜の夜ダブリンへ行ったとき、ロジャーを避けるにはどうすればいいかアドバイスを求めた。その一方で後刻、ロジャー本人と電話で話したときには、晩餐会やダンスパーティーのためにダブリンへ行くことがあると思うのでエスコート役をぜひお願いしたい、と頼んでいた。

「彼のことは好きなの。わたしにとって彼は」とエリザベスがノーラに言った。「乗り慣れた頑丈な車みたいなもの。絶対着ないけど、持っているだけで安心なコートにも似てるかな。わたしにぞっこんだから重宝させてもらっています。でもわたしは大ロマンスにあこがれているのよ！　もっとずっとワイルドな男、たとえば国際試合で活躍するラグビー選手なんかと恋に落ちてみたい。マイク・ギブソンとか、ウィリー・ジョン・マクブライドとか。ロジャーがラグビー関係者の晩餐会へ連れて行ってくれたことがあるんだけど、有名選手たちが勢揃いしてた。ロジャーの話なんかうわの空で聞いてただけ。神様は本当は女で、ベルフィールドに旦那さんと住んでるんだよって彼が話したとしても、わたしはふんふんってうなずいたと思う。ウィリアムかトマスがラグビーをしていればチームのメンバーにちゃんと紹介してもらえるのに、とても残念だわ。ランズダウン・ロード競技場へ試合を見に行ったあと、ジューリーズかグレシャム・ホテルのバーで選手たちと打ち上げがしたい。シャワーを浴びてドレスアップした彼らに正式に紹介してもらえたらどんなにいいかしら！」

　エリザベスは毎週金曜日の四時に事務所を出て、自家用車でダブリンへ向かう。ハーバート通りのフラットに友達と共同で部屋をひとつ確保しているのだ。金曜と土曜の晩は町で遊んで、日曜の夜、車でエニスコーシーへ帰ってくる。土曜の午後はグラフトン通りで買い物をする。ロジャーと会う週末もあるが、ダブリン行きを知らせずにおく週末もある。彼女は週明けの月曜、ダブリンでロジャーとすれ違いそうになったり、テニスクラブやラグビー関係のダンスパーティーで彼とニアミスしたときの一部始終をノーラに語って聞かせるのだ。エリザベスは週末の熱を冷ますために一週間を過ごす。そして、エニスコーシーでは自分の素性が知れ渡っているので遊べやしないとこぼす。彼女がウィークデーに出掛けるのはウェックスフォードかロスレアで、それもたいていは兄たちとその友達がお供についている。それらの外出は彼女にとって義務みたいなものなのだ。ウィークデーのエリザベスはエネルギーの大半を、ダブリン在住の友人たちと電話でおしゃべりするのに費やす。それゆえ彼女は、大きな事務室で働いている女子事務員の名前をひとつも記憶していない。自分の執務室から追い出したエルサ・ドイルが唯一の例外だった。ノーラはそのことに気づいてうっかり笑いそうになった。エリザベスが電話中に事務員が執務室へやってくることがある。そういう場合、彼女は電話の相手にちょっと待ってと告げてから、闖入者《ちんにゅうしゃ》を冷ややかににらみつけて追い返し、週末の相談を再開するのだった。

ある月曜日、十一時近くになってもエリザベスが出勤してこなかった。ノーラはこの頃では、彼女のおしゃべりによって気を散らされなければ、午前中分の仕事を二時間以内で終えられるようになった。また、ミス・カヴァナーが口出しさえしてこなければ、もつれた糸をほどくように営業マンたちのボーナス額を算出できるようにもなった。ノーラはしばらくの間執務室を独占して、静かな時間を楽しんだ。

ようやく出勤してきたエリザベスは大いに興奮しているように見えた。

「誰か電話してこなかった?」

「いいえどなたも」とノーラが答えた。

「どちらの電話も?」

「どちらも、です」

「確かなのね?」

エリザベスは電話が壊れていないかわざわざ確かめた。

「確かです」

「町庁舎書記官って何だか知ってる？」とエリザベスが尋ねた。「母に尋ねてみたら、町を運営するひとのことだって言うのよ。本当かな？」

「そのとおりです」とノーラが言った。「重要な仕事です。町庁舎書記官の多くは昇進して州の幹部になるんです」

「昨日の晩、そのひとりに会ったのよ」

「どこの町庁舎書記官ですか？」

「それが問題なのよ。覚えていないの。レイという名前だけしか覚えていなくて。誰かがわたしをそのひとのフィアンセだって言ったのよ。だからたぶん彼は婚約していて、本物のフィアンセは昨日の晩、家でテレビでも見ていたんじゃないかしら。もしかしたらわたしがそのフィアンセに似ていたのかもね」

「素敵なひとでしたか？」

「彼ったら午前四時にわたしに結婚を申し込んだの。っていうか、ほとんど申し込んだのよ。悪い気はしなかったけど」

「それで何て返事をしたんです？」

エリザベスはもう一度電話が壊れていないか確かめた。

「彼にはロスレア・ゴルフクラブで会ったの。あなたの妹さんとそのフィアンセも一緒だったわ。パーティーがあってね、最初はトマスと一緒だったのよ。トマスと彼のガールフレンドと一緒にパーティーに参加したから。わたしはあなたの妹さんと話がはずんで——とても感じのいいひとね——とても楽しかった。ところが退屈トマスとそのつまらないガールフレンドは、さっさと先に帰ってしまったの。で、他の皆とタルボットへ行って飲み直したあと、あなたの妹さんがフィアンセにわたしを送らせようとしてくれたんだけど、そこまで親切に甘えることはできないわよね。結局、わたしはその町庁舎書記官に送ってもらったわけ。たぶん彼は、ウェックスフォードの町庁舎書記官だと思う」

「とにかくすごく重要な仕事ですよ」とノーラが言った。「どこの書記官かは簡単に調べられます」

「もし彼が電話してこなかったら、あなた、悪いけど妹さんに電話して個人情報を聞き出してもらえるかしら?」

ノーラは躊躇した。ウーナとはひんぱんに会っているとはいえ、つきあっているひとがいるという話は聞いていないことになっているし、ましてやフィアンセとあってはどう切り出せばいいかわからない。エリザベスに協力するために今ウーナに電話すれば、ウーナのプライバシーをノーラが探っているような印象を与えかねなかった。

「必ず電話は来ますよ。町庁舎書記官ともなれば、月曜の朝はたぶんとても忙しいんですよ」とノーラは言った。

「あるいは本物のフィアンセに電話している最中かもね」とエリザベスが言った。

「ウーナは元気そうでしたか?」

「もちろん。お似合いのカップルね。ロスレアのパーティーで、誰かがお似合いだって言っていた。本当にそのとおりだと思ったわ」

第7章

夏休みになるとすぐにフィオナはロンドンへ行き、アールズコートのホテルで働きはじめた。そして、毎日が楽しいと手紙に書いてきた。手紙にはさらに、ロンドンの洋服店は世界最高で、土曜日にあちこちで開かれる野外マーケットも夢のようだとあった。ロンドンは彼女の想像を超えていた。オーニャはケリー州のゲールタハト（アイルランド語が日常語として使われている地域）から便りを寄越した。そこで出会ったある男性がモーリスを知っていたのだという。四十年前、モーリスは、アイルランド語を学ぶためにジムとふたりでその地域を訪れたことがあった。オーニャはまた、四十年前、ジムに恋をしたと語る女性にも出会った。恋はしたもののジムがいつまでも煮え切らないので、他の男と結婚したのだという話だった。

息子たちはほぼ毎日テニスクラブへ行った。ノーラが仕事から帰ってくると、コナーがいつも待っていた。家に近づいて窓を見ると、コナーがこちらを見ていた。コナーはひとりきりで留守番するには幼すぎるとわかったので、オーニャがケリー州から戻る八月までの間は、コナーを友達の家に行かせようと考えた。八月以降はオーニャがいるので、コナーが日中に帰宅しても心配は無用だ。

土曜日と日曜日は天気さえよければノーラが車を運転して、息子たちをカラクローやベントレーに連れて行った。一度は南へ遠出してロスレア・ストランドまで行った。わずか一年前にはクッシュの家で暢気に過ごしていたと思うと、隔世の感があった。息子たちがカラクローの海岸で北の方を見ているのに気づいて、ノーラは心が痛んだ。彼らはずっと慣れ親しんだ、クッシュの崖下の狭い石浜を偲んでいたのだ。だが息子たちが一番気にしていたのは、ノーラがビーチラグをどこに広げるかだった。砂丘の上の風当たりが強くない場所を選んで彼女がラグを広げると、コナーはすぐ脇に座りたがった。ノーラは、自分ひとりで横になって本や新聞を読みはじめたらコナーがかわいそうか、それとも、彼がおしゃべりしたい話題を先読みして話しかけるのはそろそろやめるべきか、どちらがいいのか判断がつきかねた。ドナルはマーガレットおばさんがくれた写真の本をひとりで読みはじめた。泳ぐ気はさらさらなかった。彼は夕刻テニスクラブへ行きたいので、六時までに町へ戻ることができれば文句はなかった。

不思議なことにノーラは今まで、息子たちが幸せかどうか、そして彼らが何を思っているのか、考えようとしたことがない。夫が病気になるまでの間はただひたすら息子たちの世話をしていた。だがモーリスが最初の心臓発作を起こしたあと、ダブリンの病院へ入院してからは、彼はノーラにつきっきりでいてほしいと頼んだ。ノーラは彼の望み通りにした。夫をひとりで入院させておくことなどできなかったからだ。彼女は毎朝病室へ着くたびに、夫のおびえた目に迎えられた。一日を過ごすうちに彼の恐怖は和らいだが、夜帰るときには心配が募った。彼女は夫がどれほど孤独かわかっていた。モーリスは、自分の病気の重さを知っていたに違いない。だが最期のときが近づいて退院したときには病気の回復を信じているようにも見えたので、本当のところはわからない。とはいうものの、もし命に別状がないのなら、妻がダブリンの病院につきっきりでいてくれるはずがないことぐらいわかっていただろう、とも思えた。

ノーラは、コナーの視線に気がついた。

「今日は泳ぐの？」コナーが尋ねた。

「もうちょっとしたらね。海の水があったかいかどうか、見てきてくれる？」

「冷たかったらどうするの？」

「冷たくても入るかも。どっちみち水温をチェックしておいたほうがよさそうよ」

ノーラは、今のひとときを将来思い出して、きっと大事に思うだろうと考えた。一、二年もすればドナルは一緒に来なくなる。もしかするともうすでに、母親の気持ちを思いやって一緒に来ているだけなのかもしれない。彼には、ノーラの気持ちを推しはかり、空気を読みとる能力があるからだ。幼いせいか、性格のせいかわからないが、コナーにはそういう能力はない。ドナルは、ノーラがつい今しがたモーリスの思い出に浸っていたことに――少なくともうすうすは――気づいていた。だがコナーは、自分の目の前で起きていることと、次に起こりそうなことを除けば、何も気づいていなかった。ノーラはときどき、ドナルと一緒にいると怖くなった。だがコナーと一緒にいると怖さがいっそう増した。コナーのあどけなさ、彼のいちずな忠実さ、そして、放っておくわけにいかない頼りなさが怖さをあおったのである。


フィオナがロンドンから帰ってきたので、ノーラはジムとマーガレットとウーナを食事に招いた。ウーナはノーラに、仕事が終わり次第寄るつもりだけれど、夕食前に帰らなくてはならないと告げた。中座する理由は語らなかった。

ウーナが来ると、フィオナはロンドンで買った服をぜんぶ出して見せた。ノーラは駅でフィオナを出迎えたときから大きなスーツケースが気になっていたが、フィオナは母親には、買い物のことをひとことも語らなかった。フィオナはノーラへのおみやげとしてたいそう控えめなイヤリングを渡した。オーニャにはブラウスを、弟たちには本を渡した。今ウーナが来訪してはじめて、フィオナがカラフルなドレスやスカートやブラウスを山ほど買い込んできたことが明らかになった。ドレスやブラウスの多くは軽い生地でできた品で、胸元が大きく開いていた。ウーナはフィオナに、ロンドンで買ってきた服を次々に着てみせるよう促した。ウーナは、フィオナのファッションセンスがよくなってきたと褒めた。とりわけ彼女がフープイヤリングをつけ、スカーフを頭に巻いたのを見て絶賛した。オーニャも身を乗り出して、さまざまな服を組み合わせ、アクセサリーを合わせてみるよう提案し、しばしば立ち上がって姉の髪を手で整えた。たくさんの服の中でウーナとオーニャが一番気に入ったのは、薄手のコットンで作られたあずき色のドレスだった。ふたりはフィオナに、フープイヤリングをつけ、あずき色のスカーフを頭に巻いて、素足にシンプルなサンダルを履いてみるようリクエストした。

「それを着てミサに出たら町中のひとの目が釘付けになるわよ、間違いない」とウーナが言った。

「ほんと、日曜日にぴったり」とオーニャが言った。

「この町の教会のミサに出るのに、そういうドレスを着ていくひとはいないわよ」とノーラが水を差した。

三人が揃って振り向き、招かれざる客を見つけたかのようにノーラをにらみつけた。

「まあ、かなり暑い日向きのドレスではあるわね」とウーナが言った。「生地がとても薄くできてるから。でもすごく似合っているのは確かよ」

ノーラがまた口を出した。

「ロンドンで着たら素敵だと思うし、雑誌で見る分にはいいと思うけど、この町で着るのはどうかしら」

三人はノーラをちらっと見てから互いに目くばせした。近頃は明らかに三人の間だけで、ノーラを話題におしゃべりしたり、手紙をやりとりしたりしていた。モーリスの容態が悪化したせいで息子たちをジョージーに預けていた時期、ウーナはオーニャとふたりでこの家に住み、フィオナともときどき会っていた。奇妙なことに、モーリスの具合が悪くなって以降、三人とノーラがこの部屋でこんなふうに顔を合わせるのははじめてだった。ノーラは、自分だけが知らない言語で三人が会話しているかのように感じた。しかも三人は、お互いの沈黙の意味を読み取り合っているのだった。

ノーラはふと気づいて愕然とした。フィオナとオーニャはウーナの恋について、彼女のフィアンセについて、ふたりの将来の計画について、ノーラよりもはるかに多くを知っている。ウーナと娘たちは二十歳も年が離れているのに、一緒に長期間過ごしたせいで親しくなった。三人はまるで姉妹のように、服や人生について率直に話し合える関係になったのだ。ノーラはずいぶん前から仲間はずれにされていたのである。いや、それを言うなら、ノーラのほうが三人を仲間はずれにしていたのかもしれない。ノーラはいっぺんに年を取ったような気がした。三人の間には明らかなきずなができあがっていた。だがあまりにも自然にできあがったきずななので、三人はその存在に気づいていない、とノーラは思った。そのきずなは、モーリスとともにノーラが彼女たちの目の前から姿を消していた時期に生まれたもので、娘たちが心の痛みをごまかすために結んだものに違いなかった。ノーラは三人を見ないようにして部屋を横切り、台所へ行った。

ジムとマーガレットが到着し、息子たちが姿を見せると、ノーラの気分は少しほぐれた。ファッションに興味がないマーガレットは、フィオナがロンドンから元気で戻ってきたのをただ喜んだ。ウーナが中座して帰ると、マーガレットはドナルとおしゃべりするために表の間へ行った。オーニャとジムは、ディングル半島のゲールタハトについて語り合った。オーニャがバリーフェリターやダンクィンで知り合った地元のひとたちについて話すと、ジムはそのひとたちの親の世代を知っていると言った。ノーラは、オーニャの口から出る地名や人名がジムの目を輝かせるのに気がついた。ジムはモーリスよりも十五歳年上で今は六十代半ば、職業は変えたことがない。アイルランド独立戦争のときには伝令として働き、内戦時には拘禁された。それら激動の数年間と、毎夏をディングル半島で過ごしたその後の若い時代は、ジムにとって古き良き日々なのだろうとノーラは思った。ジムはノーラが知るひとびとの中でもっとも保守的な人物である。はじめて会ったとき以来、彼は少しも変わっていない。

マーガレットは州議会で働いているのでジムよりも稼ぎが多く、何不自由なく暮らしている。オーニャの学費を喜んで負担し、フィオナやドナルやコナーに小遣いを与える。子どもたちが育つのを見守り、将来の計画を尋ねたりするのが張り合いになっているのだ。食事のとき、フィオナがマーガレットに向かって、土曜日に開かれる野外マーケットや安い洋服の店の話ではなく、ロンドンの文化施設の話をしているのを聞いて、ノーラは心の中で微笑んだ。フィオナが観に行ったシェイクスピアの芝居では俳優たちが突然観客席から飛び出したのだという。

「な、なんでそのひとたちが俳優だって、わ、わかったの？」とドナルが尋ねた。

「わたしもちょうど、それを尋ねたいと思っていたところなの」とマーガレットが言った。

「衣裳を着ていて、セリフをしゃべりはじめたからすぐわかったのよ」とフィオナが答えた。「でも観客席でいきなり立ち上がったときにはびっくりした」

「なるほど。でもそういう演出は流行しないでもらいたいわね」とマーガレットが言った。「だって自分がどこにいるのかわからなくなってしまうもの。隣に座っているひとが突然、〈雄牛のマッケイブ〉（ジョン・B・キーン作『ザ・フィールド』の主人公で、長年丹精こめて耕してきた借地に執着する男）のセリフをしゃべりはじめたらびっくりだわ」

ナが言った。

「大丈夫よ。そのお芝居はロンドンでしかやっていないし、第一、最新の演出なんだもの」とフィオナが言った。

オーニャのラテン語の試験勉強も話題になった。マーガレットは、大学入学資格を確実に得るためには、クリスマス休暇だけでなくイースター休暇にもラテン語集中講座を受けるべきだと言い張った。その後はカメラの話になって、ドナルがフィルムを買って現像に出すためのおこづかいを得るにはどうすればいいかを皆で語り合った。

「パット・クレインとショーン・カーティがやっているような、初聖体と堅信礼の記念写真を撮る仕事をするのが一番じゃないかな」とジムが言った。「『エコー』紙に〈市価の半額で請け負います〉と広告を出せばいい」

「あるいは、〈カラー写真もいたします〉ってのは？」とフィオナが言った。

「カ、カラー写真は好きじゃな、ないんだ」とドナルが大まじめに答えた。

「そうね。ドナルは白黒一筋だから」とマーガレットが言った。

ノーラにジブニーズの様子を尋ねる者は誰ひとりいなかった。ジブニーズはおろか、ジムやマーガレットの仕事について尋ねる者もいなかった。皆が語りたがったのは四人の子どもたちの現在と未来のことばかりだった。ジムとマーガレットは子どもたちが話す一語一句を聞き取り、考えた上で意見を返した。「ぼくのテニスラケットはぼろっちいのに友達はすごくいいのを持ってるんだ」とつぶやいたコナーのことばさえ、彼らは正面から受け止めて同情を返した。さらに一同はフィオナと友達がダブリンまでヒッチハイクを試みるのは危険かどうか議論し、ダブリンまで行く場合、列車の週末往復切符と一日往復切符、もしくは、バスによる往復のどれが一番得かまで話し合った。

ノーラはそのひと晩で子どもたちの近況について、それまでの数か月間に知ったよりも多くのことがらを知った。ジムとマーガレットは子どもたちに何でも話すよう促し、皆で語り合ったことがらはどれも子どもたちにとって大切なことなのだと念を押した。だがノーラが会社に行っている間、ドナルとコナーは留守番をするか、さもなくばテニスクラブへ行くしかないということは話題にならなかった。また、ミス・カヴァナーがノーラのことを、女性事務員の中でも一番見下されているひとたちと同様に扱って、ひどく侮辱するようになったことも語られなかった。今晩はしばらくぶりに普通の晩だった。ノーラはベッドに身を預けて心から感謝したくなった。

次の月曜日、エリザベスはロジャーがかけてくる電話を徹底的に避けながら、電話がかかってくるのを待ち焦がれてもいた。彼女はレイと二、三度電話でしゃべったあと、受話器を置くと同時にノーラに相談を持ちかけた――誰かがロジャーにレイのことをしゃべった可能性はあるかしら？　わたしがロジャーと一緒にラグビー関係のダンスパーティーに出たり、ゴルフクラブのバーにいたとき、レイに見られた可能性はあるかしら？

「ようするにわたしはふたりとも好きなのよ」とエリザベスが言った。「ロジャーはとにかく頼り甲斐があって、ありとあらゆるクラブのメンバーで、とても話し上手なの。でもレイがいなかったら、わたしは退屈のあまり死んでしまうかも知れない。オールド・ウィリアムとリトル・ウィリアムとトマスが経営戦略について一晩中議論しているところを想像できる？　食事中もずうっとだらだら議論し続けてるんだから。母がずっと家に閉じこもっている理由は、退屈しすぎて心を閉ざしてしまったからだと思う。あの三人が目下どんな問題について話し合っているのかは知らないけれど、準備中の計画がつねにいくつもあるの。何時間もかけて議論した末に、やるべきことのリストといくつかの数字をまとめるのよ。あなたが見たらあの三人は、ひとつの国を動かしているように見えるかもしれないわ」

恋が濃厚さを増し、人間関係が複雑になるにつれて、エリザベスが友人たちと語り合う長電話がますます長くなった。その一方で、事務処理が滞った送り状が机上に積み上がった。ある金曜日の朝ノーラは、エリザベスが事務処理の結果を台帳に記録しないまま、たくさんの送り状を発送用の封筒に詰め込んでいるのを見た。エリザベスがミス・カヴァナーと直接話すことは決してないし、ふたりが一緒に仕事することもなかったけれど、送り状の発送記録が記された台帳は毎週必ずミス・カヴァナーの部屋へ持ち込まれ、ていねいなチェックを受けることになっていた。エリザベスは年中電話をかけているわりには仕事上のミスが目立たなかった。とはいえミス・カヴァナーからの問い合わせはしばしばあった。彼女はエリザベスと直接は話せないようになっていたので、怒りを隠せない様子でノーラに疑問点をぶちまけ、ミス・ジブニーにしっかり伝えるよう念を入れた。ミス・カヴァナーはミス・ジブニーの執務室へ使い走りを寄越すこともあった。伝言を言いつかった女子事務員は、エリザベスが受話器を置くのを辛抱強く待ってから、ミス・カヴァナーが知りたい送り状の詳細について問いかけた。

ミス・カヴァナーはついに、事務処理の結果を台帳に記録しないまま発送された送り状があるのを知った。彼女はその事実をトマス・ジブニーに報告するさい、エリザベスだけでなくノーラにも責任があるかのように説明した。そのせいで、彼がある日の午後ミス・カヴァナーの執務室へやってきたとき、ノーラも呼び出された。

「送り状の記録が残らないのは」とトマスが言った。「重大な問題だ。支払いが行われない場合、こちらから請求する方法がないんだから。こういう事態が起きたのは今回がはじめてだよ」

ミス・カヴァナーはひどく悲しげな表情を浮かべてトマスの脇にたたずんでいる。ノーラはふたりの顔を見比べながら、何も言わずにいた。

「ミセス・ウェブスター、正しい事務処理の方法については何度か説明を受けているはずだね」とトマスが言った。「さほど複雑な手順ではないと思うのだが」

ノーラはまだ黙りこくっていた。

「台帳に詳細を記録しない限り送り状を発送してはいけない決まりになっているのだから」とトマスが続けた。「今回起きたことについては言い訳が立たない。おまけにこれは、会社に経済的損失を与えかねない事態なのだよ」

「それで全部ですか、ミスター・ジブニー？」とノーラが尋ねた。

「どういう意味かね？」とトマスが問い返した。

「お尋ねはそれで全部ですか、と確認したいのです。もしそれで全部でしたら、ミス・カヴァナーが答えを持っています。今回起きた事態がわたしの責任であるかどうか――わたしに与えられている権限においてできることなのかどうか――はミス・カヴァナーが一番よくご存じなのですから」

部屋を出て行こうとするノーラの行く手をミス・カヴァナーが遮ろうとしたが、彼女はかまわず後ろ手にドアを閉めた。ノーラはその直後、トマスがミス・カヴァナーの執務室を出て、彼自身の妹の執務室へやってくるのを見た。彼は真っ青な顔色で、何かを決意しているみたいだった。ノーラはトマスがエリザベスを叱りつけている間、ずっと下を向いていた。大きい事務室の全員に声が聞こえているのは明らかだった。ミス・カヴァナーは執務室のドアを固く閉じて、その午後は一度も外へ出なかった。

その翌週、ミス・カヴァナーはエリザベスを攻撃しはじめた。ノーラが理解できた範囲で推測するなら、トマスがミス・カヴァナーに許可を与えたらしい。ミス・カヴァナーはノーラをも冷たくあしらいはしたものの、その先どのように接すればいいか決めかねている様子だった。ミス・カヴァナーは毎朝、エリザベスが出社してくるのを待ち構えていて、前日台帳に書かれたすべての記録の閲覧を求めた。発送するばかりになった送り状は、彼女がじきじきにチェックできるよう一括して箱に入れられ、エリザベスの執務室の外に置かれるようになった。

三日目の午前中、ミス・カヴァナーがエリザベスの執務室を四度目に訪れたとき、エリザベスはまたもや電話中だった。彼女は執務室に入ってドアを閉め、エリザベスの正面に腰掛けて、いらいらしたそぶりで電話の会話が終わるのを待った。ところがエリザベスは週末の約束についてあれこれおしゃべりをし続けているので、ミス・カヴァナーは業を煮やして机上の台帳を手に取った。それから台帳の向きを自分のほうに向け直し、記録のチェックをはじめた。

「悪いけど」とエリザベスが電話の相手に言った。「いったん切ってからかけ直すわね。今、わたしの目の前に猫ちゃんの獲物そっくりなひとが来て座っているんだけど、そのひとったらネズミちゃんよりもお行儀が悪いものだから」

そう言って彼女は受話器を置いた。

「よく聞いて、ミス・カヴァナー」とエリザベスが言った。「わたしの執務室へ足を踏み入れて机の上のものに手を触れるのは禁止。今度やったら大きい素敵な檻を見つけてきて、あなたを閉じ込めてあげる。きっとお似合いの住みかになるわ」

「ミス・ジブニー、わたしはあなたの毒舌を拝聴するためにこんなところへ来たわけじゃありません」

「あら、てっきりそのために来たんだと思った」

「あなたのお父様に事態をご報告します」

「待ちなさい、ミス・フランシー。わたしが父に連絡してあげるわ」

エリザベスは受話器を取って内線にかけ、父親とつないでくれるように言った。

「もしもし、オールド・ウィリアム？　パパ、おはようございます。今ここにミス・カヴァナーが来ていて、パパに会いたいって言ってるの。パパ、ミス・カヴァナーと会ったら、〈おまえのかぎ爪と汚い足を引っ込めて、エリザベスの執務室から出てお行き〉ってよく言い聞かせてくださる？　それからトマスはちゃんと犬小屋につないでおいてね。それじゃあ今すぐ、ミス・カヴァナーにパパのところへ行ってもらいますから、よろしく！」

エリザベスが他の誰よりも優位な立場なのは百も承知だったが、彼女がミス・カヴァナーを目の前でへこませるのを見て、ノーラは胸中で快哉を叫ばずにいられなかった。ミス・カヴァナーが台帳を返却するのを見ながら、彼女はエリザベスと一緒に声を上げて笑った。ミス・カヴァナーの目が一瞬ノーラをとらえた。傷ついたような、脅すような目つきだった。


十月のある土曜日の夜、ジムとマーガレットが来ているとき、ノーラがテレビをつけると九時のニュースがはじまった。警官隊が警棒で暴徒を鎮圧している場面に、今日の午後デリーで起きた事件ですというニュースキャスターの声がかぶさった。ノーラは思わず別の部屋にいたドナルを呼び寄せて、テレビを見なさいと言った。パジャマ姿のコナーもじきに下りてきた。息子たちは立ったまま、揺れるカメラの映像を見つめた。テレビ画面でひとびとが叫び、何かから走って逃げていた。

「これは映画？」とコナーが尋ねた。

「違う。ニュースよ。デリーで起きた事件」

キャスターによれば、デリーでおこなわれていたデモ行進が暴徒化したので、警官隊が警棒で参加者を叩いたのだという。テレビには、頭を手で押さえているデモ隊に多くの警察官が警棒で襲いかかる場面が映っていた。さらにキャスターは、殴られているデモ隊の中に北アイルランド議会の議員ジェリー・フィット氏がいると告げた。テレビカメラは地面に倒れた二、三人のデモ参加者を映したあと、執拗に追う警官隊から逃げようとするデモ隊を追った。カメラはその次に、金切り声を上げる女性参加者を大写しにした。

ニュースが終わるとコナーは寝室へ上がった。ドナルはなぜ暴動が起きたのか訊いた。

「公民権運動だよ」とジムが答えた。

「カトリック信徒が公民権を求めてデモをしているのよ」とマーガレットが補足した。

「デ、デリーはき、北アイルランドだよね」とドナルが言った。「ち、地図で違う色になってる」

「でも全部合わせてひとつの国なのよ」とマーガレットが言った。

ノーラはジムが何か言いたそうにしているのを感じた。ドナルが寝室へ上がったのを見て、ノーラはテレビの音量を絞り、ジムが口を開くのを待った。モーリスがもし生きていれば、彼とジムはさまざまな側面から事件を分析して長時間語り合うに違いなかった。ジムがなかなか口を開かないので、ノーラが彼に意見を求めた。

「あの種のいさかいには関わり合いたくない」とジムが言った。「簡単な解決策はありそうにないから」

翌日、ミサのあとでノーラがおしゃべりしたひとたちの多くは、例の場面をテレビで見たと言った。彼女は事件に関する記事を読みたいと思ったので日曜版の新聞を数種類買った。午後散歩に出たが、知っているひとには出会わなかったので、デリーの事件については誰とも話すことができなかった。

明けて月曜日、職場ではデリーの話題で持ちきりになるだろうと思ったのに、全然そうならなかった。エリザベスは週末ダブリンへ行っていたが、暴動のニュースは見さえしなかったという。ノーラが事件のあらましを語って聞かせても、彼女はあいまいにうなずくだけだった。ノーラが仕事をしている間じゅう、エリザベスはあいかわらず電話をかけ続けた。

午後、ノーラが若い簿記係と一緒に営業マンの給与計算をしていると、ミス・カヴァナーが後ろからやってきて覗き込んだ。

「いったいぜんたい、あなたたちはふたりして何をやってるの?」と彼女が言った。

ノーラはミス・カヴァナーを無視しようと決めた。

「ミセス・ウェブスター、話しかけられたら顔を上げること!」ミス・カヴァナーが声を上げた。

ノーラは椅子から立ち上がった。

「執務室で個人的にお話しできますか、ミス・カヴァナー?」とノーラが言った。

「わたしは忙しいの、ミセス・ウェブスター」

ミス・カヴァナーがいやいや向きを変えて部屋へ戻ったので、ノーラは後を追った。

「執務室でお話ししたいことがあるんです」

「ミス・カヴァナー、わたしは今日はこれで仕事を上がります」とノーラが言った。

「五時半までにはまだずいぶん時間があるわよ」

「ミス・カヴァナー、わたしがあなたのもとで仕事をしているときには癇癪を起こさないで、静かな声で話してください」

「事務作業が滞りなく進むようにするのがわたしの仕事なのよ。ミセス・ウェブスター、あなたにせよ、他の誰にせよ、口答えに耳を貸すつもりはありません」

「わたしもわたし自身の仕事をこなすために雇われています。ミス・カヴァナー、あなたのキンキン声は耳障りです」

「それなら家へ帰りなさい。お宅はさぞかし静かなんだろうね！　さっさと帰るがいい。ミスター・トマスにあったら、わたしが帰らせたって言うがいいよ」

ノーラは徒歩で町を横切った。もし知っているひとに出会ったら、ふだんと変わりなくあいさつするつもりだった。家へ近づいた頃にはなんだか力がみなぎってきた。車で会社へ引き返し、ミス・カヴァナーともう一度けんかをやり直してやろうかという気にさえなった。だが玄関の石段を上がるうちに、ミス・カヴァナーとトマス・ジブニーに言ってやろうと思ったことばが泣き声に邪魔された。鍵を差し込んで玄関ドアを開けると、泣き声が止んで静かになった。

「誰？」とノーラが声を掛けた。「誰か帰ってるの？」

奥の間からドナルが後ろめたそうな表情で出てきた。コナーも続いて出てきた。泣いていたのはコナーのほうだったらしい。

「どうかしたの？　何があったの？」

ふたりとも答えない。

「コナー、大丈夫？」

「母さんがこんなに早く帰ってくると思わなかったから」とドナルが言った。

「ドナル、コナーはどうして泣いているの？」

「ぼく、もう泣いていないよ」

「でも泣いてたでしょ。ドアの外まで聞こえたんだから」

「コ、コナーがぼ、ぼくのカメラの蓋を開けようとしたんだ」とドナルが言った。

話を聞いているうちに、ドナルとコナーは毎日学校から帰宅したあと、ノーラが帰ってくるまでの間にけんかをしていたのが明らかになった。ふたりとも毎日けんかするのが奇妙なこととは思っていないようだった。ドナルの口ぶりは挑発的で、コナーの口調は恥じらいを含んでいた。ふたりともノーラを巻き込むつもりはなかった。彼女はふたりの言い分に耳を傾けたあと、コナーが部屋を出ていってからドナルに言った。

「コナーのほうが小さいのよ。あの子の面倒を見られるのはドナルしかいないんだから」

ドナルは返事をしなかった。

「これからはあの子を泣かさないって約束してね。カメラはコナーの手が届かないところに置いておけばいい。ね、母さんにそう約束してくれない?」

ドナルはうなずいて、遠くを眺めるような目をした。

その晩、ノーラは眠れなかった。息子たちが放課後の時間を過ごせる場所がどこかにないか考えた。あるいは、彼らが帰宅してからノーラが帰ってくるまでの二時間、誰かにこの家に来てもらうのでもいいと思った。来年になればフィオナがこの町で教職に就くかもしれないので、そうなれば彼女が午後遅い時間に帰宅するから、心配はなくなるとも考えた。今年のあいだはドナルにちゃんと言い聞かせて、コナーからは目を離さないようにしようと決めた。ノーラはコナーがよちよち歩きの頃、皆がコナーばかりかまうのでドナルがひどく焼きもちを焼いたのを思い出した。また、コナーが新しいおもちゃをもらったとき、ドナルには幼稚すぎるおもちゃだったにもかかわらず、コナーがいつそのおもちゃで遊んでいいかをドナルが決めた。コナーはまるでそうするのが当然であるかのように、さまざまな認可権をドナルに任せてきた。だが息子たちがふたりきりで家で過ごすようになった今、その習慣はもはや当然のことではなくなったのだ。

ノーラは、あるべきものが欠けているこの家の虚ろさを思った。息子たちはすでに父親の不在に慣れてしまった。子どもたちは彼女と違い、すべてを見逃さない目は持っていない。つねに目を光らせて、あるべきものがなかったり、ふだんと違ったりしてはいないか見張っているわけではない。ノーラの目に見える限り、父親の死は息子たちが気づかぬうちに彼らの一部になってしまっている。本人たちが気づいていない不安を見ることができるのはノーラしかいない。その不安は決して今すぐには消えず、この先何年も息子たちにつきまとうだろう。今日帰宅したとき、息子たちが兄弟げんかをしていたのは無理もなかった。ノーラとしては、息子たちがお互いにたいして、また周囲のひとびとにたいして抱いている不信感を、払拭できるよう力を貸すべきなのだ。

彼女は明け方になってようやく眠った。目が覚めたのは八時四十分だった。目覚まし時計が鳴るのを聞いた覚えがない。すばやくベッドを出て息子たちの様子を見に行くと、ふたりともまだ眠っている。大急ぎでやれば、息子たちの朝食をつくるのは可能だと思った。だがその後超特急で車を飛ばして会社へ向かったとしても、遅刻するのは目に見えていた。

出社したとき、彼女の遅刻に誰も気づいていなかったのでほっとした。エリザベスはノーラよりも三十分遅れてやってきた。前の晩、タルボット・ホテルのパイク・グリルで会食の後、ロスレアのケリーズ・ホテルでいろいろ楽しんだせいだった。

「あなたの妹さんが信じられないお話を聞かせてくれたの。どうしてあれほどおもしろいと思ったのかわからないけど、とにかくある土曜日に彼女は、スレイニー通りのパディー・マッケナの店にいたんですって。そしたらホイーラーズに最近入ったタラだかララだかいう名前の美容師が近寄ってきて、とてもきれいな婚約指輪をつけていらっしゃると聞いたので見せてくれませんかって、あなたの妹さんに頼んだのよ。それでウーナが振り向いたら、そのタラだかララだかが、わあなんて素敵なのってまくしたてはじめたらしいの。ところがウーナはそのとき、かんじんの指輪はしていなかったというのよ。サイズがきつすぎたので宝石店に預けて修理中だったと。タラだかララだかは店内のお客さんが全員耳を澄ましている真ん中で、アイルランド全土に届けと言わんばかりに大騒ぎしたわけ。それでもウーナは少しもあわてず、何ごともなかったかのようにおしゃべりを続けたというお話」

ノーラは、妹が婚約しているなんて知らなかったと言おうかと思ったが、やめておいた。

「昨晩はウーナのフィアンセも一緒にいたんですか?」と彼女が尋ねた。

「いたわよ、シェイマスは優秀なひと。オールド・ウィリアムは、銀行関係者の中ではシェイマスが唯一話のわかる人間だって言ってるわ。聞いた話だけど、彼は配属された町ごとにつきあう女性を替えてたみたいね。転勤になるとそっけなく女を捨ててたって。でも今回はいよいよ婚約までこぎつけた。とてもお似合いのカップル、そう思うでしょ? わたしも自分とロジャーのことを──わたしとレイでもいいけれど──そんなふうに言えたらどんなにいいだろうって思う。ところがわたしは運が悪いの。わたしが半分摑んでるロジャーは摑めていない半分よりも退屈だし、ようやく半分摑んだレイは、次の赴任地へ転出しない限り幸せになれないひとなんだもの」

シェイマスはどこの銀行に勤めているのだろう、もしかしたら顔ぐらい知っているひとかもしれない、とノーラは考えた。

自宅で昼食をすませ、会社の前まで戻ってきたとき、会社のトラック運転手が話しかけてきた。名前は知らない男だ。体格がよくて赤らんだ顔で、髪は砂色。事務職の人間や巡回営業マンには決して見られない、闊達さと自信にあふれている。

「土曜の事件はひどかったねえ」と男が言った。「おたくのだんなの耳に入ったら──おお神よ、ミスター・ウェブスターを安らかに眠らせたまえ──大いに憤慨するところだよなあ」

「確かにおっしゃるとおりね」とノーラが返した。

「ミスター・ウェブスターは教室で生徒たちに」と男が続けた。「〈ロンドンデリー〉の地名を地図帳で探させて、〈ロンドン〉の字に棒を引いて消させたんだ。あの地図帳はまだ家にあると思うよ」

「その地図帳ならわが家にもあるわ」

「警棒で殴りつけるなんて言語道断だ。相手はおとなしくデモ行進していた市民なんだからね」

「その場面はわたしもテレビで見ました」とノーラが言った。

「俺がこの目で似たような場面を見たのは」とトラック運転手が言った。「ビル・ヘイリー・アンド・ヒズ・コメッツがダブリンのロイヤル座でコンサートをした夜のことだよ。ビル・ヘイリーに会いたいと思って、皆で劇場の外で待っていたら、青い制服を着た連中が俺たちのことを暴徒だと決めつけて、警棒で殴りかかってきたんだ。だが土曜に起きたデリーの事件はもっと深刻だ。あのひとたちは公民権を求めるデモをしていたんだからね。自分たちの町の通りにいただけなのに。どう考えても不正な暴力だよ」


トラック運転手がそうやって熱弁を振るい続けたので、ノーラはなかなか立ち去るきっかけがつかめなかった。だが出社してくるミス・カヴァナーと巡回営業マンの姿が三人ほど見えたので、ノーラも会社の建物へ入った。三人の営業マンは前の日にミス・カヴァナーのところへやってきて、正しい金額のボーナスが支払われていないと苦情を述べたひとたちだった。ノーラはミス・カヴァナーに声を掛けられてそのまま彼女の執務室へ行った。

「よく聞いて。このお三方は、営業マンのひとたちを代表してミスター・ウィリアム・ジブニー・ジュニアのところへ行ったのです。今朝はミスター・ジブニーのはからいによってこの執務室へいらっしゃいました。お三方は、巡回営業マン全員が受け取っている賃金の内訳、ボーナス、それから会社との間で営業マンのひとたちが取り決めたすべての内容を知りたいとおっしゃっているの。このお三方が誰を代表しているのか、わたしには今ひとつ理解しにくいのだけれど、ミスター・ジブニーにも申し上げた通り、お三方が求めている情報はここにはないのですよ。なにしろ会社と営業マンひとりひとりが結んだ契約は個人情報ですからね」

「そういうことなら」と三人のひとりが口を開いた。ノーラがＷＬＤ――「アヒル歩き《ウォーク・ライク・ア・ダック》」――という略称で呼んでいる営業マンである。「われわれ三人の分の書類を見せてもらいましょう。それぞれの内容を較べてみたいので」

他のふたりがうなずいた。

「それはできません」とミス・カヴァナーが言った。「その種の情報は公開できる形にまとまっていないのです。そうですよね、ミセス・ウェブスター？」

ノーラはあとになって、そのときくたびれていなければ別の答え方をしたかもしれないと思ったが、ときすでに遅しだった。

「そうですね、公開は可能ですよ」とノーラが言った。「わたしは営業マンの情報をフォルダーで管理しています。フォルダーの最初のページに、個人が会社と交わした取り決めの詳細が書いてあります。ボーナスの計算をすばやく、間違えずにおこなうために必要だからです」

「俺たち三人分のフォルダーを見せてもらえますか？」三人のうちのひとりが言った。

「明日来て下されば」とミス・カヴァナーが口を挟んだ。

「今見て、あしたもまた来ますよ」

ノーラはフォルダーの表紙にはイニシャルしか書いていない。営業マンたちがフォルダーを見たときに、ＢＴやＳＢやＷＬＤが何を意味するのか説明して欲しい、などと言い出さないでくれればいいなと思った。

「どのファイリング・キャビネットに書類があるか教えてくれれば、自分のフォルダーを取ってきますよ」とWLDが言った。

「この部屋にあるものには一切、手を触れないでください」とミス・カヴァナーが言った。

「あんたは最初、情報がないと言ったけど、情報はあるとわかったんだ。自分たちのフォルダーを見せてもらうまでは、ここから一歩も動きませんよ」

「わかりました。さっさとやりましょう」とミス・カヴァナーが態度を変えた。「ぐずぐずしている暇はないんだから」

彼女はノーラに向かってうなずいて見せた。ノーラは大きい事務室へ出て、キャビネットの中から三人の分の書類を取りだして戻ってきた。三人は勝手にミス・カヴァナーの机上を片づけて、三つのフォルダーを広げるスペースをこしらえた。最初のページにホッチキスでとめた紙片に、営業マンひとりひとりに当然支払うべき金額がノーラのきれいな文字で大書してある。三人のうちのひとりがメモをとりはじめた。

「仲間たちに報告してから、その先どうするかお知らせします」と男が言った。

三人が去ったあと、ミス・カヴァナーは微動だにしなかった。ノーラは書類をキャビネットに戻した。彼女はぐったりとした疲労に襲われ、デスクですぐに眠ってしまえそうな気がした。腕時計を見るとまだ二時半である。午後の残りの時間をどうやってしのぎ通したらいいか、見当がつかなかった。

「今何をやっているの?」背中から聞こえてくるミス・カヴァナーの声がやけに静かで落ち着いていた。

ノーラは、自分の机上に何も出ていないのに気がついた。

「今何をやっているの?」ミス・カヴァナーの声はいっそう低くなった。

「ボーナスに関するどのような問い合わせが今日届いているか、これからチェックするところです」

「これから何をするか聞いているんじゃないの。そんな質問ならどんな怠け者だって答えられるんだから。今何をしているのか訊いたのよ」

「ミス・カヴァナー、わたしは今、何をしていると思います？　あなたと話しているんですよ」

ミス・カヴァナーは細長い事務室へ出て行き、働きはじめたばかりの若い娘を捕まえて執務室へ連れてきた。

「ミセス・ウェブスター、巡回営業マンの個人情報が入ったフォルダーをすべてここへ持ってきてくださる？」とミス・カヴァナーが大声で言った。

ノーラはファイリング・キャビネットまで行って、フォルダーを抱えて戻ってきた。

「机の上に！　この机の上に置いて！」ミス・カヴァナーが声を上げた。

「ここにハサミがあるから」彼女が新入りの娘に言った。「書類を全部切り刻んで、ゴミ箱に捨ててちょうだい。わたしは、ミスター・ウィリアム・ジブニー・シニアからじきじきに指示を受けました。こんなファイルは必要ないし、作成したことも望ましくないとおっしゃっています。ミスター・ウィリアム・ジブニー・シニアは、巡回営業マンひとりひとりに支払われるべき金額をすべて把握しておられるのよ。ミセス・ウェブスターは会社の指示を受けて、これらのファイルを作成したわけじゃないのです」

言い終えたミス・カヴァナーはノーラのほうへ向き直った。

「ミセス・ウェブスター、さっき会社の外でトラック運転手と何を話していたの？　さらに悪だくみをしているのかしら？」

「おしゃべりの話題はあなたとは関係ありませんよ、ミス・カヴァナー」とノーラが返した。

「あなたときたら朝遅刻して、勝手なところへ車を停めたばかりか、午前中はアイルランド一の怠け娘のミス・ジブニーとのらくら過ごして、午後はトラック運転手と無駄話をしてるわけね。そういう勤務態度がいつまでも許されると思ったら大間違いよ。わかってるの、ミセス・ウェブスター？」

「あいにくですが、これ以上あなたのお説教におつきあいしている暇はないわ、ミス・カヴァナー」とノーラが返した。「ひとつだけ忠告させていただきますが、ミス・ジブニーにたいするあなたのご意見は言いふらさないほうが身のためだと思いますよ」

ミス・カヴァナーがフォルダーをひとつ取り上げてまっぷたつに引き裂こうとした。ところが紙が頑丈すぎたので、新入りの娘からハサミをひったくって切り裂いた。

「ミセス・ウェブスター、クッシュの家を売り払ったら、エッチンガムズのパブへも行けなくなったでしょう。大物気取りができなくなってお気の毒だわね。今じゃわたしの下で働いているんだもの。わたしはミスター・ウィリアム・ジブニー・シニアのご指示を仰いで、この事務所を取り仕切っています。ここで働く者は、毎日の仕事の一部である場合を除いて、トラック運転手と私的なことばを交わすのは禁じられているの。それが暗黙のルール。あなたは娘さんがあっちにもこっちにもいて、妹さんもゴルフクラブで大きな顔をしているから、何でもやりたい放題にできると思っているかもしれないけど、はたしてどうかしらね。それにしてもあの妹ってひとは最低最悪ねえ。いいひとだったのはだんなさんだけね、惜しいひとを――」

「夫のことを話題にしないで！」

ノーラはハサミをつかんだ。あとあと考えてみたが、なぜそんなことをしたのかわからなかった。ハサミを持ったままミス・カヴァナーの執務室を出て、コートを着て、何も起こらなかったかのように会社を出た。車に乗り込んでから腕時計を見た。三時前。息子たちはまだ学校にいる時間だった。

第8章

車の向きを変えながら、バリーコニガーへ行ってみようと思った。天気は申し分ないが、キーティングズのパブの前あたりの浜には誰もいないだろう。散歩してみよう。歩いているうちにこの先どうすればいいか妙案が浮かぶかも知れない。いずれにせよ、ジブニーズへはもう戻らない。エニスコーシーの家を売って小さな家を借りるか、さもなくばダブリンへ引っ越せないか考えた。ダブリンでちゃんとした仕事を見つけたほうが万事楽かもしれない。来年、オーニャはダブリンの大学へ進学しそうだし、フィオナも向こうで教職に就けばいいし、息子たちの学校だっていいところが見つかるに違いない。そういう方向へ考えを進めていくと、ジムとマーガレットとウーナを置き去りにする情景が思い浮かび、その情景が、ゴルフクラブに出入りしているウーナにケチをつけたミス・カヴァナーのセリフ――「それにしてもあの妹ってひとは最低最悪ねえ」――を脳裡に呼び起こした。ノーラは声を上げて笑った。ノーラとモーリスが夏場ときおり、ブラックウォーターにあるエッチンガムズのパブへ行っていたことをミス・カヴァナーに知られていたのには驚いた。だがウーナにケチをつけたセリフから推測すると、フランシー・カヴァナーはノーラが職場に復帰する以前から彼女の家族に目をつけていたらしい。

ノーラはずっと昔、グレタとふたりでバリーコニガーへ自転車で遠乗りしようとした日に、フランシー・カヴァナーが一緒に行きたいと言い出したときのことを思い出した。ノーラもグレタも、フランシー・カヴァナーと一緒にいるのを見られるのはごめんだと思っていた。というのも服装を確かめるまでもなく、彼女が乗っているごつい自転車をひと目見さえすれば、住んでいるのが片田舎で、水道がなく、二階を〈屋根裏部屋《ロフト》〉と呼び慣わしているような家で暮らしているとわかるからだった。彼女の声も方言も口振りも、近寄りたくない気持ちにさせた。それなのにその日、彼女はどうしても一緒に行くと言い張ったのだ。

グレタとノーラは華奢な自転車を精一杯こいでフランシー・カヴァナーを置き去りにした上、モリスキャッスルへ行き先を変えた。ノーラはフランシー・カヴァナーがバリーコニガーにようやくたどり着いて、彼女とグレタを探している様子を想像した。フランシー・カヴァナーは自分を変えて、町っ子のグレタやノーラのようになりたかったに違いない。ノーラが思うにその頃の彼女とグレタは、世間知らずで野心満々だった。グレタは正しい文法でしゃべる男性としかことばを交わさず、きたない英語をしゃべる男は無視することにしていたが、冗談半分ではじめたそのルールはしだいに本気になっていった。ノーラもグレタもちゃんとした学歴のある男と結婚し、運転免許を取り、子どもができてからは毎夏なるべく長い期間、海浜で過ごすようになった。遠い昔のあの日、ふたりを必死で追いかけていたフランシー・カヴァナーも、彼女たちと同じ目標をめざしていたのだろう。翌日、彼女の自転車がパンクして雨に降られたという話を聞いたとき、ふたりは声を上げて笑い、もちろん謝ったりはしなかった。今ではそのミス・カヴァナーが事務所を仕切り、一日中、気が触れた女のように働いている。ノーラはフィンチオーグでカーブを切りながら、自分を憎んでいる気の触れた女を上司に仰がなくてすむ、もっと普通の職場で働きたいと思った。だが採用面接を受けるさいには、十月のある晴れた日の午後、ハサミを握りしめたまま、ジブニーズの事務所から歩き去った理由を説明しなくてはならないだろうと思ってもいた。

ノーラはブラックウォーターで車を止め、キャロルズの十本入りのタバコとマッチをひとつ買った。もう何年も喫煙はしていない。今買ったタバコも全部吸うつもりはなく、二、三本ふかしたら捨ててしまうつもりだ。煙を吸い込むとめまいがした。そしてくたびれはてているのを自覚した。彼女は窓からタバコを投げ捨て、シートに身を預けて眠った。ふいに目覚めると橋の上に立ってこちらを見つめている女がいた。女が近づいてきたので、ノーラは車のエンジンを掛けた。

彼女はクッシュの家まで行って、ジャック・レイシーが何か手入れをしたかどうか確かめたい欲望に駆られた。だがこの車で行けば見つかるのは目に見えていた。彼女は少しの間、今日はここまでで帰宅して、ジブニーズあてに辛辣な内容の辞職届を書いてやろうかと思った。だが手紙の文句を考えはじめたところでやる気が失せて、やはりキーティングズのパブがある海岸へ行ってみることにした。

海面に靄が掛かっているとは思わなかった。ノーラはキーティングズの前に車を停めて、ウィンドウ越しにロスレアの方角を眺めた。乳白色に濁った光が、カラクローとレイヴン岬へ連なる海岸を覆っていた。ドアを開けると異様に蒸し暑く、今にも雷が来そうだった。彼女は車に入れてあったヒールのない靴を履いて出た。駐車場には他に一台も車はない。足元に注意しながら草地と川のあいだの石原を進み、小さな木橋を渡って南へ歩いた。

長年ここへ来ているが、秋も深まる十月にやってきたのははじめてだ。十二月や一月になれば風がびゅうびゅう吹いて、身を切るように寒いのだろうと思った。

風景にはほとんど色がない。目の前の世界は隅々まで洗いざらしになっている。波打ち際まで行くと、打ち寄せる波に当たって音を立てる小石のさざめきが聞こえる。石ころの色がさまざまに鮮やかなので、フランシー・カヴァナーとジブニーズのことをしばらく忘れて、今後の身の振り方について悩まずにいられる。

靄が掛かっているので先がほとんど見えない。モーリスが行った世界へ迷い込んだと思ったほうがよさそうな光景である。空白だらけの世界。かすかな波の音と、凪いだ海面近くを飛ぶ海鳥の声がときおり聞こえるだけだった。ノーラは靄のカーテンの向こうで輝いている太陽の位置がわかった。遺体を埋めた墓地以外の場所にモーリスがいるはずはないのだが、彼――というか彼の魂――はどこへでも行けるはずだという考えを捨てきれなかった。だとすれば彼がここにあらわれても不思議はなかった。

モーリスの魂がこの長い海岸にあらわれるとしたら、彼なりの心配事を抱えていても当然だと思われた。ジブニーズでのノーラの仕事ぶりや、フィオナとオーニャ、ドナルとコナーの将来が、モーリスの魂の目にははっきり見えていない。過ぎ去った彼の人生を追いかけるように家族の人生も動いているのに、靄がノーラの視界をさえぎっているのと同様先が見えないのだ。死の直前に起きた全身の閉塞状態のせいで、モーリスは病院じゅうに鳴り響く大声で叫び散らしたが、その閉塞はとっくの昔に終息していた。

モーリスの死の場面がノーラの胸中によみがえる。ジムとマーガレットがいる。トマス修道女が特別な祈りを捧げる。老いたクウェイド神父もいる。最期の二日間、ノーラは夫のベッドの脇にずっと寄り添った。だがモーリスはすでに彼らから遠く離れたところにいた。遠く離れすぎているため、彼が愛したひとたちはぼんやりした影にしか見えない。靄のせいでものの形を区切る線がぼやけてしまったのと同じように、今や愛そのものにもほとんど意味はなかった。

ノーラが浜沿いに歩いてバリーヴァルーへたどり着く頃には、灰白色に輝く靄がカラクローに向かって吹く風にあおられて、海岸近くに垂れ込めた。彼女は、聖ヨハネ病院修道会の黙想の家に通じる馬車道を戻っていく修道女の人影を見た。黒ずくめの修道服に身を包んだその人影はゆっくりと、つらそうに歩を移していた。現役を引退した修道女が休暇や静修のためにしばしばここへやってくるので、そのひとりだろうとノーラは思った。

近づいていくと、その人影はトマス修道女だとわかった。町の修道院を離れて、彼女がバリーヴァルーへ来るとは思いも寄らなかったので驚いた。ノーラは修道女に歩み寄った。相手があいさつを述べ、両手をさしのべてノーラの両手をとった。

彼女は不意に寒さに襲われて身震いした。遠くで、うなるように吹く風の音が聞こえた。だが海面と海岸を見る限りではすべてが凪いでいた。靄が晴れる兆しはなかった。

「こんなところへひとりでやってきてはいけませんよ」とトマス修道女が言った。「わたしはお昼前、お友達に会うためにブラックウォーターへ来たのです。ついさっき、そのお友達から黙想の家に電話があって、あなたが車の中で眠っているのを見たのだけれど、その後、車が海岸のほうへ向かったと知らせてきました。心配なので何かできることはないか、と言っていました。わたしも心配になって、もしやと思って出てみました。会えてよかったわ」

「わたしを見たというのは誰ですか？」

「波打ち際まで出てみれば、あなたがいるかもしれないと思ったのよ」と修道女が静かに言った。「黙想の家で過ごすときには外へはめったに出ないのだけれど。今日はまるで天上にいるみたいなお天気だわね」

「その女のひとなら気づいていましたした。おせっかいをせずにいられないひとなんですね」

「そうかもしれません。でも、あなたのことを気に掛けてくれたのですよ」

トマス修道女はノーラの両手を離した。

「わたしはあなたにここで会っても驚かなかった」と修道女が言った。「こんなふうにここで出会ったのは必然です。神様の思し召しです」

「神様の思し召しなんて冗談じゃない！　そんなこと、二度と言わないで！」

「モーリスとの別れが近づいた頃、わたしは、彼にとってもあなたにとっても、苦しみが少なくなりますように、と神様にお祈りしました。わたし自身は欲しいものはないので、もうずいぶん長いこと、何かを下さいと神様にお願いしたことはないのよ。でもあなたたちのことは神様にお願いしました。お願いして、願いは叶わなかった。神様がノーとおっしゃる場合には理由があるはずなのだけれど、その理由は人間にははかりしれないの。神様はあなたを見守っておられます。わたしが今あなたに出会って、このことを伝えることができたのも、神様が見守って下さっている証拠ですよ」

「神様はわたしを見守ってなんかいない！　わたしを見守っているひとなんて誰もいないわ！」

「今朝起きて祈りを捧げたときから、あなたに会うことはわかっていました」

ノーラは黙っていた。

「車が運転できなくなるほど霧が濃くならないうちに、家へ戻ったほうがいい」トマス修道女が言った。「今戻ればじきに子どもたちも帰ってくるでしょう。子どもたちは首を長くして、あなたの帰りを待っているのよ」

「わたしはもうジブニーズで働けなくなりました。ミス・カヴァナーに狙い撃ちされたんです。今日、あのひとはことばの暴力で、ついにわたしを追い出しました」

「心配ないわ。あそこは小さな町でしょう。町があなたを守ってくれます。戻りなさい。これ以上悲しまなくていいのよ、ノーラ。悲しみのときは終わったのだから。聞こえていますか？」

「ここまで歩いてくるあいだに感じたのだけれど――」

「こんな天気の日には誰だって悲しみを感じるの」とトマス修道女が口を挟んだ。「他の日にだって感じるわ。悲しみのせいでわたしたちはここへ来たのだもの。死んでいったひとたちは皆、旅路の避難所のようにして、悲しみを携えていきました。今日のような日に、彼らを近くに感じられるのはうれしいことです」

「彼らを近くに感じる？　どういうことですか？」

「わたしたちはときどき、わたしたちのもとを去っていったひとたちと混じって歩いています。彼らは、生者にははかり知れないことを知っているの。不思議ね」

修道女がノーラの両手を再び握った。それから背を向けてゆっくりと、まるで痛みを抱えているかのように歩き去った。砂丘を越えたところに黙想の家へ通じる馬車道がある。修道女が振り返るかもしれないと思ってノーラは背中を見守った。だがついに振り返らなかったので、彼女は靄に閉ざされた海を見つめた。しばらくして駐車場まで歩いて戻った。車の助手席にミス・カヴァナーの大きなハサミとタバコの包みがあった。ノーラはタバコの包みをダッシュボードの小物入れにしまい、ハサミは駐車場の砂利の上に置いた。誰かが拾ってくれればいいと思った。

第9章

ノーラはジブニーズで起きたことを誰にも言わなかった。自宅を売り払って息子ふたりとダブリンへ引っ越す計画も伏せておいた。ノーラの家に〈売ります〉の看板が掲げられ、新聞に売却広告が出るのを見たら、町のひとがどんな顔をするか想像してにやにやした。彼女はミス・カヴァナーに、体調を崩していると手紙を書いた。ウィリアムやペギーやエリザベスに宛てて手紙を書くことはしなかった。そんなことをしなくても彼女の意思は通じると思ったからだ。ウィリアムたちはノーラが会社でいじめを受けたことが町じゅうのひとに知れ渡るのは歓迎しないかも知れないけれど、それとて彼らにとっては取るに足らない問題だろうと確信していた。ノーラは、コナーがフィオナに、母さんは会社を辞めたと報告したのを承知していたが、フィオナはノーラにわざわざ確かめたりしなかった。

十月末の金曜日の夜、フィオナとオーニャが来ているところへ、ウーナが婚約指輪を見せにやってきた。二、三日前にノーラがバック・ロードの電話ボックスからキャサリンに電話したとき、ウーナとシェイマスが泊まりに来たと話していた。キャサリンとマークがシェイマスを気に入ったと語った上で、キャサリンは、ウーナがノーラに婚約の話をどんなふうに打ち明けたらいいか悩んでいた、とつけくわえた。モーリスが亡くなってからまだ日が浅いので、ウーナがノーラの気持ちを測りかねていると言うのだった。ノーラの家には最近ジョージーがやってきたが、彼女もウーナの懸念を話題にした。年明けにシェイマスと結婚するつもりだけれど、ノーラが祝福してくれるかどうかだけが気がかりだそうだ、と。

「妹たちはあんたを怖がっているよ」とジョージーが言った。「ずっと前からそうだったんだ。理由は知らないけど」

ウーナとフィアンセの噂話を聞いても、ノーラは乾いたいらだち以外に何も感じなかった。いい年をしたあのふたりがウェックスフォードやロスレアで、若い男女みたいに浮かれ騒いでいたという話をエリザベスから聞いたときにも、かすかな笑いがこみ上げてきただけだった。

「その婚約指輪の話、聞いたわよ」指輪を見せたウーナにノーラが言った。「タラ・レーガンが気に入って大騒ぎしたんだってね」

「その話をしたのはエリザベス・ジブニーでしょ？」

「町じゅうのひとが話してくれたわ」とノーラが言った。

「タラ・レーガンったらホントにおばかなの」

「でも彼女だって、実物を見ればよさがわかるはずよ」とノーラが返した。

ウーナは、婚約の話をしたらノーラはやっぱり不機嫌になったと言わんばかりに、フィオナとオーニャに目をやった。

「まあそれはともかく、素敵なニュースじゃないの。キャサリンとジョージーからも聞いたわ。皆、その話でもちきりだもの。全部聞いてるわよ。おめでとう！」

ウーナは顔を赤らめた。

「もっと前に会ったとき、二度か三度、姉さんに話そうとしたこともあったんだけど、いや待てよ、もうちょっととっておこうって思ったのよ」

「うん、急ぐ必要なんかぜんぜんなかった。町はその話でもちきりだったんだから。家を出さえすればすぐに聞こえてきたわ」

ノーラは、ウーナが帰りたがっているのがわかった。フィオナとオーニャの立ち会いで空気を和ませてもらったところで、姉の承諾を得るという目的を果たしたからである。ウーナはキャサリンとジョージーに電話をかけて、ようやく姉に話を打ち明けたから胸のつかえも取れて、ここから先は万事スムーズにいきそうだ、と報告したくてうずうずしているに違いない。ノーラは、妹と娘たちに煙がられているのを自覚している。妹の結婚に反対しているのではないか、ウーナにきついことを言うのではないかと思われているのだ。ウーナに何か励ましになることばを言いたかったが、そのひとことが出てこない。もうこの場はお開きにしたい。娘たちは寝室に上がるか、別の部屋へ行ってくれればいい。ウーナはさっさと家へ帰ってくれたらいい。ノーラのことばを待ち望む三人の期待が強まるにつれて胸中には怒りの感情がわき上がった。ミス・カヴァナーと衝突して事務所を飛び出した日から眠れない夜が続いているゆえのいらだちにくわえて、ウーナとフィオナとオーニャへの鬱屈した気持ちも手伝った怒りだった。

「お相手は銀行にお勤めなのね」とノーラが言った。「部長さん?」

「ううん、違う」とウーナが言った。

「優秀なひとはすごく若い年で部長になるって聞いたから」

「責任が重くてたいへんらしいわ」とウーナが言った。

「彼がいままで結婚しなかったのは、仕事がたいへんだったからなの?」

ウーナはハンドバッグに手を伸ばして立ち上がろうとした。

「運命のひとに出会わなかったせいだと思う」とフィオナが言った。「ウーナと出会うまでは」

「なるほど」とノーラが言った。

ノーラは立ち入った話をしすぎたと後悔した。そしてもう一度、空気を和らげるために何かひとこと言おうとしたが、いいことばが思いつかなかった。オーニャは部屋を横切って出ていった。

「とにかくよかったわね」とノーラが言った。「お相手に会える日を楽しみにしてる」

ウーナは微笑もうとした。フィオナはノーラをにらみつけた。

「それじゃ、そろそろおいとましなくちゃ」とウーナが言った。

部屋を出て行くウーナをフィオナが追いかけた。


月曜日の夜、ミセス・ウィーランがやってきて、ドナルが奥の間に案内した。

「今晩は、ペギー・ジブニーからのメッセージをお伝えに来ました。明日の午後、ぜひあなたにお目に掛かりたいと申しております。午後三時ではいかがでしょうか。もしご都合が悪いようでしたら四時でも、と申しておりますが」

「あいにく体調がすぐれなくて外出できそうにないのです、ミセス・ウィーラン」

「エリザベスからもぜひよろしく伝えてほしいとのことです」

「それはごていねいにありがとうございます。ですがあいにく、外出はできそうにないものですから」

「それでは、ミセス・ジブニーには何と申したらよいでしょうか?」

「体調がすぐれないので外出はできないようだ、とおっしゃってください。あなたがわざわざおいでくださったことには感謝しています。一緒にお茶を飲んで別れたとおっしゃってください」

「いいえ、どうぞおかまいなく。ミセス・ウェブスター」

ノーラはお茶を淹れると言い張った。そして今一度、モーリス・ウェブスターの未亡人がジブニーズに勤務中にいじめを受け、家へ逃げ帰ったという噂が立てば、ジブニー家の体面を汚すに違いないと思った。ノーラはミス・カヴァナーと彼女が衝突した最後の場面を見ていた新入りの娘の名前は知らないけれど、彼女が同僚たちに話を広めた可能性はあると思った。そうであれば話は近いうちに、ジブニー家が無視できない地元の顔役たちの耳にも届くだろう。

ノーラはお茶道具を載せたトレイを奥の間に運び込むとき、つとめて快活にふるまった。そして、ミセス・ウィーランがジブニー家のひとたちに報告するさい、ミセス・ウェブスターはちっとも具合悪そうに見えませんでした、と言ってくれるよう願った。

その二日後、トマス修道女がやってきた。彼女はバリーヴァルーの海岸で会ったときよりも弱々しく見えた。

「子どもたちが学校から帰ってくる前に、あなたに会っておきたくて」奥の間の肘掛け椅子に腰を下ろすとすぐに彼女が口を開いた。「ことの次第はわかりました。修道院に誰がやってくるか知ったら驚くわよ。この町では誰もわたしたちの目を逃れることはできないの。もちろん、目からこぼれるものがないではないけれど、そういうものは最初からわたしたちの興味を引かないから。ハサミにいたるまでの一部始終を聞かせてもらいました。フランセス・カヴァナー。彼女は神様の子のひとりですよ。しかもたいそう信心深い。そういうことが皆に知れ渡っていればよかったのに！　わたしが語るべきことはペギー・ジブニーに伝えておいたので、彼女があなたに話すでしょう。彼女が皆を――彼女自身の家族とあなたの友人のミス・カヴァナーのことです――呼び集めたのよ。ただ奇妙なのは、皆がペギー・ジブニーを怖がっているらしいこと。彼女はとてもおとなしいひとなので、なぜ皆があのひとを怖がるのかわたしにはわからない。とにかく彼女があなたにすべてを話してくれるわ。大丈夫、話せるって彼女に太鼓判を押しておいたんだから。誰にも話してないけれど、あなたには話したがっているに違いないの。あした行って、彼女に会ってみたらいいわ」

「あそこへは戻りたくないんです」

「ペギー・ジブニーは新しい条件であなたを雇うつもりです。断る理由はないわ。それからあなたにもうひとつ頼みたいことがあるの――ウーナにやさしくしてあげて」

「どうしてそんなことまで知っているの？」

「ウーナがうちの修道院の小さな礼拝堂へやってきたの。モーリスが死んだあと、誰にも会いたくないときにあなたがやってきたあの礼拝堂。わたしが直接会ってお話ししました。あなたのお母様が亡くなったあと、ウーナはひとりぼっちだった時期があるでしょ。わたし、あの子にはついつい甘くなってしまうのよ」

「それであの子、わたしのことをどんなふうに言ってましたか？」

「何も言わなかった。たいしたことは何も。でもそれでじゅうぶん。忙しいからこれで行くわね。あなたがしなくちゃならないことはふたつ。ペギーに会うことと、ウーナにやさしくしてあげること。あと、わたしたち皆のためにお祈りしてくれたら申し分ありません」

トマス修道女はゆっくり歩いて玄関へ向かった。

「黙っていられないわ」とノーラが言った。「プライバシーが外に漏れるのは耐えられません」

「あなたのお母さんも同じことを言ってたわ。聖歌隊に参加していた頃、知っていたのよ。歌がとても上手かったけれど、プライドが高かった――というかプライバシーが漏れるのを嫌ったせいで――ちょっと気難しいひとだった。残念だったと思う。あなたは頑《かたく》なじゃないからありがたいわよ」

「あしたペギー・ジブニーに会いに行けとおっしゃるの？」

「そうよ、ノーラ。三時か四時に。あるいは、三時から四時の間に」

「わかりました。行くことにします」

「それからウーナと彼女のフィアンセを家に招いて、息子さんたちに会わせてあげること。結婚式というのは楽しい催しだから、段取りの話などを聞かせたら子どもたちはきっと大喜びするわよ」

ノーラが玄関ドアを開けた。修道女はおぼつかない足取りで石段を下りながらつぶやいた。「天国では一切のものごとが地上よりも簡単に運んでほしい、とわたしはいつも願っています。あなたもそうお祈りなさい」


ミセス・ウィーランはノーラを玄関で出迎えた。そして、「ペギー・ジブニーには、あなたが今までおいでになれなかったのは体調を崩していたせいだとお伝えしてあります」と小声で言った。

「ぐっと元気になられました、とお伝えしましょうか？」ノーラのコートを受け取りながら彼女がつけくわえた。

「ご自由に」

ペギー・ジブニーはこの前とまったく同じ椅子に腰掛けている。手元には書物も新聞も見あたらない。ノーラは、このひとは毎日朝から晩までこの薄暗い部屋に腰掛けたまま、ときどきミセス・ウィーランが持ってくるお茶を飲みながら窓の外の常緑樹を眺めて、考えに耽っているのかしらと考えた。

「また会えたわね、ノーラ」と相手が言った。それはあたかも医師が、包帯を取りはずしてもらうためか、血圧を測ってもらうために来た患者に、語りかけるような口ぶりだった。

ノーラは彼女を冷ややかな目で見つめた。

「わが家で戦争が起きました」とペギーが言った。「毒舌を仕掛けたのはエリザベスですが、わたしが叱ったのはもちろんトマスのほうです。間接的にわが夫を叱ったつもりですよ。ウィリアム・ジブニー・シニアは社内改革を理由にして、何ひとつ非難を受けないまま、自分のお皿に欲しいものをたんと取ってしまったのですから。言うまでもなくトマスだって同じです」

「ペギー、わたしには、あなたが何をおっしゃっているのかわかりません」とノーラが言った。

ペギーは唇に指を立てて立ち上がると、足音を立てずに部屋のドアまで行き、いきなりドアを開けた。

「マギー、そんなところで待っていなくてもいいわよ」と彼女が言った。「台所にいてくれれば、お茶が欲しくなったときに声を掛けます」

ペギーはそう言い捨てて椅子に戻った。

「ノーラ、欲しいものをおっしゃいな。ぜんぶわたしが都合してあげるから」

「欲しいものなんて何もありません」とノーラが言った。

「あなたがご機嫌を損ねているとしたら、機嫌を直してもらうのはわたしの仕事だとトマス修道女が言うものだから」

「何も欲しくないんです、あいにく」

「エリザベス以外の全員が口を揃えて、フランシー・カヴァナーはかけがえのない事務部長だと言っています。ものごとを書き記す必要を感じないのは、あのひとが会社のことをすべてわかっているからだって。あのひとがいらいらしがちなのは、にこにこしていては仕事にならないからだと皆が言ってるわ。夫とトマスは彼女をとても大事にしています。わたし自身は、あのひとは役立たずのがみがみ女だと思います。でも誰も、わたしの意見など聞いてくれない。エリザベスだって、わたしがあの子に賛成しているとは思っていないのよ。でもね、わたしの意見なんか誰も聞いてくれないのは事実だけれど、この家全体を仕切っているのはこのわたしだ、としじゅう感じているのも事実です。わたしの武器は台所を閉めてしまうこと。好きなものをどこでも食べればいい、でも、わが家では何も食べてはだめ、という状態にしてやるわけ。そうやって持久戦に持ち込むの。しばらく待ってからわたしの望みを家族に告げれば、何だってかないます。だから何でも言ってごらんなさい」

「働くのは毎日午前中だけにさせてください。トマスとエリザベスの下で働きたいんです。ミス・カヴァナーには、わたしを見ることさえ許してほしくありません。今までと同じ量の仕事をこなせると思いますが、少し手助けをしてもらう必要があるかもしれません。給料が少し減るのはやむを得ませんが、大幅なカットは受け入れがたいです」

「わかりました」とペギー・ジブニーが言った。「月曜の朝一番にここへいらっしゃい。エリザベスとふたりで来たらいいわ」

「トマス修道女はこの一件とどんな関係があるのですか?」

「話せば長くなるのよ、ノーラ。大昔までさかのぼる話なの」

「ウィリアム・ジブニー・シニアと結婚なさる前までさかのぼる話ということ?」

「そう、当事者以外ではあなただけしか知らない話。ウィリアムが言っていたけど、彼と彼の父親の口論をあなただけが聞いていたのでしょう。あなたが誰にも口外しなかったのを、わたしたちは皆感謝しています。わたしはウィリアムの父親の指図で、イングランドへ行かされることになっていた。そのことは知ってるわね。それでわたしは、イングランドのどこの病院で出産すればいいか尋ねるために、聖ヨハネ病院修道会へ行ったの。トマス修道女がちょうどあそこの修道院に住みはじめたばかりだった。あのひとは最初から、他の修道女たちとは全然違っていました。ここへ来る前にイングランドの病院で働いていたせいで、アイルランドからイングランドへ送られて出産する女たちをつぶさに見ていたのよ。あのひとは独立運動から内戦にかけての時代、マイケル・コリンズに協力していました。修道女は伝令役を務めるのにもってこいでしょう。あのひとは彼が抱えていた伝令役のひとりだったの。あのひとはこの話を、あなたには打ち明けなかったでしょ？　無理もないわ。だってあなたがアイルランド共和党《フィアナ・フォイル》（内戦時マイケル・コリンズに敵対したエーモン・デ・ヴァレラが設立した）の支持者だっていうことはわかっていたから」

「モーリスとジムは確かにアイルランド共和党《フィアナ・フォイル》を支持していました。ジムは今でも支持者です」

「彼女があなたにマイケル・コリンズの話をしなかったのはそのせいだと思うわ。それはともかく、彼女がこの家へやってきて、この部屋でウィリアムの父親に脅しをかけてくれたのよ。司教様は自分の古い知り合いだから、教会がジブニーズとの取り引きをやめるように働きかけてやると言ってね。さらに、ペギーが望む形で問題が解決されないようなら司教様に特別にお願いして、この家を訪問していただくようにしますとまで言ってくれたの。ジブニー家のひとたちは、わたしの身分では当家の嫁にふさわしくないと思っていたけど、トマス修道女は、ウィリアムとわたしが望んでいるのだから、ふたりは結婚すべきだと言い張ってくれたわけ。彼女のおかげでわたしたちは結婚できたのよ。わたしは彼女に、お礼をしたいから欲しいものがあったら何でもあげると言いました。彼女は長年お礼を受け取らなかった。ところが今回はじめて、あなたのことを頼んできたの。わたしが断れない理由がわかったでしょう。トマス修道女がいなかったらウィリアム・ジュニアはイングランドで孤児院に入れられるか、どこかの家の養子になっていたはずで、わたしだってどうなっていたか知れたものじゃないのよ」

「マイケル・コリンズの伝令役だったなんて、よく言うわね」とノーラが言った。

「何度か聞いた話だから間違いないわ。マイケル・コリンズは修道女を何人か手なずけて協力させていたのよ」
「なるほど。今度はわたしたちがトマス修道女に手なずけられたというわけですね」
「月曜の朝、出勤してちょうだい。エリザベスとわたしと一緒にコーヒーを飲みましょう。エリザベスとわたしは、ときどき一緒に朝のコーヒーを飲むのよ。あの子ったら近頃とても機嫌がいいの。悪い前兆？　それとも何かいいことでもあったのかしらね」

ノーラは今回の一部始終は誰にも話さないことに決めた。土曜日、ウーナに電話をかけたときには、毎日めいっぱい働くのはつらいので、半日だけの約束でジブニーズにまた勤めることにした、とだけ報告した。ウーナが受け答えする様子から判断して、ノーラがフランシー・カヴァナーとけんかした話はすでに聞いているようだった。

次の週のある日の夕刻、ウーナとシェイマスがノーラを誘って、ゴルフクラブのバーで飲む約束をした。

ノーラが半日だけ働くことにしたのを息子たちに報告すると、ものごとの変化を知らせる他のニュースを告げたときと同じく彼らは警戒した。さらに、ウーナと一緒にゴルフクラブへ行くので、ひと晩、ふたりだけで留守番してもらうと告げると——夜の留守番を息子たちだけでさせるのははじめてだった——ドナルとコナーは警戒をいっそうあらわにして、ゴルフクラブに入会するつもりなのかとノーラに尋ねた。ゴルフクラブのバーへ行くだけだとわかったあとでも、ふたりは母親が何時に帰宅するのか知りたがった。

息子たちは、母親が午後仕事をしないことになったので、学校から帰ってきたときには彼女が家にいる、という事実に慣れるまでしばらくかかった。ふたりはときどきけんかをした。中味はドナルの弱いものいじめだったが、母親が家にいるという変化が起きたことで息子たちは動揺した。ふたりはお互いの関係を一から作り直そうとしているかのようにみえた。

ウーナはノーラに、ゴルフクラブまで車に乗せていってくれるよう頼んだ。シェイマスは当日午前中で仕事が終わるので、午後ゴルフを一ラウンドプレイしたあと、クラブハウスでサンドウィッチを食べてからふたりと落ち合うことになっていた。ノーラは、シェイマスが町まで車でやってきて、ノーラとウーナを乗せてクラブへ行くのが当然だと考えていたので、ウーナがノーラに車を出すよう頼んできたのは、飲み会は中止したほうがいいという暗示かも知れないと勘ぐった。だがジブニーズに復職することとウーナにやさしくすることをトマス修道女に約束した以上、次回会ったときに話の種がなくては困るので、ウーナの言う通りにした。ノーラはふと、トマス修道女がもし別の世紀に生まれていたら、魔女と認定されて焼き殺されたに違いないと思った。

ゴルフクラブへ行く日の午後、ノーラは美容室へ行って洗髪とセットをしてもらった。彼女はウールのドレスの上にカーディガンをはおっていこうと考えていた。駐車場からクラブハウスまで歩くことも考えに入れて、冬用のコートも持っていくつもりだった。

「姉さんが来てくれるのでシェイマスが大喜びしてる」ノーラが迎えに行ったとき、ウーナが言った。「ジブニー家は彼の銀行にとって最高のお客さんで、彼はウィリアム・ジブニー・シニアを大いに尊敬しているのよ。あのひとは本物の商才に恵まれたひとだって言ってるわ。あの家の息子たちは大改革をおこなおうとしているので、シェイマスは彼らにも感服してるみたい。あの会社は従業員が多すぎるんでしょう。姉さんは知ってた？　シェイマスの話では、人件費さえ削減できれば会社全体の効率が改善するだろうって」

　ふたりはクラブハウスでシェイマスと落ち合った。彼が皆の飲み物を買いにバーカウンターへ行った。

「今日はさんざんだったよ」飲み物を運んできたシェイマスが言った。「三番ホールでドツボにはまって、途中放棄したほうがよかったくらいだ」

　シェイマスは背が高くて髪は赤い。話しぶりから判断して中部地方の出身らしい。彼はずっと前からノーラを知っているかのように話しかけてくる。人当たりのよさは転勤が多い銀行員に最適だ、とノーラは思った。

　じきに男がふたり輪に加わった。ひとりは町の薬局の店主である。ノーラはその店で買い物をしたことはあるものの、彼と話すのははじめてだった。

「五番ホールはもう一歩だったんですよ」と男が言った。「ボールをもうちょっといい位置に寄せていれば違う展開がありえたんだが、風に振り回されちまった」

「確かにそうだね」ともうひとりの男が言った。「凪いでいるように見えて、けっこう強い風が吹いてたから」

「五番ホールのあとは調子をつかんだと思う」と薬局の店主が言った。「八番ホールのバーディーが決め手になった」

　彼はノーラとウーナもゴルフに参加していたかのように、ふたりのほうを見た。

「いつも言うんですが、今の季節は」と男がしゃべり続けた。「ゴルフにはもってこいですな。もちろん雨さえ降らなければ、という条件つきですが」

「で、今日の午後は降られなかったんですか？」とウーナが尋ねた。

「降っても晴れても三番ホールまででやめておくべきだった」とシェイマスが言った。

「クリスティ・オコナーのやつが、グリーン周りからカップへぴたりと寄せたのは痛かったね」と薬局の店主が言った。

「いやあれは本来、こっちにも打つ手があったはずなんだよ」とシェイマスが返した。「俺がキャッスルバーに住んでいた頃、愛用してたアイアンがあってね、あれをあの場で使いさえすれば一発で寄せる自信があった。軽くて、絶妙のスイングができるアイアンだったんだ」

「そのアイアンはもうないの？」とウーナが尋ねた。

「ポーカーでとられちまった」とシェイマスが答えた。「俺のアイアンをぶんどった男はその年と翌年、クラブのコンペでたてつづけに優勝したよ」

薬局の店主が皆の飲み物を買うためにバーへ行った。

「俺はロスレアよりもここのほうが好きだ。君はどうだい？」シェイマスがもうひとりの男に尋ねた。

「ここの九ホールのゴルフコースはうまいこと設計されていると思うね。ロスレアのコースを大いに推奨する連中はけっこういるし、混み合う週末には確かに連中の言う通りかもしれんが、静かなウィークデーにここのコースを回るのは格別だよ」

「今日はコースは空いていたの？」とウーナが尋ねた。

「がら空きだったよ。女性ばかり四人のフォーサムがいた。知らないひとたちだった。新しい町へやってくるとこういうことがあるからおもしろいね。ノーラはゴルフはするのかな？」とシェイマスが尋ねた。

「いいえ」とノーラが返した。

「ゴルフは楽しいですよ。単なる運動じゃなくて町を知る方法のひとつなんだ。ゴルフクラブを見ればその町がわかるんだから」

　薬局の店主が皆の飲み物を持って戻ってきたとき、ウーナがトイレに立った。ノーラもついていった。

「もうしばらくつきあってくれたらうれしいんだけど」とウーナが言った。

「わたしのことは心配しないで」とノーラが返した。「だってモーリスが生きていた頃は、男のひとたちがアイルランド共和党《フィアナ・フォイル》がらみの話ばかりしているのを聞かされてたんだもの。選挙のときなんか辟易したわよ。でも聞き流していればいいんだから気楽ではあったわね」

　ノーラが言いたかった本音は、モーリスはゴルフの話などは心から軽蔑していて、ノーラ自身も同じ思いだということである。聞き流していればいいんだからと言ったとき、ウーナが一瞬気を悪くしたかもしれないと思ったが、鏡に映った顔を見ると彼女はにっこり微笑んでいた。

「姉さんの言うこと、わかるわ」と彼女が言った。

　その晩、夜がだいぶ更けた頃、ひとりの男とそのフィアンセだという女が輪に加わった。ノーラはやがて、その男がエリザベスの話に出てくるレイだとわかった。レイがノーラの正体に気づくには少し時間がかかった。

「エリザベスはよくあなたのことを話していますよ」とレイが言った。「今まで出会ったなかであなたが一番、仕事の呑み込みが早いと言っていました。彼女は、僕が今晩ここにいたことを知らないほうがいいと思うのです。もしよければ、ここで会ったことは黙っていてくれたらありがたいのですが」

「エリザベスと話す話題なら他にもたくさんありますから」とノーラが返した。

「確かに彼女は話題が多いですね。話題には事欠かない」

「仕事のほうも凄腕ですよ」ノーラは男との会話を終わらせるつもりでそう言った。「あの父にしてあの娘あり、です」

「確かに優秀なひとですね」レイはそう言ってパイントグラスに口をつけた。

「わたしはエリザベスに、今夜ここへ来るつもりだと話したのですが、彼女も時間があればちょっと顔を出すと言っていましたよ」とノーラが返した。「ご承知の通り、彼女は顔が広いひとですから」

ノーラは嘘を言った。エリザベスにそんなことは話していない。相手の反応が見たかっただけだ。レイはそのことばを聞いたとたん不安気な顔になり、出口を探るような目つきになったので、ノーラはほくそ笑んだ。


翌朝ノーラが職場に着くと、エリザベスがすでに出勤していたので驚いた。

「昨夜、ゴルフクラブにいた小鳥ちゃんが」とエリザベスが口を開いた。「あなたとレイが話し込んでいるのを見たんだって」

ゴルフクラブにジブニーズの人間がいなかったのはわかっている。エリザベスに誰が報告したのか、ノーラには見当がつかなかった。

「レイ本人が電話をしてきたのよ」とエリザベスが言った。「今朝一番にね。彼がちょっと一杯飲みに行きたいと言ってたから、わたしは出る準備を整えていたの。ところが今晩はやめておくって電話が入ったのよ。で、さらにその後、シェイマスが彼に電話をかけてきて、シェイマスはあなたに会うことになっているのだけれど、ひとりでは怖いからレイに一緒にいて欲しいと頼んだっていうわけ」

「わたしに会うのが怖いですって？　そんなはずないわ！」

「でもレイはそう言ってた。レイが言うには、あなたの妹さんがシェイマスに、ゴルフの話は絶対駄目、ノーラはインテリなんだからもっと趣味のいい話題を考えておきなさいって言い渡しておいたそうよ。シェイマスはゴルフのことしかしゃべれないのですごく緊張してしまって、結局あなたにはろくでなしだと思われてしまったんだって」

「ろくでなし？」ノーラはエリザベスの口からそんな単語が出るのをはじめて聞いた。「とても感じのいいひとだったわよ」とノーラは言った。「でも彼が〈怖がった〉としたらおもしろいわね。〈怖がった〉気持ちの表現がかなり独特だったから」

エリザベスは、レイがフィアンセ同伴でゴルフクラブに来ていたとは夢にも思っていないようだった。始業時刻になったので、ノーラは真実を伝える義理を感じないまま仕事をはじめた。


クリスマスが近づいた頃、ノーラは、ウーナがクリスマスをキャサリンと一緒に過ごし、その後の数日間はシェイマスと過ごす予定だと聞いてほっとした。クリスマスにはジムとマーガレットを招くつもりだが、そこにウーナとシェイマスが加わったら手に負えなくなると考えたからだ。ノーラは、ジムが反体制の闘士だった頃にゴルフクラブを爆破する計画を立てたことがあったかどうかは知らない。だが彼女は、ゴルフクラブの会員になっている名士たちに目標を据えていたのは間違いないと考えている。おまけに、シェイマスが語ったたぐいのゴルフ話がジムを喜ばせるとは到底思えなかった。

クリスマス休暇にフィオナとオーニャが帰省したときには心が躍った。ところがふたりともいろんなパーティーに招かれており、友人たちと町のパブへ出掛けてばかりいた。ノーラはオーニャに、バーへ入り浸るには若すぎるし、第一、ラテン語を勉強しなくちゃならないでしょうと小言を言った。

するとオーニャは、わたしもフィオナも学期中のきつい勉強を終えて、やっとのことで帰省したのに、ノーラとドナルとコナーと一緒に奥の間に閉じこもって四六時中テレビを見てなきゃいけないって言うの、と口答えした。ノーラは押し黙った。オーニャが母親にこんなふうに口答えしたのははじめてだった。ノーラはなんだか愉快になった。ある晩、オーニャとフィオナが朝の四時に帰宅する物音が聞こえたとき、ノーラは階段を駆け下りてとっちめてやりたい誘惑に駆られたが、思いとどまって眠った。そして翌日、会社から帰宅したあと、詳しいことを話させた。

クリスマス直前の日曜日、彼女はジムとマーガレットをお茶に招いた。マーガレットは到着するとすぐに、いつものように表の間へ直行してドナルとおしゃべりをはじめた。ジムはノーラといきなりふたりきりにさせられたが、ノーラが水を向けても口が重かった。ところが彼は、フィオナとオーニャの顔を見るなり表情が明るくなった。

ノーラは、この前北アイルランドについて話し合ったとき、どんな展開になったか思い出せなかった。オーニャは学校で討論部に入っていて、ノーラは彼女が雄弁を振るうのを一度だけ見たことがある。だが討論部で、政治問題についてディベートをするとは思えなかった。

「学校の友達で」とオーニャが口を開いた。「ニューリーにいとこが住んでいる子がいるんだけど、その子が、今度のことはあまりにもひどいと言ってる。どうしてこんなことが起きたんだろうね。こういう事件を防げなかった社会は、起きたことの責任を取る必要があると思うよ」

「内戦時にカラで拘禁されたとき、おもしろいことがあった」とジムが言った。「リムリックの連中がサッカーリーグをつくろうと言いだしたので、とんでもない奴らだと思って最初は腹を立てたんだが、じきに悪気がないとわかった。だがね、北の連中とはついに親しくなれずじまいだった。あいつらはこだわりすぎるんだな」

「それは偏見じゃないかしら」とオーニャが言った。「アイルランドみたいな国は分裂するには小さすぎるでしょう」

マーガレットが部屋へ入ってきて、何を話しているのか尋ねた。

「北アイルランドの話」とノーラが言った。「テレビで見ただけじゃもの足りないみたいよ」

「まあ、びっくりだわね」とマーガレットが言った。「わたしはバスツアーで行ったことがある。北のどのあたりだったかわからないけど、群衆がバスに向かって石を投げつけてきたの。国境を越えてこちら側へ戻ってきたときには胸をなで下ろしたわ。あの群衆はプロテスタントだったと思う」


クリスマスイブの昼間、ウーナはキルケニーのキャサリン宅へ行く前に、ノーラの家に立ち寄ってプレゼントを置いていった。彼女はフィオナとオーニャに、自分が使っているのと同じ高価な化粧品をプレゼントした。姉妹は午後中ずっとその化粧品を試し塗りして過ごした。それからふたりで、フィオナがその晩、デートに着て行く服を選んだ。ノーラは翌日のディナーの下ごしらえをしていたが、娘たちのことは知らんぷりを通した。

ジムとマーガレットが子どもたちのためのプレゼントを持ってやってきた。ドナルとコナーは車まで行って、マーガレットが積み込んだ荷物を下ろす手伝いをした。ドナルへのプレゼントがチョコレートの詰め合わせ箱しかないとわかるまでにはしばらく時間がかかった。ノーラは、マーガレットが説明する口ぶりが奇妙にぎごちないのに気づいた。

「皆が驚くびっくりプレゼントがあるのよ」とマーガレットが言った。

「それってどういうことなの、マーガレットおばさん？」とフィオナが尋ねた。

「ぼくは知ってる」とコナーが言った。

「教えて」とオーニャが言った。

「暗室だよ」とコナーが答えた。

マーガレットがそれまでの数か月をかけて、自宅の台所と浴室の間の廊下の突き当たりにある小さな物置を改装して暗室をこしらえたのである。暗室にはいろいろな機材の他に水道の蛇口と流しも設置した、と聞いたノーラは、マーガレットとジムがかなりお金を使ったのだとわかった。マーガレットがやってくるたび、いつも表の間でドナルと話し合っていたのはこれだったのだ。ドナルはマーガレットの共感を首尾よく勝ち得て、計画に水を差すに決まっているノーラには黙ったまま、自由に写真を現像できる部屋をこしらえたのである。フィオナとオーニャも、ノーラと同じように驚いていた。その夜、男の子たちが寝室へ行き、フィオナはデートに出掛けたあと、オーニャがノーラに、暗室のことを本当に知らなかったのか尋ねた。

「ドナルが写真に興味を持っているのは今だけかもしれないよね」とオーニャが言った。「暗室を使わなくなったら、マーガレットはどうするつもりなんだろう?」

「ドナルとマーガレットはいつもおしゃべりしてる間柄だから、ドナルが本当に欲しいものを伝えたのね」

「でも暗室を持ってるひとなんて、聞いたことないわ」とオーニャが言った。

「そうね、ドナルが第一号」とノーラが言った。「あの子にとってはこの家から外に出る口実ができたわけよ。もしかすると一番欲しかったのはそれかもしれないわね」

第10章

さんざん待たされた末に、ノーラはふたつ目の年金ももらえることになった。しかも両方の増額が前年度の国家予算に計上されていた。彼女は、増額分が六か月遡って支給されることを知らなかったので、郵便で配達された小切手を受け取ったとき、金額の多さにびっくりした。そのことをジムとマーガレットに話すと、ジムが、今財務省を預かっているチャールズ・ホーヒーは農業大臣としては最悪で法務大臣としてはよく働いたが、このままへまをせずに勤めあげれば、偉大な財務大臣として歴史に残るだろうと論評した。

ノーラは何年も前にモーリスと一緒に、デルガニーにあるジェイムズ・ライアン博士の屋敷の玄関広間に足を踏み入れたときのことを思い出した。ライアン博士の娘の婚約披露パーティーに招かれたのだ。当時、ライアン博士は財務大臣だった。ノーラは屋敷のしつらえが豪奢なのに目を丸くし、ウェイターや宴会業者が雇われていたのにも驚いた。ウェックスフォード州から招かれた者を除く全員が夜会服を着ていた。ライアン博士は高貴なオーラを放っていた。博士と対面したモーリスとシェイ・ドイルは、エニスコーシーから出た田舎のネズミみたいに気後れしていた。気品と洗練をまとった財務大臣と並んで玄関広間に整列したノーラたちは、ちっぽけな存在になったように感じた。ノーラはまた、ライアン博士がホーヒーを評して、アイルランド共和党《フィアナ・フォイル》に根を持たないあわて者の子犬だ、と片づけたのを聞いて、目を丸くしたのを覚えている。

「ホーヒーがわが党に入ったのはわたしたちが権力の座に着いているからです」とライアン博士は言った。「あの若造が欲しいのは権力だけですよ」

ノーラは決して忘れていない——デルガニーから車で帰る道中、最初の半時間ほどは皆が黙りこくっていたことを。それから二、三日後、モーリスが重々しい口調で、博士が言ったことばをジムに教えたことも。モーリスはよく政治の話をしたけれど、ライアン博士のホーヒー評はおくびにも出さなかった。話し相手がキャサリンやマークやジョージーおばさんの場合でも、何年も経ったあとでさえも。あの論評は内密な情報として他言無用と見なされたのだ。

ノーラはモーリスが気後れした姿をもう一度だけ見たことがある。エニスコーシーの町でカトリック信徒の集まりがあったとき、セント・ピーターズ・カレッジのシャーウッド博士が司会をして、神学者が教会改革について講演したときのことだ。講演者は、教会権力はもっとも重要で、法律や政策や人権を含む他のあらゆる権力に優越すべきだという話をした。彼は続けて、すべての構成員にとって教会は、宗教上のみならず、あらゆる局面において最優先されなければならないと主張した。だがしかし、と彼は補足した——わたくしは教会が唯一の権力であり、世俗の法律が意味をなさないなどと弁ずるつもりはありません。教会権力は首位の権力であると申しているのです、と。質疑応答の時間になったとき、ノーラはモーリスを肘でそっと突いた。彼女自身、講演者の考えには納得がいかなかったが、モーリスも不賛成に違いないとわかっていたからである。だがモーリスは、こういう場で立ち上がって質問したりするのは得意でなかった。彼の顔に、行き暮れたような無力感とともに、デルガニーのライアン邸の玄関広間で見せたのと同じ気後れが浮かんだのを、ノーラは今でも覚えている。

ジムはチャールズ・ホーヒーの将来性について楽観的に語りはしたが、ノーラは若い大臣たちにたいするジムの点が辛いのを知っているので、彼は腹の底ではホーヒーを認めていないと考えていた。ノーラ自身はホーヒーが好きだった。彼女が知る限りにおいてホーヒーの野心は悪くないし、ものごとを改革しようとする姿勢も好ましいと思った。ノーラは彼が最近国家予算について語った演説を新聞で読み、夫に先立たれた妻たちに配慮する発言をしているのを知って、いっそう彼を支持したくなった。ホーヒーは年金を再度増額し、増額分を遡って支給することを決めた。ノーラは、今回の増額を前もって知っていれば、クッシュの家を売却せずにすんだかも知れないと思った。そして増額分のお金をもらったら、クッシュの家を売って得たお金を預けてある銀行口座に入れるつもりだった。だがそれらのお金をどう使うかについてはまったく考えていなかった。

ジムとマーガレットが尋ねてきたとき、ノーラはホーヒーの話題を持ち出した。するとジムは否定的な意見を返してきた。

「あの男が今やっているのは人気取りだけだ。馬に乗った写真を見たが、いっぱしの支配者気取りだよ」

「そうそう、あれはお笑いぐさだわ」とマーガレットが言った。

「あの男には少しも期待できない」とジムが応じた。

「でもわたしの知る限り、世の中の未亡人に配慮している政治家はあのひとだけよ」とノーラが言った。

「ホーヒーがコータウンでどんなことをしてたか、ジムの耳には入っているみたいよ」とマーガレットがつぶやいた。

「シャンパンを飲んでた」とジムが言った。「追加注文もしていたよ。建設業者や法廷弁護士に混じって、お偉いさんになりたい取り巻き連中がたかっていた。その連中がひとり残らずあの男に注目しているんだ。とんだ見世物だったね」

「楽しむこと自体は別に悪くないと思うけど」とノーラが言った。

モーリスが今ここにいたらホーヒーをかばうに違いない、と彼女は思った。彼はジムとは違って七十代の政治家たちがこの国の実権を握っているのはおかしいと考えており、変革が起きるのを望んでいたからである。

ジムは右手の人差し指で椅子の肘掛けをトトトンと叩きながら、かすかに唇を鳴らした。女性に口答えされるのに慣れていないせいだ。ノーラは、今後もこの家へ来たいのならわたしの反論には慣れてもらわなくちゃ、と口に出す代わりに微笑んだ。

三月のある日の夕刻、玄関ドアにノックの音が聞こえたのでノーラが出た。いつかジブニーズの社屋の外で、デリーの事件について立ち話を交わしたトラック運転手だった。彼女は男を表の間に招き入れながら、子どもたちの誰かに何か起きたのかもしれないと思い、胸中で安否を確認した。ドナルは写真の現像をするためにマーガレットの家へ行っている。コナーは奥の間にいる。このトラック運転手がフィオナやオーニャや、ましてやウーナやマーガレットやジムのことなど知っているはずはないと思った。男は少し緊張しているように見えた。

「あなたのお名前を知らないように思うのだけれど」とノーラが言った。

「ミック・シノットですよ。おたくの父上と親しくさせてもらってました。ロス・ロード在住でご近所だったもので。わたしはミスター・ウェブスターに仕込んでもらったんです。神よ、親方を安らかに眠らせたまえ」

「うちの父をご存じなの?」

「ずいぶん昔の話ですからね。父上を存じ上げてる者はもう少ないですが、互いの家をよく行き来する間柄でした。親しくおつきあいさせてもらってたんです」

男は急にうちとけたが、ノーラは彼が何の用事でここへやってきたのか皆目見当がつかなかった。

「それで、どんなご用件でしょうか?」傲慢に響かないよう注意しながら、彼女が尋ねた。

「そのことです。やめとけっていう連中もいたんですが、わが家でかみさんとふたりで相談して、今日こうしてうかがったわけです。二、三人を除いて、ジブニーズの従業員のほぼ全員がアイルランド運輸産業一般労働組合に加入します。明日の晩、一同で密かにウェックスフォードの町まで行って、加入手続きをする予定なんです。経営者の耳にそのことが入れば、わたしらの動きを止めようとするでしょうし、ノーと言えない連中だけに有利な労働条件を提示して、わたしらを分裂させようとするでしょう。仲間うちには、あなたにだけは声を掛けずにおくべきだと言い張る者もいます。あなたは会社の経営者一族の友達だし、フルタイムで働いているわけでもないし、勤務期間もまだ短いからです。だけどわたしは、あなたにも声を掛けるべきだと判断しました。あなたの人生をずっと見てきましたからね。ご結婚やら何やらもぜんぶ見てきたんですから。わたしらは揃って労働組合に加入したいのです。ついては、あなたが明日出社したとき、経営者のひとり娘にはこの計画を伏せておいていただきたいのです。もしあなたがわたしらと一緒にウェックスフォードまで行きたいとおっしゃるなら、車で迎えに来ます。もし行かないなら黙って何もしないでいてくれたらいいんです」

「何時に出掛けるんですか?」

「夜八時までに向こうへ到着していなくちゃなりません」

「誰かが迎えに来てくれるんですね?」

「それでは明日、七時半にここで待っています」

「確かにそうですね」と男が返した。

思い浮かべるのは容易じゃないけれど」

「わたしは長女ですからよく覚えています」と言ってノーラは微笑んだ。「生きていれば今年八十歳。

かった。その意味では頑固でしたが品格のある人物でした」

「父上があなたの姿を見たら鼻を高くされるでしょう。あの方は町の顔役連中などは相手になさらな
「わかっています」

やいた。

「あなたが内心と裏腹なことをしゃべる人間だなんて、言いたいわけじゃないんですよ」と男がつぶ
「わかりました」とノーラが言った。「留守中、息子たちを見てくれるひとを探します」

られた、と言いつける者が出るのを嫌うからです」

ように言われています。後日、ジブニーズにたいして、自分はいやだったのに無理やり組合に入れ
「正直なところ、はじめてなので見当がつきません。ただし先方から、加入希望者は必ず本人が来る
んです」

「そうじゃありません。向こうで組合の加入手続きをするのにどのくらい時間が掛かるか考えている
「考える時間が欲しいですか？」と男が尋ねた。

　ノーラはひと息ついて押し黙った。

「わたしらが声を掛けたひとたちは皆仲間です」と男が答えた。

「事務員のひとたちも皆仲間ですか？」と彼女が尋ねた。

「皆で来ますよ。大喜びで」

「このことを報告したら仲間たちは驚きますよ。何年も前に一度、この計画を実行に移そうとしたんですが、賛同者が少なすぎて社長に脅されたんです。社長は会社を畳んでやると言いました。わたしらは支持を得られる見込みがなかったので、折れるしかなかった。ところが今は、社長の息子が〈生産性向上技師〉という肩書きを振りかざして、安泰な職なんてものはないと触れ回っていますからね。今回はじゅうぶん支持が得られる見込みがある。おまけにウェックスフォードにはブレンダン・コリッシュ（一九一八―九〇。アイルランド労働党の政治家）の右腕で腕っこきの、ハウリンという男が控えています。急に何かが変わるわけではないでしょうが、彼らは、やがて変化は来ると太鼓判を押しています。ウェックスフォードのハウリンが目を光らせてくれれば、ジブニーズの経営陣も――とくに息子のほうですが――好き勝手なことばかりはできなくなるんですよ」

ノーラは男のために玄関ドアを開けた。

「明日またお目に掛かります」石段を下りながら男が言った。

男を送り出したあと、ノーラは気持ちが軽くなり、ほとんど幸せな気持ちになった。ミック・シノットの声はノーラになぜか、ダンスの会によく出掛けていた頃の自分自身を思い出させた。男の多弁さと奇妙な自信と完璧な礼儀正しさがノーラの心に深く刻み込まれた。それだけではない。ノーラが誰にも相談せずに、ひとりで行動を決意したことも幸せな気持ちの源だった。労働組合加入の件は、クッシュの家を売り払ったとき以降ノーラにはじめて訪れた、自分のことを自分で決めるチャンスだった。ノーラの決断は賢くなかったかも知れない。ジブニーズに義理を尽くす方が正しかったのかも知れない。だが今は、誰にも義理立てしていない自分が晴れがましかったのだ。

彼女はドナルとコナーに、ベビーシッターを雇わなくて大丈夫か念を押し、ドナルには、マーガレットの家から七時までに帰宅するよう約束させた。

ノーラはどんな服を着ていけばいいかわからなかった。妹たちも娘たちも、おばでさえも、アイルランド運輸産業一般労働組合の会合に出るときにどんな装いがふさわしいかなんて、誰にもわかるわけがない、と考えてうきうきした。やぼったい服がいい。誰も目を留めないような服を着ていこう、と彼女は思った。

地味なスカートとブラウスに暖かいセーターを重ね着して玄関の石段を下りながら、ジブニー家のひとたちはたった今起きつつあることについて、何ひとつ気づいていないのだと考えたらうれしくなった。労働組合に加入するとジブニーズで働くときに変化が生じるのかはわからない。経営者の一族もやがて慣れてしまうだろう、と彼女は考えていた。とはいえ社員一同がこっそり労働組合に入った事実を知れば経営陣は怒るだろうし、激しく動揺するかも知れないとは思った。ノーラが一味に加わったとわかればペギー・ジブニーは二度と口を利いてくれなくなるだろうが、彼女は奇妙に満ち足りた気分だった。

車で迎えに来るのはミック・シノットだと思い込んでいたので、玄関ドアをノックしたのがアヒル歩《ウォーク・ライク・ア・ダック》きだとわかったときには少々驚いた。車の後部座席で待っていたのは、ミス・カヴァナーに書類を切り刻むよう指示された簿記係の若い娘だった。

ウェックスフォードに着くまでの車中で、ノーラは従業員たちがいかにジブニー家のひとびと――とりわけトマスとエリザベス――を嫌っているかがわかった。

「あいつはどこへでも後をつけてくるんだ」とアヒル歩《ウォーク・ライク・ア・ダック》きがトマスの悪口を言った。「ある日、俺は注文を取るためにブラックウォーターからキルマックリッジを経由して、リバーチャペルとゴーリーまで行かなけりゃならなかった。天気のいい夏の日だったからリタと子どもたちを一緒に乗せて出て、モリスキャッスルの浜で下ろしてやって、巡回が終わった一日の最後に、俺もちょっくら海へ浸かってやろうと考えたわけだよ。それで家を出て、バラーを突っ切ったところで、ぴったり後ろにくっついてくる車がいるのに気づいた。誰あろうトマス・ジブニーの車だった。あいつ、俺の後ろをずっとつけていたのさ。面と向かってはしらばっくれていたけど、一日中俺をつけ回していたのは間違いない」

「エリザベスもひどいんですよ」と簿記係の若い娘が言った。「わたしたちに話しかけないばかりか、こっちを見もしないんだから」

「彼女は一緒に働きやすいひとだと思うけど」とノーラが口を挟んだ。

「それを言うならミス・カヴァナーのほうでしょう」と簿記係が返した。「あのひとに慣れるにはちょっと時間が掛かるけど、事務関係のことはすみずみまで心得ているし、記憶力抜群なんだから。会計士になろうとしていたときにお父さんが亡くなったので、途中で勉強をやめなくてはならなかったんだって」

「それは違うわよ」とノーラが言った。「あのひとはずっとジブニーズで働いていたわ。わたしが昔働いていたときからずっとあそこにいるんだから」

「ええ。でもジブニーズに就職してしばらくした頃、ダブリンの会社に転職して一年間向こうで働いたんです。でもこっちの町へ戻ってこなければならなくなって。ずっとお母さんの介護をしているそうですよ」

「それは知らなかった」とノーラが言った。

「わたしの父は」と簿記係が続けた。「アームストロング家の会社で働いているんですが、プロテスタントのひとが経営する会社のほうが働きやすいと言っています。わたしはどうかなと思うんですけどね。それで、アームストロング家のひとたちは、従業員たちが労働組合に加入したら会社を畳んで町を出て行くと言っているのだそうです。ジブニー家はまさかそんなことを言い出したりはしないと思いますけれど」

ノーラは、ウェックスフォードのどこで会合がおこなわれるのか、ミック・シノットに尋ねておかなかったのを後悔した。車も自分で運転していくべきだった。彼女は考えた——アヒル歩き《ウォーク・ライク・ア・ダック》と簿記係はジブニー家のひとびとについてもっと辛辣に批判したいはずなのに、エリザベスと同じ部屋で毎日働き、ジブニー家のひとびとと親しくしているわたしがいるせいで、遠慮しているに違いない。車に乗せてもらってウェックスフォードへやってきたのは間違いだった。だが車に乗せてもらおうと決めたときには、これが一番だと思えたのだ。ノーラは、ミック・シノットが仲間に加えたがってくれたのがうれしかった。せっかくの誘いにノーと言うなんてできなかった。ところが今では彼女は、自分がしていることが正しいかどうか自信がなかった。また、周囲の目に正しいと見えているかどうかも心もとなかった。労働組合への加入がもし必要だとしても、今ではなくあとからでも加入できるはずだった。まだ新入りで、しかもフルタイムの従業員ではないので、もう少し待ってから加入すると言えばすんだことだ。ウェックスフォードに近づくにつれて、皆が労働組合へ加入すること自体が少しもいいことではないように思えてきた。勇気や闘争心を養うのは悪くないかも知れないが、結局はトラブルを生むだけで終わりそうな気がした。ノーラは今すぐ家へ帰りたくなった。だが会合に出もせずにエニスコーシーへ連れ帰って欲しいとアヒル歩き《ウォーク・ライク・ア・ダック》に頼むことなど、到底できやしなかった。

彼女たちが着いたとき、波止場近くの集会所は半分ほどひとで埋まっていた。中へ入るとひとびとの視線を感じた。ノーラはエリザベスとふたりきりで働いているために、他の従業員から隔離されており、事務室で働いているひとたちの中には名前を知らないひともいた。モーリスなら、今晩ここへ来ると決断するまでに二週間は考えただろう。ノーラやジムに相談を持ちかけたかもしれない。家の購入から毎夏クッシュの家へ行く日取りの決定にいたるまで、ものごとが拙速に決められることはなかった。モーリスは熟考するひとだった。ものごとを決める前にひとびとがよく考えるのは当たり前だ。この集会所にいるひとびとは皆、組合への加入について何週間も考えた末にやって来ているに違いない。即座に決断したノーラは、拙速だった自分の愚かさが今になって身に染みていた。彼女はふと、モーリスにどう説明すればよいか思案し、彼はノーラの決断に戸惑うだろうと思った。ところが次の瞬間、説明しなくてはならないひとはもういないのだと気づいてほっとした。

少ししてノーラは前のほうへ移動し、事務室で働いている他の女性たちと並んで椅子に腰掛けた。こうすればスパイだと勘違いされずにすむはずだった。壇上ではウェックスフォードなまりの男が演説している。昨今は管理者訓練なるものをはじめとする新奇な概念が横行する時代でありまして、ビジネスや労使関係に関してほとんど不案内な輩が生産性向上技師を名乗り、事務所や会社で幅を利かせる時代であります。経営者の視点からすれば従来の方法が変化しているかに見えるかもしれませんが、アイルランド運輸産業一般労働組合に所属する諸賢にはおわかりのように、組合運動なかりせば旧来の優先順位が墨守されるだろうことは明らかであります。労働組合は決して歴史の上に安住しているわけではない。産業が安泰な時代にも、危機をはらんだ時代にも、組合員諸氏が積み上げてきた不断の活動が呼び寄せた名声の上にこそ存続し続けているのです、と男は続けた。

「いかなる危機の渦中にも、ただひとつのものが勝利する瞬間がやってきます」と男が言った。「経営者との闘争において、野蛮なる力と無学が勝利する瞬間がくるのです」

ノーラは壇上の男をじっと見つめ、話に耳を傾けた。そして、モーリスがいればきっとこの会合と演説に深く興味を抱いただろうと考えた。だが彼女の思いはすぐに、毎日長時間一緒に過ごしているエリザベス・ジブニーに移った。エリザベスにこの男のものまねをやらせたら絶品間違いなしだと思った。彼女なら、「野蛮なる力と無学」という言い回しをおもしろがるに違いなかった。

周囲は皆熱心に演説に聴き入っていた。男が演説をしめくくると拍手喝采があがり、その後聴衆は列をつくった。そうしてアイルランド運輸産業一般労働組合の組合員になるために、ひとりずつ署名をした。


その翌朝、会社は平穏無事だった。エリザベスの様子から見て、前の晩にウェックスフォードで起きたことを知らないのは明らかだった。彼女は午前中ずっと上機嫌で長電話をして、この秋の週末、ロジャーと一緒にラグビーの試合を見るためにパリへ出掛ける計画を立てていた。

「わたしが一緒に行ってあげれば彼は安心なの。あのひとったらどうせひどい二日酔いになるんだから。試合の二日前にパリへ行けば、素敵なお店でたっぷりショッピングができるわ」

二日後の朝、エリザベスは遅れて出勤してきた。おまけにサングラスを掛けていた。

「あなたも聞いたと思うけど」と彼女が言った。「ゆうべ、わが家では誰ひとり一睡もできなかった。オールド・ウィリアムは怒り心頭に発して、アイルランド共和党《フィアナ・フォイル》をこきおろしたわ。ところがリトル・ウィリアムに、労働組合が提携しているのは労働党だと教えられて矛先を変えた。こんどはトマスに向かって、おまえがダブリンから奇をてらった考えを持ち帰ったのが元凶なんだと責め立てたのよ。トマスはもちろん落ち着いて応対したんだけど、オールド・ウィリアムにはその応対は逆効果になるの。父がフランシー・パンツを高く買っているのは、あの女がすぐヒステリーになるせいなんだから。トマスは父に向かって今後二、三年の間に事務職の人員を半分に減らすつもりだと宣言して、そのために使う方法論を嚙んで含めるように列挙しはじめたんだけど、オールド・ウィリアムはもうたくさんだ、とねじ伏せたわ。それから父は、会社なんか売り払ってダートリーに引っ越すぞ、と脅しを掛けはじめたの。建物と資産をまとめて売却すればかなりの金額になるはずだと言ってね。ダートリーにはいとこが住んでいるので、あっちへ引っ越せば静かに楽しく暮らせるんだからって。それもいいかもしれないとわたしは思いかけたのだけれど、リトル・ウィリアムが口を出して、過激主義者と渡り合うにはどうすればいいか誰かに助言を仰ごうと言いだしたの。それを聞いたわたしがあまりにも大笑いしたせいで母が怒って、これ以上事を荒立てるなら台所を閉めますよ、この家では何も食べられなくなるんだから、と宣言したわけ。そしたらオールド・ウィリアムが黙っていられなくなって、会社——とりわけ製粉事業——を売却して収益を投資すれば今までよりも二倍儲かるんだぞって説明しはじめたの。今まで会社を売却しなかった唯一の理由は、ここで働いてくれたひとたちとエニスコーシーの町にたいする恩義だけなんだからって。父は、背中をぐさりとやられた気分だよとつぶやいて、首謀者の名前を挙げはじめた。ミック・シノットっていうトラック運転手がいるでしょう——ロス・ロード在住の——あの男が悪だくみの張本人らしいわね。田舎者。オールド・ウィリアムは真っ青な顔になって、母が台所を閉めようがかまうもんかと言い放った。そしたらトマスが、明日の朝一番にミック・シノットをばっさりクビにしてやると言ったの。そして、見せしめのために他の会社にも全部電話で根回しして、再就職できないようにしてやるぞって。兄は、『あいつの頭を地面にこすりつけてやる』と言ったわ。そこでリトル・ウィリアムが口を開いた。別段世の終わりが来たわけじゃない。労働組合と渡り合っている会社は世の中にたくさんあるんだからって。でもオールド・ウィリアムは、組合の連中はひとり残らずろくでなしだと言い張るのよ。父としては組合と渡り合うつもりなどないので、もうこれで終わりにすると言ってるわけ。トマスはミック・シノットのトラックの鍵を手に入れて、本人が出社する前にトラックをどこかへ隠してしまえばいいと提案したのだけれど、リトル・ウィリアムがバカを言うんじゃないと言って止めた。ずいぶん夜が更けてから母が、およそ彼女にはふさわしくないことばを口に出したわ。母はその単語で町中のひとびとをひとまとめに形容したのよ」

ノーラはエリザベスの話をさえぎって、自分もウェックスフォードでおこなわれた会合に参加して、他の皆と一緒に組合員名簿に署名した、と言おうかと思ったがやめておいた。エリザベスに知られたらどうなるだろう。案外軽く受け流すのではないか、とノーラは考えた。だが同じ日の午前中、エリザベスがロジャーと電話で話している声を聞きながら、ノーラはエリザベスが現実にどう反応したかを知った。

「父に知らせずにやったことなのよ」とエリザベスが言った。「ドブネズミみたいに夜分ぞろぞろ出掛けたわけ。父は全然眠ってないわ。階段を上って下りて、わたしの部屋とトマスの部屋とリトル・ウィリアムの部屋を行ったり来たりしながら、どうしてこんなことになったんだろう、どうして誰ひとり自分にも家族にも知らせてくれなかったんだろうって思い悩んでいた。父は、忠義が廃《すた》ればこの世は闇だから、息子たちがいなければすぐさま会社を畳むところだと言っていたわ。会社は父の代で二倍の大きさに成長したのだけれど、売るなら今だぞって言い続けて。今朝、母は、この一件で父の心がぺしゃんこになってしまったとつぶやいてた。会社なんか二度と見たくない、と。従業員の中には父と知り合って四十年以上にもなるひとたちがいるし、祖父の代からの従業員もいる。そういうひとたちがこぞって父の背中をぐさりと刺したのよ。母には古い友人がいて、トマス修道女っていうひとよ。彼女に電話して、来てもらわなくちゃならないと思ってる。そのくらい深刻なことになってるの」

その日ノーラが一時に仕事を終えて帰ろうとしたとき、トマス・ジブニーに呼び止められた。真正面から見た彼の顔には冷たい怒りが浮かんでいた。ノーラは、エリザベスをはじめとするジブニー家の全員がノーラの裏切りを知るのは時間の問題だと思った。

第11章

町はずいぶん暮らしやすくなった。コート通りやジョン通りやバック・ロードでノーラを呼び止めてお悔やみのことばをかけたり、目を覗き込みながら返答を待つひとはいなくなった。彼女がひとと出会って立ち話するときの話題は、もうモーリスのことではない。別れ際に、元気なの、とか、子どもさんたちは元気でやっているの、などと尋ねるひとがいたが、そういう問いかけは、あなたの身の上に起きたことを理解していますよ、とそれとなく伝えるための一方法だった。とはいえ、今さらのようにモーリスの死を思い出させようとするひとも皆無ではなかったので、ときどき緊張させられた。おせっかいで感情を傷つけるひとはいるものだ。

日曜日のミサが最悪だった。広い大聖堂のどの信徒席に座っても同情するような目で見られたし、わざわざ席を空けてくれたり、聖堂の外で待ち構えて話しかけてくるひともいた。ひとびとの視線を受け止めるのが耐えがたいときには、聖ヨハネ教会の小さなチャペルのミサに出たり、大聖堂の席が半分くらいしか埋まらない早朝八時のミサに出たりした。そうすれば座りたい席に座れたし、ミサのあと、待ち伏せされずに帰ることもできた。

ある日、コート通りのバリーズで、近頃いつも枕元に置いているトランジスタラジオ用の乾電池を買った。フィオナは週末ごとにラジオ・キャロラインやラジオ・ルクセンブルクを愛聴しているに違いない、と考えながら店を出たところで、ジム・ムーニーが正面から歩いてくるのに出会った。モーリスのかつての同僚である。神学校へ入ったが司祭にならずに帰ってきたひとで、それ以来、田舎の家にひとり住まい——だったか兄弟と同居だったか——している。モーリスはこの男が嫌いだった。彼が教員組合に入るのを拒否したのがきっかけだったように思うが、はっきりしたことはわからない。モーリスの同僚のほとんどは彼の死後、ノーラにお悔やみの手紙を書いてきたが、ジム・ムーニーは手紙を寄越さなかった。

「やあどうも、ちょうどあなたのことを考えていたんですよ」と男が言った。

「お元気ですか?」とノーラが返した。ことばが儀礼的に響くようつとめた。

「あなたをお訪ねしようかと思っていたところなんです」

彼女は黙っていた。訪ねてこられても困ると思った。

「どうすべきか教員室の同僚に尋ねたのですが、皆わからないということだったので」

モーリスはこの声が嫌いだったのかも知れないと思った。ノーラの耳には男の声が、甲高くこびているように聞こえた。

「なかなかの生意気坊主ですよ、あのドナル君は」と相手が言った。「ふてくされた顔をして教室の一番後ろに座っています。ある日、チェックしますとね、教科書を開いてさえいませんでした。関係のない本を読んでいたのですよ。別の日には、たいへん礼儀をわきまえない口答えをしました。正直なところ、手を焼いているのです」

ノーラは何か言い返してやろうかと思ったが、考え直して黙っていた。

「きょうだいの中で、男の子が頭がいい家庭もあるようですが」と相手が続けた。「おたくの場合、おつむのほうは姉妹ふたりと弟さんが取ってしまったようですな。コナー君はとても賢いと思いますよ。お姉さんふたりも努力家だそうで。勤勉は人生の大いなる助けです」

男がまるで説教でもするかのように「勤勉」ということばを使ったので、ノーラはにやりとしそうになった。そして、この男が司祭に叙階する前にマヌースの神学校をやめたのはどんな事情があったのだろうと考えた。

「あなたにお会いしたら話そうと思っていました。ドナル君に問題があると考えている教員はわたしひとりではないのです」と相手が言った。

ノーラは相手を黙らせるようなことばを返してやりたいと思った。だが彼女には、男をじっと見返すことしかできなかった。控えめな女に見えているのだと思うと、無性に腹が立った。

「先生はドナルに何の科目を教えていらっしゃるのでしょうか?」

「理科とラテン語です」

ノーラはうなずいた。

「でも、どの科目かはじつは重要ではありません。ドナル君には悪い習慣が身についているようです。礼儀をわきまえていませんし、知力にも問題があります」

「ご親切に教えて下さってありがとうございます」ノーラは単語ひとつひとつをていねいに発音した。そして慎重に体の向きを変えた。

「それでは失礼します」と相手が言った。

ドナルに問題があると言われたのははじめてだった。吃音のせいで本人が学校で辛い思いをしているのではないかと心配していた時期も、クリスマスにもらってくる通信簿には否定的な所見は何ひとつ書かれていなかった。成績がトップクラスになったことはないし、二、三年の間、成績が伸び悩んでいた時期もあったけれど、初等教育修了試験と州議会奨学金審査では悪くない結果が出ていた。彼はほぼ毎晩、表の間で教科書を広げていた。ノーラは彼が勉強しているのだと思っていたが、写真の本を見ているのではないかと疑ったことがないと言えば嘘になる。ムーニー先生に会ったとドナルに伝えるべきか、それとも黙っているべきか、ノーラには判断ができなかった。

二、三日後、彼女は、学校帰りのドナルが道の反対側を歩いてくるのを見かけた。ノーラが見ているのに気づかないドナルは、打ちひしがれたような様子で深い物思いに沈み、やつれた顔をしていた。

フィオナが週末に帰省したとき、ノーラはムーニー先生に会ったことを相談したくなった。だが娘は土曜日の午前中はラジオを聞きながらベッドで過ごし、午後は町へ出て友達と会い、夜も外出する予定だとわかっていたので、わずらわせずにおくことにした。なまじ相談をして、ノーラの心配が増すようなことを言われたらいっそう困るという思いもあった。

土曜の午後遅く、家から出る口実が欲しくなったので、ノーラは美容院へ行き、バーニーの勧めにしたがって赤褐色の毛染めをしてもらった。鏡に映してみたとき、この色でよかったのかどうか、最初に染めたときよりも自信が持てなかった。だがノーラは、ドナル以外のことで心配している自分自身に少しだけほっとした。

その晩、友達が迎えに来たとき、フィオナは出掛ける準備が整っていなかった。彼女たちはホワイツ・バーンでおこなわれるダンスの会に行くことになっていた。コナーが部屋へ入ってきて会話に耳を澄ませていた。誰が来たのか見ようとして、ドナルもちょっと顔を出したが、すぐに引っ込んだ。フィオナが一番いいドレスを着て、フープイヤリングをつけ、化粧もして姿をあらわすと、ドナルが再び様子を見に出てきて、ソファーにむっつりした顔で腰掛けた。娘たちはお互いのドレスを褒めあい、出掛ける前にノーラにひとことあいさつをした。

フィオナと友達が出ていったあと、ノーラがドナルに話しかけた。

「今週、ムーニー先生に会ったのよ」とノーラが言った。

「あ、あいつは大まぬけだ」とドナルが言った。

「先生は、あなたがまじめに授業を受けていないっておっしゃってたけど」

「あ、あいつなんか嫌いだ。あいつはバ、バカだから」

「学校の先生をそんなふうに言うもんじゃありません」

ドナルはひどい吃音が出たので、自分で止めようとしたが、興奮しているせいでままならなかった。

「あ、あいつのい、家がも、燃えたら、い、いい気味だ。お、溺れたって、い、いい気味だ」

「授業はまじめに受けたほうがいいと思う」とノーラが言った。

木曜日にマーガレットがやってきて、いつものように表の間でドナルとひとしきりおしゃべりをした。その後、彼女は奥の間へ来て、ドナルはおもしろいし、頭もとてもいいとノーラに言った。ノーラは、自分はドナルをおもしろいと思わないし、ムーニー先生は彼を賢いとは思っていない、と言いたくなったが黙っていた。マーガレットは、ドナルが何時間もかけて暗室で写真を現像するときに使っている技術について語った。ノーラは、わたしはドナルの写真を一枚も見せてもらったことがない、と言いたい気持ちもぐっとこらえた。

マーガレットがあまりにも暢気すぎるので、ノーラはじきにうんざりした。そして本でも読むか、『アイリッシュ・タイムズ』を広げるかしたくなった。だがちょうどそこへジムがやってきたので救われた。台所へ行ってふたりのために軽い夜食の準備をしてから、子ども達が眠ったのを確かめて、彼らの寝室の電気を消した。

マーガレットとジムが立ち上がって帰ってくれれば、ようやく部屋を独り占めできる時間になる。だがノーラは玄関でふたりを送り出しながら、この後ドアを閉じてしまえば、家の中には眠っている息子たちと自分しかおらず、待ち構えているのは夜だけなのだと気づいてもいた。

エリザベスは二度と組合のことを話題にしなかった。また、父や兄たちや母が新しい状況にどう対応しているかについても決して語らなかった。ノーラは組合の会合に一度出席した。会合の席上では、委員会のメンバーには誰がなるべきか、さまざまな役職には誰が就くべきかについて激論が交わされた。ノーラは二度と会合には出なかった。

その代わりに彼女は、ミック・シノットの行動を見守った。会社をクビにされずにすんだ彼は、組合の代表者としてますます自信たっぷりに奔走していた。そして彼女自身も組合員になったので、従業員たちが話しかけてきたり、会釈して通り過ぎたりするようになった。それ以外、組合に加入したことによる変化は見てとれなかった。抗議などしないうちに従業員の数はしだいに減っていった。若い女性が結婚退社した場合には後任を採らず、その分の仕事を数人で分け持つことで対応した。トマスは作業時間の管理にいっそううるさくなった。彼は隠れて監視を続け、遅刻者や私語をした者やミスを犯した者に書面で注意をした。

エリザベスはかつてのような上機嫌を取り戻して、週末の計画や恋物語を聞かせてくれるようになった。他方、トマスはノーラに口をきかなくなり、出会うと彼女をにらみつけるようになった。ノーラはノーラで、トマスがいても無視して通り過ぎた。ノーラがエリザベスと一緒に働いている部屋へトマスがたまにやってきた。ノーラは何ごともなかったかのように、にこやかにファーストネームで呼びかけたが、相手はことばを返さなかった。エリザベスはトマスに、何の用があってやってくるのか問いただすようになった。彼女が大声で友達と長電話したり、ノーラに長話を聞かせているときにはしばしば、ドア上部のすりガラスの外側にトマスの影が見えた。ノーラはトマスが、他の事務員たちと同様、彼女とエリザベスの作業記録もつけているのだろうと思った。

第12章

ナンシー・ブロフィーが歩いてくる姿が見えたとき、ノーラは窓辺から奥に隠れた。ナンシーがわざわざ訪ねてくる理由はぜんぜん思い当たらない。そこで彼女は、ナンシーが玄関ドアをノックしても放っておいたらどうなるか想像した。ナンシーは再びノックするが誰も出ないので石段を下り、振り返って窓を見て、誰もいないか確かめてから去っていく。ノーラはそのときの深い安堵感を想像しながら、ノックに応じない勇気さえあればどんなにいいだろうと思った。

実際には最初のノックに応えて、ノーラはナンシーを招き入れた。

「おじゃまじゃなかったかしら」とナンシーが言った。「長居はしないつもりだけど、ちょっとお願いしたいことがあって」

「わたしにできることなら何なりと」とノーラが返した。

「まあよかった」ナンシーが明るい声で言った。「でも驚かないでね」

ノーラは応対にとまどった。玄関に立つナンシーはどうかしたのか心配になるくらい快活で、歯を見せてにこやかに笑った。

「わたしがフィリス・ラングドンと一緒に毎年、あちこちの教区信徒会館でクイズ大会をしているのは知ってるでしょ。ギネスがスポンサーで、フィリスが問題を出して、わたしが得点をつける係をしているの。フィリスは声が大きいからマイクが必要ないし、わたしは数字に強いから集計を間違えない。いいコンビでやってきたのよ」

　ノーラはナンシーがなぜこんな話を、どうしても今伝えなくてはならないニュースであるかのように語って聞かせるのかわからなかった。

「で、要点を言うとね、明日、わたしは都合が悪くなっちゃったの。妹のブリージがボン・セクール病院で手術を受けることになったので、今晩、最終列車でダブリンへ行かなくちゃならないのよ。それでフィリスに言う前に、代役をしてくれるひとを探さなくちゃと思っていたの。そしたらベティ・ファレルが、ジブニーズに勤めてる誰かさんから、数字に強いひとを探してるならあなたが一番だという噂を聞いたって教えてくれたわけ。そういうわけでわたし、ここへ来たのよ」

　ノーラは深刻な表情でナンシーを見つめる。

「できないなんて言わないでね！」とナンシーが先回りする。

「ひと晩だけなの？」とノーラが尋ねる。

「ひと晩だけ」とナンシーが返す。「人前に出るのは決して悪いことじゃないと思うわよ」

「ずっと外出してないのよ」

「わかってるわ、ノーラ」

　あれよあれよという間に話が決まり、翌日の七時半にフィリス・ラングドンが車でノーラを迎えに来ることになった。ナンシーが玄関を出て、石段を下りかけたところで、ノーラがクイズ大会はどこで開かれるのか尋ねた。するとナンシーが、ブラックウォーターだと答えた。

「町からそんなに離れたところでやるとは知らなかったわ」とノーラが言った。

「今年だけね。あっち方面でもやってみることにしたのよ」とナンシーが返した。

ナンシーの後ろ姿を見送りながら、ノーラは、あした用事があるのを忘れてた、どうしても抜けられない先約があってクイズの集計係はできないの、と言いたくなった。大急ぎで口実を考えようとしたが遅すぎた。そして玄関ドアを閉めながら、クイズ大会がどこの村でおこなわれるか一番最初に尋ねるべきだったと後悔した。ブラックウォーターへは行けないと言うべきだったのだ。なぜってあそこはクッシュとバリーコニガーに近すぎるのだから。

ノーラは夏のブラックウォーターを思い起こす。あの村にはダブリンやウェックスフォードの町からたくさんのひとがやってきて、近傍の家々に滞在する。金曜と土曜の夜には小さい子どもたちを上の子かベビーシッターに預けて、夫婦同伴でエッチンガムズのパブへ行き、奥さんたちはベイビーシャム（洋梨の発泡酒）やブランデーのソーダ割りを飲むのが決まり事のようになっている。七月の晴れた夜には、モーリスと肩を並べてバリーコニガーからパブまで二マイルの道のりを歩き、飲んだ帰りは誰かの車に乗せてもらった。八月が来て、ハンドボールコートの角から崖っぷちへいたる馬車道の草の上に夜露が早く降りるようになると、ノーラがポンコツのモリスマイナーを運転してエッチンガムズのパブまで行った。自分の車があれば、好きなときにいつでも中座できるので気が楽だった。モーリスはひとびととおしゃべりしながら飲むのが好きだった。とりわけエニスコーシーからの避暑客や、ブラックウォーターの村人たちと話をするのを好んだ。ノーラもしだいに人慣れして、モーリスが機嫌良くしているのを楽しく眺めるようになった。

ノーラは息子たちに外出してくると告げた。そして、けんかはいけません、夜更かしはしないこと、と念を押した。

「ち、ちょっとだけ、お、遅くまで起きててもいいよね？」とドナルが尋ねた。

「自分で決めなさい」とノーラが言った。「でもあまり遅くまではだめよ」

「ぼくも自分で決めていい？」とコナーが言った。

「ふたりで決めなさい」

七時半。ノーラが窓から覗くと、赤いフォード・コーティナでフィリス・ラングドンが来るのが見えた。ノーラはサマードレスを着ている。寒くなるといけないのでカーディガンを持っている。息子たちはフィオナと一緒に奥の間にいるが、フィオナも外出することになっている。

「じゃあ行ってきます」とノーラが言った。「外へ出ない。けんかはしない。帰ってくるのは寝たあとだからね」

フィリス・ラングドンとは長年の間に何度も会っている。夫は獣医で、夫婦ともにダブリンの出身だ。ノーラは、フィリスが車の方向転換をする手際のよさに感心した。そしてブラックウォーターへ向けて出発するとき、ギアチェンジをする手の指に光ったきれいな指輪に見とれた。

「驚くのはね」とフィリスが言った。「回答者が皆、スポーツのことは何でも知っているのに、それ以外の分野は弱いってこと。政治はまあまあ悪くないの。地理と歴史もそこそこ答える。でも本や音楽となると全然駄目。このひとたちは学校を出てるのかしらって思うわよ」

「問題は誰がつくっているの？」とノーラが尋ねた。

「わたしが全部つくってる。スポーツ関係はアドバイスをもらっているけどね。簡単な問題からはじめるの。出場者は全員、クイズ本で予習してくるから、予習のやり甲斐があると思ってもらうために二つ、三つはクイズ本にある問題を出すのよ。先週、モナギーアでやったときには、参加していたあるチームが一問も正解できなかったのに全然慌てなかった。二足す二はいくつですかって質問したとしたら、アインシュタインの理論を説明しなさいって言われたみたいな顔をしたと思う」

「ひやかしで参加したんじゃないの？」

「無知は無上の幸福よ」とフィリスがつぶやいた。

「きっと人柄はいいのよね」とノーラが言った。

「そう、確かにいいひとたち。でもおつむがひどく鈍いのよ」

フィンチオーグで右へ折れ、バラーの村の反対側に出るまでふたりは黙っていた。ノーラは、フィリスがこの仕事に込める意気込みのほどがわかったので、回答者が問題に答えられなかったことについて、軽はずみなコメントをするのは控えようと心に決めた。ノーラは今、ナンシー・ブロフィーが数字に強いちゃんとした人間を求めていた理由がよく呑み込めた。

「ところで」とフィリスが口を開いた。「ノートとペンは用意してあるので使ってね。まず最初、子どもでも答えられるような一問二点の問題を二ラウンド出していきます。そうやって小手調べをしたあと、一問三点の問題を二ラウンド、次に一問四点を二ラウンド、最後に一問六点の問題を五ラウンドやります。成績優秀者とそうでないひとたちは歴然と見えてくるわ。六点問題の最初のラウンドは個人にしか回答権がないのだけれど、あとの四ラウンドはチーム内の誰が答えてもいいことになっています」

「問題をつくるのは大仕事だわね」とノーラが言った。

「幅広く目配りしてつくるように心がけてるわ。オイルゲイトの村みたいな優秀なチームになると、自分たちが弱い分野を補強するために何週間もかけて本を読んで、準備を整えて臨むのよ」

「教育的な効果も大きいわけね」

「まあ、回答者によりけりだけど」とフィリスが情け容赦なくつぶやいた。

フィリスはモーリスのことについては一切触れなかった。ノーラは、今回の外出は夫の死後はじめてと言っていいくらいの外出なのだけれど、フィリスはそれに気づいているだろうかと思った。彼女は、フィリスがナンシーからすでに一部始終を聞いていることを想定して、余計なことは言わずにおこうと決めていた。だがそう決めたら、ノーラがブラックウォーターを知っていると打ち明けられないし、十代の頃、この村へよく自転車をこいで遊びに来たことや、結婚する何年も前にモーリスとこの村で出会って、その後は近くの村で毎夏を過ごしたことも話せなくなってしまった。こうなったら個人的なことは全部胸にしまい込んで、フィリスに調子を合わせてクイズにまじめに取り組み、チーム毎の得点を間違いなく集計するしかないと思い定めた。

村に到着し、主催者とエッチンガムズのパブで落ち合うことになった。フィリスは驚きを隠さずに、わたしはふだん酒場へは足を踏み入れないほうなので、ひと休みしたらすぐに教区信徒会館へまいります、ときっぱり言った。そして、手はじめに一杯飲んで下さいという主催者の誘いを断った。

「お酒を飲んで手抜かりがあるといけませんので」とフィリスが言った。「水差しに入れた氷水とグラスをふたつください。信徒会館でも同じものをお願いします」

回答者は、ブラックウォーターのチームとキルマックリッジのチームである。ノーラはノートのページの真ん中に、せっせと罫線を書き入れている最中だったので、クッシュのトム・ダーシーがバーカウンターのところに立っているのに気づかなかった。作業着姿のトムがノーラのほうへ近づいてきた。

「ノーラ、今日はお役目かい?」と彼が言った。

「まあ、トム、久しぶり」とノーラが返した。「クイズ大会を見に来たのね?」

「ちょっと見物に寄っただけさ」とトムが言った。「すぐに帰るかもしれない。答えは全部お見通しだからね、ははは」

ノーラは一瞬、トムをフィリスに紹介しようかと思ったがやめた。フィリスには堅苦しいところがあるので、作業着姿でなれなれしくふるまうトム・ダーシーに紹介されてもうれしくないだろう、とわかっていたからだ。

「ミセス・ダーシーはお元気？」とノーラが尋ねた。

「あいかわらずオゲンキだよ」とトムが返した。「あんたに会ったって言ったら、かみさん、きっと大喜びするぜ。ときに、お隣に座ってるひとはどなたかな？　外でどんなひとに会ったか、かみさんに報告してやりたいんでね」

「フィリス・ラングドン、こちらはトム・ダーシー」とノーラが言った。

フィリスはうなずいて見せたが、トムに握手の手はさしのべなかった。

「ほう、フィリス・ラングドン」とトムが言った。「問題を出す係のひとだね。モナギーアを恐怖のどん底に陥れたのはこのひとだね」

トム・ダーシーは妻へのみやげ話のネタを可能な限り引き出すまで、バーカウンターへ戻らないつもりらしい。ノーラは、隣の席に座っているフィリスが尻込みしているのを感じた。

「モナギーアでクイズ大会があったとき、連中は何ひとつ問題に答えられなかったんだってね」とトムが言った。

彼は明らかにフィリスに話しかけているのだが、相手は無視したままだ。

「聞いた話だけど、あそこの連中は豚小屋に収まってる家畜と同等の知能だったらしいね。俺としても、言っても無駄なことは口に出さねえつもりだけどさ」

「クッシュのひとたちは皆元気なの？」とノーラが尋ねた。

「元気だよ。生き残ってる連中は皆、稼ぐのに精一杯さ」とトムが言った。「ひとつだけ言っとくがね、あんたたちに会えなくて村の連中が寂しがってるよ。反対から言えば、あんたの家族は最高の海水浴客だったってことだ。毎夏、楽しかったね」

「お話中ですが」とフィリスが口を挟んだ。「わたしたちはそろそろ教区信徒会館のほうへ移動しなくてはなりません。回答者の皆さんが正しいお席に座ってくださるのを確認する必要がありますので」

「確かにそいつは必要だ。キルマックリッジからやって来る衆ときたら、自分の肘と壁の穴も区別できないんだから」とトムが言った。「手はじめに、GAA《ゲーリック体育協会》のスペリングをどう綴ればいいかを問題に出したらいいよ。そうすりゃあの連中、とたんに行儀よくなるから」

「行儀よく？」とフィリスが鋭く尋ねた。

「一杯飲まないかね、ふたりとも？」

「わたしたちは飲まないんです」とフィリスが返した。

ノーラは、トムがバーカウンターへ行き、バーマンにノーラとフィリスの存在を教えているのを見た。

「ベイビーシャムか、シェリーか、ブランデーのどれがいい？」とトムが叫んだ。

ノーラは首を横に振って見せた。フィリスのほうを振り向くと、問題文のチェックに集中している。トム・ダーシーと応対したとき両頬に浮かんだ赤らみがまだ消え残っている。

バーマンがベイビーシャムと、ブランデーのソーダ割りを持ってきた。

「わたしたち、水だけくださいってお願いしませんでしたっけ？」とフィリスが言った。「時間もないし」

「あのひとはこの店の顔役なんです」とバーマンが言った。「あとでグラスさえ返していただければ、飲み物は信徒会館までお持ちいただいてかまいませんので」

「グラスの酒はご婦人に花を添えるんだよ」とトム・ダーシーが叫んだ。

「古い知り合いなの？」とフィリスがノーラに尋ねた。

「大昔から知ってるわ」ベイビーシャムの小瓶をグラスに傾けながらノーラが答えた。「わたし、ブランデーは悪酔いするから飲めないのよ」

彼女はブランデーで失敗したのを思い出してひとりで微笑んだ。新婚当時、ノーラは酒類を飲んだことがなかった。最初シェリーを試したのだが好きになれなかった。ある晩ノーラは、今いるこのパブで誰かにブランデーをおごられた。モーリスと彼女は、おごってくれたひとのグループと一緒に飲みはじめ、ノーラはさらに三、四杯飲んだ。夜が更けた頃、彼女は笑いが止まらなくなった。バーカウンターのところにエニスコーシーから来ていたフランキー・ドイルが立っていて、奥さんが脇のスツールに腰掛けていた。そのふたりと目が合ったとき、ノーラははっとした。ノーラが彼らのことを笑っていると勘違いされたと思ったからだ。フランキーは競馬の騎手になれそうなほどの小男なので、背の低さを気にしているかもしれないと思った。おまけにあの夫婦は、エニスコーシーから来ている大勢のグループには加わらずにふたりだけで飲んでいたので、ちょっと孤立して見えた。本当の理由はわからなかったものの、ノーラが目を上げるたびにふたりは彼女を見つめており、ふたりと目が合うたびにノーラは笑いがこみ上げてしまうのだった。ノーラは笑いを止められなかった。その晩以来、夫婦は彼女に話しかけなくなり、ノーラはブランデーを飲めなくなった。

「あなた、何か思い出してるでしょう？」とフィリスが言った。

「図星よ」とノーラが答えて微笑んだ。

「もう行かなくちゃ。いくらギネスがスポンサーだと言っても、グラスを持って村を歩いているのを見られるのはよくないわ。主催者とパブで落ち合うのは今回限りにします」

フィリスはそう言って、ブランデーのソーダ割りを飲み干した。

ふたりが教区信徒会館へ到着したとき、席は埋まりつつあった。観衆の中にはノーラが名前まで知っているひとたちや顔見知りのひとたちが混じっていた。知らないひとも数多くいたが、扉口や一番後ろの壁近くにたたずんだり、周囲を見回したりしているしぐさには親しみが感じられた。引っ込み思案なのにくつろいで、人懐っこいのにどこか打ち解けない空気がある。ノーラは彼らを熟知していると思う一方で、ぜんぜん知らないとも感じていた。

回答者のチームに対面すると、フィリスはいっそう権威ぶった態度を取った。彼女は何度も立ち上がり、自分とノーラが使うテーブルと回答者たちが腰掛ける席の間に余計なものが置かれていないか確認した。さらに、回答者に答えを教える不正があってはならないので、クイズの最中には回答者席の近くに誰も近づかないでくださいと注意した。

各チームは男性三名と女性一名で構成されている。フィリスはバッグからストップウォッチを取り出して、ルールを説明した。ストップウォッチは十秒ごとに警告音が鳴るようになっていた。ノーラは回答者たちを観察した。男性のひとりはブラックウォーター在住の引退した教師で、隣に座っている女性はアイルランド在郷婦人会の理事である。三人目の、幼い感じが残る若者は、ノーラの目には男子生徒みたいに見えた。最後のひとりは農夫だろうと思った。フィリスの説明を聞く回答者たちに厳粛な重圧がのしかかった。彼女はまるで祭壇に上がった司祭か、教壇の上の教師だった。

最初の数問はばかにしているのかと思うくらい簡単だった。だがフィリスはそれらを、記憶を絞り尽くさなければ解けない難問であるかのように読み上げた。彼女の声はラジオの番組間をつなぐアナウンサーを連想させ、ある種の単語を発音するときにはイングランド風の切れ味が加わった。ノーラは、得点を記録するのはとても易しいと思った。だが、一問二点のラウンドから一問三点のラウンドにかけて点差が次第に開いていくと、ノーラがノートに書きとめる得点表を監視しているフィリスの視線を感じた。

一問四点の問題にさしかかった頃、ひとりの男がフィリスの前にブランデーのソーダ割りを置き、ノーラの前にはベイビーシャムを置いた。トム・ダーシーは教区信徒会館へ来ていないので、誰がおごってくれたのか不明だった。

一問六点の問題がはじまる頃には、ブラックウォーター・チームが少しリードしていた。スポーツ部門のラウンドでは、ＧＡＡ《ゲーリック体育協会》の関係者と思われるひとたちから歓声が上がった。フィリスは「ご静粛に」と観客に注意したあと、クラシック音楽に関する問題が問われる次のラウンドに入った。

「ブラームスは交響曲を何曲作曲したでしょうか？」とフィリスが問うた。

ノーラはキルマックリッジ・チームの男に注目した。彼は、かつて知っていたことがらを必死に思い出そうとしているように見えた。ストップウォッチが動きはじめました、とフィリスが告げた。

「二十五曲」と男が答えた。

静まりかえったホールをフィリスが傲然と見回した。ノーラはノートのページを見つめた。

「周知のように」とフィリスが口を開いた。「ブラームスは交響曲を四曲しか書いておりません。二十五曲とはとんでもない！」

静寂を破って次の問題が告げられた。

「シューマンは交響曲を何曲作曲したでしょうか？」

ブラックウォーター・チームの引退した教師の番である。

「九曲だと思いますが」と彼が静かに答えた。

「不正解」とフィリスが言った。「正解は四曲です」

静寂の中で、同様の出題がハイドン、モーツァルト、シューベルト、マーラー、シベリウス、ブルックナーと続き、回答者たちは交響曲の作品数をたてつづけに間違えた。フィリスがオペラのタイトルを挙げ、作曲者の名前を問うと、ブラックウォーター・チームの引退した教師と若者はともに正解を返した。そのおかげで、チーム内で相談することが許される最終ラウンドがはじまったとき、ブラックウォーター・チームは十五点リードしていた。チームのひとりがトイレ休憩を申し出、フィリスが許可した。ブランデーのソーダ割りとベイビーシャムのおかわりがテーブルに届いた。

ノーラが扉口のあたりを見ると、男が二、三人たむろしているのが目についた。男たちはノーラとフィリスを不信感と敵意がこもった目でにらみつけていた。日焼けした顔と砂色の髪の若い男が、ノーラが見つめているのに気づくと、仲間達に振り向いて知らせた。そして不満を顔に貼りつけてノーラのほうへ近づいてきた。

「ずいぶんと偉そうだな。ご大層なしゃべりっぷりじゃねえか。そっちの女のことだよ」男がフィリスをあごで指しながら言った。「今晩、車で帰るときにはキルマックリッジを通らねえようにしたほうがいいぞ。その女に腹が立つんで黙っちゃいられねえって言ってる若い衆が何人かいるもんでね。偉ぶるのもほどほどにしとくがいいぜ」

ノーラはそっぽを向いて相手を無視した。

「言っとくがね」男が、たまたま近くにいたもうひとりの男に言った。「交響曲だか何だか知らんが、いいかげんにしねえとただじゃすまねえってことよ。もう問題は出したくないってべそをかいても遅いんだからな」

フィリスがノーラに、クイズをすぐに再開するわよとささやいた。

「それでは皆さん」と彼女が声を上げた。「最終盤の四ラウンドを開始します。その前に、ミセス・ウェブスターがここまでの得点を発表します」

男がまだ引き下がらないのでフィリスが向き直った。

「失礼ですが、そこにお立ちにならないでください」と彼女が言った。「クイズの進行に支障をきたします。もとの場所へお戻りになり、席にお掛け下さい」

男は躊躇したあと、フィリスに軽蔑の一瞥を投げてから仲間たちがいる扉口のほうへ戻っていった。

キルマックリッジ・チームの中のひとりは、各国の首相や大統領の名前を問うこのラウンドに備えて、明らかに準備していた。彼はノルウェーとスウェーデンの首相の名前を立て続けに正解した。ところがソビエト連邦の総理大臣の名を問う問題が出され、ブレジネフと答えようとしてポドゴルヌイに変えたところで雲行きが怪しくなった。

「どちらですか?」とフィリスが確かめた。

チーム内で相談がはじまったので、フィリスがストップウォッチのボタンを押した。

「ポドゴルヌイ」とチームが答えた。

「じつはどちらも不正解です。ソビエト連邦の首相はコスイギンです」

「問題文は、ソビエト連邦の総理大臣は誰か、でしたよね」

「ですから、正解はコスイギンです」

「あなたは今、首相はコスイギンです、と言いましたよ」

「首相と総理大臣の意味は同じ。わたしの判定は絶対です。議論の余地はありません。次の問題に進みますよ」

ホール内のあちこちでざわめきが起きたのでフィリスは声を上げた。

「これ以上の妨害は認めません」と彼女は言った。

ノーラは目を上げるのが怖くて得点表に集中した。ブラックウォーター・チームが何問か不正解したため、最終盤の三ラウンドを終えたところで、両チームの得点差はわずか三点になった。ノーラが、そしておそらくは観客の多くも気がついていたのは、ソビエト連邦に関するさきほどの問題をキルマックリッジ・チームが正解していれば、点差は逆転しているはずだということである。最終ラウンドは有名な戦争に関する問題が出題され、両チームとも全問正解した。出題がすべて終了したところで、ノーラはすべての得点を合算した。その結果、ブラックウォーター・チームが三点差で勝利した。フィリスが立ち上がって静粛を求め、おごそかな調子で結果を発表した。彼女が腰掛ける前に観衆の中から男がひとり立ち上がり、前のほうへ進み出た。格子縞の上着を着て、縁なし帽をかぶっている。

「あんたはどこから来たんだ？」男がけんか腰でフィリスに尋ねる。

「それがあなたと何の関係があるんですか？」と彼女が問い返す。

「あんたはエニスコーシーの人間でさえない」と相手が言う。「よそ者だろ。ここででかい顔をする権利はないぞ」

「そろそろお帰りの時刻なんじゃありませんか？」とフィリスが返す。

「自分の家がどこにあるかは知ってるから心配はご無用だよ」

「あんたは俺たちに向かって強盗をしたも同然なんだぞ」と別の男が叫んだ。「わかってるのか」

その瞬間、トム・ダーシーが観衆の中から声を上げた。

「この俺と、キルマックリッジのすぐ近くに住んでる男が、ふたりのご婦人方をねぎらう会を今からエッチンガムズのパブで開く！」

「彼について行けば大丈夫よ」ノーラのささやきにフィリスがうなずいたので、彼女は胸をなで下ろした。

「おたくはモーリス・ウェブスターの奥さんですか？」パブに着くと、トム・ダーシーと一緒に来た男がそう尋ねた。

「モーリスとは親しかったんです」と男がつけくわえた。

ノーラは一瞬、このひとはもしかしてモーリスが死んだのを知らないのかしらと思った。

ノーラが男の肩越しにフィリスを見ると、ブランデーのソーダ割りが入ったグラスを片手にトム・ダーシーと楽しそうに話していた。

「古くからのお友達だったんですか？」とノーラが尋ねた。

「彼がお兄さんと、他の何人かと一緒にキルマックリッジへやってきたときに知り合ったんですよ。一緒に釣りに行きました。あのお兄さんはご健在ですか？」

「元気です」とノーラが答えた。

「いいやつに限って逝っちまうんですね」

「おっしゃるとおりです」

「モーリスのお姉さんのマーガレットは結婚しましたか？」

「いえ、していません」

「感じのいいひとでしたよ。皆に好かれていました」

男はグラスに口をつけてから、あらためてノーラを見た。

「このたびはお気の毒様でした。おお神よ、わが家の近所の衆に代わってモーリスの逝去をお悔やみ申します」

「ごていねいなごあいさつをありがとうございます」

「人生はわからないものですな。なんでそうなっちまうんだって思うことも少なくないですよ」

ノーラと男はカウンターの脇にたたずんだまま、しばらく黙っていた。

「もうちょっとましなものを飲みませんか？」男がついに口を開いた。

ノーラは自分の目の前のベイビーシャムの小瓶を見て躊躇した。

「それ、まずいでしょう」と男が言った。「ウォッカのホワイトレモネード割りなんかどうです？うちのかみさんと娘は近頃、外出するとそればかり飲んでますよ」

男はノーラのためにウォッカのホワイトレモネード割りを注文し、ウォッカ入りのグラスとともにレモネードの小瓶が届くと、小瓶の中身をグラスに注いだ。信徒会館の扉口にたむろしていた男たちもパブへ移動してきて、飲み物を注文しているのが見える。クイズ大会が終わったのでバーはごったがえし、華やいだ雰囲気になっている。珍しいイベントで楽しく過ごしたおかげで話題は尽きない。客たちは皆、ハーリング（スティックでボールを打つアイルランドの伝統球技）かサッカーの試合の後のように興奮している。

フィリスは長時間トム・ダーシーと話し込んだので、トムは帰宅して妻に聞かせる話の種をさぞかしたくさん仕入れたに違いない。やがて他の男たちもフィリスに近づいてきて旧知の間柄のように話しかける。フィリスは議論に参加して男たちの意見にうなずき、発言者の顔を次々に見つめている。フィリスの夫は獣医なので、彼女は農夫をあしらうのに慣れていて、尊大な態度をおさめる引き際を心得ているのだ、とノーラは思った。そしてたぶん、ブランデーのおかげでもあるのだろう、と。

男たちはフィリスとノーラに決してお金を使わせなかった。彼らが自分たちの飲み物のお代わりを注文するときには、ブランデーのソーダ割りとウォッカのホワイトレモネード割りも忘れずに注文した。

フィリスがノーラに合図を送ってきたのでパブの扉口を見ると、ティム・ヘガティーとフィロメナ夫妻が入ってくるところだった。ティムはかつてモーリスと同じ学校で教えていたことがある。ノーラは、社交好きなこの夫妻が週末ごとに田舎のパブへ出掛けていくのを知っていたが、今晩なぜブラックウォーターへやってきたのかはわからなかった。夫妻は子どもをふたり連れている。ノーラはフィリスの表情から判断して、フィリスがこの夫妻を嫌っているのがわかった。

ティムは男前と上手な歌声で知られている。フィロメナも飲み過ぎていないときには夫と一緒に歌った。慈悲修道女会の修道院でコンサートが開かれたときには、夫婦と六、七人の子どもたちが勢揃いして、『サウンド・オブ・ミュージック』のトラップ・ファミリー合唱団を演じた。ティムとフィロメナが酒を飲むのをやめさえすればあの一家はプロの音楽家になれる、と誰もが言っていた。

バーカウンターのほうからシーッという声が聞こえた。ティム・ヘガティーがひとりで目をつぶって立っているのが、ノーラの目に見えた。髪を油で撫でつけて、白と赤の縞の上着に細い蝶ネクタイを締めている。まるでアメリカの映画スターみたいないでたちだ。彼は目を閉じたまま、頭を後ろに引くようにして歌いはじめた。小さな声だが店内にじゅうぶん届いている。

「モナリザ、モナリザ、男たちは君をそう呼ぶ。君はあの謎の笑みをたたえた貴婦人そのもの」

ノーラはその歌を誰かが結婚式で歌ってくれたような気がして、誰だったか思い出そうとした。だがじきに、その歌を聞いたのは自分の結婚式ではなく、もっと後の、誰か他のひとのお祝いの会だったと思い直した。フィオナがすでに生まれていて、元気に育ち、歩くのを覚え、おしゃべりができるようになっていくのを見守るのがノーラの幸せそのものだった頃、あの歌を聞いたのだ。ティムが二番の歌詞を歌いはじめたとき、記憶の中に情景がくっきり浮かび上がった。あの日、ノーラとモーリスは一日中——たぶん夜まで——フィオナをノーラの母親に預けて、モーリスのいとこのエイダンとティリー・オニールの結婚式に出席した。披露宴はウェックスフォードのタルボット・ホテルでおこなわれた。のちにイングランドへ渡って成功した、ナンシーの息子のピアース・ブロフィーが新郎の付き添い人をつとめていた。ピアースが立ち上がって「モナリザ」を歌った。たぶんあの年のヒット曲だったのだ。ピアースが歌詞を全部覚えていたので皆目を丸くした。ティムが今歌っているのと同じように、ピアースもゆっくりしたテンポで歌った。モーリスが好きなタイプの歌ではなかったけれど、ノーラはとても気に入った。スローなテンポも、悲しいトーンも、脚韻を踏んだ歌詞がとてもよくできているところも好ましかった。だが何よりも素敵だったのは自分の隣にモーリスがいたこと。新調した服を着てふたり揃って披露宴に出席し、周りにいる全員が自分とモーリスが夫婦なのを知っているのが誇らしかったのだ。

ティムが歌い終えると一同が拍手喝采した。フィリスだけが、あまり感心しなかったという顔をノーラに向けて、両目で天井を仰いだ。ノーラは、フィリスが注ぎたてのブランデーのソーダ割りを持っているのに気づいた。ノーラの目の前のカウンターには、誰かがウォッカのホワイトレモネード割りのお代わりを置いてくれていた。店内の向こう端でフィロメナ・ヘガティーがギターのチューニングをしている音が聞こえてきた。

やかましくごった返すパブの中で、ノーラはどこかへ逃げ出したいと強く思った。ひとりぼっちで家にいるとき、日暮れを恐ろしく感じることがよくあったが、他に誰もいない以上、すべては自分次第だとも思えた。そう考えれば、静寂と孤独は不思議な安らぎでもありえた。彼女は、自分が気づかないうちに、家中のさまざまなことがよい方向へ変化しつつあるのかもしれない、と思うこともできた。だが娘時代を振り返ってみても、今ここで経験しているような人混みの中にひとりぼっちでいたことはない。モーリスと一緒にパブへでかけたとき、どのくらい長くとどまるか、いつ帰るかを決めるのはつねに彼だったけれど、モーリスがいたからこそ安心だったのだ。こんなことに思い至ったのは初めてである。というのも、モーリスと一緒にパブへ来ていた頃は、彼の気分がころころ変わるせいでいらいらさせられどおしだったからだ。もう帰ろうと言った舌の根の乾かぬうちに、一座の会話の潮目が変化するとにわかに長っ尻になる夫を、早く帰りたい一心で待ち続けていただけだったので、ノーラは夫がそばにいるありがたみなど感じたことはなかった。

これがひとりぼっちか、とようやくわかった。モーリスの死の衝撃がときおり、自動車事故のように全身を襲うことがあったが、それとは別種の孤独。今ここにあるのは、人混みの海原を錨を下ろさずに漂流するような孤独だ。心が奇妙に空っぽになって途方に暮れた。するとバーカウンターのあたりからシーッという声が聞こえた。ギターがメロディーをかき鳴らしはじめ、ティム・ヘガティーが「ラヴ・ミー・テンダー」を歌い出した。歌の中に潜む憂鬱――というか切なる思い――に身を委ねようとするティムは、ノーラの顔を見つめて笑っているように見えた。ふとばかにされたように感じたのは勘違いだった。歌い進むにつれて声のめりはりが増した。そしてその声を際立たせるため、ギターが旋律にまとわりついたり離れたりした。歌が終わるとノーラは拍手喝采に唱和した。ヘガティー夫妻はその喝采を押し切るように速いテンポの曲へとなだれ込んだ。ティム・ヘガティーはエルヴィス・プレスリーのアメリカ英語を真似している。

今日とても古い友達がやってきて
町中のみんなに

出会ったばかりの恋人の話をした
マリーという名の新しい恋人

フィロメナがギターをかき鳴らし、ティムが声を張り上げると、ひとびとの間から歓声と口笛が聞こえた。ノーラは目を閉じ、頭を反らせて、歌の愉悦に身を任せ、心に直に訴えてくる音楽を楽しんだ。彼女は、このレコードが発売された年だったか、その翌年の夏だったかに、クッシュでこの歌を聞いたのを思い出していた。ある晩、トリーシー家が夏の家として使うためにセメントで固定したバスの真ん前に誰かがテーブルを置き、レコードプレーヤーを持ち出して鳴らしたのだ。電気が通っている近所の家から長いコードが引っ張ってあった。

ノーラは毎晩モーリスと一緒に馬車道を散歩して、カヴァナー家のところから引き返すことにしていた。帰路、薄明の中で十代の若者たちが、エルヴィスの歌に合わせてダンスしているのを見た。周囲を子どもたちが取り巻いていた。何人かの顔は今でも覚えている。フィオナも踊っていたような気がするし、パトリシア・トリーシーとエディー・ブリーンと、マーフィー家とキャロル家とマンガン家の子たちもいたように思う。わずか六、七年前のことで、まだ十年も経っていない。誰かがあのときノーラに向かって、その後に起こることを予言し、今夜ここにたたずんでエルヴィスの歌を聞くことになる、と告げたらどうだっただろう。ノーラはそんな予言を決して信じなかったに違いない。

歌が終わるとトム・ダーシーが近寄ってきた。彼は、顔を紅潮させたフィリスの手を取っている。

「トムがあなたは歌を歌えるはずだって言うのよ」とフィリスが言った。

「もちろんだよ。俺たちが最初に会ったのはノーラがギャラハー家に泊まっていたときのことだが、あの時分、あの家ではよくパーティーが開かれてたんだから」

「確かにあの頃は歌ってたけど、あれ以来全然歌ってないのよ」とノーラが返した。

「そんなこと言わないで」とフィリスが促した。「どんな歌を知ってるの？」

「歌が上手だったのは母のほうよ」ノーラはまるで相手が彼女の母親を知っているかのような口ぶりで返した。

「ノーラだって上手いよ」とトム・ダーシーが言った。「少なくともあの時分は上手かった」

「どんな歌なら歌えるの？」フィリスがまた尋ねた。

ノーラはひとしきり考えた。

「ブラームスの子守歌なら歌詞を覚えてると思う」

「ドイツ語？」

「昔はドイツ語を覚えていたけど、今は英語ね」

フィリスはグラスをバーカウンターに置いた。

「わかった。じゃあこうしたらいい。ふたりで一緒に歌えるようにドイツ語の最終連を今書くわね。まずわたしが第一連をドイツ語で歌うから、あなたが同じ歌詞を英語で歌って。それからふたりで声を合わせて、最終連を英語で歌ってからドイツ語で歌うの」

ノーラはフィリスが興奮しているのがわかった。

「もうちょっとシンプルにできないかな？」とノーラが言った。「もう何年も歌ってないのよ。結婚直後ぐらいからずうっと歌ってないんだから」

「ドイツ語の歌詞を書くから紙をちょうだい。ほんとに易しい歌詞なのよ」

店内の向こう端の角のあたりで、男が頼りない声で「ブーラヴォーグ」（一七九八年に起きた反英武装蜂起のさいにウェックスフォードで奮戦したひとびとを讃える伝承歌）を歌い出した。フィリスは、ドイツ語の歌詞を清書していくところをノーラに見せた。

すごい勢いだがきれいな字だった。そしてブランデーをすすりながら、曲をハミングして聞かせた。男が「ブーラヴォーグ」を歌い終えると店内がざわざわした。歌のおかげで空気がはなやいだので、皆が今一度、飲みなおしながらおしゃべりする気になったのだ。ノーラは、ここのような村ではこれ見よがしの態度が嫌われるのを承知している。大勢が見ているところで歌を披露したりすると白い目で見られたり、あとから密かに笑われたりするのだ。

だがフィリスはやる気満々だった。ドイツ語の歌詞の準備が整ったので、ノーラとふたりでフロアの中央へ移動するばかりになった。ノーラは、店内には彼女を知っている客たちもいるので、夫が死んで一年も経たないうちに人前で歌うとは何ごとだ、と思われるのを承知していた。

トムが手を叩いて静粛を呼びかけた。てっきり紹介してもらえるものだと思ってフィリスとノーラが間合いを取っていると、トムは肩をすくめ、衆人環視の中にふたりを置き去りにして、さっきまでいた場所に引っ込んでしまった。

フィリスが声を張り上げて、これからミセス・ウェブスターとデュエットをしますと言うと、場内から笑い声が漏れた。フィリスはそれを聞いて両肩を反らし、クイズ大会のときよりもいっそう闘志をむき出しにした。ノーラはどの高さで歌えばいいかわからなかったが、フィリスが独唱で歌い出すのを聞いて胸をなで下ろした。フィリスがドイツ語の歌詞を震え声で歌うのを聞きながら、彼女は歌のレッスンを受けすぎたか、受けなすぎたかのどちらかだと思った。周囲のひとびとは情け容赦ない表情を見せた。新車や新しい刈取り脱穀機《コンバイン》から下ろしたてのスラックスにいたるまで、この村ではものを見せびらかすのは御法度なのだ。この下手な歌唱が——外国語の歌詞がついた歌を高い音程でへたくそに歌っているのだ——村人に忘れ去られることは決してない。何年経っても語り継がれるに違いなかった。フィリスがクイズ大会のためにブラックウォーターへやってきたことが記憶されないとしても、彼女は今この瞬間、自分の存在を村人の記憶に刻みつけていた。

ノーラはできる限り集中しようとした。聞いているひとびとの中にはメロディーを知っているひとがいるだろうし、聞き覚えがあるひともいるだろうから、フィリスに続いて英語の歌詞を歌うときには、極力声楽的に響かぬよう心がけるつもりだった。声量を抑えてソプラノ特有の声を出さないように注意しつつ、歌声は皆に聞こえるようにしよう、と。

フィリスがまるで前もって打ち合わせしたかのように、ノーラに向かって片手を広げてみせたとき、村の老人たちの中には当惑し、間の悪い思いを味わったひとたちがいた。こういうものをパブで見せられるとは想像もしなかったからだ。他方、端のほうにかたまっていた女性たちは、滑稽なものを見るような顔をしていた。

「眠れよ吾子《あこ》、汝をめぐりて」と歌いはじめたとき、ノーラは自分の声量に驚いた。女性たちのほうへ目をやると、おたがいに小突き合って大笑いしている。彼女はしだいに声を和らげて、子どものために歌う本物の子守歌にできるだけ近づけようと試みた。今歌っている一連を歌い終えるまでにあの女性たちを味方につけられなければ、フィリスと一緒にドイツ語の歌詞を歌いはじめたときには彼女たちの歯止めが利かなくなると思った。最終行までたどりついたとき、ノーラは女性たちだけに視線を据えて歌っていたが、二、三人がまだ大笑いしていた。

次の連がはじまるとノーラはフィリスにリードさせ、付き従うように歌った。歌いはじめはユニゾンだったが、途中から静かに低音部へシフトした。だが一箇所、ふたりがともに音程を外したせいでひどいことになったので、再びユニゾンに戻った。フィリスがおびえたようなまなざしを送ってきたので最後の行はフィリスひとりに歌わせた。そして女性たちのほうは見ずに、床を見つめながら〈早く終われ〉と祈った。

ノーラは英語の最終連を一番よく記憶していた。フィリスがテンポをゆるめ、声量を抑え気味にするのを聞いたノーラは自信を振り絞り、フィリスに一歩近寄って、最後の二行はフィリスの声に自分の声を溶け込ませるようにした。感情表現を控えながらも声は自由に解放して、フィリスと同じくらいの音量で歌った。彼女は女性たちを見ないようにしていたが、歌が終わりに近づくにつれて、傾聴している気配が感じられた。

拍手喝采はわき起こったものの、歌を褒めてくれたのではなく、皆が胸をなで下ろしたゆえの拍手であるのは明らかだった。ノーラは金輪際、人前で歌は歌うまいと心に誓った。女性たちのほうをにらみつけると、ひとりの女がソプラノの真似をして突拍子もない音程で歌い、仲間たちを喜ばせていた。

バーマンが、ラストオーダーの時間が来たことを告知すると、フィリスが、トム・ダーシーと彼の友人たちとノーラに最後の一杯をおごると言い張った。トムは彼女が支払うのをやめさせようとして、手に持った現金を引っ込めさせようとまでしたが、フィリスは首尾よく有終の美を飾った。ノーラはフィリスがカウンターで、最後の飲み物が出てくるのを待ちながら、グラスに残ったブランデーのソーダ割りをあおるのを見た。この分では家まで車を運転できるかどうか怪しかった。さらにフィリスの様子を観察すると、もう一曲歌いたいと言い出すのは時間の問題だったので、ノーラは、今から数分間のあいだにできる限りの手を打とうと考えた。

車に乗り込み、村のひとたちにお休みなさいのあいさつをし終えたとき、ノーラは、フィリスがあまりにも酔っぱらっているせいで、自分はほぼしらふであるかのような錯覚を覚えた。運転席のフィリスは車の向きを正しく変えることができたので大丈夫だろうと思ったが、ヘッドランプが無灯火だった。用心しすぎたフィリスは、ヘッドランプのスイッチがどこにあるかわからなくなってしまった。彼女がスイッチの位置をようやく思い出したところで、ノーラとしてはエニスコーシーまでの帰途、とぎれなくフィリスとおしゃべりをし続けようと決めた。おしゃべりしながら車を走らせれば、眠気に襲われずに安全運転できるだろうと考えたのだ。

キャッスル・エリスの交差点へ着くまでの間、フィリスはなんべんもトム・ダーシーは紳士だと繰り返し、エッチンガムズのパブはすばらしいと褒め称えた。そしてモナギーアでのクイズ大会のあと、ナンシーと自分は何ひとつもてなしを受けなかったと不平を言った。彼女は、クイズ大会のシーズンが終わったら、土曜の晩に夫のディックを誘ってエッチンガムズを再訪したいので、ノーラもぜひつきあってほしいと頼んだ。このことを三度目に言ったとき、フィリスは左右の安全を確認しないまま、ゴーリーからウェックスフォードに至る幹線道路を突っ切った。ノーラは、フィリスがもっと運転に集中できる話題を持ち出せないか考えた。スピードを緩めて、注意深く車を走らせてくれる話題がどうしても必要だった。

キャッスル・エリスからバラーを通ってフィンチオーグにいたる細道へ無事入ったのを見計らって、ノーラは再びブラームスの子守歌を歌いはじめた。彼女は声を低く保ち、フィリスが唱和してきたらリードさせ、ハーモニーができるようにした。ふたりは英語で二連分歌った。

「あなたはほとんどコントラルトね」とフィリスが言った。

「えっ、わたしはソプラノよ」とノーラが言った。

「違う、違う、あなたの声は今、メゾよ。コントラルトに近い。あなたの声はわたしのよりもずっと低いわよ」

「わたしはずっとソプラノだったのよ。母がソプラノだったんだから」

「そういうこともある。年を取るうちに低くなったのね」

「何年間も歌ってなかったのに」

「歌っていない年月の間に低くなったんでしょ。ちょっと練習すればぐっといい声になるわ。素質はじゅうぶん」

「そうかしら」

「ウェックスフォードの聖歌隊がときどきオーディションをしているわよ。とてもいい聖歌隊。わたしたち、ふだんはミサ曲を歌っているの」

「時間がとれるかどうかわからないわ」

「あなたのことを話しておくから、一度見に来てみたらいいわ。それから、グラモフォン友の会にも来てみたら？　例会は、マーフィー・フラッズ・ホテルで毎週木曜日。皆でレコードを持ち寄って聞くのよ」

ノーラは、自分はレコードを一枚も持っていないし、家にある古いレコードプレーヤーはもっぱら子どもたちがポップスを聞くのに使っているとは言いたくなかった。フィリスは今一度、ブラームスの子守歌を歌い出した。今回はさっきよりもゆっくりしたテンポで歌い、ノーラが低音部をつけたときに各行の最後の音をなるべく引き延ばせるようにした。

ふたりはエニスコーシーの町に着くまで同じ歌を歌い続けた。フィリスは町に入ってからもハミングを続けた。フィリスは歌のおかげで気力を維持し、あわてず、集中を切らしもせずに、狭い道路に沿って車を走らせた。ノーラを家まで送り届けようとするフィリスは運転もしぐさも、完璧にしらふの状態を模倣していた。家の前に到着して車を降りたノーラは、フィリスに礼を述べ、近いうちにまた会いましょうと言った。

第13章

カラクローではトレーラーハウスを二週間借りた。一泊めの朝、ドナルとコナーのベッドを畳まないと座席の間にテーブルを設置できないので、ノーラは息子たちに声を掛けて、三十分猶予をあげるから起きなさいと命じた。そして狭いトレーラーハウスの向こう端の、フィオナとオーニャのベッドを畳んだところに朝食の食器を出した。そのあと、村の商店へ行って、パンとミルクと朝刊を買った。帰ってきても息子たちはまだうとうとしていた。どんなに言っても起きようとしないので、ふたりの毛布を引き剝がして、寝ている体の上にテーブルを出すからねと宣言した。息子たちはようやくのそのそと起き出した。コナーは二、三分もするといつも通りになったが、ドナルは朝食中ひとこともしゃべらなかった。彼は朝刊を見つけると、食事を見もせず搔き込みながら、アポロ計画による月飛行の最新ニュースをむさぼり読んだ。

読み終えたドナルはクッションに身を預けて天井を眺めた。それから少ししてカメラを取り出した。注意深くピントを合わせ、目を細めて慎重に構図を決めて、たいていは至極ちっぽけなものを撮った。彼は何かを深く考えているように見えた。ノーラは、息子が自分に向けていやがらせをしているのかもしれないと思った。

彼女は、ドナルには関心事がふたつあるのを知っていた。まず第一に彼は、皆が揃って浜へ出掛けていくのを待っていた。トレーラーハウスを独占したかったのだ。ピクニックの準備をして出た場合には日中ずっと戻らないので、いっそう喜んだ。いっしょに行こうとノーラが誘うたびに、ドナルは肩をすくめて、あとから合流するかもね、と返した。ノーラは、ドナルが午前中は写真雑誌を眺めて過ごすのも知っていた。毎月、マーガレットおばさんが出してくれる費用で購読しているのが何誌かあり、自分の小遣いで買っているものもあった。ドナルは写真雑誌さえあれば少なくとも二、三時間は陽気になれた。雑誌を見飽きると、ウーナに買ってもらった大判の写真技術書を読みふけった。

ドナルはまた、月飛行のテレビ報道が毎日異なる時刻にはじまるので時間に気を配っていた。カラクローへ到着した日、彼は真っ先にストランド・ホテルのテレビ・ラウンジへ駆け込んだ。そして、クリスマスプレゼントにノーラからもらった広角レンズを使ってテレビ画面を撮りはじめた。長時間露光とかいう用語を聞いたが、ノーラにはよく理解できなかった。彼女は、息子がどれほど深くカメラにのめり込んでいるかを理解しており、へたな質問をすればいかにいらいらするかもわかっていた。

ここへ来た最初の晩、ウーナとシェイマスがちょっと立ち寄ったとき、ドナルが広角レンズについて熱心に解説する姿をノーラは見つめた。ふだんよりも吃音が激しかったので、ウーナとシェイマスは当惑しているように見えた。世の中のほとんどのひとは、海岸でスナップを撮るためにカメラを使うが、ドナルにはそのことが受け入れ難かった。彼の寝室のベッドの下には白黒写真を入れた箱がある。毎年夏に撮りためた作品で、クッシュの崖に続く牧草地や下の海岸が写っていた。フォルダーの片側にプリントがあり、反対側にネガを納めてある。シェイマスがドナルに、皆が楽しんでいる場面のスナップをどうして撮らないのか尋ねたとき、ドナルは「スナップ」ということばを聞いてほとんどひきつったようになり、吃音に苦しみながら説明をはじめた。要するに彼は目下、ホテルのラウンジのテレビに映る宇宙の映像にしか興味がないのだった。彼はすごい早口になって、テレビ画面に宇宙が映っているところを撮影するさいの苦心について語り、全部撮り終わったらマーガレットおばさんの家の暗室にこもって、特別な方法でフィルムを現像してみるつもりなのだと言った。

「それで結局、人間の写真は」とシェイマスがしつこく尋ねた。「撮らないのかい?」

ドナルはうんざりとさげすみが混ざったような顔で肩をすくめた。

「ドナル!」とノーラがたしなめた。

「ぼ、ぼくは」とドナルが口を開いた。吃音がひどくてなかなかことばにならないのを、一同が息を詰めて聞こうとした。ぐっと頭を反らせたドナルは凜々しく、何かを決意したように見えた。

「ぼくはもう人間の写真は撮らないことに決めた」と彼が静かに言った。

その翌朝は見えるものすべてが靄に霞んでいた。家族全員で砂丘に出て、青白い太陽の下に二枚の敷物を敷いた。ノーラはドナルに、ピクニックバスケットを運ぶのを手伝わせた。ピクニックの場所を教えておけば、万一のとき、彼が家族の居場所を探さずにすむからである。

「海がきれい」とノーラが言った。「少なくとも昨日はきれいだった」

「何もみ、見えない、よ」とドナルが言った。「き、今日はい、一日中、こんな天気かな? こ、この天気のしゃ、写真が撮りたいな」

「一、二時間もすれば靄は消えるよ」

ドナルはトレーラーハウスへ戻ってカメラを持ってきた。彼が戻ってくると、フィオナとオーニャが、赤くなった日焼けが落ち着くまでわたしたちの写真は撮っちゃだめと言ってからかった。ドナルは黙ったまま波打ち際のほうへ歩いていった。

「こんな天気じゃ何も写らないわよ」とオーニャが言った。「だってなんにも見えないんだもの」

「そこが狙いなのよ」とフィオナが言った。「あの子が現像した写真を見たでしょ？　ほら、大きい写真。どれもほとんど真っ白だったじゃない？」

「どこにしまってあるの？」とノーラが尋ねた。

「フォルダーみたいなのに入れて大事にしてるわ」

「わたしは見せてもらったことないわね」

「誰にも見せないのよ」とフィオナが言った。「あの子ったらこの前、床にぜんぶぶちまけてしまったの。拾うのを手伝ってあげようとしたら、あの子、わたしに嚙みつきそうになったんだよ。現像がまだうまくできないんじゃないかと思うんだけど、わざと白くしてるんだ、と本人は言ってるわね」

ノーラはドナルが波打ち際へ近づいていくのを目で追った。ドナルがセーターを脱いで腰に巻き、あいかわらずカメラをお宝みたいに持ち運んでいく姿を見ながら、ノーラは微笑んだ。後ろ姿はしだいにはっきり見えなくなった。

クッシュよりもこの浜のほうが海が荒いようだ。クッシュなら風を避けられる場所があったし、波だってもっと静かだったと思う。おまけにあちらは浜がこぢんまりしていて、水際は石浜なのだ。ところがこちらは砂丘と長い浜があるばかりで、風避けの場所がなく、泥灰土の崖もない。ノーラはキーティングズのパブがある北の方角に目をやった。だが何も見えなかった。どれほど天気のいい日でもここからクッシュが見えるはずはないので、かえってほっとした。クッシュならこんな天気の朝に海へ来るひとはいない。靄が掛かっている間は誰も崖を下りたりしないだろう。

フィオナとオーニャはすでに水着に着替えていた。ノーラもゆっくり水着に着替えた。

「本は持ってこなかったの？」ノーラがコナーに尋ねた。

「読むのは飽きた」

「一日中そこに座ったまま、わたしたちの顔を眺めて過ごすなんていうのは駄目よ」とフィオナが言った。

「わたしたちのおしゃべりに聴き耳を立てないこと」とオーニャが言った。

「彼氏の話ばっかりだから?」とコナーが尋ねた。「母さん、昨日の夜、姉さんたちの話を聞けなくて損したね。アダムスタウンとホワイツ・バーンのダンスの会の話でもちきりだったんだから」

「アダムスタウンは嫌い」とオーニャが言った。

「フィオナは好きだって言ってたよ」とコナーが口を出した。

「コナー、うるさい」とフィオナが言った。

「雨が降ったらウェックスフォードの町へ行こうね、コナー。本を買ってあげるよ」とノーラが言った。

「コナーはテニスラケットを持ってきてるはずよ」とフィオナが言った。

「ほっときなさい」とノーラが返した。

フィオナはひとりで海の様子を見に下りていった。

「波が高い」戻ってきた彼女が言った。「すごい勢いで砕けてるから、どうやったって濡れるわよ」

コナーを説得して水着に着替えさせると四人で波打ち際まで下りていった。遠くの霧笛が出し抜けに鳴り響いた。

「ロスレアだわね」とノーラが言った。「こんなに大きい音で聞こえたのははじめて」

波をまともに受けると倒されそうになる。コナーを娘たちに預けて、ノーラは打ち寄せる波に飛び込んでいった。潜って波の後ろ側に出ようとしたところを打ち倒されて、一瞬波に呑まれた。だが次の波が来る前に体勢を立て直し、沖へ向かって泳いでいくと、静かな砂州にたどり着いた。彼女は砂州に立って子どもたちに手を振ったが、波と格闘するのに夢中で誰も気づかない。コナーはひとりで波打ち際へ戻り、姉たちに歓声と笑い声を送り続けた。

あとまだここで十二日間過ごさなくちゃならない、とノーラは考えていた。この程度の天気が続いてくれさえすれば、ちょっとでも退屈になったり天気が悪くなったりしたらすぐにエニスコーシーへ帰る、という約束を娘たちは忘れてくれるだろう。クッシュの家を買う直前、まだドナルもコナーも生まれる前の夏に、キーティングズのパブの脇を流れている川の崖上に立つ、カー家の小屋を借りたのを思い出した。あの夏は毎日雨だった。あんまり雨が降り続くので、しまいにはフィオナとオーニャに着せる服がなくなってしまった。小屋には電気が通っておらず、ヒーターもなくて、ガスコンロがひとつかふたつあるだけだった。外出できる日は一日もなかった。ノーラは娘たちにトランプのゲームをありったけ教え、スクラブルなどもして遊んだけれど、いざゲームに飽きてしまうと何もすることがない。かといって休暇を取り直すことはできないので、家へ帰るわけにもいかない。二部屋しかない小屋に家族一同で閉じ込められて、家中に洗濯物を干し、湿った空気の中で行き場をなくしていたあの日々がとても奇妙で、遠い彼方にあるように思われた。

コナーは海を満喫していた。ノーラは、波の威力を正面からくらって波打ち際まで押し戻される息子の姿を見つめていた。倒れて起き上がろうとしたとき、コナーは一瞬だけべそをかいたような顔になったが、すぐに立ち直り、姉たちに向かって、大きな波が来るよと呼びかけた。そうして彼は姉たちの真ん中に入って手をつないでもらい、砕ける波をまともに受けた。砂州からその様子を眺めているノーラの耳に、ロスレア港の霧笛が太く響いた。日射しが弱くなったせいか、霧がひんやりと肌に触れた。これから雨が降り出して、その雨がずっと止まなければ、皆で家へ帰ることに決めて、トレーラーハウスを借りるために支払った代金のことは忘れてもいいと思った。

ところが初日以降、天気は良くも悪くもならぬままだった。靄の向こうから太陽が照りつけてくる朝があるかと思えば、風のない灰色の世界の向こう側に太陽が居座っているような日もあった。浜へ出ても寒くない陽気が続いたので、初日に陣取った砂丘の上の場所を変えずに、毎日敷物を敷いた。ときどきドナルが様子を見に来て、カメラを構えて波打ち際を歩いた。ドナルも一緒に海水浴すればいいのに、と皆が勧めたが、彼は決して水には入らなかった。

彼は毎日、ストランド・ホテルのテレビ・ラウンジへ通った。いつ行ってもたくさんのひとがいて、宇宙飛行士たちが月へ向かうのを見守っている、とドナルは報告した。子ども連れで来ている大人もいて、子どもたちがはしゃぎまわるのでケヴィン・オケリー（一九二四—九四。アイルランド国営放送のニュースキャスター）の解説が聞こえないときがある。どこか他のところで邪魔されずにテレビを見られればいいのに。ダブリンから来たという男が撮影に何べんも口を出して、ピント合わせとシャッターチャンスを摑むコツを教えようとしたことも、ドナルは報告した。

「完璧なものなんてないのよ」とノーラがドナルを諭した。「世の中はその男のひとみたいな人間ばかりでできているんだから。ありがとうって言ってにっこりして、あとは無視してればいいの」

フィオナはすでに就職面接に受かっていて、教員養成大学の最終試験に通りさえすれば、エニスコーシーの学校に教員として採用されることになっていた。村の電話ボックスから大学へ連絡して確認したところ、最終試験は合格で、晴れて教員免許がとれたとわかった。そこでフィオナは友達に車で迎えに来てもらって、遊びに出掛けることにした。ノーラからお金を借りて行ったが、借りたお金は最初の給料が出たら返すと約束した。フィオナは休暇が終わる前にトレーラーハウスへ戻ってくると言い残して出たが、ノーラは、娘はもう戻って来ないだろうと思った。

オーニャは手持ち無沙汰になった。彼女は自分の図書館カードに弟たちの分も加えて、歴史や政治に関する本を図書館からたくさん借りてきていた。モーリスがおもしろがりそうな本ばかりである。彼女は村の商店で安手の折りたたみ椅子を買い、大量の書物とともに砂丘へ持っていくようになった。彼女はノーラとコナーと一緒に泳ぎ、不機嫌になったりはしなかったが、姉が去ったあとはなんとなくよそよそしい感じになった。本を読んでいないときには考えごとをしていて、邪魔されたくないのがありありとわかった。テニスコートの脇を通りかかったとき、ノーラは彼女に、同い年くらいの男女があつまっていることだし、試合をちょっと見ていこうと誘ってみたが、オーニャは興味を示さなかった。

ある晩ドナルは、ノーラから特別に許可をもらって、遅い時間までホテルに居残った。宇宙飛行士たちが月面歩行をはじめるかもしれないので、見逃したくなかったのだ。フィルムを四本、専用の袋に入れて準備して行った。ノーラは、エニスコーシーへ帰ったら、ドナルは夏の残りじゅう暗室にこもって、写真の現像をやり続けるのだろうと思った。午前二時にノーラが車でホテルまで迎えに行くことになっていた。トレーラーハウス村はホテルのすぐ近くだったけれど、深夜に息子をひとりで歩かせるのは避けたかった。

ノーラはホテルの呼び鈴を何回か押した。夜勤のボーイが支配人と一緒に出てくるまで長いこと外で待たされた。彼らはドアを開けながらノーラを疑いの目で見ているようだった。支配人が何の御用ですかと尋ねた。ノーラは、息子がこちらのテレビ・ラウンジで月面着陸の中継を見ているので、連れて帰るために来たのだと説明した。誰かがドナルを呼びに行っている間、夜勤のボーイはノーラと一緒にロビーで待った。ボーイも支配人も感じが悪いのは、ノーラが彼らの眠りを妨げたせいだろうと思った。

翌日、砂丘のいつもの場所に三人で陣取ったあと、ノーラはひとりで泳ぎにいった。オーニャは読書。コナーはジムおじさんからもらったお小遣いで買った漫画本を読んでいた。波はまだ高い。コナーと一緒に泳ぐ場合は気をつけて見てやらないといけないので、あまりリラックスできない。でも今はひとりである。ノーラは波が立たない沖まで泳いだ。そうしてぽっかり海面に浮かんだ。空を見上げて背泳ぎで泳ぎはじめた。ずっと昔に習った背泳ぎはいまだにどこかぎごちなかった。

その後、暢気な気分で平泳ぎに切り替えた。するとオーニャが波打ち際で手を振っているのが目に入った。コナーはどこ、とノーラは思った。コナーはどこへいったのかしら？ 彼女は泳いで戻りはじめた。オーニャは明らかに困っているように見えた。浜には他にも海水浴客がいるのに、オーニャがそのひとたちに助けを求めないのはなぜだろう、とノーラは思った。

ノーラは息を切らして波打ち際まで泳ぎ着いた。

「ドナルなの」とオーニャが言った。「何がどうなってるのかよくわからないんだけど」

「事故？」

「ううん、違う。ホテルでいざこざがあったみたいなの」

オーニャは、ドナルがホテルで、宿泊客以外はテレビ・ラウンジへ入室禁止だと言われて、門前払いを食わされたのだと説明した。

「たったそれだけ？」

「本人に会ってみてよ」

「てっきり誰かが溺れているんだと思ったわ」

「あの子、感情的になってるの。わたしが話したときはかなり興奮してたんだから」

ドナルはコナーから少し離れたところに敷物を敷いてうずくまっていた。ノーラが近づいていくと疑うような目を向けた。両手で膝を摑んで体を前後にぐいぐい揺らし、カメラは首から掛けたままだった。

「どうしたの？」

「き、昨日の夜、あ、あそこにいた、し、支配人がき、今日、ぼ、ぼくのことを待ってて、ラウンジは、し、宿泊客だけのもので、ト、トレーラーハウス村のひとたちは使っちゃいけないんだって、い、言った。き、昨日まではぼ、ぼくのことをし、宿泊客だとお、思ってたんだって」

「写真はもうたくさん撮ったでしょ？」とノーラが言った。

「げ、月面着陸の中継をみ、見逃しそうなんだ」ドナルはそう訴えて、すすり泣きしはじめた。「今まで撮った写真はぜ、ぜんぶ、着陸までの下準備を撮ったに過ぎないんだ」

「ドナル、物事すべてが思うようにはいかないものよ」とノーラが言った。

「ぼ、ぼくはすべてが欲しいわけじゃない」とドナルが返した。

ノーラはタオルを取って体を拭きはじめた。彼女は、モーリスさえ生きていれば、ドナルがこれほどカメラに執着しはしなかっただろうと思った。自分の暗室を持ちたいなどと考えることもなかったに違いない。彼女はドナルが以前はどんなふうだったか思い出そうとした。ドナルは父親べったりの子どもだった。初等学校から中等学校へ進学したときには、教室の一番後ろの席に座ってモーリスの授業を待ち構えた。許可がもらえれば黒板に絵を描いた。彼はモーリスが担当する授業の時間表を暗記していた。そして、何曜日は授業が少ないか、何曜日のどの時限に一番重要な中等教育修了試験準備クラスがあるかを把握していた。

ノーラは水着から服に着替えながらため息をついた。妹たちがいたらやめておけと言うに決まっている。ジョージーだってそう言うだろうし、母親がもし生きていればぴしゃりと言うに違いなかった。しかし彼女は、ここで手をこまねいているわけにはいかないと心を決めていた。フィオナはたぶんエニスコーシーの家に戻っているはずだから、車でドナルを家まで送り届けて、フィオナに面倒を見てもらおうと考えたのだ。ドナルは今、テレビと暗室のことしか頭にないので、フィオナに世話を掛けることはほとんどないと思った。フィオナがいやがるのはわかっていた。家を独占できれば友達を呼べるからだ。だがノーラは、今はやむを得ない事態だと判断した。彼女はまず村へ行ってマーガレットの職場に電話を掛け、ドナルをこれから自宅へ送り届けるから、今晩夕食を食べさせて、月面着陸のテレビ中継を見させてやって欲しいと頼むことにした。マーガレットは喜んでドナルをもてなしてくれるだろう。だがドナルはマーガレットの家に泊まることはできない。あの家には余分な寝室がないし、ドナルは自分のベッドでないと寝つけないから。ノーラはドナルに、きちんと整理整頓して、フィオナに世話を掛けないよう約束させなくてはいけないと思った。ノーラはまた、隣のトム・オコナーにも電話を入れて、これからドナルを連れていくことをフィオナに前もって伝えてもらおうとしたが、思い直してやめにした。フィオナをあまり驚かせてはいけないと思う反面、苦情ぐらい言われてもしかたがないと思った。月面着陸のテレビ放送さえ終われば、すべては元に戻るのだ。

車の中で、ドナルがカメラをフロントガラスに向けているのを見て、ノーラは彼をにらみつけた。

「ドナル、カメラはしまっておきなさい。わたしは運転しているのよ。カメラをいろんなものに向けられると気が散って困るの」

「う、後ろの席に座るよ」

「席は移動禁止。わたしを困らせないで」とノーラが言った。

玄関ドアに鍵を差し込んで開けたとたん、すえたようなアルコールの匂いがした。表の間を覗いてみたが異状はない。奥の間を覗くと、カーテンがしまっていたので、明かりを点けた。パーティーの明らかな痕跡がある。何をどうするにせよ、今からノーラがする行為は、母としての役割を演じることになる。フィオナはたぶん二階の寝室で眠っているのだろうから、たたき起こしてもいい。憤然と乗り込んでたたき起こして、前の晩誰と誰が来て、何時まで騒いでいたのか問いただす手もあり得る。あるいは今すぐ汚れ物を片付けてしまえば、フィオナが起きてきたときに恥ずかしい思いをさせてやることもできる。ノーラは奥の間をさらに点検しながら、仰天してドナルと目を見合わせた。ウォッカの空き瓶の脇に吸い殻がぎっしり詰まった灰皿が見つかったのだ。ノーラはカーテンを引いて窓を開けた。その音を聞きつけて二階の寝室で動く気配がしたので、ノーラはあわてて、こればかりは見なかったことにしようとした。

「ここはフィオナが片づけるはずだから」とノーラが言った。「ドナルは座ってテレビをつけなさい。宇宙飛行士たちがよその星へ行ってしまうといけないから。食べ物を買うお金はここに置いておくよ。でも今晩はマーガレットおばさんの家へ食べに行ってもいいからね。ウーナおばさんも様子を見に来てくれることになってるから」

「フィ、フィオナはどうすればいいの？」とドナルが尋ねた。

「ホテルで言われたことを説明して、どうしてここでテレビを見なくちゃならないのか事情を話せばいいの。わたしはカラクローへ戻ったと伝えてちょうだい。何かあったらカラクローへ連絡をくれれば、あっちのひとは皆わたしがどこにいるか知っているから」

「で、でもどうやって連絡するの？」

「さあね。宇宙飛行士にお願いしてメッセージを届けてもらえばいいわ」

二階の寝室でまた音が聞こえた。フィオナはベッドから起き出したに違いない。

「こ、これのことは、フィ、フィオナに何て言ったらいいの？」

ドナルが散らかった部屋を指さした。

「そうね、もうちょっと……いや、食べ物が足りなくならないようになさい、とだけ言っておいて。それからあなたはお姉ちゃんの邪魔にならないようにすること」

ドナルが驚いた顔でノーラを見つめた。それからうなずいて微笑んだ。二階の寝室のドアが開く音がしたので、ノーラは唇に指を当てて、ドナルに家の鍵を手渡した。

「これからずっとこっちで本当に大丈夫なのね？」

「大丈夫」とドナルが答えた。

ノーラはドナルを引き寄せて髪の毛をもじゃもじゃしてやった。ドナルは照れくさそうに笑いながら後ずさりした。

「もし寂しくなったら……」

「だ、大丈夫だよ」抜き足差し足で部屋を出て行くノーラに向かって、ドナルがささやいた。ノーラは音を立てずに玄関のドアを閉めた。

その日以後、トレーラーハウスの三人は静かに暮らした。コナーはテニスコートへ通うようになり、ふたりの少年たちと友達になった。ウェックスフォードの町から来て、クリトンズ・ギャップに近い茅葺きの家に泊まっている子どもたちだった。夕暮れ時にはノーラが徒歩でコナーを迎えに行った。朝はトレーラーハウス内の温度が上がって息苦しくなった。ノーラは毎朝、起き抜けにトレーラーハウス村のシャワー室でシャワーを浴びて、浜まで歩いた。靄が濃い朝には波の音だけが轟いていて、波打ち際の間近まで行かないと海は見えなかった。

休暇が終わりに近づいた。ノーラは、ドナルをひとりぼっちにさせて悪かったと思いはじめた。彼女は村へ行き、電話ボックスに入ってマーガレットに電話をかけようとした。コインを入れてダイヤルを回しながら、ドナルをひとりぼっちにしたことについてマーガレットがどう思っているか聞きたくない気がした。彼女は受話器を戻してコインを取り、ウーナの職場に電話をかけることにした。ノーラは快活な声を出して、いよいよ最後の週末なのでドナルをカラクローまで連れてきてくれるように頼んだ。ウーナの応対が冷ややかなのに気づいたノーラは、土曜日に連れてきてもらうことだけ確認すると、コインが足りないふりをして電話を切った。

ノーラは、ウーナと一緒に来たドナルを見て、この子はそろそろひげを剃る必要があると思った。そして、ひげブラシとひげ剃り用石鹸とカミソリが家にあるか思い出そうとした。だが同時に、ひげ剃り道具一式をまだ捨ててないとしたら、洋服ダンスに掛かったままになっているモーリスの衣服とともにもう処分すべきだとも考えた。家へ帰ったらすぐ、ドナルには新品のひげ剃り道具を買ってやらなくてはいけない。

オーニャがウーナの車で町へ帰ると言いだしたので、ノーラは驚いた。もうじき中等教育修了試験の結果が出るのだが、結果が悪くなければダブリンの大学へ進学することになっている。ここ数日、彼女はほとんど無口で、以前よりも熱心に本を読んでいた。泳ぐ時間帯もノーラとはずらして、夕方の六時か七時頃、ひとりで泳ぐようになった。トレーラーハウス村の目立たない片隅に自分専用の折りたたみ椅子を置いて、ひとりきりでいることも増えた。

「フィオナはとてもいい子ちゃんで決して羽目を外さないから、ひとりで留守番させても安心していられるでしょう、姉さんは幸せよ」とウーナが褒めそやすのを聞いて、ノーラはこっそりにやりとした。ウーナは、ノーラがドナルの世話をフィオナに任せたのはびっくりだと言い、かつてないほどひどくなっているドナルの吃音を直す手立てはないかしらとつぶやいた。

最終日の朝、ノーラは息子たちを起こさないまま、荷物を車に積み込んだ。浜へ向かって歩きながら、夜中にびゅうびゅううるさかった強風がまだ吹いているのを体で感じた。靄はかけらもない。雲は空を走り、日射しを遮ったかと思うと、じきにまた太陽があらわれた。朝の冷たい海をかき分けて沖まで泳いだら、毎日親しんだ砂州が忽然と消えていた。潮に押し流されたらしい。深さを増した海はかえって好都合なので、抜き手でぐいぐいスピードを上げた。やがてくたびれて両腕がだるくなると、あお向けに海に浮いた。目を閉じて心を空っぽにした。毎日何度か泳いだので体力がついた。トレーラーハウスの鍵を返却する前にもう一度泳ぎに来るつもりだ。最後のひと泳ぎをすると言えばコナーも一緒に来るだろう、とノーラは思った。ドナルは放っておくことにしよう。トレーラーハウスに残って壁の写真でも撮っていたらいい。

フィオナは家でパーティーをやらかしたとはおくびにも出さず、ノーラもそのことにはふれずにおいた。彼女自身、母親とはいざこざを多々経験していたので、娘たちとことさらに衝突するのは避けたかった。オーニャの中等教育修了試験の結果が届いた。申し分ない成績なので、ユニバーシティ・カレッジ・ダブリンへ進学できる。ノーラが町を歩くと知り合いが口々にお祝いのことばを述べてくれるので、悪い気はしない。ノーラは、娘たちの人生は彼女たちのものなので、娘の成功は自分とは関係ないのです、と言いたい誘惑にかられたが、誤解されそうなので黙っていた。

ジブニーズへ再び通いはじめた最初の一週間は多忙だった。事務所では農場主との交渉がおこなわれ、小麦の水分含有量が図表で示され、積送品ひとつひとつの品質が判定された。ノーラは数日間、午後も勤務して、自分が担当している事案すべてに最新情報が付加されているか、そして何か問題は生じていないか確認した。夕刻はまだ明るいので、一緒に行きたいというひとを募って、カラクローまで車を飛ばして海水浴をした。コナーはテニスクラブのほうがおもしろくなったので泳ぎには参加しなかった。オーニャとドナルはベルファストとデリーで起きつつある暴動に興味を持って、テレビ報道を見逃さないようにしていた。一緒に来るのはフィオナだけだった。彼女はすでに、就職したらもらえる給料の額を知っていた。毎月十日と二十五日に小切手で支払われるという彼女の給料は、ノーラがもらっている年金とジブニーズの賃金を足したよりも高額だった。ノーラは納得がいかなかったが、そのことはおくびにも出さなかった。とはいえ家計は苦しいので、そのうち落ち着いたら、フィオナから家にお金を入れてもらうことにしたいと考えていた。

海水浴二日目の帰途、フィオナが車の中でノーラに頼んだ。「また少しお金を借りたいの。お給料がもらえるようになったらすぐに返すから」

「お金が足りないの？」とノーラが聞き返した。

「夏が終わる前に――そして勤務がはじまるまえに――一週間ほどロンドンへ行ってきたいんだ。教員養成大学の友達がたくさん行っているのよ。泊まるところは確保したから」

「ロンドンへ？　ただ遊びに行くの？」

「そう」

ノーラは、ロンドンへは行ったことがないんだから、わたしのほうが行きたいわよと言ってやりたくなったが、やめておいた。

「いくら必要なの？」

「百ポンドあるといいなって考えてたの。お給料が出たらすぐに返します。行ってきた子たちの話によると、今年は、洋服屋やマーケットに出てる露天商の値付けがいつもより安いんだって。仕事に着て行く服が必要だし、外出する機会も多くなりそうだから。洋服を揃えておかないと困るのよ」

ノーラは娘がもしかして、今日まで彼女を育てるために掛けてきたお金が不十分だったと遠回しに不平を言っているのか、と勘ぐりたくなったが、口には出さずに運転を続けた。ノーラには言いたいことが山ほどある。毎日早起きして勤めに出ているのはフィオナの教育に使うお金を稼ぐためだし、そのせいで自分は細かく倹約しているのだと言ってやりたかった。給料が出たらお金を返すかどうかなどは重要でない。たとえそれを消費と呼ぶとしても、愚かな無駄遣いをしようとしていることのほうが引っかかった。

お金のことについては週末にあらためて話し合おうと思いはしたものの、ノーラは、話をどう切り出せばいいかわからなかった。土曜日の朝、ベッドの中で、フィオナがもう一度お金を借りたいと言いだしたら断るのが一番だ、と結論を出した。ところが日中には決心が揺らいだ。ようするにノーラは、この件について二度と話し合いたくないのである。フィオナがロンドンで派手な買い物をする場面なんか想像したくない。そのことについて話したくないし、話しているのを聞きたくもないのは、自分の中で奇妙な怒りがふつふつと沸き上がってくるからだった。

その日の午後は冷え込んで、今にもひと雨来そうな空模様になった。表の間の窓辺でノーラが新聞を読んでいると、ドナルが大きな箱を抱えて家のほうへ近づいてくるのが見えた。ノーラは子どもたちを質問攻めにしないよう、ふだんから心がけていた。彼女自身の成長期、箱を持って帰宅した場合には母親に中身を教えなければならなかった。手紙を受け取ったときには相手が誰で、何が書いてあったか、母親に報告しなくてはならなかった。ノーラはそれが嫌でたまらなかったので、自分の子どもたちにはなるべく干渉しないようつとめた。

しばらくして奥の間を覗いてみると、オーニャとドナルが立て膝になって、ドナルが抱えてきた箱から幾山もの写真を出して、床に並べていた。

「これは全部、デリーとベルファストで起きた暴動をドナルが撮影した写真なの」とオーニャが言った。

ドナルはプリントを精査するのに夢中で、顔を上げさえしなかった。

「でもどうやって撮ったの？」とノーラが尋ねた。

「テレビ画面を撮ったのよ」とオーニャが答えた。

大きなプリントがたくさんある。ノーラは全体を一瞥してから立て膝になって、じっくり眺めた。火が燃え、ひとびとが走っている場面は判別できたけれど、何が起きているのかはわかりにくい。不鮮明でブレたような写真ばかりだ。

「これは二重焼き付けしてるからね」ひとりごとをつぶやくみたいにドナルが言った。ノーラはドナルの吃音が消えているのに気づいてとてもほっとしたので、余計なことを言わないようにした。

「裏に日付を書かなくちゃね」とオーニャが言った。「違う日付をふたつ並べて書いたらいいじゃない」

「ゴドフリーズで糊付きラベルを買ってこよう」とドナルが言った。

ノーラは忍び足で部屋を出て台所へ行った。マーガレットとジムはこの写真を見たのかしら、と彼女は考えた。印画紙にかなりお金が掛かっているし、ドナルが暗室で作業した時間も相当長いと思われた。

その晩、皆で九時のニュースを見た。デリーとベルファストで収録された情景が映ると、コナーでさえ座り直して重苦しい顔になった。ノーラはその週、テレビのニュースをまったく見ていなかった。たった今ベルファストでは、燃える家々から逃げ出したひとびとが通りを走り回っている。その場面を見て、ずっと昔アスター・シネマで見た、戦時中だか終戦直後だかに撮られたというニュース映画を思い出した。だが今テレビに映っているのは昔のできごとではない。今現在、すぐ近くで起きている事件である。

「こっちでもああいうことが起きると思う？」とフィオナが言った。

「何が？」とノーラが聞き返した。

「暴力よ。暴動」

「起きないでほしいわね」とノーラが言った。

「家を焼け出されたひとたちはどうするのかしら？」とフィオナが言った。

「国境を越えてこっちへ来るわよ」とオーニャが返した。

ドナルはカメラを取り出してテレビの画面に向けた。


次の日曜日、ノーラは、ジムとマーガレットとウーナとシェイマスを夕食に招いた。フィオナが教員免許を取ったのと、オーニャの中等教育修了試験が上々の結果を出したのを祝うためである。クリスマスのとき以外は畳んである食卓の天板を広げて、夕刻六時に会食がはじまった。シェイマスはコナーの隣に座り、コナーにサッカーのルールの話をした。他の誰にも話しかけるそぶりを見せなかったので、ノーラはシェイマスが緊張しているのだとわかった。娘たちがサラダをこしらえた。チャツネを添えたコールドミートもあった。ブラウンブレッドはノーラが焼いた。北アイルランドで起きていることについて最初に口火を切ったのはウーナだった。

「恐ろしい話よ」と彼女が言った。「貧しいひとたちが家を焼け出されているんだから」

皆がうなずき、その後黙り込んだ。

「イギリス政府と同様、わたしたちの国の政府にも責任があると思う」とオーニャが言った。「ああいうことが起こるのを許しているのは、わたしたちなんだもの」

「うむ、そこまで言えるかなあ」とジムが返した。

「わたしたちは長年、何もしてこなかったから」とオーニャが言った。

「どうすればいいか判断するのはとても難しかったんだと思うわ」とマーガレットが言った。

「わたしたちはプロテスタントのひとたちに、やりたい放題をしていいっていう合図を何度も出してきたと思う」とオーニャが続けた。「その結果、ゲリマンダーをはじめとするいろんな差別が横行することになったのよ」

「ゲリマンダーって何？」とコナーが訊いた。

「ゲリマンダーっていうのは、選挙区の線引きを操作して、特定のひとたちの投票が他のひとたちの投票ほど、ものを言わないようにしてしまう差別のこと」とオーニャが言った。

コナーは困ったような顔になった。

「確かデヴリン先生はクックスタウンの出身よね」とウーナが言った。「あそこではカトリック信徒はちゃんとした仕事につけなかったっていう話よ。お医者さんでも例外じゃなかったって。先生が国境を越えて南へ来たのはそのせいだっておっしゃってたわ」

「今でもちゃんとした仕事につけないのよ」とオーニャが言った。「そろそろわたしたちの国の政府がはっきりものを言わないとだめなんだと思う」

「わたしたちに何ができるっていうの？」とウーナが訊いた。

「じゃあ聞くけど、わたしたちの国の軍隊は何のためにあると思うの？」オーニャが問い返した。

「プロテスタント戦勝記念パレードが、デリーの町へ行進していくのを止められるのは軍隊しかないでしょ？　あの町は国境のわずか二、三マイル向こう側なだけなんだよ」

「うむ、さてどうするか」とシェイマスが口を挟んだ。

「それは賢い方法だと思えないがな」とジムが言った。

「ひとびとが命の危険を感じながら生きているのを知ったとき、賢い人間ならどうするかが問われているんじゃないかな？」とオーニャが問うた。

「そうね。でも、わたしたちは北じゃなくてここに住んでいるわけだから、注意深く行動すべきじゃないかしら」とマーガレットが返した。

「ひとびとが殺されているっていうのに？」とオーニャが食い下がった。

「気の毒な事態だよ」とジムが言った。

「考えてみるとへんてこじゃない？」とオーニャが問いかけた。「アイルランドの軍隊はコンゴやキプロスへは行けるのに、デリーで苦しんでいるわたしたちの仲間を助けに行けないんだもの」

ノーラはオーニャと目を合わせてその話題はもう打ち切りにさせたかったが、オーニャはノーラに目を向けなかった。彼女はジムおじさんをじっと見つめていた。

「そうね、今度のことがどんなふうに終わっていくのか、見当もつかないわ」とウーナが言った。

「じきに終わるだろうさ」とシェイマスが言った。

「さあどうかしら」とマーガレットが言った。「本当にひどいことになっているもの。ゆうべ、ジムとニュースを見ながら考えていたのだけれど、この島国であんなことが起きているなんて信じがたいわ」

オーニャは何か言いかけたようだったが口を噤んだ。テーブルに数分間、沈黙が訪れた。

「フィオナはロンドンへ行くんだよ」コナーが口を開き、皆がどんな反応をするか見回した。

「コナー！」とフィオナがたしなめた。

ジムとマーガレットとウーナとシェイマスがフィオナを見た。フィオナの受け答えから見て、コナーが真実を述べたのは明らかだった。

「ロンドンへ」マーガレットが静かに復唱した。「行くのね、フィオナ？」

「教職に就く前に、今年のうちにもう一度。ほんの二、三日行ってみようと思ってるのよ」とフィオナが返した。「わたしがそういう話をしていたのをこの子が聞きかじったみたいね」

「ロンドンにはプロテスタントのひとたちがたんといるから」とコナーが言った。「焼き討ちにされて通りをさ迷わなくちゃならなくなるよ」

「ロンドンにいるのはホ、ホンモノのプ、プロテスタントじゃないんだよ」とドナルが言った。

「ロンドンはとてもいいところよ」とマーガレットが言った。「どこに泊まるの、フィオナ？　わたしたちが以前泊まった宿の名前を書いてあげたことがあったわよね。アイルランド人にとてもよくしてくれる小さなホテルよ。もちろん、去年泊まったのと同じところにしてもいいけれど」

「教員養成大学の友達が夏の間、何人もあっちのホテルでアルバイトをしていて、フラットに仮住まいしているの」とフィオナが言った。

「二、三日泊めてもらえたら最高ね」とウーナが返した。

　フィオナはかくして旅費をめぐるノーラとの戦いに勝った。ロンドンの町のあれこれについて、泊まるべき場所、滞在中気をつけるべきことなどについて語り合ううちに、フィオナのロンドン行きは確定した。そして、ジムとマーガレットとウーナとシェイマスが口を揃えて、フィオナは勉強をがんばったのだからロンドンへ行く資格があるし、のちのち今の時期に行っておいてよかったと思うに違いないと言った。その晩の最後に、ジムは紙幣を入れた封筒をフィオナとオーニャに渡した。コナーとドナルには十シリングずつ渡した。皆が帰ったあと、後片づけをしながらノーラはフィオナに、明日、仕事帰りに銀行でお金を下ろして手渡すと約束した。そして、ロスレアからフェリーで向こうへ渡るつもりなら車で港まで送ってあげると言った。

「ありがとう、とても助かる」とフィオナが返して微笑んだ。「フェリーの時刻表をチェックしておくわ」

第14章

　ノーラが玄関脇の窓から見ている前で、フィリスが堂に入ったハンドルさばきをみせて、車を狭い場所で方向転換して停めた。彼女は前触れもなくやってきたのだが、玄関ドアを開けて迎えたほうが感じがいいだろうと考えて、そのようにした。

「こんにちは、中へは入らないわ」とフィリスが言った。「前もって連絡しないでやってくるお客さんは嫌いなの。だからわたし自身も他人様のお宅にむやみに入りこんだりはしない」

「あら、大歓迎なのに」とノーラが言った。

「わたしが言いたいのは、ウェックスフォードの町に聖歌隊があって、欠員があるかもしれないっていうこと。欠員をどうやって埋めるつもりかは知らないけれど、聖歌隊で歌うのはすばらしい経験だし、指揮者も——少なくとも機嫌がいいときには——とてもいいひとよ。わたしは正規メンバーに入っているので、ローリー・オキーフにあなたのことを話したら、あなたの歌を聞いてみたいって。二、三曲準備したらいいわ。オーディションを受けるために」

　ノーラはうなずいた。ローリー・オキーフのところへはフィオナとオーニャがピアノのレッスンに通いはじめたことがあったのだが、ふたりとも一度だけ行って、帰ってくるともう二度と行きたくないと言った。だがフィリスにそんな話はしたくなかった。

「彼女って……？」

「そうその通り」とフィリスが言った。「あのひとが相手を選ぶ人物なのは確か。でも相性さえよければとてもうまくいくの。それに彼女、すでにあなたを気に入っているのよ」

「彼女、わたしのことを知らないのに」

「ご亭主のビリーがあなたを知っているんだって。夫婦揃って、あなたのためなら何だってすると言っているの。今はあのふたりが言ってたことの細かいところまでは訊かないでね。でもふたりとも、わたしがあなたの名前を出したら大喜びしたんだから」

「わたしはどうすればいいの？」

「彼女に電話して会う約束をして、あなたの声を聞かせさえすればいいのよ。それから、ウェックスフォードでオーディションを受けるために二、三曲歌えるようにしておくこと」

「彼女に会うのって長時間かかるかしら？」

「そうね、ローリーのことだから……」

ノーラは即答すべきか、それとも、自分はとても忙しいので、とオキーフ夫妻に伝えてもらうべきか思案した。思案しながらフィリスの視線を感じていた。

「先延ばしにし過ぎるのはよくないわ」とフィリスが言った。「ローリーの気分を損ねないほうがいい。知っての通り彼女は才人だから。田舎町なんか退屈だと思っているに違いないのよ」

ノーラは、モーリスとジムと一緒に神殿奉献《プレゼンテーション》女子修道院にできた新しい講堂で、聖ヴィンセンシオ・ア・パウロ会のための募金コンサートを聴いたときのことを思いだした。ローリー・オキーフが楽団を指揮していた。彼女の動作に力がこもり、激しさが増すにつれて、モーリスとジムが声を潜めて笑い出したので、ノーラはモーリスの脇腹を肘で突いてたしなめた。ずっと肩を揺らし続けていたジムは、コンサートの中盤でついにトイレに立った。ジムの後ろについて行かなくてはならなくなったモーリスを、ノーラは怖い顔でにらみつけた。ふたりとも観客席には戻らなかった。コンサートが終わったあと、ふたりがばつの悪そうな顔で講堂の裏にたたずんでいたのをノーラは覚えている。

フィリスが帰る前に、ノーラはローリー・オキーフに連絡を取ると約束した。そして二、三日の間ぐずぐずと連絡を先延ばしにしながら考えた。わたしはなぜ前触れなくやってくるひとたちをいつも愛想よく迎えてしまうのか。やってくるひとたちはなぜ、わたしがどう生きるべきか、どう行動すべきかについて、わたし自身よりもよく知っているかのようにふるまうのか。フィリスがわたしを助けようとしてくれているのはわかるものの、やってくるひとびとにたいしてこの家のドアは一切開けないほうがいいのではないか。家に閉じこもってドナルとコナーの世話だけに集中し、モーリスの思い出に四六時中浸って暮らすほうがいいのではないか、と。

歌うことについて考えはじめると、堂々と自信たっぷりに、高い音域で歌う母の声が胸の中に聞こえてきた。母がだいぶ年を取ってからでも、大聖堂に響く聖歌隊の歌声の中で、彼女の声を聞き分けることができた。若かった頃には大聖堂一杯に彼女の声が響き渡るので、その声を聞きたくて皆、午前十一時のミサに出たものだった。ひとびとがそう語るのを聞いて、ノーラは悪い気はしなかった。

モーリスの臨終が近づいた頃、残された人生に向きあう仲間が子どもたちしかいないのを覚悟して、眠れぬ夜を過ごしていたノーラは、母が近くで待機してくれているような気がした。母は特別な祈り方を知っており、その祈りは聞き届けられ、ものごとを変えることができる、と彼女は半ば本気で考えていた。母が病室内にやってきてとどまり、静かな力を及ぼしてくれている、とノーラは夢想していた。

　母娘の間柄は冷え切っていたにもかかわらず、母の亡霊があらわれて、臨終を控えたモーリスのそばに留まろうとしたのは納得がいく。彼女が死んで七年しか経っていなかったからだ。ノーラは母の死後、彼女のことはなるべく考えないようにしていたせいで、思い出につきまとわれはしなかった。その母が、モーリスが死にかけているのに乗じて舞い戻ってきたのだった。


　フィリスの訪問を受けた二、三日後、ノーラはエニスコーシーの町を歩いていた。ウィファー通りを歩いてバック・ロードへさしかかるところで、オキーフ夫妻の家がすぐ近くなのに気づいた。このまま家へ帰ってしまうほうがいいかなと思いもしたが、今行けばすんでしまうのだからと考え直して訪ねることにした。ローリー・オキーフはフランスに住んでいたことがあり、ある時期には修道女だった。彼女はビリーの後妻である。最初の奥さんは病死し、子どもたちはすでに大きくなって皆独立していた。その奥さんのことはノーラはよく覚えていない。だがそのひとが倹約家だったことだけは、はっきりと記憶している。みすぼらしい身なりを見られたくないので、日曜日は朝七時のミサに出るのだと聞いた。だが妻がどれほど貧しく見えても、夫のビリーはちゃんとした職に就いていた。

　ノーラはオキーフ家の門を押し開けた。庭は手入れが行き届いており、古い建物の窓はぴかぴかで、並外れた――ほとんど立派と形容して差し支えない――屋敷である。ビリーはかつて保険会社の社主か、少なくとも保険関係の仕事をしていたのだが、すでに引退していた。町の多くのひとびとについてノーラが知っているのと同様、彼にたいして抱いているイメージを要約すれば、毎晩決まった時間にステッキを突いてコート通りのヘイズのパブへ行き、瓶入りのギネスを飲むのがビリーだ。玄関へ続く石段を上りながら、あるときモーリスが教えてくれた話を思い出していた。ビリーは音楽が大嫌いなので、ローリーがピアノを演奏したりレッスンをしたりする部屋を防音室にして、音楽が聞こえているときには必ず耳栓をしているのだという。モーリスはそうした類いの、見てきたような話が大好きだった。

玄関ドアを開けたのはビリーである。ラブラドール・リトリバーの首輪を抑えながらノーラをすぐに招き入れた。玄関広間は大きくて薄暗くて、古い絵がいくつも壁に掛かっている。つや出し光沢剤の匂いがする。ビリーは地下室に向かって妻の名前を呼んだが返事がないので、犬を左側の部屋に入れてドアを閉め、ノーラには広間でお待ち下さいと言い残して、階段をきしらせて階下へ下りていった。

「呼んでも決して聞こえんのですわ」と言った自分のことばをおもしろがっている様子だった。

ビリー・オキーフはじきに戻ってきた。

「奥へいらして下さいと言うとります」と彼が言った。

そうしてノーラを案内して壁際に書架をつけた階段を下り、小さなタイルを敷き詰めた廊下を進んだ。ドアを開けるとぱっと明るい部屋があった。古い家の裏手に増築した離れ家である。ローリー・オキーフがピアノの椅子から立ち上がった。

「ビリーにお茶を淹れてもらいますけど、コーヒーでなくていいかしらね?」と彼女が言った。「ビリー、ビスケットも持ってきて頂戴。おいしいのが買い置きしてありますから」

彼女がビリーに微笑んで見せて、ビリーがドアを閉めた。

「フルサイズではなくて小型のグランドピアノなんですよ」ノーラがピアノについて尋ねたかのように彼女が話しはじめた。「それからこちらのほうは、古い普通のアップライトピアノ。生徒用です」

古い椅子が二、三脚ある以外に家具はない。床の敷物の上に楽譜がいくつか投げ出してある。壁は白塗りで、抽象画の複製画が何点か、まちまちな高さに掛けてある。

「こちらでお茶を飲みましょう」ローリーがノーラを招き入れたのは奥にあるもうひとつの部屋で、肘掛け椅子が二脚置かれている。ステレオのレコードプレーヤーとスピーカーが据え付けられ、床から天井までレコードがぎっしり詰まった収納棚がある。

「音痴の男と結婚した女を哀れんでくれるひとなんて誰もいないのよ」とローリーが言った。「誰ひとりいやしないの！」

ノーラは相手の真意をつかみあぐねた。返事を求められているのだろうか。

「夫とわたしは、ずっと前からあなたに伝えたかったことがあるの」とローリーが続けた。「追悼ミサの案内状を送るのに合わせて手紙を書こうと思ったのだけれど、いや、やはり会ったときに直接言わなくちゃだめだ、と思い直して今日にいたってしまったのです」

ふたりは肘掛け椅子に腰を下ろした。ノーラはひとしきり庭のほうへ目をやってから、ローリーに視線を戻した。

「わたしたちはダブリンへ行っていてね、あの日、ちょうど車で帰ってくるところでした。いとこやら姪やら皆に会った帰りでね。町へ入ったと思ったら全面通行止めでしょ。ブラックストゥープスのところでどれだけ待たされるのかわからなかった。事故かなと思っていた。お葬式だなんて思いも寄らなかった。だってそうでしょ。それで、車の窓を開けて道行くひとに尋ねたのよ。話を聞いて衝撃を受けたわ。モーリスが具合が悪いと聞いてはいたけれど、ショックだった。モーリスが彼の息子たちにどれほどよくしてくれたか、そして、モーリスがどれほど素晴らしい先生だったかをビリーが話してくれたの。わたしたち夫婦はあの日、あなたのためにできることがあったら何でもしたいと思ったのよ……」

「それはご親切に」とノーラが言った。

「フィリスから話を聞いて――」

「わたしの声なんてたいしたことないんです」とノーラが口を挟んだ。

「自分自身を癒すには聖歌隊で歌うのが一番いいのよ」とローリーが言った。「神様はそのために音楽をつくったのだもの。ご存じの通り、わたしも悩みを抱えて生きてきました。五十歳で修道院を出て還俗したわたしには、友達さえほとんどいなかった。再出発できたのは聖歌隊のおかげ。わたしには声しかなかった。それとピアノだけ。最初はハープシコードを習ったのだけれど――あれが音楽への初恋だったわ」

ビリーがトレイを持って部屋へ入ってきた。

「そしてこちらが」ローリーがビリーを指さしながら言った。「わたしの最後の恋のお相手」

「わしのことかね、ローリー?」とビリーが言った。

「そうよ。でもしばらく放っておいてね。ふたりだけの話があるので」

ビリーはノーラに微笑んだあと、忍び足で部屋を出た。

「わたしがナディア・ブーランジェのピアノで歌っていたのはご存じでしょう」とローリーが続けた。「今でも忘れないのは、歌うとは、するのではなくて生きることだ、と彼女が教えてくれたこと。賢いことばだと思わない?」

ノーラはうなずいた。ナディア・ブーランジェが誰だか知らないということはおくびにも出さなかった。だが後日フィリスに尋ねられるように、その名前をしっかり覚え込もうとした。

「まず最初にあなたの声の感じをつかんでおく必要があるのだけれど、楽譜は読めるかしら?」

「はい、読めます」とノーラが答えた。「完璧ではありませんが、昔学校で習ったので」

「知っている歌からはじめるのがいいわね」

ローリーがピアノの部屋へ行って楽譜を何冊も抱えて戻ってきた。

「まずお茶をどうぞ。それからその楽譜をざっと見て、知っている歌を探してね。その間、わたしは向こうの部屋でちょっとピアノを弾いてみます。何か暗譜で弾けるものをやってみるわね。ウォーミングアップ。四時までピアノの生徒は来ないから時間はたんとあるわ」

ノーラはお茶をすすってからカップを置き、椅子の背もたれに頭を預けた。ローリーが弾きはじめたピアノ曲はテンポが速過ぎて騒々しかった。誰が書いたのかは知らないけれど、作曲家が曲中に音符を詰め込みすぎていると思った。それはたぶん音楽通向けの曲で、ローリーは演奏家としての技術を披露しているのだ。ノーラはこんな演奏までしてもらって申し訳ない気がして、ウォーミングアップどころではないと思った。モーリスが生きていたらこの話を聞かせてやりたかった。モーリスならきっと、ビリー・オキーフが耳栓をつけたがるのも無理はないと言っただろう。還俗した修道女でピアノの名人と結婚すると、そういうことになるわけだ！　モーリスの露骨な口ぶりが聞こえ、心底おもしろがっている彼の顔が目に見えるようだった。

ノーラは楽譜のページを何冊もめくった。ほとんどは聞いたこともないドイツ語の歌ばかりである。彼女はフィリスがローリーに、自分のことを過大に吹聴したのではないかといぶかった。ようやくアイルランドの歌の本が出てきたが、どれもこれも古くさい、ステージアイリッシュ風の戯《ざ》れ歌ばかりで、今では誰も歌いたがらないものしか収録されていない。山と積まれた楽譜の一番下に、トマス・ムーアの『アイルランド歌曲集』に入っている歌の楽譜が何曲かバラで混じっていた。「信じておくれ、若さというあのいとしい魅力のすべてが」をめくってみたが、あまりにも大げさすぎる感じがした。その次に「夏の名残のバラ」の楽譜を掘り出した。楽譜から音を拾いつつ、聞きなじんだ曲をハミングしているところへ、ローリーが戻ってきた。

「何か見つかったかしら?」

「これなんかどうでしょう?」と言いながらノーラが楽譜を手渡した。「夏の名残のバラ」

「昔、アルザス出身の年配の修練女がいて、わたしのことをいつも、夏の名残のバラと呼んでいました。わたしはべつだん、時節に遅れていたわけではなかったのよ。ことばがきついひとだった。神様に近いところにいたのかもしれないけれど、がみがみ屋の年増だったのは間違いないわ」

ローリーは隣の部屋へ戻り、ピアノの椅子に腰を下ろした。ノーラもあとについていった。

「いきなり歌うのは声のためによくないので」とローリーが言った。「ウォーミングアップしてからはじめましょう。あなたとおしゃべりしているうちにはっきりしたことがあるの。この部屋へ入ってきたとき、気づきはしたのだけれど。あなたは……」

「何ですか?」

「以前からずっと向こう側に近かったんでしょう、違う?」

「どういう意味ですか?」

「今は説明不要。とにかくあなたの声を聞きましょう。まず最初にメロディーをひととおり弾いてみます」

そう言って彼女は旋律を最後まで弾き終えた。

「今度はキーを低くして演奏します。歌ってみてください」

ローリーが演奏をはじめた。そしてノーラが歌いはじめると少しテンポを緩めた。

「わかった気がする。わざわざこんなことをするまでもないくらい。あなたは今日、とてもよく声が出ているわ。もう一度はじめからやってみましょう。合図したら歌をお願い」

ローリーは両手を鍵盤の上に構えたが音は出さない。室内の静寂がぴんと張りつめているのに気づいたノーラは、ここは本当に防音室なのだと思った。そして、完全な静寂とローリーの気持ちの高ぶりに圧倒されて不安になった。

ローリーがやさしく鍵盤に触れると、ペダルで調整された低音がピアノから湧き出した。きわめてやわらかい調子で音楽が流れはじめたところでローリーが合図を出し、ノーラが歌詞を見ながら歌い出した。

ああ夏の名残のバラ
ひとり遅れて咲きにけり

ノーラは自分がそれほど低い音域で歌えるのをはじめて知った。おまけに彼女は、たくみに引き延ばされたピアノの音に乗せられて、意図したよりもはるかにゆっくりと歌っていた。息継ぎは問題なくできたし、高い音を出すときにも不安はなかった。ピアノに操られ、引っ張られているのを実感しながら、一語一語にじっくり重みを掛けるペースで歌い進んだ。ローリーが音と音のあいだに間合いをとっているために、静寂に向けて歌い込んでいる気持ちになった。楽音と同様、静寂をも強く意識した。ローリーが装飾楽句をつけくわえたせいで、二、三度戸惑う瞬間もあった。だが彼女がいったん鍵盤から離した手をしなやかに下ろし、最後のフレーズをもっとすばやく歌い収めるようノーラに促したとたん、自ずと声が出た。それと同時にピアノは装飾音を奏でた。

ノーラが歌い終えたとき、ローリーはしばらく何も言わなかった。

「どうして声の訓練をしようと思わなかったの?」彼女がついに口を開いた。

「いつも、歌なら母のほうが上手いと思っていたので」とノーラが答えた。

「あなたがもっと若いときに出会えていたら――」

「歌うのは好きじゃなかったんです。結婚もしましたし」

「だんなさんに歌声を聞かせたことはなかったの？」

「モーリスに？　一度か二度、休暇のときに歌ったかも知れませんが、それもずっと前のことです」

「子どもたちにも？」

「歌を聞かせたことはありません」

「あなたは歌をしまっておいたのね。しまいっぱなしにしていたんだわ」

「そんなふうに考えたことはありませんでした」

「オーディションを受けるためにあなたの歌声を磨いてあげましょう。どこの聖歌隊でもコントラルトはつねに人手不足なのよ。とはいえわたしには、訓練以上のことはしてあげられない。あなたは自分の声を長年放っておきすぎたわね。でも気にしてはいなかったのでしょう？」

「おっしゃるとおりです」

「人間は誰でもさまざまな可能性を持っているし、限界も抱えています。でも可能性も限界も前もって知ることはできないの。もうじき七十歳になるわたしが、アイルランドの小さな町で保険屋の男性と暮らしているところなんて、誰にも予想できなかったはず。それなのにわたしは今ここにこうしている。数分前にこのレッスンをはじめたとき、あなたは二度とこんなところへは来たくないと思っていた。ところが今ではまた来ようと思っている。わたしにはあなたの気持ちがわかるわ。またいらっしゃるでしょう？」

「はい、また来ます」とノーラが言った。

それから数週間、ノーラは毎週火曜日の二時にローリー・オキーフの家へ通った。レッスン当日の朝起きたとたんに行くのをやめようかと思うときがあり、バック・ロードからウィファー通りへ歩いていく途中で怖じ気づくときもあった。ノーラは、フィリスもオキーフ夫妻も、彼女が歌唱を習っていることを他言しないでくれたらいいと思った。彼女自身、職場では誰にも話さなかった。エリザベスにも黙っていた。仕事や家や、子どもたちの面倒だってあるだろうに、歌のレッスンを受けるなんて、いったい何を考えているんだろう——ジムやマーガレットをはじめとして、町にはひとこと言いたがる人間が多かったからである。

毎回レッスンの最初の一時間は、ローリーはノーラに歌わせなかった。床に寝て呼吸するよう指示したり、立った姿勢で一音をできる限り延ばし続けさせたり、音階を上下する発声練習をさせたりした。それが終わると「夏の名残のバラ」の第一行に集中した。ノーラはいつも「バラ」の後で息継ぎをしていたのだが、ローリーはその息継ぎを禁じた。そして、二行目の終わりまでひと息に歌わせてからようやく、日常会話や物語を語るときのように自然に息を継ぐようにさせた。

ノーラは火曜日の午後、家を出て、現実に起きているものごとから隔離された防音室に入り、新しいことを学ぶのはなんて素敵なのだろう、としばしば思った。ローリーがあるとき、額に入れた二枚の小さな抽象画をピアノの上に立てかけて、じっと見なさい——すべてを忘れて見ることに集中しなさい——と指示したとき、ノーラに本当の変化が起きた。それは歌声の変化ではなく、いわく言いがたいものの変化だった。

「ちゃんと見なさい！」とローリーが命じる。「全部覚え込むつもりで見ること」

「これは誰が描いた絵なんですか？」

ローリーは微笑みだけ返して教えない。

「これは単なる模様ですか？」とノーラが尋ねる。「どんな意味があるのかしら？」

「じっと見るのです。それ以外考えない」

一枚は線だけの絵である。もう一枚は四角がいくつか描いてある。線だけの絵は茶色くて、もう一枚のほうは青い。線の中には浮き彫り加工をしたかのように浮き上がって見えるものが混じっている。

「考えてはいけません。ひたすら見ること」とローリーが言った。

二枚とも影になった部分が多いので細部の色はよくわからない。ノーラは両方の絵の暗い部分を見つめた後、明るい光に向かって伸びていく一本の線を右から左へ目で追いかけた。

「それでは今から」とローリーが言った。「色だけを見て歌を歌ってください。ことばの意味やわたしのことなどは考えないこと。目に見えているものをよりどころにして声を立ち上げるのよ」


レッスンが終わるとノーラは解放感を味わった。これから六日間は、ピアノの脇に立って命令に従う必要はないと思うと晴れ晴れした。彼女はフィリスに連絡を取り、土曜日、マーフィー・フラッズ・ホテルのラウンジで会った。彼女はローリーのことをあれこれ訊いた。

「あのひとはド・ゴール大統領やナポレオン・ボナパルトにいたるまで、あらゆる人物と親交があったか、さもなければ」とフィリスが言った。「誰ともつきあわずに修道院にこもりきりだったかのどちらかなんだけど、どっちなのか結局わからない。あのふたりの結婚生活にしても、永遠の崇敬を捧げあって静かに暮らしているのか、それともふたりして歌を歌い、おしゃべりをして過ごしているのか、ちっともわからないのよ」

「彼女にはいろんな訓練をさせられているわ」とノーラが言った。

「慣習を無視するのが彼女のやり方。転んでもただでは起きないんだから。ビリーがあの二部屋を建て増ししてピアノを買い与えたのよ」とフィリスが言った。「彼女のピアノの腕は本物。それからあるとき、電話しているのを小耳に挟んだら、フランス語をしゃべっていた。はったりでできることじゃないわ」

「どうしてわたしをあのひとのところへ行かせたの？」

「彼女が頼んだからよ。モーリスのお葬式の日に、あなたのためにできることがあれば何でもしてあげたい、と決心したんだって。心が温かいひとなのね。還俗した修道女は総じて心が温かいと思う。だって修道院から出られただけで胸をなで下ろしているに違いないんだもの。こんなこと言ったら語弊があるかも知れないけれど」

「彼女はわたしにふたつの絵を見させたのよ」

「歌いながらでしょ？」

「そう」

「よほど見込んだ相手じゃないとその訓練はしないの。歌うとは、するのではなくて生きることである、という話はもう聞いた？」

「聞いた」

「わたしはこんな話も聞いたわ。好きな歌を何でも歌ったらいい。でも勝手放題に歌を歌っても本当は何の役にも立たない。摑んでないなら意味などないのだからっていう話」

「何を摑めばいいの？」

「すごく大事な何か。でもそれを何と呼んだらいいか、わたしにはわからない」

次の回のレッスンでローリーはノーラに、絵の中の色を見るよう再び指示し、さまざまな色が浮かび上がるところを想像させた。

「最初は何もないそこにゆっくりと一色、一色。浮かんでくる、浮かんでくる」

ローリーは最後のところをほとんどささやくように語った。それから彼女は、絵の影になった部分を見つめ、さまざまな色の階調に目をこらすノーラを見守った。

ローリーはピアノに向かって前奏を弾きはじめた。ノーラはすでに歌詞のフレーズを歌い終えるまで息継ぎを待つコツを習得し、ピアノの音を拾いながら伴奏のペースに合わせることもできた。今では彼女の歌声はふだんしゃべるときよりもずっと低くなり、フレーズの最後の音符に深みのあるビブラートをつけるときなどは、いっそうの自信が持てた。ノーラが色から目を離さないようローリーが絶えず監視しているのを、彼女は意識していた。そして、歌声の変化に機敏に反応してくるピアノに全幅の信頼を置いた。

ノーラは歌いながら、小さな四角い色に神経を集中していた。色の深みの中で何かがかすかに動いた。一瞬それが鮮明に見えたのだが、まばたきしたら消えてしまった。演奏が終わり、歌が終わってもローリーは微動だにしなかった。ノーラもじっとしていた。

四回か五回レッスンを受けた頃、ノーラは、音楽が彼女をモーリスから引き離しつつあるのを感じた。音楽は彼女を、彼と暮らした記憶や、子どもたちとの日常から離れた場所へ連れ去っていく。その感覚は、モーリスが音楽を聞く耳を持たなかったことや、夫婦で音楽を楽しむ習慣がなかったこととは関係がない。レッスンを受けているときの時間の密度がなせるわざだ。彼女はモーリスが――たとえ死後の世界にいてさえも――決してついてこられない場所に、ひとりでたどりついていた。

フィリスがグラモフォン友の会のことを再び話題にするのを聞いて、ノーラはうなずき、真剣な表情をつくって見せた。というのも町で週毎に開かれる催しの中で、モーリスとジムが――おまけにマーガレットも――一番滑稽だとみなしていたのが、グラモフォン友の会の例会だったからだ。中心人物はトマス・P・ノーランで、常連メンバーには、グレンブリエンに古い屋敷を持っているM・M・ロイクロフトがいるという。フィリスによればその屋敷は一八世紀古典主義様式《ジョージアン》で、大きな農場が付属しているのだそうだ。ノーランはひとり住まいで、二千枚のレコードコレクションを持ち、屋敷のいくつかの部屋は書物で埋まっているらしい。モーリスとジムはトマス・P・ノーランを「トマス・オシッコ・ノーラン」と呼び、M・M・ロイクロフトを「オタク・キモイ・ロイクロフト」と呼んでおもしろがっていた。ふたりが声を上げて笑うとマーガレットも大笑いしていたが、フィオナとオーニャは、ノーラだけは三人に調子を合わせないのに気づいていた。ノーラは、トマス・P・ノーランが滑稽とはほど遠い、しっかりした人物だと理解していた。また、M・M・ロイクロフトが見たこともない古い車を運転しているところを何度も見たことがあった。彼がグレンブリエンでどんな暮らしをしているのか興味があったし、ダブリンへ行って本やレコードを買うのか、通信販売で取り寄せているのかも知りたいと思った。

フィリスはノーラに、毎週木曜日、マーフィー・フラッツ・ホテルでグラモフォン友の会の例会が開かれるので出てみるといいと誘った。毎回、会員がかわりばんこで選曲を担当するのだという。

「そういう仕組みになっているから、趣味のよしあしが全部わかってしまうわけ。最悪なのは医師のラドフォード先生。大編成で長ったらしい現代のドイツ音楽を聞かされるから、次の週の中頃まで耳の奥で鳴り続けるわ。一番趣味がいいのはキーホー参事で、ソプラノしか掛けないの。西半球に住む司祭で、あれほどソプラノにくわしいひとはいないと思う」

「わたしはレコードなんて一枚も持っていないし」とノーラが言った。「もう何年も聞いてないわ」
「だったらよけいに来る意味があるじゃない。新入会員は歓迎されるわよ」

例会に集まったひとびとの中には学校の先生や銀行員も混じっていて、どこかで見た覚えのある面々だった。レコードプレーヤーとスピーカーのそばにはキーホー参事が陣取っている。

ノーラはホテルのこの広間に足を踏み入れたのははじめてだった。ソファーや安楽椅子が所狭しとひしめいている。これはぜんぶ、グラモフォン友の会のために集めたのだろうか。キーホー参事が声を掛ければこれくらいのことはできるのだろう、と彼女は思った。今週の選曲はグレンブリエンのM・M・ロイクロフト氏によるものです、とキーホー参事が告げると、本人が会釈して、曲目を書いた紙を全員に配付した。それからかしこまった声で、わたくしが解説を加えることはせず、曲そのものに語ってもらうことにしますと言った。まず最初にシューベルトのピアノソナタのレコードが掛けられた。ノーラはモーリスとジムが交わしていた冗談を思い出して、心の中でうなずいた。これほどの厳粛さに圧迫されればいつ大笑いしても不思議はない。ささやき声ひとつ聞こえないし、身動きするひともいないのだ。ミスター・ロイクロフトが選んだ二曲目は交響曲である。プロテスタント学校で長年教鞭を執ったベティ・ロジャースが、演奏に合わせて指揮をするしぐさをはじめた。はじめは片手だったが、じきに両手を動かした。ノーラは噴き出す前に席を立とうかと思ったが、思い直して目をつぶった。ところが心に浮かぶのは職場のことばかりで、やり終えた仕事や、これからしなくてはならない仕事の数々が去来した。休憩時間になったとき、彼女は、ぜんぜん音楽に集中できなかったと思った。

バーカウンターでフィリスが言った。「後半にもっといい曲が掛かるから期待してね。ちょっとあのベティ・ロジャースを見て。ミスター・ロイクロフトに気があるのよ。キーホー参事に切り替えればもうひと花咲かせられるのにね。参事はソプラノが好きなんだから」

「ベティはソプラノを歌うの？」

「ううん、聴くのが好きなだけ」

「あのひとはいつもああやって指揮をするの？」

「メイトランド・ロイクロフトが見てるときだけ、あんなことするのよ」

レコードコンサートの後半はチェロ特集で、どの曲もゆっくりで悲しくて美しかった。ノーラは作曲家たちの名前は知っていたものの、はじめて聴く曲ばかりだった。二、三度目を開けて周囲を見回すと、誰もが全身を耳にしていた。ミスター・ロイクロフトを手はじめに、キーホー参事、ラドフォード医師、トマス・P・ノーランを順々に見た。皆揃って悲しそうな表情を浮かべて、どこか傷つきやすそうな様子だった。

曲がすべて終わったとき、最初に口を開いたのはベティ・ロジャースだった。

「カザルスが文句なしに一番ですよね。そう思いませんか、ミスター・ロイクロフト？」

「バッハに関してはおっしゃる通りでしょうね、たぶん」と彼が返した。

「うちの主人はカザルスのチェロは耳障りだと思っているみたいですよ、そうでしょ？」とミセス・ラドフォードが言った。

「そう、たぶん録音状態のせいなんだがね。ベートーベンに関して言えば、カザルスは美を捕らえ損なっている。美の何たるかはわかっていながら、違うものを追求しているんだよ」

「新会員のかたのご意見も伺ってみましょう」とキーホー参事が言った。

「わたしはすべて美しいと思いました」とノーラが答えた。「どの曲もぜんぶ」

キーホー参事のあとについて、全員がぞろぞろとホテルのロビーへ出た。

「カザルスが演奏したベートーベンのソナタは、ご承知の通りライブ録音だが」と語るラドフォード医師の大きな声が聞こえた。「録音状態がよくないんだ」

「でもカザルスのベートーベンを聴く者は音楽に直接触れることができるでしょう」とミスター・ロイクロフトが返した。「それでじゅうぶん埋め合わせになっていると思いますよ」

「まったく同感」とトマス・P・ノーランが口を挟んだ。「あれを聞くとカザルスと同じ部屋にいるような気分になる。そういうことだよね？」

彼は同意を求めて一同を見回した。

その瞬間、アイルランド共和党《フィアナ・フォイル》の男と一緒に酒を飲んでいるジムの姿が、ノーラの目にとまった。ふたりはあからさまににやにやしながら、カザルスをめぐる会話を立ち聞きしていた。ノーラを見つけるとジムの表情が変わった。彼女はとっさにどうしたらいいかわからなかった。モーリスとジムが槍玉に挙げてあざけった、グラモフォン友の会に参加していたのがばれてしまったのだ。彼女はフィリスに顔を向けて、レコードコンサートの感想を聞いた。

「わたしは個人的には」とフィリスが答えた。「歌曲のほうが好き。来週の選曲当番はキーホー参事だから、たくさん歌が聴けるわ」

ノーラは、連れと話し込んでいるジムを無視したまま通り過ぎられるよう祈った。

「当番制で選曲を担当するのは」とフィリスが言った。「民主主義的でとてもいいと思う。でもそうは言っても、音楽の好みは十人十色だから驚くことも多いわ」

後日、ノーラがローリー・オキーフにグラモフォン友の会の話を聞かせると、彼女は微笑みながら首を振った。

「両手を振って指揮者の真似をするひとがいると聞いたけど」

「目をつぶって聞いていれば気になりません」とノーラが言った。

「わたしならそのひとの首を絞めてやるわね。専門の訓練を受けもしないで指揮者の真似をするなんてとんでもない！」

「でも、音楽そのものはとてもよかったんですよ」とノーラが言った。


ジムとマーガレットがやってきたとき、ノーラは、グラモフォン友の会で何をしていたのか訊かれやしないかと思ってはらはらした。彼女はまた、マーガレット好みのニュースをすかさず報告するドナルが、すでに一部始終を伝えているかも知れないとも思った。ところがジムとマーガレットは、その話題はおくびにも出さなかった。町のあれこれやドナルとコナーについて語り、ダブリンにいるオーニャの近況を尋ね、フィオナが帰宅したあとは教育論になって、大規模校の利点や無償教育の強みについて論じ合った。ノーラは二、三度、ジムが見つめているのに気がつき、ホテルのロビーで出会ったことを思い出しているのではないかと思ったが、ついにジムはその話題を口にしないまま終わった。


翌週の木曜日、グラモフォン友の会の例会がはじまる前に、ノーラはフィリスと落ち合ってホテルのラウンジで一杯飲んだ。

「どういうつもりなのか理解しがたいんだけど」とフィリスが言った。「キーホー参事がソプラノ歌手たちのことを語るとき、まるで個人的に知っているみたいな調子になるのよね」

広間にはすでに大半の会員が集まっている。参事は今日のためにこしらえた曲目リストを配付している。

「最初はふたりのマリアさんを聞き比べましょう。私見ですが、ヴェルディを歌わせたら天下一品のマリア・カニーリャと、天下一品よりも上があるとしたらこのひとしかいない、マリア・カラス。その次にお聞きいただくのは、ジョーン、エリーザベト、それからローザとリタ。今夜は百花繚乱です」


ある日、新しいアイロンを買おうとして、ノーラはラフター通りのクロークス電器店へ入った。すると、一台のステレオレコードプレーヤーに値引き札がついているのが目に留まった。

「この品は何か欠陥があるんですか?」彼女が店員に尋ねた。

「いえ」と相手が答えた。「まったく問題ございません。ただ、近々新型が入荷するものですから。この製品は今までにたくさんお買い上げいただきましたが、苦情はひとつも届いておりません。実演販売に使用していたモデルですので、すぐに試聴していただくこともできますよ」

ノーラはぜひ音を聞かせてくださいと答えながら、外の通りを覗き見て、知り合いが歩いていないのを確かめた。

「それではすぐに準備いたしますので」と店員が言った。「レコード棚からお好みのものを選んで下さい。左右のスピーカーはじゅうぶん離して置いてください。ターンテーブルから左右等距離にしていただくのが秘訣です」

ノーラはレコードを手に取りながら、歌曲とオーケストラのどちらが試聴に適しているか考えた。悩んだ末、『お気に入り名曲集』と題された一枚を選び出して店員に渡した。

「何曲目をお掛けしましょう?」と店員が尋ねた。

「どれでもいいので、二、三曲お願いします」
道行くひとから見られないように、ノーラは薄暗いところに立った。グリーグのピアノコンチェルトの一楽章がはじまった。大音量ではないものの、ノーラの耳には、ピアニストが店内で演奏しているかのように聞こえた。一音一音がクリアに聞こえただけではない。楽音に生き生きしたメリハリと、心に訴えかける力を与えている、ピアニストのエネルギーまで感じることができた。

寡婦年金が近々再び増額され、しかもさかのぼって支給されるという報道を聞いていた。彼女は前回の増額分も手つかずで残してある。とはいえこのステレオを購入したら、ジムとマーガレットばかりでなく、ウーナやフィオナからも無駄遣いだと言われるのは目に見えている。ノーラは誰の目にも触れないよう、ステレオを自分の寝室に置こうかと考えて、それでは宝の持ち腐れになってしまうと考え直す。

一曲聴き終えたところで、ノーラは店員に、少し考える時間が欲しいと告げた。二曲目はドヴォルザークの「月に寄せる歌」が掛かった。彼女はドヴォルザークの「ユーモレスク」をヴァイオリン独奏にアレンジしたものなら以前にも聞いたことがある。今聞こえているのはソプラノの独唱だ。キーホー参事なら歌手の名前を知っているだろうけれど、ノーラにはそんなことはどうでもいい。伴奏とともに歌声が堅実に立ち上がり、やがて高みへ舞い上がっていく。ノーラは、この音楽を知らないまま、今この瞬間まで人生をうかうかと過ごしてきたのを激しく悲しんだ。にもかかわらず、彼女はまだ、ステレオを買う決心がつかない。この器械を車に乗せて持ち帰り、奥の間の低いテーブルの上に設置して音を確かめるなんて浮かれすぎにも程がある、と心がブレーキを掛けている。誰かに手伝ってもらうにしても、浪費家だと思われない相手など思い当たらない。演奏が終了したとき、これでじゅうぶんだと伝えるために、彼女は店員にうなずいて見せた。

「考えてみます」とノーラは言い、微笑んだ。

二、三週間後の例会の日、ノーラは少し早くホテルに着いてしまった。広間にはラドフォード医師夫妻しか来ていない。何年も前の話だが、モーリスがラドフォード医師から借りた本をしまい失くしたことがある。ふたりで家中を探したがついに出てこなかった。ラドフォード医師は、本を返却して欲しいと何度か催促した末に、ある日曜日の早朝、車でわざわざ訪ねてきた。何か書き物をしていて、その本に書いてあることを参照したいというのである。モーリスはパジャマ姿で、ノーラはナイトガウンを羽織って応対した。長身のラドフォード医師が玄関に立つと迫力があった。彼は本が見つかるまで帰らないと言った。ノーラは、お茶を出したときに、相手が傲然と見下すような態度を取っていたのを覚えている。モーリスは表の間にいくつも置かれた本箱を引っかき回しながら、ラドフォード医師にも手伝って欲しいと頼んだ。モーリスはさらに奥の間へ行き、書類を一括して保存している大きな戸棚を探した。モーリスは時間を掛けて、目的の本はどこを探しても見つからないのだと医師に納得させ、玄関から送り出してドアを閉めた。モーリスはその日一日中、うわの空で過ごした。

「近頃はお忙しいですか？」ノーラがラドフォード医師に尋ねた。

「診療所の待合室は朝から一杯なんですよ。一日中ひっきりなしに患者さんがいらっしゃいます」とミセス・ラドフォードが答えた。

ノーラはラドフォード医師が例の本の行方について尋ねてくるかもしれないと思った。何年も経ったとはいえ、日曜日の早朝のできごとを忘れるはずはなかったからだ。

レコードコンサートの終了後、ミセス・ラドフォードがノーラを手招きして、小声でささやいた。

「あなたは音楽が本当にお好きなのね」と彼女が言った。「レコードが掛かっている間は物音ひとつたてないようにしていらっしゃるのだもの。ご都合のよろしい日があれば、晩にリバーサイド・ハウスへいらっしゃらない？　拙宅では晩によくレコードを聴くので」

「ありがとうございます。でもちょっと」とノーラが答えた。「小さな男の子がふたりおりまして、夜分に外出するのはなかなか難しいものですから」

「あらそうなのね。でも、都合がつきそうなときにはぜひご連絡くださいね」


ノーラの職場にミセス・ラドフォードから電話がかかった。次の週、どの日でもいいので、晩に遊びにおいでなさいという誘いだった。ノーラは、それでは月曜日の八時におじゃまします、と即答した自分自身に驚いた。その週の木曜、グラモフォン友の会で夫妻はノーラの隣に座り、レコードの合間にミセス・ラドフォードがノーラの肘をつついて、音楽の感想を述べた。解散するときには、ラドフォード医師本人もノーラに話しかけてきた。

「月曜の晩にはあなたのお好みのレコードをお聴かせするつもりですが、耳新しい曲もいくつか聴いていただこうと思ってますよ」

フィリスに一部始終を報告すると、彼女は、電話をかけて断るべきだと提案した。

「だってあの夫婦と話が合うわけないじゃない。トリニティ・カレッジ・ダブリンのバリバリの卒業生で、アイルランド聖公会《プロテスタント》の信徒なのよ。好きこのんであそこの診療所へ行く人間がいるとはとうてい思えない」

「でも、だったらどうして、わたしを誘ったのかしら？」

「あなたに一目置かれたいからに決まってるわ」

「わたしに一目置かれたい？」

「グラモフォン友の会の皆があなたを好きなことぐらい、見ればわかるじゃない」

「わたしがいることに気づいているひとがいたとは驚きだわ」

「ふだんの様子を見ていればわかる。あなたには……」

「何よ？」

「あなたには品位があるの。そこが目立っているわけよ」


リバーサイド・ハウスはミルパーク・ロードと川に挟まれたところにある。古い造作の二階家には、〈医院〉と書かれた銘板を掲げた小さな入り口と大きな玄関がある。玄関のほうには前庭がついている。


ミセス・ラドフォードが玄関ドアを開けた。

「これからはアリと呼んでくださいね」と彼女が言った。「堅苦しいのは一切なし。トレヴァーは二階にいます。ブラックストゥープスの近くにお年を召した患者さんがいて、とても容態が悪いので、電話がかかったらトレヴァーは行かなくちゃなりません。でも患者さんのお名前は伏せておきますね。さもないとトレヴァーに叱られますから。医師には守秘義務があるんです」


トレヴァーが開襟シャツの上に赤いセーターを着てあらわれた。

「何はともあれシューベルトからはじめるのがいいと思いますが、いかがでしょう？」と彼が言った。

「それと、飲み物はジン・トニックでよろしいかな？」


彼はノーラを玄関広間の右手にある細長い部屋へ案内した。普通の家ならガラス張りの陶磁器戸棚か書棚がありそうな壁面にレコード棚がしつらえてある。レコードプレーヤーは台の上に据えてあり、暖炉の左右に大きなスピーカーが置かれている。

「ロイクロフト老はコレクション自慢でしてね」とラドフォード医師が言った。「確かに珍しい盤を持っているんですが、拙宅へ来たとき、わたしどものレコードの大半をしまってある二階を見てもらったら、いささか驚いた様子でした。他のひとたちがゴルフをしたり、サファリ旅行へ出掛けたりしているときにも、わたしはうまずたゆまず仕事をしてきました。レコードを聞くのが何よりの楽しみなんです」

ノーラはうなずいて微笑んだ。どう返答したらいいかわからなかった。医師がレコードをプレーヤーに載せるのと同時に、ミセス・ラドフォードが背の高いグラスに入れたジン・トニックを運んできた。

「歌があまたあるなかで、これなどはもっとも驚くべき、悲しい歌でしょうね。聞くたびに背筋が寒くなります。『魔王』ですよ」

一時間かそれ以上にわたって、ラドフォード医師はドイツとフランスの歌曲を次々に掛けた。叩きつけるようなピアノの伴奏に乗せて歌う速い曲もあれば、ゆっくりしたテンポのもの哀しい歌もあった。医師はまるでラジオに出演しているかのように、曲目を紹介してからレコードを掛けた。彼がレコードをプレーヤーからはずすと、ミセス・ラドフォードがかいがいしくジャケットに戻して、棚に収めた。また、グラスが空くとお代わりをつくって運んできた。

「リヒャルト・シュトラウスはお好きですか?」と医師が言った。

「さあ、わかりません」とノーラが答えた。

「じつはね、彼の初期の歌曲を二、三曲聴いてみてはどうかと思っているんです。とても繊細な作品ですよ。しめくくりには思い切って『四つの最後の歌』を掛けてみようと。もちろん、年がら年中その手の曲を聴いているわけじゃありませんが、あれこそはリヒャルト・シュトラウスが集中力の極みを表現し得た作品だと思うのでね」

レコードから流れ出す音楽を聴いてもノーラは何とも思わなかった。だが、メロディーがほとんどなく、くらくらするような上下運動だけを繰り返すような歌を聴いているうちに、ラドフォード夫妻はたいそう孤独なのだ、とノーラは思った。子どもたちはすでに大人になって独立している。夫妻は仲間がほとんどいないこの町で、ふたりぼっちで暮らしているのだ。ダブリンかロンドンならもっと幸せに暮らせるだろうに、と彼女は考えた。ジンを飲んだ勢いで、ラドフォード医師がプレーヤーのボリュームを上げた。少々上げすぎではないかと感じながら、ノーラが胸中に抱いていたのは、自宅でゆっくりすることだってできたのに、なぜ自分は今夜この家へやってきたのだろうという思いだった。そもそもなぜわたしはグラモフォン友の会に入ったのだろう？　知人がもし、わたしがこんなふうにトレヴァーとアリのラドフォード夫妻と一緒に過ごしているのを知ったら、気が触れたと思われるだろう。

　歌曲が終わり、さよならのあいさつをしようとしてノーラが立ち上がったところへ、ラドフォード医師が、好きな作曲家は誰ですかと尋ねた。

　ノーラは少し飲み過ぎたのに気がついて返答に手間取った。

「そうですね、ベートーベン」と彼女は答えた。

「どの時期の作品がお好きです？」

「静かな作品が好きです」彼女は答えながら相手を真っ直ぐに見つめた。

「わかるわ。マッカラー・ピゴッツの店から届いた新着盤に三重奏が入っていますよ」とミセス・ラドフォードが口を挟んだ。

「そうだったね、まだ掛けたことがない盤だ。新着盤はこっちに置いてあるんですよ」

そう言いながら医師がノーラに、一枚のレコードを見せた。若い男ふたりと女性ひとりを写した写真がジャケットになっている。女性は髪がブロンドで、芯の強そうな顔にかすかな微笑みを浮かべている。その女性はチェロ奏者に違いないとノーラは推測した。そして、その若い女性と入れ替わって、チェロを脇に置いて写真を撮ってもらい、アルバムジャケットを飾らせてもらえるなら、何をあげてもいいと思った。ラドフォード医師がレコードを掛けるのを見つめながら、人間はごく簡単に誰かと入れ替わることができるのだと考えた。家に待っている息子たちがいて、ベッド脇にランプを灯した寝室に寝て、朝起きたら仕事に出掛ける自分という存在は、たまたまそうなっているに過ぎない。スピーカーから流れ出すチェロの澄んだ音色と較べたら、自分を取り巻いている現実などは不確かなもののように思えてきた。

ノーラは、嘆願するような低い楽音に耳を傾ける。演奏が放つ力強さの根源は悲しみにあるのだが、聴いているうちに悲しみを超えた何かが伝わってくる。三人の演奏家はその何かの存在に気づいていて、アンサンブルの力でそれに近づこうとしているのがわかる。旋律がいっそう美しく立ち上がるにつれて、苦しみにさいなまれる誰かが苦しみから逃れていく。だがその誰かはじきに苦しみの只中へ舞い戻り、居座り続ける苦しみを友として生きていくのだ。

ノーラが目を上げると、ラドフォード夫妻は音楽に飽きているように見えた。ミセス・ラドフォードは暖炉の火を掻き起こそうとしていた。ノーラは今こそ、さよならのあいさつをして帰ろうと決心した。ミルパーク・ロードを横切り、細道伝いにジョン通りへ抜けて、ジョン通りを歩いて家へ帰る時間だ。第一楽章が終わったところでノーラは立ち上がった。

「美しい音楽をありがとうございました」と彼女が言った。「演奏家たちがとても若いのでびっくりです」

「よかったらそのレコードをお持ち下さい」とラドフォード医師が言った。

そしてレコードをジャケットに収めてノーラに手渡した。彼女は、ちゃんとしたレコードプレーヤーを持っていないのだと言いたくはなかったが、夫妻からお情けを頂戴する形になるのも不本意だった。おまけに、今このレコードを受け取ってしまえば、次回誘いを受けたときに断りにくくなってしまう。

「でも、この盤は、今はじめてお聴きになったのでしょう」とノーラが言った。

「ええ」とラドフォード医師が言った。「でも聴いてないレコードなら他にもたくさんあるんですよ。あなたに持っていてもらったほうがうれしいのです」

玄関広間でコートをはおった。ラドフォード医師がドアを開けながら、「二、三回聴いたら感想を聞かせて下さい」と言った。ノーラは微笑みを返して家路についた。レコードを抱えて冷たい夜気に触れて歩くうちに酔いはすっかり覚めた。レコードを聴くことはできなくても、ジャケットの写真を見つめながら、今夜聴いた音楽を思い出すことならできると思った。さしあたってはそれでじゅうぶんだ。

第15章

ノーラはお金を使うのが怖かった。数か月前の分までさかのぼって増額された寡婦年金の小切手が届くと、彼女は銀行に全額預けた。ふだんのやりくりはジブニーズからもらう給料と年金とフィオナが家へ入れてくれるお金でやっていくが、いざというときには銀行に貯蓄があると思えるだけで気分が楽になった。

彼女は、年金を増額する予算を捻出したチャールズ・ホーヒーという財務大臣に興味を持った。ウーナとシェイマスはいつもこき下ろすし、ジムとマーガレットもあからさまに疑ってかかっている政治家である。

「あのひとはとてもいい財務大臣だと思う。少し骨休めさせてあげたいくらいだわ」とノーラが言った。

「噂話を聞いたのよ」とマーガレットが言った。「深夜、グルームズ・ホテルで相当飲んでるみたいね」

「政治家に噂話はつきものでしょう。いい政治家ならなおさらじゃないかしら」とノーラが返した。

「デ・ヴァレラと奥さんが口を利かないとか、ショーン・レマスがギャンブルの負債を抱えていたなんていう話も聞いたことがあったもの」

「たしかにその手の話はどれも嘘八百」とマーガレットが言った。「でもね、ノーラ、これは本当の話なのよ」


ホーヒーが銃の密輸入で逮捕されたとき、ミック・シノットがノーラの机まで報告に来た。エリザベスもすぐあとからやってきた。彼は労働組合の委員長に就任して以来、存在が目立つようになった。

「トマスが言うには、ホーヒーは刑務所にいるって」とエリザベスがつけくわえた。「手錠を掛けられているそうよ。こともあろうに銃を密輸入するなんて」

彼女はふだんミック・シノットには話しかけないのだが、興奮のあまり無意識のうちに、ノーラとミック・シノットの両方に向かって語りかけていた。

「銃なんてどうして？」とノーラが尋ねた。

「北アイルランドへ送るためですよ」とミック・シノットが口を挟んだ。

「ホーヒーはわたしたち皆を巻き添えにしようとしたわけね」とエリザベスが言った。

事務所はホーヒー逮捕の話題でもちきりだった。エリザベスが女子職員に声をかけ、屋敷へ行ってトランジスターラジオを持ってくるよう命じた。

「ラジオを聞けば他の連中も事情が呑み込めるでしょう」とミック・シノットが言った。

「すまないけど、ミスター・シノット」とエリザベスが言った。「ミセス・ウェブスターとわたしは仕事があるので」

「こりゃあ失礼しました、それでは」ミック・シノットはそう言い残し、ドアを開けたまま出ていった。

エリザベスがドアを閉めた。

「トマスの話では近々選挙があるかもしれないって」エリザベスがノーラに言った。「オールド・ウィリアムは今の政府がお終いになるのを喜んでるわ。それにしても、あのミック・シノットっていうやつはなんて厚かましいんだろう。あいつのことも逮捕してくれないかしら」

ジムとマーガレットがやってきたとき、ノーラはジムが上機嫌なのに気づいた。足取りが軽く、若返ったようにさえ見えた。

「ショックだったわ」とマーガレットが言った。「大臣がふたりも逮捕されて裁判に掛けられるなんて、褒められた話じゃないもの」

「それはそうだが事態は混乱しているわけじゃない」とジムが言った。「ジャック・リンチ首相はあのふたりをやめさせないだろうと考えていたひとたちもいるかもしれんが、あの男がハーリング選手として活躍していた時代を知る人間なら、今回の判断にはうなずけるはずだ。ふだんは紳士だが、いったん敵に回せばあれほど無慈悲に責める奴はいない。わたしならあの男とけんかはしないね」

「リンチ首相が他人のためにどんなことをしてきたかは知らないけど」とノーラが言った。「もしわたしが北アイルランドの住人だとして、わが家を焼き討ちしに来る人間がいるとしたら、銃が欲しくなると思う」

「だがそれなら、北の人間が自分たちで銃を調達すべきだ」とジムが言った。「こっち側の国務大臣に武器の密輸入はしてもらいたくない」

「ホーヒーはいつも困っているひとのことを気に掛けているのよ」とノーラが言った。

「あの男はずっとせっかちだった」とジムが言った。「問題は彼が早く出世しすぎたところにある。

平議員が座る下院の後部座席に腰を据えて、もっとじっくり情勢を見極めるべきだったんだ。野心が強く出過ぎたね」

「ジムは内心、ホーヒーを信頼していなかったわ」とマーガレットが言った。

「ホーヒーは、困っているわけでもない未亡人に手を貸そうとしたようなものかもしれないわね」とノーラがつぶやいた。


ある晩、ジョージーおばさんが前触れもなくやってきた。彼女はフィオナに向かって、その昔一緒に働いた教員たちの名前を列挙し、仕事がきつくてクラスの定員も多かった時代の昔話をして聞かせた。ちょっと用があるので、と言ってフィオナが席を外したとき、ノーラは娘がもうこの部屋へ戻ってこないのがわかった。


息子たちが下りてきてジョージーにあいさつした。

「ふたりともすっかり元気を取り戻したね」息子たちの背中を見送ってから彼女が言った。「あんたががんばったからだよ、皆がそう思ってる」

「本当のところはまだわからないわ」とノーラが言った。「ドナルの吃音がとてもひどくなることがあるから」

「悲しみは乗り越えたように見えるけど」とジョージーが言った。「あんたの父さんが死んだあとのことを思い出すと、あんたとキャサリンとウーナが立ち直るまでには、もっと長い期間が掛かったと思うよ。あの頃は家中がどっぷり悲しみに浸ってた。でも子どもっていうものは立ち直るね。すごいことだよ」

「立ち直ったとは思ってないわ。わたし自身、決して立ち直ったわけじゃないんだもの」とノーラが言った。「大人でも子どもでも、感情を表に出さないことを覚えていくだけなんだから。ドナルをダブリンの言語療法士のところへ連れていこうかどうか迷っているのよ」

「かまいすぎないほうがいいんじゃないか？　もうしばらく様子を見たらどうなんだい」

ノーラはため息をついた。

「どうすればあの子のためになるかわかればいいのに——」

「今日ここへ来たのは」とジョージーが言った。「わたしが投資しているお金のことを報告しようと思ったからなんだ。たいした金額じゃないけど、今でも投資は続けていて、つい先週、分配金をもらったものだから、何かいいことにそのお金を使おうと思ってさ。二、三か月間考えていたんだけど、いろいろ落ち着いたら、夏の終わり頃にスペインへ一緒に行こう。めんどくさいことを一時全部忘れることが必要だよ」

「スペイン？　さあどうかな」

「ウーナにはもう話したんだ。留守の間、男の子たちはウーナが見てくれるって言ってるから、あんたが会社から休暇をもらいさえすればいいんだよ」

「繁忙期には夕方まで働くようにしてきたから、会社には貢献してきたつもりだけど、夏休みに加えて休みをとれるかどうか自信がないわ。どんなことがあっても、夏は息子たちと一緒に二週間ほど、カラクローかロスレアへ行かなくちゃならないから」

「とにかく考えてみておくれよ」

「そうね。お招きありがとう」

「太陽がいっぱいの休暇だよ。あんたは泳ぎが大好きだったじゃないか」

「でも飛行機には乗ったことがないのよ。モーリスと一度、ウェールズへ行ったことがあるけど、そのときは船だった。パスポートだって持ってないんだから」

翌朝目が覚めたとき、ノーラは、スペイン行きはやはり無理だと思った。調整しなければならないことが多すぎるし、ささいなことで動揺する年頃の息子たちを置き去りにして、遠くへ旅するのは心配だった。だが一週間もしないうちにジョージーから旅程案を書いた手紙が届いた。ノーラは返信を書き渋っていたが、臨時給与を返上する代わりに休暇がもらえる確約がとれたので、九月前半の二週間、スペインのシッチェスへ行くことに同意する手紙を、ジョージー宛てに書こうと決めた。ところがすんでのところで思いとどまった。二週間ものあいだ、仕事に出なくてすむのなら、家で過ごした方がずっといいと考えたからだ。九月なら息子たちの学校もはじまっている。

ジョージーはノーラがなかなか返事を寄越さないので、ウーナとマーガレットに連絡を取って、ノーラを説得してくれるよう頼んだ。マーガレットがその話題に触れたときノーラは何も言わなかった。ウーナが休暇の効用を語りはじめたときには、どうして皆放っておいてくれないのだろうと思った。

「スペインで休暇を過ごすとリフレッシュできるなんていうのは」とノーラが返した。「テレビコマーシャルの見過ぎでしょ。根拠のない話よ」

「朝、目が覚めてから一日じゅう太陽が照っていて、海の水は温かいの」とウーナが言った。「おまけに座っていれば食事が出てくるんだから」

「でも飛行機に乗らなくちゃならない」

「わたしなら機内で眠るな」とウーナが言った。「姉さんだってきっと眠ってしまうわよ」

ノーラはジョージー宛てに承諾の手紙を書き、書いたあとで破り捨てた。夜は行ってみたい気になるのだが、朝になると、準備の大変さが思いやられて気持ちが変わった。でもさすがに、いつまでも返事を書かないのは相手に失礼だし、ジョージーの心証を害するのはためらわれたので、会社で手紙を書いて、帰りがけに投函しようと決心した。ところがいざ手紙を書きはじめても、諾否の決断がつかなかった。結局手紙には、行きますと書いた。それが正しい選択だったかどうか自信がないまま、翌日パスポートを申請した。

マーガレットとウーナにくわえてフィオナまでが、二度、三度と休暇の効用を説教するのを聞かされて、ノーラはいらだった。とはいえジョージーはすでに旅費を支払っていたので、もうキャンセルはできなかった。夏休みは息子たちとカラクローで過ごした。日常に戻ったあとの土曜日の午後、ノーラはひとりでダブリンへ行き、スペインで着るために薄手の服を買った。何か買ったかウーナが尋ねたときには、ノーラはかたくなにノーと言い張った。フィオナはノーラが、スペイン行きのことを話題にしたくないのがわかっていたので、何も言わなかった。事前に準備しておくべきことがらを箇条書きにした手紙がジョージーから届いた。ノーラはそれを見て、自分のことは自分でできるんだからお節介をやかないで、と返信を書きそうになった。

いざ飛行機に乗り込んでみると狭い空間が心地よかった。そしてノーラは、離着陸のときばかりか、急激な揺れが生じたときにも、ジョージーが祈っているのを横目で見ながらにやにやしていた。ノーラが一番驚いたのは、夜だったにもかかわらず、スペインに到着したとたんに感じた熱気だった。また、どこからともなく何かが腐っているような悪臭が漂ってきた。空港バスに乗ると、ジョージーははやくもため息をつき、不満を漏らしはじめたが、ノーラは気持ちがふっと軽くなった。そして、朝はどんな感じだろうとわくわくした。

その晩ノーラは、隣のベッドで眠るジョージーのいびきを聞きながら、暑いし興奮もしているから自分は眠れないだろうと思った。翌朝、彼女はビーチでうとうとしたものの、おしゃべり好きなジョージーが放っておかなかった。だが彼女は泳がないので、海に入って温かい水の中にできるだけ長く留まっていればジョージーから解放されるとわかった。ノーラが海から上がるたびに、ジョージーは中断された箇所からおしゃべりをきっちり再開した。

滞在五日目、ビーチから戻る道すがら、ノーラはそれまでの眠れなかった四夜を思い出していた。そしていらいらしながら、おばが語る世間話を片耳で聞いていた。ある神父が死にかけた人間のいる家を訪問せずに、サッカー試合を見に行っていたという話だった。ノーラは、四夜のことを順々に思い出しているあいだは倒れずにすむと思った。さもないと人混みの多いこの街路で、あるいは店の壁にもたれたまま、あるいは歩道に丸くなって——店が開いていようが日光が強かろうがおかまいなしに——ぐっすり眠ってしまいそうだった。彼女はジョージーの話し声に一瞬だけ、いびきと同じ音がかすかに混じるのに気がついた。荒い息づかいと気管支のうなりの中間ぐらいの響きだった。

ノーラは、ジョージーのいびきがうるさくて耳障りなのは年齢のせいだと思った。ノーラがベッド脇のランプを点けて、ジョージーの向きをやさしく変えようとしたり、揺り起こそうとさえしても、彼女はすぐに眠りに落ちた。ノーラは隣のベッドに横になって眠りが来るのを待つのだが、やってくるのはおばのいびきで、いざはじまると高くなり、低くなり、ときには歯ぎしりの音も交えながら、鎧戸の隙間から明け方の光が射し込んでくるまで止まなかった。ノーラは横になったまま、くたびれはてて腹を立てた。まだ四日しかたっていないので、シッチェスでの二週間の滞在を終えるまでにはこれから先、十日十晩もおばと一緒に過ごさなければならないのだ。彼女はため息をついた。

ノーラとジョージーが街路を折れて、ホテルのある日陰になった通りへ入っていくと、ツアーガイドのキャロルが商店へ入っていくのが見えた。ノーラはキャロルがダブリンへ戻ったと思っていたので、またこちらへとんぼ返りしてきたのかと思った。

疲れ果ててさえいなかったら、ノーラはその場でキャロルに相談しただろう。だがふとわれにかえったとき、ノーラはすでにホテルの部屋に戻っていて、ジョージーは庭にいた。彼女はキャロルにどう話せばいいか考えた。あと二、三日様子を見て、夜通しいびきが続くようなら仮病を使おう。そうすれば何日か早く帰国できるかもしれない。ありのままをキャロルに打ち明けるのは逆効果になるだろう。眠りが浅いのはノーラ自身の問題であって、おばがひどいいびきをかくのは旅行社の関知するところではないと言われるに決まっているからだ。もしかするとホテル内にシングルルームの空き室があるかもしれないが、そこを借りるとなれば追加料金がばかにならないだろうと思われた。


ジョージーがバーにいるとき、ホテルのロビーでノーラがキャロルに鉢合わせした。

「楽しんでいますか？」とキャロルが声をかけた。

ノーラは返事をしなかった。

「さっき通りでお見かけしましたよ」とキャロルが言った。

「眠れないんです」とノーラが返した。

「暑いせいですか？」

「いえ、暑いのは好きです」

キャロルはうなずいて、相手がことばを継ぐのを待った。ノーラは周囲を見回してからささやいた。

「おばが一晩中いびきをかくんですよ。寝室に毎晩、霧笛が鳴り続けているようなものです」

「そのことを本人には言いましたか？」

「伝えようとはしましたが、本人は音のひどさがわかっていないと思います。四日間一睡もできなかったので、気がおかしくなりそうです」

「シングルルームはないんですよ」とキャロルが言った。

「ご心配なく」とノーラが返した。「大丈夫です。最終日まであの部屋のベッドでなんとかしのぎますから」

「お気の毒ですが」とキャロルが言った。

キャロルに向き合ったノーラの耳におばの声が聞こえた。ジョージーがふたりのほうへ近づいてきて笑い声を上げた。上機嫌らしい。

「あら、キャロル、ちょうどいいところで会えた」と彼女が言った。「お部屋がとても素敵なので、お礼を言おうと思ってたのよ。たった今、バーで出会った男のひとに、この分じゃ家へ帰る頃には、ベッドメイキングと料理のしかたを忘れてしまいそうだって話したばかり。でもこの暑さはうんざりね。暑さだけなんとかならないものかしら！」

ノーラはおばを冷ややかに見た。そしてキャロルもジョージーを見つめているのに気づいた。ふたりは一瞬目を合わせた。ジョージーはネイビーブルーのゆったりしたドレスを着ているせいでたいそう大柄に見える。ぼさぼさの髪で、だらだら汗を掻きながらふたりに笑いかけている。

「どう、一緒にジンでもいかが？」ジョージーがキャロルに言った。「お好みならウォッカでも」

「また今度にさせてください。今は行かなくてはならないので」

「あなたの分はもうカウンターに届いてるわよ、ノーラ」とジョージーがつけくわえた。「ほんとにもう、この暑さときたら！」

ジョージーは体をゆさゆさ揺すりながらバーへ戻っていった。ノーラはキャロルにうなずいて見せてから、フロントでルームキーをとって上階へ行った。そして冷たいシャワーを浴びたあとバーへ下りていき、おばと合流した。彼女はトニックウォーターをほんの少しだけ加えたジンを飲んで、そのあと何か食べさえすれば、ここでの滞在を続けていく勇気が出るかも知れないと思った。だがいざ夕食を食べ終えてしまうと、彼女はおばに、いびきがはじまる前にせめて一、二時間うとうとできたらありがたいので、部屋にひとりでいさせてほしいと懇願したくなった。

このホテルを切り盛りしているメルセがふたりにデザートを出し、グラスに白ワインを注ぎ終えると、ノーラに手招きをしてロビーへ通じるドアを指さした。

ノーラが彼女についていくと、きいきい鳴る狭い階段を伝って地下へ下りた。通路の天井は低く、壁のペンキは剥がれ掛けていた。ひんやりと湿気を含んだ空気にかすかにカビの匂いがするのを嗅いで、ノーラは気分が爽やかになった。床から天井まで積み上がった段ボール箱の脇をすり抜けたあたりで、メルセは右手のドアを開けて電灯を点けた。そこは独房のような部屋で、シングルベッドがひとつ置かれ、奥の壁の天井近くに鉄格子をはめた小窓がある。電球にランプシェードはついていない。ベッドメイキングは完璧にされており、真っ白なリネンが裸電球の強い光を反射していた。メルセは廊下の向かい側にあるバスルームのドアを開けた。空気はいっそう湿気ていてかび臭い。バスタブは古く、プラスチック製のノズルをつけた蛇口があり、横壁からシャワーヘッドが突き出している。便器と洗面台もある。この部屋にも鉄格子つきの小窓がある。メルセはノーラと目を合わせて両腕を広げた。よい部屋ではないけれど、ここでもよければ使っていいと言っているようだった。そして英語で、追加料金は必要ありませんと言った。ノーラは大喜びでうなずいた。メルセはポケットから鍵束を取り出して、何本も試した末にこの部屋の鍵を見つけた。彼女はその鍵をキーリングから外してノーラに手渡した。そしてふたりは廊下を通り、階段を上ってロビーへ戻った。

ノーラはデザートを食べ終えるとジョージーをバーに残し、スーツケースと洗面用具を地下室へ運んだ。それからジョージーのところへ行き、個室がもらえたことを報告して、今晩は疲れたのでもう寝ると言った。ジョージーはひとくさり文句を言わんばかりの顔になったが、ノーラは隙を与えずに背を向けて消えた。ようやく眠れる——ぐっすり眠れる——と考えただけで、それ以外のことはどうでもよくなった。地下へ下りて個室のドアを閉め、服を脱いで狭いベッドに入ると、清潔でぱりっとしたリネンの感触に感激した。そして電灯を消し、待ち望んでいた孤独と心ゆくまで眠れる静けさを楽しむため、できるだけ目を覚ましていようとがんばった。

目が覚めたとき朝だとわかった。かすかだが明らかな日光が小窓から射し込んでいたからだ。音は何も聞こえない。これほど深く眠ったのはモーリスと結婚してダブルベッドで眠るようになって以来はじめてだった。少なくとも最初の妊娠がわかって以来これほど深い眠りは経験したことがない、とノーラは考えたが、いや、ただ一度だけ例外があると思い返した。オーニャの夜泣きがひどかった時期のことだ。何度お乳をあげても、何べん抱き上げてあやしても、オーニャは泣き止まなかった。ノーラはふと思い立ち、フィオナとモーリスを家に残して、オーニャと二日分の必需品だけを抱えて実家へ行った。そしてオーニャを、心配のあまり取り乱しかけている母に押しつけて二階へ上がり、十二時間から十四時間ほどぶっつづけに眠った。後にも先にもこんな気持ちで朝目覚めたのはあのとき以来である。ひと晩の眠りが完全な忘却と完璧な満足と、申し分のない白紙状態を彼女にもたらした。

ノーラは元気に溢れ、これからどんな一日がはじまるのかわくわくしていた。バスルームで冷たいシャワーを浴びて、時計を見るとまだ午前五時だった。彼女は水着を着た上にドレスを着て、サンダルを履き、バッグにタオルと下着を突っ込んだ。そうして、誰かと出会えば夜の魔法が解けてしまうとわかっていたので、抜き足差し足でホテルを出た。

彼女は早朝の日射しを浴びながら横丁伝いにビーチへ出た。教会の裏に広がっているそのビーチは他の海岸よりも静かだった。こんなに早い時間なのに、出勤するひとに何人かすれ違ったので驚いた。海が見えてきた。彼女は白っぽく光る朝空に目をやった。それから濃い紺色の鎧戸がついた真っ白な建物の前を通って、海岸の遊歩道をめざした。

角のカフェまで来ると、店のオーナーが金属製のシャッターを巻き上げているところだった。彼はノーラを以前から知っているかのように、くだけた調子であいさつした。泳ぎ終えたらこの店に寄って、その頃には準備が整っているだろうテラスのテーブルでゆっくりしようと思った。どうせジョージーは十時にならないと朝食を食べに下りてこないので、ホテルにはそれまでに帰ればいい。

ビーチには大きな土木機械が何台も出て、これからはじまる一日のために砂浜を均《なら》しているところだった。大きなパラソルを立て、椅子やテーブルを並べているひとたちもいた。夜の名残の涼風が海から吹き寄せていたが海水は思いの外冷たく、前日までと較べると波が荒くなっている。迫ってくる波の下を潜って向こう側へ出たらぞくっと寒くなった。

目を閉じてやすやすと泳いでいくうちに波頭が立たない沖まで出た。あお向けになってぷかぷか浮かぶと、太陽の熱をはじめて感じた。けだるさと疲れはあったものの、起き抜けに感じた元気もじゅうぶん残っていた。元気を使い果たすまで、できるだけ長く海に浮かんでみようと思った。ノーラは、これほどの朝を経験できる機会がそうめったにないのを知っている——早朝の光が美しく静かで、海はたいそうさわやかで、日射しの長い一日が待ち受けている上に、誰にも邪魔されずにひとりで眠れる夜までもが約束されているなんて!

滞在最後の二、三日はジョージーがあまりうるさくなくなった。そして話の中身は以前よりもおもしろくなった。ノーラは、ジョージーの部屋の隣のシャワーのほうが地下のシャワーより快適だと思いはしたが、地下室のベッドはたいそう気に入っていた。彼女は毎日二、三回泳ぎ、泳いだあと、日射しの中で水着がみるみる乾いていく感触を楽しんだ。ノーラもジョージーもデッキチェアとパラソルのレンタル代を惜しんだりはしなかった。ジョージーは飽きずに、通りかかるひとびとの評定をし続けた。ある日、マーケットがあるのを見つけたノーラは、安い服と家族へのおみやげを買った。

ノーラはホテルからビーチまでの通り沿いに立ち並ぶ家々を仔細に眺めて、そこに住むひとたちの暮らしぶりを推測した。そうして自分がこの町に住んだらどんな感じか夢想した。滞在最後の日々、彼女は赤いレインコートを着て、いつでも傘を差せるように身構えて、徒歩で通勤する自分自身の姿を思い浮かべた。なんだかすべてが遠い彼方のできごとで、現実離れしているように思われた。

最終日にノーラは高い香水をひと瓶買い、メルセにプレゼントして、助けてくれてありがとうと感謝を述べた。

自宅に着いたのは夜遅かった。息子たちはすでにベッドに入っていたので、音を立てて起こさないよう注意した。フィオナはダンスの会に行き、オーニャがひとりで起きていた。オーニャの様子を見て、何か事件が起きたのかもしれないと直感したが、いやそんなことはないと思い直した。長いこと家を留守にしたあと帰宅したので、奇妙な感じがしただけのようだ。ところがそれでもかすかな違和感が残ったので、階下へ下りて、留守中に何かあったのではないかとオーニャに尋ねた。

「コナーがBクラスに入れられただけよ」とオーニャが言った。

「Bクラスに？　誰がコナーをBクラスに入れたの？」

「ハーリヒー修道士先生の指示で、他にもふたりの生徒がBクラスに入ったんだって」

「ふたりって誰と誰？」

オーニャが名前を挙げたふたりはノーラも知っている子で、コナーともどもAクラスの最優秀の生徒たちである。

「先生は理由を説明したの？」

「ううん、ただクラス替えしただけだって」

一夜明けた日曜日、ノーラはミサへ行く前にコナーに話しかけた。彼は、自分が何かしでかしたか、あるいは何かをしそこなったせいで、低いランクのクラスに移されたのだ、と母親が考えやしないか恐れていた。

「先生に言われて移っただけだよ」とコナーが言った。「Bクラスには友達もいないんだけどね」

ノーラはミサの間じゅううわの空だった。大聖堂を出たところで、通りがかりの女性に日焼けを褒められたが愛想のない応対をしてしまい、あとで悔やんだ。ノーラの決心は数時間のうちに揺るぎないものになった。同じ日の夕方近く、男子校を経営するキリスト教教育修道会《クリスチャン・ブラザーズ》の呼び鈴を鳴らしたとき、彼女はなんとしてもコナーを本来のAクラスに戻してもらおうと心に決めていた。待たせた末に若い修道士が扉口に出てきたので、ノーラは、ハーリヒー修道士先生にお目に掛かりたいのですと言った。

「今、手が空いているかどうかわかりません」と相手が返した。

「お待ちしますよ」とノーラが食い下がった。

修道士はノーラを玄関に入れなかった。

「ノーラ・ウェブスターが来ていると伝えて下さいな。モーリス・ウェブスターの未亡人が先生に今すぐお目に掛かりたいと言っています、と」

若い修道士は彼女をじろじろ品定めしてから玄関へ招き入れ、ドアを閉めた。

待たされている間、ノーラは修道院の静けさにあらためて気がついた。静かすぎて寒々しかった。ここに何人住んでいるのかは知らないが、十人か十五人くらいだろうと想像した。修道士たちは囚人のように小さな個室で暮らしているのだろうけれど、床のタイルがむきだしで、階段の窓全体に縦長のステンドグラスがはまっていて、すべてが磨き込まれていて、簡素で冷たくて、万事刑務所以下だと思った。こんなところで暮らしたら一挙手一投足が目立つし、聞き留められてしまう。

ハーリヒー修道士先生が出てきた。とても上機嫌なふるまいでノーラを右手の応接室へ案内した。

「ようこそ、ミセス・ウェブスター。どういったご用件でしょう?」と先生が口火を切った。

「うちの息子のコナーは五年生になったばかりですが、わたしがしばらく留守にしておりまして帰宅しますと、Bクラスに入れられたというものですから」

「ああそのことですか。あれは本当は、Bクラスではないのですよ」

「でもコナーが本来属しているクラスではありませんね」

「その通りです。本校では二クラスのあいだの不均衡を均す取り組みをしているところなのです」

「息子を本来のAクラスに戻していただけないかと思っているのですが」

「残念ながらそれはできません」

「どうしてです?」

「出席簿はすでにできあがっていますし、生徒名簿の当局への届け出も完了していますので」

「そんなことは問題にならないはずです。変更などいくらでもできるでしょう」

「ミセス・ウェブスター、わたしは学校を経営しているのです」

「ハーリヒー修道士先生、あなたが学校経営に秀でていらっしゃるのはわかっています。ご存じの通り、わたしの夫は長年こちらの中等学校で教師をしていましたから」

「はい、たいへん惜しい人物を失いました」

「わたしの夫がもしまだ現役だったら、あなたはコナーのクラス替えをしなかったと思いますよ」

「ミセス・ウェブスター、おことばを返すようですが、こういうことを決めるまでにはさまざまな要件を勘案しているのです」

「そういう手続きに興味はありません。わたしは息子の教育のことだけを考えているんです」

「残念ですが、もはやわたしにできることはないのです」

「ハーリヒー修道士先生、わたしがここまでやってきたのは、コナーをAクラスに戻して下さい、と先生にお願いするためではありません」

「はあ？」

「お戻しなさい、と申すために来たんです」

「繰り返しになりますが、わたしは学校を経営しているのです」

「今申したことが先生のお耳に聞こえていたらうれしいのですが」

「聞こえましたよ、ミセス・ウェブスター、でももう変更はできないのです」

彼はノーラに付き添って応接室を出た。そして玄関広間でノーラの肩に手を置いた。

「子どもたちは元気ですか？」

「あなたには関係ないことです、ハーリヒー修道士先生」

「はあ、いや」彼はそう返して微笑み、もみ手をした。

「あらためてご連絡しますが」相手が開けたドアの隙間を通ってノーラは玄関を出た。「わたしを敵に回すと面倒なことになりますよ」

ノーラは帰宅すると便箋と封筒を出して手紙を書きはじめた。「ハーリヒー修道士先生に申し上げます。次週の金曜までにコナーをAクラスにお戻しいただけない場合には、あなたにたいして行動を起こします」彼女は手紙に署名すると、修道院まで歩いて戻って呼び鈴を鳴らし、さきほどと同じ若い修道士が出てきたので、手紙を手渡した。

その日の晩ノーラは、キリスト教教育修道会《クリスチャン・ブラザーズ》の男子学校で教えている教師の中で、知っているひとの名前を全部書き出した。初等学校と中等学校をあわせると、自宅の住所を知っている教師が数人いた。自宅宛に手紙を書けない教師にたいしては学校宛てに手紙を書いた。

文面はすべて同じにした。

お気づきかとは思いますが、初等学校五年生のわが息子コナー・ウェブスターは、事前通知も正当な理由もなしにAクラスからBクラスへ移されました。もし息子の父親が存命で今も貴男子校に勤務していたならば、このような事態は起こらなかったに違いありません。わたくしはこの事態をとうてい受け入れることができない、ということを明言しておきます。来週の金曜日までにコナーが本来のAクラスに戻っていないことが判明した場合には、わたくしは翌週月曜の朝から学校前でピケを張ります。学校へ自動車で通勤する先生があれば、わたくしはその車の前に立ちはだかって門内へ入るのを阻止します。徒歩通勤の場合には先生の目の前にわたくしが立ちはだかるでしょう。コナーがAクラスに戻されるまでピケは続行いたします。かしこ

ノーラ・ウェブスター

封筒が足りなくなったので会社の帰りに買うことにした。宛名書きは郵便局の机ですればいいと考

えた。知り合いの教師は十四人いるので、ノーラは同じ文面の手紙を十四通書いた。

翌朝目覚めると新たな勇気が湧いてくるのを感じた。休暇が終わった今、職場へ戻らなければならないのも苦労と思わなかった。ノーラは洋服ダンスの中を探して一番品位が高そうに見える服を選んで着た。会社へ向かう道すがら、ハンドバッグに手紙がたくさん入っていると考えただけでうきうきした。職場の机の上には、彼女の留守中に生じた事案に関する問い合わせを記したメモがいくつか届いていた。彼女は順序よくきびきびとメモに対応し、十時半までには、山と積まれていた送り状の内容をすべて台帳に記入し終えた。

「邪魔するひとさえいなければ」とエリザベスが言った。「あなたは自分の分とわたしの分の仕事をいっぺんにこなせるわね」

「朝はときどき」とノーラが返した。「頭が澄み切っているんです。そういうことってあるでしょ？」

「わたしの場合は月曜日以外ね」とエリザベスが言った。

その日の午後、ノーラは手紙を全部投函した。待ったが梨のつぶてだった。それから数日、会社の帰り道に、手紙を書いた先生の誰かと鉢合わせしないか期待したがはずれだった。その週の後半には放課後の時間にわざわざ町を一回りしてみた。しかし誰にも出会わなかった。

土曜日の朝、ノーラはラフター通りのジム・シーハンズで細長い薄板と釘を買い、その後マーケットスクエアのゴドフリーズへ行って黒いマーカーと大判のボール紙と白い紙と画鋲を買った。プラカードに何を書こうか迷った末、AクラスやBクラスなどといった細かいことには触れずにおくのがいいと考えた。そして、〈正義を求めます〉と書くのがベストだと思い至ったが、〈正義を要求します〉のほうがいっそういいと考え直した。彼女はドナルとコナーに月曜日は学校を休むよう指示し、できる限り事情を説明しておくことにした。今やっているのは学校の外で抗議行動をするための準備なので、自分が抗議行動をしている間はふたりとも家から出ずに自宅学習したほうがいい、と。だがノーラは息子たちがどんな反応をするか予測できなかったので、説明を先延ばしにすることに決めた。日曜日の夜、フィオナに計画を話してからでも、じゅうぶん間に合うはずだった。

日曜日の午後七時頃、一台の車が家の前に停まり、ヴァル・デンプシーとジョン・ケリガンが下りてきた。どちらもノーラが手紙を書いた中学校教師である。彼女ははじめて怖くなった。前の週の勇気は全部消え失せて、ノーラにはプライドと見え透いた威《おど》しだけが残っていた。彼女は教師たちがノックする前に玄関ドアを開け、表の間にふたりを招き入れた。

「とても心配しています」とヴァル・デンプシーが口火を切った。「あなたが送った手紙のことです。ご承知の通り、わたしたちはモーリスにたいして尊敬以外の何ものも抱いていません」

ふたりは立ったままだが、ノーラは腰掛けるよう勧めもしない。ヴァル・デンプシーの声を聞いているうちに、ノーラは自分の決意が再び固くなるのを感じた。

「動揺しておられるのはわかります」と彼が続けた。

「動揺なんかしていません」とノーラが口を挟んだ。「どうしてそんなふうに考えるんですか？」

「それはあなたの手紙が――」

「わたしはただ単に、コナーがAクラスに戻されない場合にはわたしが学校の前でピケを張ります、と手紙に書いただけですよ。プラカードも書いて、二階に置いてあります。見たいですか？　明日の朝、怖じ気づくだろうなんて考えないでくださいよ。必ずやるんだから」

「その選択は軽率です」とジョン・ケリガンが言った。

「わたしは誰の助言も求めません。夫がもしまだ存命なら、ハーリヒー修道士先生はコナーをこんなふうにいじめなかったはずだから」

「でも他の保護者の皆さんは――」

「よその保護者に興味はありません」

「明日朝のピケを中止しませんか」とヴァル・デンプシーが言った。「わたしたちに何ができるかを考えたいので」

「この三、四日間、あなたたちは何もしなかったでしょ」

「わたしたち教員のあいだではいろいろ話し合ったのです」

「なるほど、話し合うのは素晴らしいことね。でも明日の朝は、話し合いを超えることが起こります。今晩これから、あなたたちの同僚と話し合う機会があるのなら、ピケの前を通り過ぎるあらゆる人間に呪いを掛けますと伝えておいてください。寡婦の呪いがどれほどの力を持っているかについては、あなたたちも聞いたことがあるんじゃないかしら」

「いや、それは」とジョン・ケリガンが言った。

「わたしの目の前を通るひとをすべて呪ってさしあげるわ」

ふたりの教師はお互いに目を合わせた後、うつむいてしまった。

「今晩のうちに、ハーリヒー修道士と会って話してみたいと思います」とヴァル・デンプシーがつぶやいた。

教師たちは少しの間黙ったまま突っ立っていたが、ノーラは表の間のドアを開き、ふたりを促して玄関に通じる廊下へ出た。

「新しい動きがありしだい、ご報告します」とジョン・ケリガンが言った。

ノーラは微笑まず、厳しい顔で相手をにらみつけた。

一時間もしないうちにヴァル・デンプシーとジョン・ケリガンが戻ってきた。もしフィオナや息子たちに尋ねられたら、教師たちが再び来訪した理由をごまかすのは難しそうだった。ノーラはいざとなったら、彼らはモーリスが授業の準備に使った書物やノートを見るためにやってきたのだが、それらの資料は近々学校へ寄付する予定なのだと言い抜ける心づもりだった。ノーラがふたりを表の間へ招き入れてドアを閉めるところを、フィオナとコナーは玄関で見ていた。

「不機嫌な修道士をひとり、修道院に残して戻ってきました」とヴァル・デンプシーが言った。

「校長は脅しには乗らないし、他人の言いなりにはならないと言っています」とジョン・ケリガンがつけくわえた。「わたしたちはあなたとあなたのご家族がこの町でどれほど尊敬されているか、彼に伝えました。ところが頑として態度を曲げないのですよ」

「そこでわたしたちは」とヴァル・デンプシーが話をつないだ。「通勤してくる教員は誰もピケを突破できないと思うので、このままではあなたたち修道士が学校内で孤立することになります、と警告したのです。ピケと聞いて校長は激怒しました。あなたが教員たちに宛てた手紙に書いた内容を、誰も校長に伝えていなかったのです」

「彼は、ここで繰り返せないようなことばを使いました」とジョン・ケリガンが言った。「キリスト教《クリスチャン・》教育修道士《ブラザー》の口から出ることばとしてはいささか耳を疑うたぐいのものでした」

ノーラは思わず微笑み、ふたりの教師の誠実さに胸を打たれた。だがヴァル・デンプシーの話の続きを聞くうちに、再び深刻な表情になった。

「それでわたしたちは腰を据えて、問題が解決するまで動きませんと言ったのですよ。校長は顔をまっ赤にしていました。そうしてここは自分の学校なのだから、自分がやりたいようにやると言いました。わたしたちは黙って腰掛けたまま校長を見ていました」

「そこでついにわたしが口を開いて」とジョン・ケリガンが話を引き継いだ。「校長なら簡単に、そして即座にこの問題を解決できますと言ったのです。どうやって、と彼が尋ねたので、例の生徒を元のクラスに戻しさえすれば、誰もがあなたを今まで通りに尊敬しますよ、と正論を述べたわけです」

「脅しには乗らない、と校長が繰り返しました。それから、対策は自分が考えるからまかせておけと言いました」

「それはできません、とわたしたちは校長に食い下がりました。今結論を出さなくてはならないのです、と。それを聞いた校長は、部屋じゅうを行ったり来たりしたあげくに足を止めて言いました。あしたの月曜日は何もしない。脅しには乗らないからだ。だが来週中には例の生徒をAクラスに戻す、と言ったのです。わたしたちは校長に承知しましたと告げて、部屋を出ることにしました。その処置で問題ないと考えたからです」

「納得していただけるでしょう？」とヴァル・デンプシーが尋ねた。

「納得以上ですよ。完璧です」とノーラが答えた。「おふたりに心から感謝します」

彼女は、ひとびとに呪いを掛けるとまで言い放ったことを謝ろうかとも思ったが、やめておいた。もし謝罪すれば、言ったことすべてが本気でなかったかのようになってしまうからだ。彼女はおやすみなさい、と言ってふたりの教師を玄関から送り出した。そうして車が走り去るのを表の間の窓から見送った。彼女はそのとき、どんな気持ちになればいいのかわからなかった。二階の寝室にプラカードをこしらえる材料を買い集めてあると言っても、ましてや、キリスト教教育修道会《クリスチャン・ブラザーズ》の男子校の先生全員に呪いを掛けてやると脅したなんて言っても、誰にも信じてもらえるわけがない、とノーラは思った。

水曜日、昼食を食べるために帰宅したコナーが、ノーラを探しに台所へ来た。

「Aクラスに戻ったよ」とコナーが言った
「よかったわね」とノーラが返した。

「クラスに戻ったら皆が拍手喝采してくれた。ハーリヒー修道士先生がぼくを呼び出して、違うクラスに移ってもらうから通学鞄を持ちなさいって言ったんだ。Cクラスに移されるのかと思ったよ」

「Cクラスなんてないじゃない」とノーラが言った。

「新しくできたって不思議じゃないよ」とコナーが返した。「でもとにかく、先生が一緒にAクラスまでついてきてくれて、去年は誰の隣に座っていたかぼくに尋ねた。それでぼくは、アンディ・ミッチェルの隣の席に戻れたんだよ」


その翌日、帰宅したコナーが、ノーラの姿を再び探しに来て言った。

「ぼくがAクラスへ戻ったのは母さんと何か関係があるの？」

「なんでそんなことを聞くの？」

「だって日曜日の夜、ファーガル・デンプシーの父さんが家へ来たでしょ。バレット修道士先生が午前中ずうっとご機嫌斜めだったのを見たファーガルが中休みのあとで、この調子じゃウェブスターの母さんに来てもらうしかないぞって言ったからだよ」

「それどういう意味？」とノーラが言った。


金曜日の晩、フィオナが先生仲間たちと飲みに出掛けた先で、彼女はノーラが書いた手紙を誰かから見せられた。土曜日の朝、ノーラが表の間で新聞を読んでいるとフィオナが入ってきた。

「確かに母さんの筆跡だったから信じないわけにいかなかったけど」と彼女が言った。「すごいこと書いたわね」

「もうぜんぶ解決したのよ」とノーラが言った。

「母さんにとっては一件落着かも知れないけど、わたしも関わっているんじゃないかって思っている先生もいるのよ」

「あらそう、あなたは関係ないって、はっきり言っておいてね」

「将来、よその学校の教員採用試験を受けるかもしれないのに、わたし札付きになっちゃった」

「やがて皆、忘れてくれるわよ」

「それだけじゃない。キリスト教教育修道会《クリスチャン・ブラザーズ》の男子校の教員全員に母さんが呪いを掛けたって聞いたわよ」

「ピケを張っている前を通った人間に呪いを掛けてやるって脅しただけよ」

「わたしはここに住んで、ここで働いていかなくちゃならないの！」

「そうね、わかってる。でもどうしても、コナーをAクラスに戻してもらわなくちゃならなかったから」

「わたしに相談してくれればよかったのに」

「もし相談したら、手紙を出すのはやめておけって言ったわよね」

「そりゃそうよ」

「だよね。やっぱり相談しなくてよかった」

ノーラは、何年も前、フィオナの学校にアグネス修道女という不機嫌な先生がいて、日に日に不機嫌さが増していくので、フィオナが登校するのを怖がるようになったときのことを思い出していた。ノーラは別人の筆跡を装って、アグネス修道女と女子修道院長に宛てて無署名の手紙をたくさん書き、彼女が意味もなく生徒たちの頬を平手打ちするのをやめないと法的手段に訴える、と脅しを掛けた。女子修道院長が手紙を俗人の教師に見せ、その教師がモーリスに手紙を見せた。女子修道院長たちは、その手紙は、アグネス修道女のクラスに娘がいる、ナンシー・シェリダンという母親が書いたのだと考えていた。ナンシー・シェリダンの夫は、マーケットスクエアにあるスーパーマーケットのオーナーだった。モーリスがノーラに、憤懣やるかたない調子で一部始終を報告したとき、ノーラは黙って聞いていた。フィオナが後日報告したところによれば、アグネス修道女の不機嫌はずいぶんましになったようだった。

ノーラはフィオナに、アグネス修道女宛に手紙を書いたのはじつは自分だったのだと打ち明けたい誘惑にかられたが、フィオナは笑ってくれそうにないと判断してやめておいた。ノーラはまた、フィオナがモーリスとジムおじさんにますます似てきた、と言いたい気持ちにもなったけれど、これも言わずにおいた。その晩はノーラが車で、ダンスの会がおこなわれるウェックスフォードのホワイツ・バーンまでフィオナを送り届けることになっていたが、その恩義がなかったら、娘はもっときついことを言ったに違いないとノーラは考えた。

ハーリヒー修道士先生との諍《いさか》いがノーラに力を与えた。朝目が覚めると、新たな一日に期待できるようになり、もう一度眠りに戻りたいとは思わなくなった。そしてこれまでに貯金した金額を確かめて、もうそろそろステレオレコードプレーヤーとレコードを何枚か買っても悪くないだろうと考えるようになった。グラモフォン友の会の選曲当番がもうじき回ってくるのである。彼女はついに心を決めて、フィリスにクロークス電器店までついてきてもらって、レコードプレーヤーを選ぶことにした。

フィリスは、聞き慣れた音楽でステレオの音質を確かめられるように、手持ちのレコードを何枚も持ってきた。値引きされているステレオは二機種あった。彼女は、マリア・カラスがヴェルディを歌うレコードを掛けて試聴した結果、二機種ともだめだと断言した。ノーラはあらかじめフィリスに、高級なステレオを買うつもりはないと伝え、フィリスは陳列されたステレオを見比べながら、ノーラの予算を念頭に置いていると言った。フィリスはさらに、ぜいたく品を買う必要はないけれど、二、三年で買い換えなくてはならないようなものなら買わないほうがいい、とつけくわえた。彼女は店内の角のところに、ターンテーブルととても小さな左右のスピーカーがセットになったステレオが展示されているのを指さした。値引きされた二機種よりもわずかに高い値札がついている。

「これがちょうどいいと思う。妹が持っているのと同じ型で、信頼が置ける機種よ。スピーカーは小さいけど悪くないの」

店員がこの機種でレコードの試聴をさせてくれたが、ノーラには音の善し悪しはわからなかった。他方、フィリスは、音の奥行きや低音と高音の音質をとりあげて、自信たっぷりに評価した。彼女が言うには、値引きされた二機種よりもこちらのほうが高いのは事実だけれど、中身ははるかに優れているのだという。

フィリスはノーラと一緒に家まで来て、奥の間にステレオを設置するのを手伝った。彼女はマリア・カラスのレコードとピアノ曲が入ったレコードを置いていった。ノーラは、今日以降、この部屋へやってくるひとは誰もがこのステレオを見て、わたしのことを浪費家とみなすようになるのだと思った。どんなことを言われても気に病まず、心を強く持つようにしようと彼女は決心した。なにしろ、ずっと前から欲しかったものをようやく手に入れたのだから。

二、三週間後の土曜日、ノーラはフィオナと息子たちを連れて、列車でダブリンへ行った。カントリーショップの軽食堂でオーニャと会って、皆で遅い昼食をとったあと、ノーラは娘たちに、ひとりで買い物をしたいので息子たちを一時間ほど見ていてくれるよう頼んだ。そして、帰りの列車に乗るアミエンズ通り駅でフィオナと息子たちに落ち合うことにした。レコード店は三軒ある、とフィリスから聞いていた。一軒はとても小さいのでうっかりすると見つけそこなうという店で、バゴット通りのドーヒニー・アンド・ネズビットというパブの向かいにある。もう一軒はメイズという店で、グラフトン通りの起点に近い、スティーブンズ・グリーン公園の前。三軒めはラドフォード夫妻からも聞いた覚えがある店で、グラフトン通りの終点とサフォーク通りの角にあるマッカラー・ピゴッツだ。

ノーラはレコードを十枚買う予定である。新婚の頃、ドレスやコートを買ったときに感じたのと同じ、みずみずしい興奮を味わっている。すでに名前を知っている歌手が歌う歌曲やアリアを集めたものならいいけれど、それ以外の寄せ集め盤には手を出さないこと、というアドバイスをフィリスから受けた。協奏曲全曲や交響曲、あるいは三重奏曲や四重奏曲を収録したレコードを買うべきだ、とも忠告された。これまでグラモフォン友の会で聞いたレコードのうちで気に入った作曲家の名前や曲名をメモしてある。だがさしあたって、それらに関連するレコードをぜんぶ調べ上げる時間はなさそうだった。

バゴット通りのレコード店に入ったら、並んでいるレコードのほぼすべてが欲しくなってしまった。時間がないので急いで選ばなくてはならない。この店で三、四枚購入し、ほかの店でおのおの三枚ずつ購入すれば目標達成となる。

店内で掛かっている合唱曲がとても美しかったので、カウンターに立っている店員に、どういう曲なのか尋ねそうになった。だが思い直して黙っていた。結局、どこかしっくりこないのを感じながら、ベートーベンの交響曲を二枚、ブラームスの『ハンガリー舞曲集』、それからマリア・カラスの歌曲のレコードを選んだ。メイズではもっと歌曲のレコードを買おうと思った。フィリスの忠告に背くことになるけれど、オペラのハイライト集がいいかもしれない。マッカラー・ピゴッツでは室内楽を買う心づもりだった。

マッカラー・ピゴッツで買い物を終えて店を出ようとしたら、値札がつけられていないレコードがごっそりあるのに目が留まった。入荷して箱から取り出したばかりのように見える。山積みになったてっぺんにあるのは、ラドフォード医師の家で聞いてから借りて帰り、聴くことができずに返却したレコードだ。ベートーベンのピアノ三重奏曲『大公』。青い目でブロンドの若い女性がはにかんだ——それでいて力強い——微笑みを浮かべているジャケット写真がずっと忘れられなかった。ノーラはそのレコードをカウンターへ持っていって値段を尋ねた。

「それはまだ値段をつけていないんです」と店員が返した。

「今、急いでいるのだけれど」とノーラが言った。「高くなければ買いたいと思って」

「そのレコードをお求めになるお客様がとても多いので」と店員が言った。「再注文した分が入荷したところなんです」

ノーラはふと、レコードを買う興奮には失望と落胆がともなっているのを悟った。

「店主が今、不在なのですが」と店員が言った。「月曜には戻ってきます」

「わたしは今日、列車でウェックスフォードへ帰らなくてはならないんです」とノーラが言った。

彼女はつつましさと粘り強さを同時にアピールしようとした。レコード一枚の値段にはそれほど差があるわけではない。ノーラは問題の盤と同じ〈ＥＭＩ　ヒズ・マスターズ・ヴォイス〉のレーベルがついたレコードを見つけてカウンターへ持っていき、店員に値札を示した。

「定価が値上がりしたと思うんです」と店員が言った。「すみません。やはり確かめてからでないと」

五時半が近づいている。アミエンズ通り駅に向かって歩きはじめなければならない時刻だった。だがノーラはそのレコードをどうしても手に入れたかった。

「じゃあこうしましょう」カタログのページを繰っている店員に向かってノーラが言った。「わたしはダブリンへひんぱんに来るので、そのレコードの定価がEMIの他の盤よりも高いとわかったら、次回寄ったときに差額を支払うわ」

店員が顔を上げた。その表情は和らいで見えた。

「わかりました。一ポンドをお支払い下さい。定価がそれ以下だと判明した場合には、次回お寄りになったときに差額をご返金します。高いとわかった場合には――わたしはたぶん高いと思っているのですが――差額をお支払い下さい」

ノーラは財布から一ポンド札を取り出して店員に渡した。それから礼を言って店を出て、急ぎ足で駅へ向かった。


日曜日の朝、息子たちがミサに出かけ、フィオナがまだ起きてこない時間帯に、ノーラは『大公』を聴きながらジャケットの写真を眺めていた。黒髪のハンサムな男ふたりに目をやったあと、真ん中の若い女性を見つめた。見れば見るほど幸せそうに見える顔だ。ノーラは第一楽章を繰り返し掛けて、ためらいの音楽に耳を澄ました。音楽が人声だとしたら、より深く、より難しいことを言おうと努めたあげくにためらい、シンプルなメロディーへと譲歩していくのがこの楽章だ。ところがそのメロディーも長続きせず、ふいに、えもいわれぬ孤独な瞬間がやってくる。そこのところを演奏するヴァイオリンとチェロの音色には、若い演奏家たちが知っているはずはない、とノーラに思わせるたぐいの悲しみがこもっていた。

その時期から新年にかけて、奥の間にひとりでいられる時間があるときには、必ずレコードを聴いた。クリスマスには四人の子どもたちとウーナが共同で、ベートーベンの交響曲のレコードを三枚ノーラにプレゼントした。ダブリンでそれらを買ってきたのはオーニャである。マーガレットはフィリスに電話をかけて、ノーラが静かな曲を好むのを確かめた上で、ヤーノシュ・シュタルケルが演奏するブラームスのチェロソナタをプレゼントした。かくしてノーラは、グラモフォン友の会で選曲当番を務めるに足るレコードコレクションを持つにいたった。

ジムとマーガレットはしばしば土曜日の夜にやってきた。フィオナがホワイツ・バーンで開かれるダンスの会へ行き、コナーが寝室へ引き上げたあとは、ノーラとドナルをくわえた四人で、〈ザ・レイト・レイト・ショー〉を見た。番組では毎週、女性解放やカトリック教会の変化をめぐる討論に加えて、北アイルランド紛争に関する特集が組まれた。ジムは番組に出演するパネリストたちに不満を募らせたが、ノーラは、改革を推進しようとする意見の持ち主たちにしばしば賛同した。モーリスも生きていればきっと賛同するだろう、と彼女は思った。

二月のある土曜日の夜、番組での討論が、アイルランド共和国にも北アイルランドと同様、人権上の差別が存在するという話になっていったとき、ジムはあまりにも興奮しすぎて、ノーラにテレビを消して欲しいと頼むのではないかと思われた。

ノーラはコマーシャルになったのを見計らって台所でお茶を淹れ、お茶道具をトレイに載せて部屋へ運んだ。

コマーシャルが流れている間、司会者のゲイ・バーンはスタジオ観覧者と話していたようで、最前列の女性グループにテレビカメラが近寄っていた。ノーラはそのグループの中に、しばしば番組のパネリストとしても登場する女性解放論者たちが混じっているのに気づいた。コーヒーテーブルにトレイを置いたとき、その中のひとりが、ダブリンのスラム地区の劣悪な住宅事情について発言していた。〈ダブリンの住環境改善に向けて行動する人々の会〉がその日、デモ行進を行い、最後はオコンネル大橋の上で座り込みをしたのだという。

「ダブリンの一般市民にたいしてはどう弁明しますか?」とゲイ・バーンが問いかけた。「あなたがたが座り込みをしたせいで、何時間も続く渋滞に巻き込まれたのですよ」

カメラが隣の女性に移動した。ノーラはただちにその女性がオーニャだとわかった。ドナルがオーニャと叫んだ。ジムとマーガレットは気づくまでに二、三秒かかった。

「まあ、驚いた」とマーガレットが言った。

「やめて」とノーラが声を上げた。

オーニャはすでに発言をはじめていて、共和国の国民は北アイルランドにおけるカトリック差別に口を出す前に、自国内の差別問題に対処すべきだと語っていた。

「武器を密輸入する代わりに」と彼女は続けた。「ダブリンの低所得者用共同住宅にちゃんとした下水道と上水道を整備すべきなんです」

オーニャはしめくくりに、座り込みに参加したことを誇りに思うと語り、ダブリンの労働者がおかれた悲惨な状況を、北アイルランドのひとたちにも見てもらいたいとつけくわえた。彼女はさらに何か言おうとしたが、ゲイ・バーンが片手を上げて、マイクを次の発言者に回した。

「まあ、驚いた」マーガレットがまた同じことを言った。「オーニャよ!」

「オ、オーニャはあ、あのひとたちの仲間なのかな?」とドナルが尋ねた。

「ウィークデーは毎日ちゃんと勉強しているはずだけど」とノーラが言った。

「テ、テレビにで、出るなら、前もって言ってくれればよかったんだ。み、見逃すところだった」とドナルが言った。

ノーラが奇妙だと思ったのはジムの反応だった。彼はほとんど微笑んでいた。

「武器を密輸入する代わりにちゃんとした下水道と上水道を整備すべきだ」と彼がつぶやいた。「まったく同感だよ。わたしが上手にことばにできなかったことをしっかり言ってくれた」

「あの子は弁が立つわねえ」とマーガレットが言った。「緊張してたはずなのに。テレビで話すのはとても難しいって聞いたことがあるわ」

「しかも女性解放論者のひとたちのすぐ脇に座ってたでしょ」とノーラが言った。「あしたのミサのあと、あの子の噂話でもちきりになりそう」

「次回の討論ではパネリストになるわよ」とマーガレットが言った。「それにしてもあの子が住宅問題に関心を持っているとは知らなかった。授業でそういうことを学んでるのかもしれないわね」

ノーラはマーガレットの顔色を見ながらお茶を注いだ。マーガレットがとても驚いていて、オーニャの発言を認めていないのも明らかだったが、彼女は決してそれを顔色に出さない。ノーラはマーガレットのそういうところを好ましいと思った。

オーニャがまた発言しないかと思って番組の後半も一同で見続けた。彼女がいる側のスタジオ観覧席が一度だけ映り、オーニャが挙手しているのが見えたが、マイクは回ってこなかった。

「はい、ここまで」番組が終わったところでマーガレットが言った。「いい番組だったじゃない？」

「オ、オーニャは社会主義者なのかな？」とドナルが尋ねた。

「さあねえ」とノーラが返した。「今度、家へ帰ってきたときにたぶん話してくれるわよ」

第16章

ローリーは毎週のレッスンでノーラの歌唱に磨きを掛けていった。「夏の名残のバラ」に加えてドイツ語の歌を一曲試してみよう、とも言いはじめた。

「オーディションの場で好印象を残せるわ。シューベルトの歌曲を一曲つけ足せば、あなたの声のいいところをたぶん引き出せると思う。わたしがフランスにいたときドイツ軍が攻めてきたの。修道院をぶんどられて、わたしたちは農場に仮住まいさせてもらうしかなくなったのだけれど、シューベルトへの尊敬は変わらない。ずっと聞き続けているのよ。あなたの持ち味を引き出せそうな曲の心当たりがあります」

彼女はそう言って、手持ちのレコードを調べはじめた。

「あった、あった。今掛けてみるわね。一曲だけ掛けるからよく聞いて、あなたの内面に曲をよく染みこませること。その次に歌詞の意味を英語で理解すること。あとからドイツ語で一行ずつ歌ってもらいますからね」

ローリーはレコードを取り出してターンテーブルに載せた。ノーラは目を閉じて耳を澄ました。

「まずピアノを耳で追いかけること。その次に声を追いかけましょう」

前奏の部分ではピアノの音が力強く響き渡った。だが女性の声が豊かなコントラルトで朗々と歌いはじめたとたん、ピアノの音量が低くなり、表現も繊細になって、ところどころでほとんど聞こえないくらいになった。とはいえピアノはつねに鳴っており、要所要所で沈黙を埋め、歌詞の行間を精妙に飾るためにときおり前景に乗り出してきた。

「もう一度聞いてみて」とローリーが言った。「今回は歌声に集中して」

歌声に宿るやさしさが長く尾を引いていくのがわかった。声がメロディーを大切にしているのだ。甘くも厳しくもない声で、両者の間をたゆたっているように聞こえる。歌声は率直そのもので、歌唱の技術が完璧で美しいのだとノーラは思った。

「この歌はシューベルトが音楽に捧げた賛歌です」とローリーが言った。「歌詞はシューベルトの友人で、長生きした詩人が書いたもの。シューベルトも長生きしたら、後世にどんな音楽を残してくれたかしら。世の中とは思い通りにならないものね！　ドイツ語の歌詞はとても美しいけれど、翻訳すると見る影もなくなってしまう。何はともあれ、第一連だけ英語に訳すとこんなふうになります。

おまえ、優しい芸術よ、わたしが不毛な
日々の暮らしの、灰色の時間に捕らわれていたとき
おまえはわたしの心に火を灯し、あたたかい愛へと誘い
よりよい世界へ連れて行ってくれた。

この歌詞にシューベルトがつけた旋律はなんと美しいことでしょう。愛に裏打ちされた仕事としか言いようがないわ。シューベルトと詩人は恋人同士だったと言われているのよ」

「シューベルトともうひとりの男のひとが？」とノーラが尋ねた。

「そう。すばらしいと思わない？　でも悲しいことに、シューベルトは若死にして、詩人はいつまでも生き延びたの。でもわたしたちには歌が残されたから、彼らを思い出すことができる。音楽への愛、そして、大切なひとへの愛から生まれた歌です」

「歌手は誰？　とても美しい声ですね」

「キャスリーン・フェリア。ランカシャー出身の歌手だけれど、彼女も若くして死んだのよ」

ローリーはノーラにドイツ語の原詩を音読させて発音を直した。そしてドイツ語ではしばしば動詞が文末に置かれるのだと教えた。最後にふたりでもう一度レコードを聴き、来週までに最初の二連をドイツ語で歌えるようにしてきてください、とノーラに課題を出した。


ドナルは小遣いでレコードを何枚か買って繰り返し聴いた。ノーラはドナルがレコードプレーヤーを使うのを禁止したくはなかったものの、奥の間の肘掛け椅子にひとりで腰掛けて音楽が聴きたくなったときに、ドナルが部屋を占領していることが増えた。

ドナルとコナーはフィオナの人づきあいに大いに関心を持っており、姉がどこへ行き、誰と会うのかを知りたがった。彼女が週末に外出の準備をし、着ていく服を選んで化粧をして、友達が迎えにやってくるまでの一連の流れは、家じゅうに新鮮な空気をもたらした。〈ザ・レイト・レイト・ショー〉が放映されたあとオーニャが金曜日にはじめて帰宅したとき、彼女は何食わぬ顔をして、そのことは語りたくなさそうだった。フィオナはオーニャを新しい人づきあいの輪に加えるつもりで、妹を連れてパブへ繰り出していった。

復活祭が近づいた頃、ウェックスフォードの町で開かれたダンスの会で、フィオナはポール・ホイットニーという男に出会った。ゴーリー出身の事務弁護士で、ノーラとモーリスは彼の父親を知っていた。ジムとマーガレットも知っているという話だった。三十代半ばの男である。噂を聞きつけたエリザベス・ジブニーは、そのひとなら地方裁判所の判事になるかもしれないと言った。

「弁護士事務所を独力で開業してうまくいっているわ」と彼女が言った。「業界の評判もとてもいいの。トマスの古い友達が保険がらみの訴訟を起こしたときそのひとの手を借りたのだけれど、上々の結果が出て喜んでいたわ」

フィオナはポール・ホイットニーを家へ呼び寄せるようになった。金曜と土曜の夜に加えて、しばしば日曜の夜にもやってきて、奥の間で家族全員とおしゃべりする。そして、フィオナの準備ができるとふたりでパブへ繰り出していく。彼はあらゆることに一家言ある人物で、政治や教会関係について豊富な知識を持ち、あちこちの教区で起きる法律問題を一手に引き受け、司教とはファーストネームで呼び合う仲だという。

「司教はローマが恋しいんです」ある晩、彼がノーラに言った。「司教に任命されたとき、アイルランドへ送り返されるのを恐れていました。案の定、こちらへ赴任してみたら、司教区の神父連中は皆、一ルーブルに数コペイカ足りなかったんですよ。この意味、わかってくれますよね。聡明ではないということです」

ノーラは神父たち――いわんや司教――のことがこんな調子で語られるのを生まれてはじめて聞いた。

ポールは音楽やステレオにも詳しかった。ある晩、彼はノーラに、自分は近頃バッハに戻ってしまったので、ベートーベンの四重奏曲を集めたレコードのボックスセットをお貸ししますよと約束した。気に入ったらいつまででも持っていていてくれていい、という話だった。

「バッハは天才の中の天才だと思います」とポールが言った。「ドイツに神がいるとしたら――いるとは考えにくいですが――神はバッハの姿を借りてあらわれたんですよ」

彼はコナーが相手のときはハーリングやフットボールの話をし、ドナルと話すときにはカメラの話題を選んだ。率直で人懐っこい人物なのだ。その一方で、家へ来るときには上着とネクタイを欠かさないところもある。上着は毎週違うのを着て、ネクタイも替えている。チャールズ・ホーヒーの話題になると、ノーラには初耳の情報も飛び出した。

「あの男が女性から離れていられるのなら」とポールが言った。「本人にとっても国民にとってもベストなんです。とはいえ党員の支持は堅いですよ。彼が有望株なのは間違いありません」

初夏のある晩、ジムとマーガレットが遊びに来ているところへポールがやってきて政治談義になった。ノーラは、ポールが年長のひとたちと自然につきあっているのを眺め、ジムが彼を好意的に見ているのにも気づいた。そして、フィオナとふたりきりのときには、このひとはどんな話をするのだろうと考えた。

ノーラはポールの来訪が楽しみになった。ドナルとコナーが違う部屋にいて、ジムとマーガレットも来ていない夜、ノーラとフィオナとポールだけでしばらく雑談したことが二、三度あった。ポールが音楽や宗教や政治など、ノーラがうまく受け答えできそうな話をしているとき、フィオナは静かに黙っていた。政治にたいするポールの興味はモーリスと似ていたけれど、彼はモーリスよりも知識が豊富だった。さらにモーリスが決して興味を持たなかった音楽を好み、話しているうちに演劇通でもあることが判明した。小説もよく読み、作家たちについても一家言あった。ポールとフィオナがパブやダンスの会に行ってしまうと、一人残されたノーラは満ち足りた気分になった。彼女はポールと語らうのが楽しかったし、ポールのほうもおしゃべりを明らかに楽しんでいた。

ある日、マーケットスクエアでエッシーズのショウウィンドウの前を通りかかったとき、ノーラは自分に似合うかも知れないドレスを見つけた。彼女は値段とサイズが気になった。薄手のウール製で、赤と黄色の混じった色だ。こんな感じのドレスは長年着たことがなかった。店へ入って、似た素材で色柄が異なるドレスを試着してみたら、最初のものよりも気に入ったドレスが見つかった。彼女は色柄が異なるドレスを三着、検討するために家まで届けてもらうことにした。自宅の明かりの下で色合いをチェックしてみたかったし、手持ちの靴と合うかどうかも確認したかったのだ。今までに買ったどのドレスよりも高価だったが、セールがはじまるまで待っていたら売れてしまいそうな気がした。

少年が届けに来たドレスの包みを玄関で受け取ったのはフィオナだった。彼女は最近、新しいドレスが欲しくてエッシーズを覗いたばかりだったので、包みを受け取ったとき、てっきりノーラがフィオナのために見計らい品を届けさせたと思った。だが開けて見たらサイズもデザインも違っていたので、自分のためではないとわかった。ノーラが帰宅すると、表の間に開いた包みが置いてあったので、彼女はフィオナに、自分が買おうとしているのだと話した。

「特別なおでかけ用にするの？」とフィオナが尋ねた。

「違う、違う」とノーラが言った。「店の前を通りかかったら、ショウウィンドウにあったドレスが目に留まったから試着してみたのよ」

「なるほど」とフィオナが言った。

皆が寝静まってから、ノーラは二階で三着のドレスを順々に着た。それからいちいち階下へ下りて、玄関の鏡で似合っているか確認し、手持ちの靴との相性を調べた。さらに奥の間へ行き、他のひとびとがいるかのように振る舞って、いつも使っている肘掛け椅子に腰を下ろしてみたりした。彼女は、色使いがいちばん鮮やかで、ウエストにベルトがついたドレスが気に入ったので、今一度玄関へ行って首のあたりを鏡で見た。他の二着よりも襟元がしっくりしているように見えた。ノーラはこのドレスを買うことにした。合わせて、ヒールつきの垢抜けた靴も一足買いたいと思った。

翌日、彼女はエッシーズへ行ってドレス二着を返し、ベルトと襟がついたドレスの代金を支払った。手に入れた一着はいざというときのためにとっておくことにした。洋服ダンスにいいドレスがあるだけで心は豊かになるものだ。ところが金曜日の夕食後、寝室へ入ったノーラはふと思い立ち、ドレスを着てみることにした。ドレスを身につけ、鏡の前に座って髪をとかし、化粧バッグから薄めの色のマスカラと黒いアイライナーを取り出した。車の音が聞こえたので窓辺で確かめると、近所のひとたちの姿がふたり見えた。ノーラは階下へ下りて、ひとりでお茶を淹れて音楽を掛けた。

しばらくあと、台所へ行ったらフィオナがいた。

「あら素敵じゃない」とフィオナが言った。「おでかけするの?」

「でかけないわよ」とノーラが返した。「せっかくドレスを買ったんだから着てみようとおもっただけ」

数分後、彼女はフィオナが外出する物音を聞いた。ところが、ノーラが奥の間でモーツァルトのピアノ協奏曲を聴いているところへフィオナが戻ってきた。

「今晩は車ででかけるんだった」とフィオナが言った。

「ウェックスフォードへ行くの?」

「行き先はよくわかってないんだけど」とフィオナが返した。

ノーラは、ポールの自動車が故障でもしたのかと思ったが、娘の口ぶりにぶっきらぼうなところがあったので、尋ねるのはやめにした。しばらくしてから自動車が出ていく音がした。ノーラは、行ってきますも言わないでフィオナが出ていったのはどうしてだろうと思った。

それから二、三週間、フィオナはずっと機嫌が悪く、外出しない夜は早寝した。週末にオーニャが帰ってきたとき、ノーラは彼女に、フィオナとポール・ホイットニーはもう別れたのかと尋ねた。

「ううん、別れてなんかいない」とオーニャが答えた。「相変わらずうまくいっているはず」

「でもポールはもう何週間もこの家に顔を見せてないのよ」

「フィオナがそうさせているんだと思う」

「どういう意味？」

「フィオナは、うちの皆がポールに馴れ馴れしくし過ぎたと思っているんじゃないかな」

「うちの皆って誰のことよ？」

「姉さんに尋ねてよ。でも姉さん、この家でポールを交えておしゃべりしていたとき、会話から置き去りにされたように感じたことがあるって言ってたわよ」

「わたしたち皆、ごく普通にポールとおしゃべりしていただけじゃないの」

「わたしに言わないで。わたしはその場にいなかったんだから」

「何か隠してることがあるでしょう？」

オーニャがノーラを鋭い目で見た。

「この前の晩、姉さんは、母さんが家でドレスアップしてるのを見たって言ってた」

「それで？」

「それで姉さんは外からポールに電話して、この家じゃなくてベネッツ・ホテルで会うことにしたのよ」

「あの子ったら、ポールを迎えるためにわたしがドレスアップしたと思ってるわけ？」

「わたしに訊かないでよ。本人に訊いて」

「つまりあの子がそう思ってるってことでしょ？」
「姉さんに確かめてよ」
「わたしだってそれほど暇じゃないわよ」

ローリーにピアノで伴奏をしてもらいながら、ノーラは二曲の歌を熱心に練習した。彼女がドイツ語の意味を一字一句理解し、完璧な発音ができるようにならないとローリーは先へ進まないので、練習には時間がかかり、ノーラはいらいらさせられた。

ノーラはときどき、ローリーという人物と彼女が語る逸話について、さらには、ノーラが知らないひとびと——大昔に死んだひとも混じっていた——の思い出を親しげに語るローリーの口ぶりについて、すべてを信じていいのか迷うことがあった。ローリーは、今住んでいるこの田舎町からできるだけ遠く離れた場所に夢想の世界を確保して、そこに住まうのを好んだからだ。歌の練習をしているとき、ローリーは持ち前の想像力を発揮して、ノーラと彼女がパリやロンドンにいるかのような幻想をつくりだすことができた。ノーラはそのような指導を受けて二曲の歌を歌えるようになり、ドイツ語も格好がついてきた。ローリーはレッスンをするあいだ、精神の集中を片時も緩めなかった。

ある日、ローリーがノーラに、ウェックスフォードの聖歌隊指揮者フランク・レドモンドを説得して、ノーラのオーディションを行うことにしたと告げた。たとえ今、聖歌隊にメゾソプラノの欠員はなくても、将来聖歌隊に加入させることも視野に入れてノーラの歌を聴いてもらうことにした、というのである。ロレート女子修道院の音楽室のピアノは、土曜日の午後なら空いているそうなので、その時間帯にノーラが出向くことになった。

彼女は前日に美容院へ行って白髪を染め、エッシーズで買ったドレスを着て、マハディ・ブリーンズで買った新しい靴を履いた。オーディションが終わる時刻にはフィリスとホワイツで待ち合わせて、コーヒーを飲む約束をした。ロレート女子修道院に着くやいなや、フランク・レドモンドが玄関で待ち構えていて、いきなりリサイタルホールへ通されたので驚いた。ホールにはピアニストの他にふたりのひとたちがいたが、ノーラは紹介してもらえなかった。ノーラは持参した楽譜をフランク・レドモンドとピアニストに見せた。ピアニストは、「夏の名残のバラ」は暗譜で弾けるがシューベルトのほうは楽譜が必要だと言った。ノーラがトイレに行っているあいだに、ピアニストはシューベルトの伴奏を練習した。

ノーラは、ローリーがいつもレッスンの冒頭にさせてくれるような発声練習ができたらいいのに、と思った。どうやらこの場はぶっつけ本番のようだ。ステージの上には水一杯さえ見あたらないので、口の中が乾いているのをどうすることもできなかった。ここのひとたちは皆忙しいらしく、オーディションが一刻も早く終わって欲しいと願っているのがありありとわかった。ノーラはピアノの脇に立ち、観客席に向き合った。最初は両手をだらりと下げたが、無防備な感じがして落ち着かなかったので、右手をピアノに置いた。するとピアニストが手をそこに置かないよう注意した。ローリーは、ノーラがじゅうぶんにリラックスするまで待ってくれるが、今はぜいたくを言っている場合ではない。ノーラはピアニストがいらいらしているのを感じた。

ピアニストが前奏を弾きはじめたとき、ノーラは何かが違うのを感じた。メロディーの冒頭部分を弾く代わりに、何か複雑な演奏がはじまっている。ノーラはどのタイミングで歌いはじめたらいいのかわからない。ピアニストは、まるでそこにいない誰かとハーモニーを奏でるかのように低音部のメロディーを弾いている――そう思った次の瞬間、トリルがたくさん入り、本来のメロディーがはじまった。ノーラは途方に暮れたまま歌い出すしかなかった。声を出した瞬間、タイミングを間違えたのに気づいたが、後の祭りだった。「同じ血筋の花もなく」のところで息継ぎをやりそこない、高い音がぐらぐら揺れた。

第二連にさしかかるとピアニストがほとんど音を出さなくなったので、歌うのは易しくなった。とはいえノーラは、自分の声の奥深さを聞かせることはできなかった。それでもベストを尽くし、集中を維持して、うまく歌いこなせたフレーズもいくつかあった。やがて一曲を歌いおさめる頃には、ローリーに教わったとおりにリラックスして、声を完璧に制御できるようになった。

ノーラが歌い終えたとき、聞いていた三人は黙り込んだままだった。ピアニストのほうを向いて、「音楽に寄せて」がピアニストに合図を送っているのに気づいたので、彼女はフランク・レドモンドの楽譜が譜面台に載せられたのを確認しようとした。ところがピアニストは鍵盤蓋をぱたりと閉めた。ノーラは、一曲目の伴奏がうまくいかなかったので、シューベルトは無伴奏で歌えということなのかもしれないと思った。そして、正しいキーをどうやってつかめばいいだろうと思案した。

「外へ出た方がよさそうだ」フランク・レドモンドが階段を一段飛ばしでステージへ上がってきた。

あっけにとられているノーラに、彼はピアノの譜面台に置かれていた楽譜を返した。彼女は、緊張しないですむもっと小さな部屋へ移動してシューベルトを歌うことになるのかと思った。フランク・レドモンドは、ステージから下りるようノーラに指示し、ホールから廊下に出た。

「どうもありがとう」と彼が言った。「遠いところをご足労いただき感謝しています」

「シューベルトをまだ歌っていませんが」とノーラが言った。

「そうですね」と相手が言った。

「これから別室へ移動するのですか?」とノーラが尋ねた。

「あの歌はわたしのお気に入りなので」とレドモンドが言った。「今は聞かないでおきたいのです。

あなたにもう一度歌っていただく必要が生じたときにはあらためてご連絡します」

「出だしのところで間違えてしまいました。前奏に慣れていなかったものですから」

「そうですか？」と彼が言った。

ノーラはその瞬間、相手があざ笑っているのだと気がついた。彼女は相手にされていないのだ。もう何も言わない方がいいのはわかっていたが、自分自身を止められなかった。

「ピアニストの方は、わたしが歌ったのとは違う編曲で演奏なさったんです」ノーラはあたかも編曲について熟知しているかのように、自信たっぷりに言った。

「そうですね。〈老いた雌牛に聞かせたら死んでしまった曲〉と呼ばれるにふさわしい音楽でした。じつにあなたのおっしゃるとおりですよ」

彼は今や、ノーラを正面から侮辱していた。

「ありがとう」とノーラが言うと、レドモンドが玄関ドアを開いた。

彼女は車をホワイツの駐車場に入れ、フィリスと会う前に少し買い物をした。

「ジャネット・ベイカーの再来だって言われた？　ねえ、どうだったのよ？」とフィリスが尋ねた。

「〈老いた雌牛に聞かせたら死んでしまった曲〉って知ってる？」とノーラが聞き返した。

「さあね、知らないわ」とフィリスが言った。

「メロディーの流れが悪かったのは事実よ」とノーラが言った。

「ノーラ、うまくいかなかったの？」

「ピアニストが『夏の名残のバラ』に自分勝手な前奏をつけた上に、シューベルトのほうは歌わせてもくれなかったのよ」

「ピアニストは誰だったの？」

「スーツを着たさえない小男」

「ラー・ファーロングだ。あのひとは以前、別のひとにも同じことをしたって聞いたわ」

「あらそう、あいつには二度と会いたくないわ」

「有名なへそ曲がりなのよ」

「ふうん?」

「とても有名。まあコーヒーでも飲みながら、今日のことをローリー・オキーフにどう報告すればいいか一緒に考えましょうよ。あなたは彼女が掘り出した才能なんだから」


ノーラが帰宅したとき、ジムとマーガレットが来ていた。ふたりは奥の間でフィオナと話していた。

「ドナルの話をしていたところ」とマーガレットが言った。「言語療法士のフェリシティ・バリーと会ったのよ。いろんな学校とつながりがあるひとなのだけれど、ウェックスフォードのセント・ピーターズ・カレッジは設備が行き届いているらしいわ。写真を現像できる暗室があって、カメラクラブもあるんだって。中等教育修了試験の成績もとてもいいそうよ」

「寄宿学校?」とノーラが尋ねた。

「そう。言語療法士がいる学校なら、わたしは喜んで学費を負担するつもりよ」

「ドナルの吃音はずいぶんいいときもあるの」とノーラが言った。

「でも、よくなったかと思うと悪くなる」とフィオナが返した。

「このことについてドナルと話したひとはいるの?」とノーラが言った。

「話したわよ」と返したマーガレットは、ノーラがいらだっているのに気づいた。「ドナルはじきに、あなたに報告すると思うけど」とマーガレットがつけくわえた。

「あの子は寄宿学校に向いてるかしら。同年齢の子と較べて、ませているところもあるけど、ひどく幼いところもあるから」

「同じ歳の子たちと集団生活するのはドナルのためになると思うわ」とマーガレットが言った。

ノーラは、こういうなりゆきになったということは、マーガレットがドナル本人とかなり話を詰めたに違いないと思った。ドナルは暗室で作業するためにマーガレットの家へ行くから、彼女とはいろんな話をしているし、フィオナともよく話している。ドナルは自分の将来についてノーラとじっくり話したことはない。一方、マーガレットとフィオナはドナルに質問して、本人の意向を確かめている。ところがノーラとしては、ドナルがあいかわらずノーラに頼っていると思いたい。息子には独特の観察力とものごとを学び取る力があるので、一緒に住んでいるだけでノーラの気持ちがわかっていると思いたいのだ。ドナルは十五歳になった。あと二年でダブリンの大学へ進学する年頃である。母親から距離を置き、世の中で経験を積むために、二年を待たずに家を出るかもしれない。だがノーラはそんなことはないだろうと高をくくっていた。ドナルは、ノーラが彼を大人扱いするのを歓迎していたが、ノーラのほうは、息子は内にこもる凝り性なので、勝手気ままが許されず、日課を押しつけられる集団生活など、できるはずはないと考えていたのである。

その翌日、ノーラはドナルと話して、彼がセント・ピーターズ・カレッジへ行きたいと思っているのを知った。言語療法士がいるのはうれしいし、カメラクラブがあるのも魅力なのだ。彼女はドナルに、共同寝室で眠り、細かい規則に束縛される日常生活がどんなふうかを想像させようとした。だがドナルが、寄宿学校について否定的なイメージを持ちたくないと思っているのがわかったので、ほどほどにしておいた。ノーラはドナルに依存していると思われたくなかったし、あと二年間、息子たちを自分の寝室の隣に引き留めておきたくて必死になっていると思われるのも嫌だった。ドナルの望みに水を差すようなことを言いさえしなければ、本人は家に留まることを選ぶに違いないと考えた。月曜日、彼女はフェリシティ・バリーの電話番号を見つけ出し、バック・ロードの電話ボックスから電話をかけてみた。ところが誰も出なかった。ノーラは、先方に手紙を書いてドナルを個人的に診てもらえないか頼んだ方がいいかもしれないと思った。そして電話するのが遅きに失したのを後悔した。

　ノーラは結局、ドナルの寄宿学校進学計画が自分の手の届かないところで進んでいくのを見守るほかなかった。彼女はせめて、誰がどんなふうに言いだして計画がはじまったのか知りたいと思った。彼女は表だって反対の意見を述べたわけではないが、マーガレットがノーラの暗黙の抵抗に気づいて、進学問題についてはジムにしゃべらせるようになった。ジムは、GAA《ゲーリック体育協会》の会合でセント・ピーターズ・カレッジの校長であるドイル神父に会ったので、ドナルの転入を受け入れてもらえるか訊いてみたと話した。ドイル神父は、モーリス・ウェブスターの息子なら喜んで受け入れると言ったという。ノーラはのちに、ジムとドイル神父が会った話は、彼女が聞くよりも先にドナルの耳に伝わっていたと知った。

　その年の夏も家族でカラクローのトレーラーハウスに滞在した。最後の晩、ジムとマーガレットが訪ねてきた。ノーラは、ドナルがハウス内に居残って大人たちの話に耳を傾けているのを見守った。今はもう七月の終わりなので、九月初旬にはじまる新学期に寄宿学校へ入学するためには手続きを急がなければならない。翳りゆく光のなかで話し合いを続けながら、ノーラは、とっくに結論は出ていると思った。マーガレットに正面から反論したことは一度もなかったが、このときばかりは腹に据えかねた。ジムに頼んでドナルとコナーを連れてウィニング・ポストへ行ってもらい、彼らがアイスクリームを食べている間に、マーガレットに向かって、うちの息子の人生に口出しするのはやめて欲しい、と言ってやりたくてうずうずした。だがマーガレットはマーガレットで、他意などないときっぱり言うに違いなかった。彼女がドナルの教育費を負担するのは、オーニャのときとまったく同じで、そうするのが一番だからだ、と。ノーラが反論すれば、息子によりよい教育を受けさせるのを拒み、マーガレットの厚意に泥を塗ることになってしまうのだ。

結局、ジムがドイル神父に正式な手紙を書くということで一同は納得し、ジムとマーガレットは帰っていった。ドイル神父が色よい返信を寄越すとは限らないと言ってはいたが、そんなことはないとノーラは思った。ドナルの入学は許可されるに決まっている。ドイル神父はすでにジムに確約したのだから。ドナルは寄宿学校へ行ってしまう。それを食い止めるためにできたことはあっただろうか──あるいは今からでも間に合うことはあるだろうか──とノーラは思案した。

翌朝荷物をまとめ終え、帰るばかりになったところで、ノーラはドナルを散歩に誘った。ほとんど砂で覆われた板張り遊歩道を歩いて海岸へ向かう道すがら、ドナルは気まずそうにしていた。深刻なことを話し合わなければならないのがわかっているからだ、とノーラは思った。

「セント・ピーターズ・カレッジへ本当に行きたいの？」浜に着いたところで彼女が言った。

「う、うん。い、行きたい」とドナルが言った。

「大きい決断よ」とノーラが返した。

そしてふたりは浜を歩いた。

「キ、キリスト教教育修道会《クリスチャン・ブラザーズ》の男子校は、き、嫌いなんだ」とドナルが言った。

「そうなの？」

「が、学校なんか、い、行かなくてすめば、い、一番いい」

「あと二年間さえ辛抱すればいいんだよ。オーニャに、ユニバーシティ・カレッジ・ダブリンのことは話したの？」

ドナルがうなずいた。

「大学へ入ったら何でも好きなことを勉強していいのよ」

「し、写真の、べ、勉強がしたい」

「もちろんできるわ。至れり尽くせりよ」

ふたりは黙って歩いた。ドナルは波打ち際で小石を拾い、海へ投げた。

「キリスト教教育修道会《クリスチャン・ブラザーズ》の男子校のどこが嫌いなの？」ノーラがついに尋ねた。

「ぜ、全部だよ」

「寄宿学校のほうがいいと思ってるの？」

ノーラにはドナルの息づかいが聞こえた。動揺しているのがわかった。

「セント・ピーターズ・カレッジのほうがいいわけね？」

「と、父さんが、お、教えてた学校じゃ、な、ないから」

ドナルはそう言って母を見つめた。息子の顔に今まで見たことのない切迫感が見えた。

「いままでずっと嫌いだったの？」

「今通ってる教室は父さんが教えてた部屋だよ。かつて父さんが授業をしていた教室にぼくは毎日座っているんだ」

ドナルの口調は率直で冷静で、吃音はまったくなかった。彼女がドナルを抱きしめると、彼は声を上げて泣きはじめた。

「み、みんながぼくを見て、き、気の毒がるんだ。べ、勉強なんて、で、できやしない。な、なんにもできない。み、みんな、だ、大嫌いだ」

ノーラはドナルが苦しくなるほど抱きしめた。そしてふたりはゆっくり歩いてトレーラーハウスへ戻った。

九月初旬、ノーラとフィオナとコナーがドナルを送ってセント・ピーターズ・カレッジへ行った。ノーラはすぐ、ドナルが今後寂しい思いをするに違いないと思った。他の生徒たちはこの学校で五年間過ごすのに、ドナルだけは最後の二年間しか過ごさない。玄関ホールは生徒たちと保護者でごったがえしている。ノーラの目には、生徒たちが大喜びで学校へ戻ってきているように見える。少なくとも皆、勝手知ったる場所へ帰ってきたと言わんばかりだ。神父先生が二、三人、忙しそうに立ち働いている。ドナルだけが途方に暮れているように見える。ノーラは神父先生をつかまえて、うちの子は四年生に転入してきたのですが、共同寝室がどこだか知らないし、荷物をどこへ持っていけばいいのかもわからないのです、と事情を話した。

「あそこの机のそばで立っているように伝えて下さい。すぐに行きますから」と神父が返した。ノーラは自分も一緒に待つべきなのか、それとも息子とスーツケースと鞄を残して帰ったほうがいいのか尋ねようとしたが、神父の姿は消えていた。家族が生徒に面会したい場合、どうすればいいのかもまだ聞いていない。まえもってそれを尋ねておけば、ドナルに、じきにまた会えるからと言ってやれたのに。気がつくと他の保護者たちが帰ろうとしているので、ノーラはドナルに、フィオナとコナーとわたしもそろそろ帰るね、と言った。生徒たちだけになったほうが、神父先生を待つドナルの不安感も少しは薄れるだろうと思った。ドナルを悲しくさせてはいけないので、ノーラは抱きしめたり、特別なことばを掛けたりするのは控えた。

「面会時間がどうなっているのか調べておくね」とノーラが言った。「手紙を書いて知らせるから、そっちも何か必要なものがあったら手紙を書いてね」

ドナルはうなずいたあとよそよそしい顔になり、三人に背を向けた。

ウェックスフォードの聖歌隊指揮者から不採用の通知が届くと、その週のうちにノーラはローリー・オキーフのところへ行き、一部始終を詳しく報告した。ローリーは歌のレッスンを再開しようと提案したが、ノーラはしばらく時間をおきたいと答えた。だがノーラは、ドナルをセント・ピーターズ・カレッジへ送り届けた日の夜、ローリーの家へ行った。ノーラにとって、友達さえいない場所にひとりぼっちで放り込まれたドナルのことを考えずにすむ場所は、そこしかなかったからだ。あの子の吃音が生徒や先生たちに知れ渡れば、いっそう孤独になるに違いない。家で暮らしていさえすれば、好きなときに外出できるし、マーガレットの家の暗室で思う存分写真を現像することだってできたのに、とノーラはぐずぐず考えていた。

ローリーはノーラを音楽室へ招き入れた。

「フランク・レドモンドと決着をつけました」とローリーが言った。彼女の声音は劇的で、宣戦布告する首相のように決然としていた。「わたしたちがあいつと関わりを持つことは金輪際ないと思うわ」

「どうしてそうなったんですか?」とノーラが尋ねた。

「ビリーに運転を頼んでウェックスフォードまで行ってきたわ」とローリーが言った。「フランク・レドモンドの家が見えるところに車を停めて、ビリーには車内で待っていてもらうことにしたの。あのひとはウェックスフォード郊外の平屋建てに住んでいるのよ。かわいそうに、奥さんが玄関へ出てきて、夫は庭におりますと言った。そこでわたしが、今すぐあのひとをここへ呼んできて下さい、一日中待ってるわけにいかないのですから、と返した。本人が出てきたので、わたしの生徒を侮辱したわね、とずばり言ってやった。そしたらあのひと、咳払いをして、もごもご言いながら、居間へ来てくれって言うのよ。居間へ入ったら、あの家の子どもたちの卒業式の写真が所狭しと飾ってあった。六人だか七人だか子どもがいて、思い思いに丸めた卒業証書を持って写真に写っていた。その部屋でもういっぺん、あなたはわたしの生徒を侮辱したわねと言ってやった。そしたら長々と弁解をはじめて、あの日はとても忙しかったとか、仕事がきつかったとか言うじゃない。そこでわたしは三度目に、「あなたはわたしの生徒を侮辱したんじゃないですか?」と訊いた。そしたらあのひと、自分の発言がそのように受け取られたとしたら不徳のいたすところですって言ったの。それでわたしは、わたしが申したことはお好きなように受け取って下さってかまいませんよと返した。あの家ったらね、一面白塗りの外壁にメキシコまがいの瓦屋根が載っていて、窓だってへんてこな形なの。家じゅう見回しても本が一冊もなくて、マントルピースには悪趣味な飾り物がいくつも置いてあった。あなたは無知を絵に描いたようなひとなんだから、ものごとを判定できると思ったら大間違い――とりわけ美を審査しようなんておこがましいにも程がある――と言ってやりましたよ。フランス語にはあなたのようなひとを指すのにぴったりのことばがあるのよ、と言い残して家を出ました。たいそうなおかんむりだねってビリーに言われたわ」

「あら、まあ」とノーラがつぶやいた。

「それはそうと、この冬は厳しくなるわよ。感じでわかるの。厳冬に備えておかなくちゃいけない。あなた、こんどはフランス語の歌を習ってみなさいな。フォーレなんか向いていると思う。今度、あなたのお友達のフィリスと一緒に歌ってみる? 彼女も声がいいし、トレーニングも身についているから。ちょっとトレーニングしすぎかなとも思うけれど――」

「とても親切なひとですよ」とノーラが口を挟んだ。

「なるほど、あなたは彼女をそう見ているのね。そうそう、マーラーの歌曲もいいかもしれないと思っていたのよ。レコードが見つかれば今掛けてあげましょう。ソプラノとメゾソプラノで歌えばきっとうまくいくはず。『少年の魔法の角笛』の中に入っている曲で、レコードではジェレイント・エヴァンスがバリトンで歌っています。フィリスが彼のパートを歌って、あなたはメゾソプラノで合わせたらいい。喪失感にあふれた兵士の歌。マーラーはふたつの世界大戦が起きるのをずっと前に予感していたとしか思えない。マーラーの音楽を聞いているとときどき、大混乱や災厄や恐ろしい破滅の音が聞こえてくる。彼は間違いなく喪失感を抱えていたのよ」

レコードに針が落とされて伴奏が聞こえてきたとき、ノーラはこの曲なら聴いたことがあると思った。バリトンが歌いはじめると、彼女はラドフォード夫妻と過ごした時間を思い出した。ジン・トニックの味わいがよみがえり、家具に塗り込んだワックスと暖炉の煙が混じった匂いを嗅いだような気がした。歌そのものの印象は、あの家で聞いたときとは少し違っていた。全体に穏やかで、旋律はいっそうもの悲しく、美しく感じられた。だがその旋律はおいそれと覚え込めそうになかった。そしてふと、へたくそな歌いこなしでお気に入りの曲を台無しにして欲しくない、と言わんばかりだったフランク・レドモンドの気持ちがわかる気がした。とはいえそれを、ローリーに今言うわけにはいかないと思った。

「フィリスに電話してみるわ」歌が終わるとローリーが言った。「あなたからも話してみてね。一切は口外無用ということもそれとなく伝えておいて。それが不文律だから」

ノーラは微笑んで見せた。

「先生がお電話なさったらフィリスは大喜びしますよ」

「春が来たらここで小さなコンサートを開くことを目標にして練習をはじめましょう。招待客限定のコンサートにして、わたしの他の生徒たちにも客演してもらえばいいわ。ラドフォード夫妻はもちろん招待します。当日までに会う機会さえあれば、ウェックスフォードのひとたちにも何人か声を掛けるつもりです」

「まあ、ラドフォード先生？」とノーラが驚いた声を出した。

「心配しなくても大丈夫。あなたがあの夫婦の家で気まずい時間を過ごしたことぐらい想像はついてます。悪意はないのよ。わたしがあなたのことを前もって話しておいたので、あなたに好印象を残したくてがんばっただけ。ふたりの話では、あなた、あの家を訪れた後のグラモフォン友の会で、あのひとたちに冷淡な態度を取ったそうじゃない。借りたレコードを聞きもせずに返したって聞いたわよ。でも小コンサートにはラドフォード夫妻も招きましょうね。勝手な真似をしないようにわたしが手綱を引いておきますから」


翌週の金曜日、ノーラが仕事を終えて事務所を出るとき、ウィリアム・ジブニー・ジュニアがメッセージを書いた紙片を持って待ち構えていた。

「わが社では、いかなる相手でも私用の電話は取り次がないことにしているのは承知と思いますが」と彼が言った。「先方が緊急の用件だと言い張ったものだからメモをとりましたよ」

紙片にはドイル神父の名前とウェックスフォードの町の電話番号が書いてある。ノーラは即座に、ドナルに何かあったに違いないと直感した。執務室へ戻って電話をかけようと思った直後、エリザベスに話を聞かれるのは嫌だと考え直して、早足で郵便局へ行くことにした。あそこの電話ボックスなら他人に聞かれずにすむからだ。

ドイル神父にはすぐ電話がつながった。

「ご心配を掛けるようで気が進まなかったのですが」と神父が言った。「ドナル君が受けている英語の授業を担当しているラーキン神父から、どうしても電話をかけてくれと頼まれたものですから。率直に申して、ドナル君はまだ新しい環境に慣れておりません。お母様に連絡を取りたがっているようなのですよ。ラーキン神父がそちらに電話をかけたのですが、忙しいと断られたとのことで」

「ドナルは……？」

「ここ数日寝込んでいます。ものを食べていませんし、教室へも出られない状況です。今回がはじめてではありません。ここの暮らしに慣れさえすれば問題ないのですが」

「わたしが面会に行ったほうがいいということでしょうか？」

「ラーキン神父はそう考えています」

「いつ？」

「そうですね、明日の通常面会時間ではいかがでしょう。ドナル君を町へ連れ出していただくことも可能です。そうすれば元気が回復するかもしれませんよ」

「神父様、連絡を下さいましてありがとうございました。ラーキン神父様にくれぐれもよろしくお伝え下さい」

「それでは明日、お目に掛かりましょう、ミセス・ウェブスター。わたしたちのほうでもお祈りをしておきます。たいていは時間が解決してくれますよ。時間さえかければ、生徒は新生活のペースに順応していくものですから」

「ありがとうございます、神父様。明日、二時に伺います」

ノーラはそう言って受話器を置いた。


フィオナとコナーには、そしてもちろんマーガレットにも、何も言わずにおくことにした。ノーラが翌日、車でウェックスフォードに到着すると、ドナルは学校の玄関広間で待っていた。制服を着て黒いブレザーをはおっている。少し見ないうちに背が伸び、痩せて青白くなり、大人っぽくなったようだ。

「が、外出にはき、許可がひ、必要なんだ」とドナルが言った。

「大丈夫」平静を装いながらノーラが言った。「許可なら昨日、ドイル神父様からもらってあるから」

　ふたりは黙ったまま、車で町の中心へ向かった。ドナルは泣きそうになっている。泣いた方が息子のためになるのか、泣かない方がいいのか、ノーラにはわからない。わかるひともいるのかもしれないが、彼女にはわからなかった。本通りをふたりで歩きながら、そもそもこんな学校へ転校さえしなければドナルは気楽に過ごせたのに、と彼女は考えていた。自宅にいれば土曜日は寝坊ができて、朝食には好きなものを食べていい。ノーラやフィオナやコナーを無視しても叱られはしない。新聞に目を通したらカメラとフィルムを持ってマーガレットの家へ行けばいい。帰宅時間だって本人の自由だ。自宅はドナルの天下であって、黙りこくろうが、ひねくれたことを言おうが、吃音でしゃべろうが誰も文句は言わなかった。ところが彼は、帰省するとき以外にはその自由を失った。毎日、一挙手一投足が規則で縛られているのだから、軍隊に入ったようなものだ。息子が気ままな自由を失ったせいで心を痛めている自分と同じように、本人も悩んでいるに違いない、とノーラは思った。だがそれは憶測に過ぎないとも感じていた。ドナルが感じているのはもっと身に染みる痛さに違いなかった。

　ノーラとドナルは、ホワイツのコーヒーショップへ入ってもまだ黙りがちで、ドナルは何もいらないと言った。ノーラはコーヒーをすすりながら途方に暮れていた。何ごともなかったかのようにしゃべろうとすれば、息子の自尊心を傷つけることになる。かといってことさらに同情するような態度を取れば、彼の気持ちを癒さぬまま寄宿学校へ帰すことになる。今のところは黙っていたほうが無難だと思われた。

　欲しいものは何かないか尋ねると、ドナルは首を横に振った。だが彼はノーラと一緒に本通りの果物屋に入り、オレンジとリンゴを少し買ってもらうことにした。ノーラが代金を払い終えると、ドナルは、濃縮オレンジジュースと歯磨きも少し買いだめしておきたいと言った。まだ午後三時だった。ノーラは息子に、これからすぐ学校へ車で戻り、衣類と本をまとめて、誰にも何も言わないで家へ帰ろう――そして、セント・ピーターズ・カレッジの名前は二度と口に出さないようにしよう――と提案したい誘惑に駆られた。

ドナルに空腹か尋ねるとうなずいた。

「た、食べられないんだ」と彼が言った。タルボット・ホテルへ向かって歩きながら、ノーラは、安直に逃げを打つのはやめようと思い直した。今ドナルを家へ連れ帰って、もとの学校へ復学させることは、どう見ても負けにしかならないとわかったからだ。来週まで、あるいは来月まで、あるいはクリスマスまで期限を切って様子を見てみようなどと提案すれば、問題の解決を長引かせるだけだと思った。タルボット・ホテルのラウンジでサンドウィッチか何かを食べる間もドナルはだんまりを続けるかもしれないけれど、今日はとにかく息子を五時までに寄宿学校へ送り届けよう、と気持ちを切り替えた。もしかりに事態が全然好転しないようであれば、いずれ息子を家へ連れ帰ることも選択肢に入ってくるかもしれない。だが今のところは、本人にその可能性を知らせてはいけない。そう簡単に家へは帰れないと覚悟を決めれば、あの子は新しい環境になじんでいくだろうから。ノーラは、ドナルがだんまりを決め込んで、寄宿学校での日課について――あるいは一番嫌いなことについてでもいいのに――ぜんぜん語ろうとしないので、しだいに腹が立ってきた。

料理が届くのを待つ間、ノーラは沈黙を破ろうかとも思ったがやめておいた。ふたりはテーブルに届いたサンドウィッチを無言で食べた。ノーラがドナルにおかわりはいらないか尋ねたが、ほとんど反応しなかった。ノーラは息子が辛い思いをしているのが理解できた。自宅での安泰な暮らしが失われて、取り返しがつかなくなってしまったのだから。だがそれだけではなさそうだった。目の前のドナルの振る舞いには、母親への無礼を通り越した攻撃性がかいま見えた。泣き出さぬよう歯を食いしばり、家へ帰りたいと言いたいのを必死にこらえているように見えた。彼はおそらく、学校での不平不満をぶちまけたり、今の気持ちを説明してみたところで、離れて暮らす母親には何ひとつ論評を返せないのがわかっていたのだ。

「毎週土曜日に来るようにするね」とノーラが言った。「町へ出る時間がないときは車の中でおしゃべりしてもいいし、わたしが面会室へ行ってもいいんだから。一週間分の必需品はわたしが揃えて持ってくるようにする。日曜日の面会時間には、マーガレットが様子を見に来てくれるから大丈夫。それから、午後外出して自宅へ戻っていい日もあるんだよね。そうやって毎週過ごしていればすぐにクリスマス休暇だよ。そしたらマーガレットの家の暗室へ毎日通えるじゃない」

ドナルは深刻な表情でノーラにうなずいた。そうして言われたことについて二、三秒考えるようなそぶりを見せてから、もう一度うなずいた。ノーラは息子が、自分がどういう行動に出るか様子を見ていたのだと気づいた。そして、ノーラが今日来たのは一緒にすぐ家へ帰りましょうと提案するためではない、と息子が心に銘記したのを直感した。彼女が言ったことばはすべて、ドナルが寄宿学校に留まるよう促していた。ドナルは一瞬、母親に鋭い目を向けて暗黙のうちに確認した——ノーラはドナルを寄宿学校から解放するためにやってきたのではない。そして、今後はひんぱんに面会に来るとはいえ、それ以外の選択肢はない。ノーラは同情を見せつつも断固とした態度は崩さず、ドナルはセント・ピーターズ・カレッジへ戻ってひとりでがんばっていくほかにないのだ、と悟らせた。

彼女がトイレに立って帰ってきたとき、息子のようすがかすかに変化したのに気づいた。少しだけ表情が浮かんで不機嫌さが薄れていた。

「どうしてくれたらうれしいか言ってもいい?」とノーラが言った。「週のどの日でもいいから手紙を書いてくれたらうれしいわ。それが無理なら現像した写真を送ってくれてもうれしい。母さんにできることがあったら何でも言ってね。学校の生活に慣れてきたら、そういうことを知らせてくれるのもうれしい。だってそういうことがわかれば心配しなくてすむから。どうかな、頼める?」

ノーラが自分のことや、息子にして欲しいこと、さらには心配な気持ちまで語るのを聞いて、ドナルはもはや無表情ではなくなった。もしかしたらここ二、三年のあいだ、ノーラが息子を思いやる深さよりもドナルが母親を思いやる気持ちのほうが深かったのかもしれない、という考えがノーラの脳裡をよぎった。それこそ真実である可能性は大いにあり得た。彼女は自分がどれほど息子を愛しているかは自覚していたが、自分自身の気持ちよりも息子の気持ちのほうがはるかに切迫しているのを今はじめて知った。もっと注意して息子を見守らなければならない。今彼女にできるのは、約束したことはすべてちゃんとやるから心配は要らない、と息子にわからせることぐらいだった。

車のシートに身を預けて、ノーラがまた口を開いた。

「毎週土曜に必ず来るからね」と彼女は言った。「持ってきて欲しい食べ物があったら、手紙で知らせるのよ。それ以外の欲しいものも手紙に書いてね」

ドナルはうなずいてから目をそらした。ノーラは息子が泣きそうになっているのがわかった。彼女はこれ以上何も言わずに車を出して、セント・ピーターズ・カレッジまで送り届けてしまった方がドナルのためになると判断した。道中で、息子が車を停めてほしいと言えば停めても問題はない。学校には五時までに戻ればいいので、十五分間の余裕があった。だが結局ドナルが黙りこくっているうちに、ノーラが運転する車は学校の前に着いてしまった。

第17章

クリスマスプレゼントにはカメラが欲しい、とコナーが言った。ノーラは彼が、兄の写真雑誌を眺めていたのを知っている。見終わったら元通りにしておくよう念を押したとき、コナーは言いつけをちゃんと聞いていたようだ。ドナルが家を出て以来、コナーは変わりはじめている。夜は早めに寝室へ引き上げるし、言われる前に気を利かせて、暖炉の燃料を納屋から運び込んでおくようになった。マーガレットとジムがやってくると、奥の間に腰を下ろして大人の話を聞く。だがドナルのようにひとりで彼らの家へ行きはしない。コナーが好んで通うようになったのはウーナの家のほうだ。彼女はコナーが来ると、バナナサンドウィッチをこしらえて食べさせた。

学校の成績は一番だがコナーは満足していない。夜ときどきフィオナに頼んで、アイルランド語文法のおさらいをしてもらうことがあった。おさらいのあと、フィオナはノーラに、コナーは呑み込みが早いから何でも一度言うだけでいいと報告した。コナーは聞いたことをぜんぶきっちり覚え込んでしまうので、この子の前ではことばに気をつけるようにしよう、とノーラは思った。コナーは心配性だ。自動車のエンジンが掛かりにくいと、買い換える時期ではないかと考える。駅までオーニャを迎えに行くときには、列車はちゃんと到着するか、オーニャが乗り遅れはしなかったか、とホームをうろうろしながらやきもきする。頭の中にはオーニャが履修している授業の時間割が入っていて、彼女がどの教授をどう評価しているかまで把握していた。フィオナがポール・ホイットニーと外出する行き先もすべてつかんでいた。ジブニー家のひとびとや、社員についても精通していた。とりわけ、ハーリングの試合を見に行ったとき、コナーにわざわざ話しかけてきて、君がウェブスター家の末っ子だね、君の母さんはすごいひとだよ、と語ったミック・シノットには詳しかった。ノーラはあるとき冗談を言った——家族のことならわたしよりもコナーに聞いてね。だって本人が知らないことまで知っているんだから。

ノーラは何度かセント・ピーターズ・カレッジへ行ってドナルに面会したが、ずいぶん元気そうになったね、とは言わずにおいた。ドナルは、キリスト教教育修道会《クリスチャン・ブラザーズ》の男子校に通っていたときよりも、日頃のあれこれや先生や神父さんたちについてたくさん語った。彼女はドナルが新しい学校に慣れてくれてほっとしたので、息子が自分よりもマーガレットに、もっとたくさん話しているとわかったときにも、落胆はしなかった。ドナルの日常について、本人が語らなかった内容がマーガレットの口から出たときには、ただうなずいて聞くよう心がけた。ノーラはドナルが、彼女とマーガレットの扱いに差をつけているのだろうかと疑った。そして、たぶん、毎週日曜日に面会しに来るマーガレットのほうが根掘り葉掘り質問するので、息子はいちいちていねいに答えているのだろうと考え直した。

ノーラは、ドナルがクリスマス休暇に帰省したとき、ドナルとコナーの間を取り持つことはできないだろうと思った。コナーはカメラを欲しがっている。ドナルにできるのは無視するとか、ノウハウを一切教えてやらないとかいう方法で、コナーを妨害するくらいだろう。末っ子はふだん忘れられがちなので、コナーはドナル以外の家族に認められたがっている。兄が弟を無視すると決めた場合、コナーはあらゆる手を使って兄の気を変えさせようとするに違いない。ある週の土曜日、コナーを連れてセント・ピーターズ・カレッジを訪れたとき、ノーラはひとりで微笑した。

「兄ちゃん、ぼくはクリスマスにカメラを買ってもらおうと思ってるんだ」とコナーが言った。

「ど、どんなカ、カメラ？」

ドナルは車の助手席で身体をひねって弟を振り返った。

「わからない」

「ぼ、ぼくのを売ってやるよ。ち、ちょうど買い換えようと思ってた、と、とこなんだ」

「壊れたの？」

「い、いや壊れてなんかいない」とドナルが返した。「もっといいのがほ、欲しいだけだよ」

ノーラは口を挟んで、コナーが欲しがっているのは新品なのよ、とドナルに言ってやろうかと思った。あるいはコナーに向かって、お兄ちゃんは写真にとても詳しくなったから違うカメラが必要になったの、でも今お兄ちゃんが使っているカメラは初心者には最適よ、と言おうかとも思った。

「いくら？」とコナーが尋ねた。

「お、おまえなら、二ポンドで売ってやるよ」

「母さん、どう思う？」とコナーが言った。

「お兄ちゃんが本当に言いたいことを代わって言うとね、値段は一ポンド十ペンス。それで、一年以内にカメラが壊れた場合にはお金を返すっていうことだと思うわよ」

「壊れたりしないよ」とドナルが言った。

「もしぼくがカメラを買ったらプリントのしかたとかも教えてくれる？」とコナーが訊いた。

「マーガレットおばさんの家のあ、暗室で、げ、現像から焼き付けまでひ、ひととおり教えてやるよ。こ、こっちの学校で新しいやり方を習ったから」

「いつ教えてくれるの?」とコナーが言った。

「ク、クリスマスにき、帰省したときに」とドナルが返した。

ノーラは、コナーがその日以降、この会話の一語一語を心の中でなんべんも繰り返したのが耳に聞こえるようだった。


クリスマス休暇がやってきた。フィオナはダブリンへ出て、ラグラン・ロードにオーニャが借りている狭い部屋に居候した。ドナルは毎日、コナーをマーガレットの家へ連れて行った。そういうわけで、クリスマスの準備をする時期にずっと在宅しているのはノーラひとりだった。おかげで心置きなくレコード三昧《ざんまい》ができた。ノーラは、ベートーベンのピアノ三重奏曲『大公』を特別大事にしていてめったには掛けない。会社でいやなことがあったときなどは、この曲があると思うようにしている。帰宅したらすぐに掛けるから、と自分自身に約束するのだ。この一枚だけは精魂込めて耳を傾ける。他のレコードのように台所仕事をしながら掛けたりは決してしない。

変人と思われるのが嫌だから他言はしていないけれど、いつしかこの曲は彼女にとって、夢の人生を表すようになった。もし別の場所に生まれたとしたら歩んでいたかも知れない人生。ノーラはときどき、自分自身が純粋な夢想に耽るのを許した。子どもの頃からチェロを学び、『大公』のジャケット写真に写っている若いチェリストと同じように熱心で才能があり、自分の世界を持っているノーラ。一緒に写っている男の演奏家たちは、彼女が奏でる陰翳の深い楽音にリードされて、それぞれの楽器を奏でるのだ。ノーラは、数字と明細書と送り状ばかり相手にしている自分の暮らしを思うと恥ずかしくて消え入りたくなった。毎朝、町を横切って会社まで行き、昼になったら来た道を帰る日々は、楽しみに待つことがらが少なすぎた。彼女の日常は録音スタジオやコンサートホールの舞台や名声とは無縁だった。とりわけ、写真の娘が聞かせる入魂の演奏とはあまりにかけ離れすぎていた。ノーラはぽつんと身体ひとつで、さえない現実と絢爛たる夢の人生の真ん中に宙づりになっているような気がした。

一月初旬まで歌のレッスンは休むことになっていたので、クリスマスに向かう日々、ノーラには何ひとつ心配事はなかった。モーリスが死んでから迎えたクリスマスの中で、今年は一番気楽に過ごせそうだった。ジムとマーガレットとは気の置けない間柄ができあがっているし、ウーナとシェイマスが来てくれるのは待ち遠しい。聖ステパノの祝日（十二月二十六日にあたる）にウーナの家で、キャサリンとマークと子どもたちに会えるのも楽しみだ。自分が皆から忘れられ、自分などいなくても皆うまくやっていけて、自分ひとりが仲間はずれになるときが来る――ノーラはふと、死を前にしたモーリスが一番恐れていたのはこれだったのではないかと思った。だが彼女は強いて信じ込もうとした――夫は皆が幸せになってほしいと願っている。幸せもどきでもいいから感じてほしいと願っている。さもなければ生きている意味などないのだから。ノーラはクリスマス・ディナーの席上でモーリスの名前を出そうか出すまいか迷ったが、彼の名前を口にするのはあまりにも悲しく、ぎごちなくなりそうに思えたので黙っていた。

一月末の日曜日、オーニャは大学へ戻り、ドナルもすんなりと寄宿学校に戻った。ノーラが二階の寝室でアイロンを掛けていたところへコナーが階下から声を掛けて、ニュースをやってるからすぐに見に来てと言った。

「何だって言うの？」とノーラが尋ねた。

「いいから下りてきて見て」とコナーが返した。

「カトリックのひとたちを撃ち殺したんだ」階下へ下りてきたノーラにコナーが言った。

「誰が？」

「英国人だよ」

フィオナもすぐに下りてきて、デリーから報道される番組を三人で見た。

「オーニャが無事だといいけど」とフィオナが言った。

「どういう意味？」とノーラが尋ねた。「オーニャがデリーへ行く予定でもあったの？」

「ないわ。でもあの子、このニュースを見たらきっと悲しむと思うから」

デリーの町で平和的にデモ行進をしていた市民に英国軍兵士が発砲し、十二人以上を死亡させたのだ。テレビのニュースが終わるとラジオをつけた。ラジオからは録音された音声が聞こえてきた。叫び声と発砲音に引き続いて目撃者のインタビューと政治家の談話が伝えられた。ノーラは、コナーがことばの目方を量るかのように耳を傾けているのを見た。フィオナも一字一句聞き逃すまいとしていた。


翌朝、出社したとき、ノーラを呼び止めて、デリーで起きた事件について語った同僚はひとりしかいなかった。トマス・ジブニーはいつもより厳重に、出社時間に遅れる者がいないか見張っているようだった。出社してきたエリザベスは事件についてほぼだんまりを決め込んでいた。彼女が朝のコーヒーを飲むために母親のところへ行ったのを見計らって、ノーラは大きい事務室を覗いてみた。机に広げた新聞のまわりに数人のひとたちが集まっている。ミック・シノットがやってきて口を開いた。

「これ以上黙っちゃいられない。ぐずぐずしてる場合じゃないですよ。皆で国境を越えましょう。あそこを取り返さなくちゃだめだ」

「慎重にやらないと」と若い娘が言った。「あなたも撃ち殺されるわよ」

「こっちも武装したらいい」と彼が返した。「そうして、見つかりにくいところへ隠れたらいいんだ」

「穴に落ちたウサギだって撃てないくせに」と別の娘がからかった。


仕事帰りにスレイニー通りを歩いていたとき、ノーラは知り合いの女性ふたりと出会った。ノーラの姿を見つけたふたりが足を止めた。

「ねえ聞いた――」とひとりが口を開いた。「撃ち殺された若者のお母さんがラジオでしゃべっていたんだけど、その子はまだ十七歳で、背中から撃たれたんだって」

「あのひとたちのために祈ることしかできないわね」ともうひとりがつぶやいた。

「ぞっとする事件だわ」とノーラが言った。「ひどすぎる」

「焼き討ちが繰り返されたあげくの果てにこんなことになるなんて」と最初の女性がことばを継いだ。

「あの兵士たちには悪が宿ってる」ともうひとりのほうが言った。「悪よ。兵士たちの内側に邪悪なものが巣くっているのが見えるわ」


数日後、国を挙げて犠牲者を追悼する日が設けられて、商店も役所も扉を閉ざした。ノーラとフィオナは家にこもってコナーと一緒にテレビを見た。葬儀の映像は動きが少ない。コナーはしばらくのあいだ、発砲の場面がまた映るかも知れないと思って見ていたが、いくつもの棺と教会しか映っていない画面にナレーションがかぶさるだけなので退屈してしまった。静かに見ているノーラとフィオナをよそに、コナーは部屋を出て行った。

「うちも電話を引かないとね」とフィオナが言った。「バック・ロードの電話ボックスからオーニャにかけてみたんだけど、あの子は留守で下の階のひとが出たわ」

「そうね、うちも電話がほしいわね」とノーラが返した。

「オーニャはたぶん、ダブリンでデモ行進に参加したと思う」とフィオナが言った。

「知り合いのひとたちと一緒ならいいんだけど」とノーラが言った。

「どういう意味？」

「どういう意味って、わたしは神様に感謝したいだけよ。あそこから遠く離れた、この町に暮らしていられて本当によかった」

「わたしたちは皆アイルランド人なのよ」とフィオナが言った。

「わかっているわ。あっちのひとたちのことは本当に気の毒だと思ってる」

しばらくしてコナーが戻ってきた。テレビには、ダブリンの英国大使館前に集まった群衆が映っている。

「大使館を焼き討ちにするかもね」とフィオナが言った。

「建物のなかに人間はいるの？」とコナーが尋ねた。

「ちゃんと警備しているはずよ」とノーラが言った。

その次の瞬間、大使館の扉を打ち破る人影がテレビに映り、その人物に続いていくひとびとが映った。コナーは色めき立った。

「これは今起きていることなの？」と彼が尋ねた。

「そうだと思う」とフィオナが言った。

「またひとが撃たれるの？」

「誰も銃なんか持ってないわ」とフィオナが言った。「おそらく、持ってないと思う」

実況放送をするアナウンサーの語りは断片的で混乱していた。カメラもしばしばぐらついて、手や頭が手前に映り込むせいで遠景が見えにくかった。

「これはどこなの？」とコナーが尋ねた。

「メリオンスクエア」とノーラが言った。「新婚旅行でモンクレア・ホテルに泊まったのよ。そこからすぐのところ」

「あらそうだったの？」とフィオナが言った。

「そう、あのホテルに泊まったのよ」とノーラが返した。

「新婚旅行のとき、こんな事件に巻き込まれなくてよかったね」とコナーが言った。


翌日の夜、ジムとマーガレットがやってきた。ノーラはジムが、ダブリンのデモ隊が英国大使館を焼き討ちしたニュースに興奮しているのを見てとった。一同はテレビに映った黒焦げの建物を無言で見守った。

「不満を抱えている連中が勢揃いして、楽しい夜のお出かけをしたわけだよ」とジムが言った。「たとえ知恵を授かっても、あの連中が何かを建てることはできない。焼き討ちだけが得意なんだ」

「背筋が寒くなる」とノーラが言った。

「それじゃあ、あのひとたちはどうすればよかったのかしら？」とフィオナが口を挟んだ。「大使館の前まで行って感謝すればよかったの？」

「昨日の晩ダブリンにいたら、きっと危なかったわね」とマーガレットが言った。

「公安部にとってはいいチャンスだったと思う」とジムが言った。「大勢の連中を観察できたからね。公安はすぐには動かない。でもやがて逮捕者がでると思うよ」

「わたしは、抗議するひとたちが大使館を燃やしたのは正しいと思う」とフィオナが言った。

「アイルランド人がどんなふうに感じているかを英国に知らせるためには一役買ったわね」とノーラが言った。「撃たれた若者のひとりは十七歳だったって」

「なんてひどい話！」とマーガレットが言った。

「この問題を今後どうすべきかについては政府が判断するはずだから、今のところは彼らにまかせるべきだろうね」とジムが言った。

「政府はどう動くつもりなのかしら？」とフィオナが言った。

「外交官を総動員して話を国連へ持っていくと思う。でも英国大使館を焼き討ちしたのはわれわれにとってマイナスになる。酔っ払いの乱暴者みたいな行為だからね」

「でも焼き討ちをしたひとたちが、わたしたちの立場をはっきり示してくれたのは確かじゃないかしら」とフィオナが言った。

「わたしが撃たれた犠牲者の母親なら迷わず銃を取る」とノーラが言った。「家に銃があればいいのに！」

ジャック・リンチ首相が画面に映ってインタビューがはじまったとき、一同は黙り込んだ。首相は、エドワード・ヒース英国首相とすでに電話で会談したと語った。インタビューが終わったとき、最初に口を開いたのはジムだった。

「注意深い男だよ」と彼が言った。「考え抜いた内容をことばにしているし、助言にもよく耳を傾けているに違いない」

「エドワード・ヒース首相を電話でとっちめてくれたのならよかったわね」とマーガレットが言った。

「だってあのヒースってひとはいつだって苦虫をかみつぶしたような顔をしているんだもの」

「そうね、こっちの首相にはしっかりしてもらわなくちゃ」とノーラが言った。「英国軍に息子を殺された母親の立場になれば、大いに強気に出てもらわないとはじまらないんだから」

「きっとこれからいろんな問題が起きてくるわね」とフィオナが言った。「リンチ首相じゃ力不足よ」

「ああ神様、そういういろんな問題がせめてこの町には降ってきませんように」とマーガレットが言った。


金曜日、フィオナは電話で、オーニャの下の階に住む娘と話すことができた。娘によれば、オーニャは過去数日間帰宅していないらしい。フィオナはその娘に頼んで、オーニャの部屋のドアに、ウーナおばさんに電話して、と書いた紙を貼ってもらうことにした。マーガレットとジムには心配を掛けたくなかった。フィオナはノーラに報告してからウーナの家へ行き、オーニャが電話をしてくるかもしれないと伝えた。フィオナはウーナの家からダブリンの友人数人に電話をかけた。ところが本人たちは皆留守だったので、折り返しウーナの家に電話して欲しいと伝言を残した。ノーラは、フィオナがオーニャの消息をつかんで帰宅するのを待った。ところが待てど暮らせど帰ってこないので、コナーを連れてウーナの家へ行くことにした。

「どうしてウーナのところへ行くの?」

「招いてくれたからよ」

「どうして招かれたの?」

コナーはとことん問い詰めてくるので、子供だましで答えても跳ね返してしまう。彼はウーナの家へ着くとすぐに、ただ遊びに来たわけではないのを察知した。息子がさまざまな可能性を斟酌《しんしゃく》しつつ考えているのが、ノーラにはわかった。とはいえ彼女は息子に、ダブリンで焼き討ちが起きる前の火曜日からオーニャが貸間に帰宅していないので心配なのだ、と言うことはできなかった。ノーラがトイレに立ったとき、フィオナが後を追ってきて、オーニャに再び電話をかけてみたら他の娘が出て、部屋のドアにはまだ伝言が貼ってあると教えてくれたことを伝えた。フィオナは今晩、ポール・ホイットニーと会うので相談してみると言った。

「英国大使館前のデモ参加者から逮捕者が出たかどうか、彼なら知っているかもしれないから」とフィオナが言った。

「オーニャはデモに参加したの?」

「わからない。今夜あたり電話がかかってくるかもしれないわ」

十時まで待ったがダブリンから折り返し電話してくれたのはひとりきりで、そのひとりもオーニャには会っていないという話だったので、ノーラとコナーは歩いて家へ戻った。そのあと、遅い時間にフィオナが帰宅する物音が聞こえた。ノーラはコナーを起こさぬよう注意して階下へ下りた。

「ポールが明日、ダブリンへ行ってくれることになったわ。オーニャが借りている部屋まで行ってみれば何かわかるかもしれないから」

「あの子は本当にデモに参加したのかしら?」

「今までもずっとデモに出ているのよ。今回はとても大きなデモだったから参加しないわけがないわ」

ノーラはまた明日一日中、ウーナの家に貼りついて電話を待つのはごめんだと思った。

「わたしも車を出してダブリンへ行く」

「その必要はないわよ」

もし本当に母さんも行きたいならポールの車に乗せてもらっていけばいい、とフィオナが言いそうになったので、ノーラは先手を取った。

「時間は二時、シェルボーン・ホテルに集合」ノーラがきっぱりと言った。「ドナルの面会はウーナに頼むから大丈夫。わたしはダブリンに着いたらまずオーニャの部屋へ行ってみる。拍子抜けするかも。行方不明だったのは友達のところに泊まっていたせいで、明日はひょっこり自分の部屋へ戻っているかもしれないんだから」

「きっとそうよ」とフィオナが言った。「だから母さんはわざわざ行かなくてもいいと思うんだけど」

「ダブリンへ行けば買い物もできるから」とノーラが言った。

「コナーはどうするの？」

「あの子には明日の朝、話して聞かせるわ」

翌朝、ノーラが起きていくとコナーが台所にいた。

「ゆうべ、母さんはフィオナと何を話してたの？」と彼が尋ねた。

「フィオナが帰ってきた気配で目が覚めてしまったから、一緒にお茶を飲んでたのよ」

ウーナがやって来たのを見て、コナーは疑り深い目つきになった。ノーラはウーナに合図を送って口止めした。ところがコナーはふたりから離れない。彼は捜しものをしているかのように見せかけたあと、ふたりがいる表の間へ入ってきて、窓際の椅子に腰を下ろした。たまりかねたノーラは二階の自分の寝室へ上がり、ウーナがあとからついていった。

「オーニャの友達が電話してきたの、とても感じのいい子だった」とウーナが言った。「土曜日の晩に仲間同士で会うパブは、リーソン通りのフーリカンズかハーティガンズだって」

ウーナはコナーを連れ、ドナルがほしいと言ってきたものも持参して、セント・ピーターズ・カレッジへ行ってくれることになった。


ノーラが寝室から出ると、コナーが階段の上に立っていた。こっそり上ってきたらしい。

「オーニャが行方不明なの？」とコナーが尋ねた。

「そんなこと誰が言ってたの？」

「オーニャは大使館を焼き討ちしたひとたちの仲間かもしれない」と彼が言った。「ジムおじさんは、公安がその一味を追っていると言ってたから、オーニャは逃げてるのかも」

「ばかなこと言わないで！」とノーラが言った。

「だったらどうしてずっとささやき声でしゃべってたの？」

「オーニャに新しい恋人ができたんだよ。わたしはフィオナとふたりでダブリンへ行って、そのひとと会うの。だけどオーニャはあなたとドナルにはそのことを知られたくないのね。帰省したときにあなたたちから冷やかされたり、質問攻めにされたりするのが嫌だから。ときが来れば、本人がちゃんと話すわよ」

「恋人の名前はなんていうの？」

「デクラン」

コナーはその名前について考えるようなそぶりを見せた後、こっくりとうなずいた。

「だからあなたは、今日はこれからウーナの家へ行くの」とノーラが言った。「彼女と一緒にドナルに面会してきてちょうだい。わたしたちは帰りが少し遅くなるから」

ノーラは車でダブリンへ向かった。オーニャがどこにいるかはわからないものの、逮捕されているはずはないと思った。万が一、オーニャの身に何か起きた場合には家族に連絡が入るに決まっているからだ。さりとてその知らせをじっと待つのは嫌だった。また、本来モーリスとノーラがやるべき役割をフィオナとポールに任せるのも不本意だった。ノーラにはオーニャを監督する責任があるからだ。だがオーニャはノーラによく似ている。小さい頃からひとの世話にはならないのがオーニャだった。

ノーラは、オーニャが部屋を借りているラグラン・ロードの家に到着した。呼び鈴がいくつもあってどれを押せばいいかわからなかったのでぜんぶ押した。すると眠そうな若い女が寝間着の上にガウンを引っ掛けてドアまで出てきた。

「はあ、彼女は四号室だけど」と女が言った。「呼び鈴を鳴らしても出ませんでしたか?」

「あの、中に入って、ドアをノックさせてもらってもいいですか?」

「何度も電話をかけてきて、彼女のことを探していたのはあなただったんですね?」

女は自分の部屋のドアの脇にとりつけてある公衆電話を指さして言った。

「そうです、あの子を探しているんです」

「昨日の夜、部屋の前まで行って確かめたときには、わたしが貼ったメモはそのままでした。自分の目で確かめてみたらいいわ。でも呼び鈴を押して誰も出てこなかったら不在ってことですよ。壊れてる呼び鈴はひとつもないから」

ノーラがシェルボーン・ホテルのラウンジへ行くとフィオナとポール・ホイットニーが待っていた。

「警察につとめている友人に電話したんです」とポールが言った。「公安関係が長いので事情通なんですよ。その男によると事態はけっこう込み入っているらしい。水曜日、メリオンスクエアの現場にはＩＲＡ（武装組織アイルランド共和軍）の暫定派だけでなく、オフィシャル派もかなりたくさん来ていたようです」

「オフィシャル派？」とノーラが尋ねた。

「オフィシャルＩＲＡよ」とフィオナが答えた。

「なんてことを」とノーラがつぶやいた。「何派だか知らないけど、オーニャはＩＲＡには入っていないはずよ」

「近頃はあまりにいろんな組織があるので、何がどうなっているのか追いかけるだけで大変です」とポールが言った。

「これからアールズフォート・テラスへ行ってみるわ」とフィオナが言った。「オーニャはあそこのキャンパスにいることも多いみたいだから。そのあと、ベルフィールドのメインキャンパスまで足を伸ばすつもり」

「今日中にもし見つからない場合には」とポールが言った。「行方不明者として届け出たほうがいいでしょう。警察がすぐに見つけ出してくれますよ」

「そうね、もう少し待ってみましょう」とノーラが言った。

そして六時に再び、ここでふたりと落ち合うことにした。

ノーラはグラフトン通りをぶらぶら歩いてマッカラー・ピゴッツに入り、レコードを眺めた。それから車を走らせてラグラン・ロードへ行き、四号室の呼び鈴を押した。だが誰も出てこなかったので車に戻り、フィオナとポールに会う約束をした時刻が来るまで車内で待った。

ポールはシェルボーン・ホテルが好きなようだ。ラウンジに陣取って、楽しそうにお茶とサンドウィッチを三人分注文した。

「これがダブリンの一週間っていうものですよ」とポールが言った。「あちこちぐるぐる動き回るひとがいるかと思えば、腰を据えて動かないひともいる。そうして週末が来るわけです」

「それはわかるけど」とフィオナが言った。「オーニャがラグラン・ロードの家へ戻らないのはどうしてかしら」

「ぼくが学生だった頃」とポールが話しはじめた。「毎年、チェルトナムへ競馬をやりに行った。競馬場へ行っている週にぼくを探しに来たひとがいたら、どうやったって見つからなかっただろうね。ある年、ぼくは二、三人の友達とデカイのを当てて、そのままパリへ行っちまった」

「勉強はどうしたの？」とノーラが訊いた。

「勉強なんて一か月もあればできます。法学部ではそんなものです」とポールが答えた。「医学部の学生だって四月まではたいして勉強しませんよ」

「オーニャはちゃんと勉強しているはずで」とノーラが言った。「パリはおろか、チェルトナムへ行ったわけでもないと思うけど」

「チェルトナムの競馬は三月におこなわれるので」とポールが言った。「オーニャがチェルトナムへ行っているということはありえませんね」

　ノーラはフィオナを見た。フィオナは母親に気づかされるまでもなく、ポールにユーモアのセンスがないのを知っていた。ポールはでんと構えて、左膝に右足のくるぶしを載せている。ノーラは彼のソックスに目をやった。ウールの赤いソックスで、こだわりの逸品であることは一目瞭然だ。ノーラはそのソックスを眺めながら、わざわざダブリンまでやってきて——フィオナとポールと一緒にこんなラウンジに腰を下ろして——自分はいったい何をしているのだろうと思った。それから、ここへ来るにいたった経緯を思い返した。考えれば考えるほど間違った判断の連続だった気がする。一年前、〈ザ・レイト・レイト・ショー〉の放映中にオーニャが映ったのがそもそもの引き金だったが、デリーでの発砲事件と合同葬と英国大使館の焼き討ちがいっそう拍車を掛けた。さらには、モーリスが死んだせいで家庭内に染み出していた不安も原因のひとつだが、不安感をあおられてダブリンまでやってきたのだとしたら、テレビで見たよその家の不幸が原因だったとしても不思議はない。

オーニャはもうじき連絡してくるだろうから、わたしは帰る——ノーラはそう言いたくなった。娘が本当に行方不明だとしても、自分がダブリンでできることなど何もないと気づいたのだ。そして、いつまで待ってもオーニャから連絡がない場合には、公安部の知人に直接電話をかけられるポール・ホイットニーのような人間に相談するよりも、ウーナと話し合って自分自身で方針を決めたいと思った。ノーラはそんなことを考えているうちに、フィオナがすでにウーナに電話したかどうか知りたくなった。

「ちょうど電話しようと思ってたところなの」とフィオナが言った。

「わたしも話したい」とノーラが言った。

フロント係がウーナに電話をつないでいるあいだ、ふたりは待たされた。相手方が話し中なので再ダイヤルしているのだなと思いながら、ノーラはフロントデスクのところで待った。

「今晩はダブリンに泊まっていこうと思っているの」とフィオナが言った。

「どこに?」

「ポールの友達がいるのでそこに泊まるつもり」

「わたしはそろそろ帰るわ」とノーラが言った。

「リーソン通りに何軒かあるパブにオーニャがいないか、探すんじゃなかったの?」

「三人で行く必要もないでしょ? オーニャを見つけたらウーナに電話して。そしたらわたしにも伝わるから」

フィオナはそっぽを向いた。ノーラは、わたしが長年教師の妻だったのを忘れたわけじゃないわよね、教師特有の不機嫌の表し方なら慣れっこよ、と言おうかと思った。だがそのことばはぐっと呑み込んで、ウーナにもう一度電話をかけてみてくれるよう、フロント係に頼んだ。ようやく電話がつながって電話室のベルが鳴りだすと、ノーラはフィオナに、受話器を取るよう合図した。だがフィオナがガラス扉を閉めて受話器を取った瞬間、ノーラは後悔した。フィオナは、ウーナが話すだろう最新情報を即座にノーラに伝える義務がある。ところが彼女は、ノーラを電話室の外で待たせておいて、ノーラが扉をコツコツ叩いても無視したのである。ノーラはぷいっとホテルを出て、車で帰ってしまおうかと思った。翌日の日曜はミサに出て、コナーの世話だけを焼いて、あとはレコードを聴いて過ごせばいい。オーニャのことが何かわかったらフィオナとポールがわが家へ報告に来ればいいのだから。

だがそうもいかなかった。フィオナが電話室から出てきたとき、ノーラはそこに突っ立ったまま全身を耳にした。そして身体がやせ細るほど心配しているのを自覚した。

「マリアン・オフラハティーがウーナに電話をかけてきて、今日、オーニャはオコンネル大通りで、ダブリン住宅環境改善委員会のデモに参加しているはずだっていう話。デモのあとは皆一緒に、バチェラーズ・ウォークのバチェラー・インというパブへ行くらしいわ。二次会はリーソン通りのパブのどれかへ流れるんだって」

「マリアンがオーニャを見たの？」

「今週、大学の授業には全部出席していたって」

「それじゃあ行方不明なわけじゃないのね？」とノーラが言った。

「バチェラーズ・ウォークのパブへ一緒に行ってみようか？」

「わたしはもう帰る」

「そう、じゃあわたしたちふたりで行ってみる」とフィオナが言った。

「頼むわね。わたしは帰るから」とノーラが言った。

フィオナとノーラはラウンジへ戻った。

「ポール」ノーラがポールの正面に突っ立ったままで言った。「いろいろ助けてくれてありがとう。心から感謝しているわ。コナーが待っているのでわたしはこれで帰ります。オーニャを見つけたら、お手数だけどわたしの妹に電話して下さい。そしたらわたしにも話が伝わるので」

ポールはうなずいた。ほんの一瞬、ノーラを怖がっているかのような表情が浮かんだ。ノーラはフィオナにうなずいてから背を向けた。


ノーラがウーナの家に寄ったとき、フィオナからの電話がすでに入っていた。フィオナとポールは、オコンネル大橋の上でプラカードを掲げているオーニャに出会った。オーニャが自分の部屋へ帰らなかったのは、友達の家の両親がしばらく留守にするので、その家に転がり込んでいただけだったという。

「何もかも、もっともな理由があると言いたいわけね」とノーラがつぶやいた。

「そうね。でも皆にさんざん心配を掛けて、あの子はちょっとおてんばが過ぎるわ」とウーナが言った。

コナーが上機嫌な顔を見せて、ウーナが夕食にポテトフライ《チップス》をつくってくれた、とノーラに報告した。

「デクランってどんなひとだった？」と彼が尋ねた。「絶対小柄だよね。で、たぶん彼も社会主義者なんじゃない？」

「すてきなひとだったわよ」とノーラが言った。

「デクランって誰？」とウーナが言った。

「憶えていないの？　今朝話したじゃない。オーニャの新しい恋人」

「ああ、そうだったわね」とウーナが言った。「きっといいひとに違いないわ」

コナーはふたりの顔を見比べた。

「オーニャに新しい恋人ができたっていうのは嘘なんだね」と彼がつぶやいた。


二月後半のある朝。ノーラは歩いて会社へ行く途中に、フィリスの車がジョン通りに停まっているのを見つけた。近づいていくと、フィリス本人が運転席で新聞を読んでいた。窓を叩いてみようかとも思ったが、素通りすることにした。翌朝、また同じ車が停まっていた。今度はフィリスのほうが気づいて、窓を開けてノーラを呼び止めた。

「詳しい話はグラモフォン友の会で会ったときにしてあげるけど」と彼女が言った。「わたしはここで、モシー・ディレイニーを見張っているのよ。あいつは今、わたしの家のペンキ塗りをしているんだけど、半分塗り上げたところでよその家へ行こうと企んでるの。ベッドから起き出してきたらすぐにとっつかまえて、わが家へ連れていくつもり。ああ、なんて厄介なんだろう！」

木曜の晩、グラモフォン友の会の休憩時間に、フィリスがペンキ塗りの初日にあったことを話した。モシーがあらわれないので町中を車で探したのだが、どこにもいなかった。ジョン通りまで行き、モシーの家のドアを叩いたら、おかみさんに無礼な応対をされた。しかたなくフィリスは近郊まで足を伸ばして、出会うひと毎にモシーの、緑色に塗ったポンコツのバンを見なかったか尋ねた。ついに彼女は、ブンクロディ街道に近いディーコン家の豪邸にモシーがいるのを突き止めた。案内も受けずにずかずか豪邸へ乗り込んだフィリスは、脚立を立てて壁塗りをしているモシーを見つけたのだった。「脚立をぐらぐら揺らしたら、あいつ、わああって叫んだ。命の危険を思い知らせてやったのよ」とフィリスが言った。「ところがモシーに、わたしは本気だよって言ってやる前に、ディーコン家の奥さんに見つかってつまみ出されちゃったんだ。だから、ああやって毎朝、あいつの家の外で待ち伏せするより他に、わが家のペンキ塗りを完成させる方法はなかったの。昨日、あいつのおかみさんがわたしに言ったことばは繰り返さないでおくわね。下品なことばを言わせたら、あれの右に出るひとはいないわよ」

モシーが使っているのは壁紙の上から塗れる新型のペンキで、壁紙がペンキを吸い込むのだ、とフィリスが言うのを聞いて、ノーラは興味を持った。ノーラは以前、奥の間の壁紙を貼り替えたときにこりごりして、もう二度とやらないと誓った。フィオナとオーニャに手伝わせて、スクレーパーで古い壁紙を剝がしたのだが、工具が漆喰壁に食い込むせいでひどく苦労させられた。そうして新しい壁紙を貼るには貼ったものの、壁紙の選択を間違えたのを悔やんだ。花で埋めた模様が細かすぎて、壁面がうっとうしくなってしまったのだ。今ではずいぶん無視することができるようになったけれど、ときおり花模様が気になりはじめると、ものごとに集中できなくなる。

フィリスの話では、モシーは現場にやって来さえすれば完璧に仕事をこなすのだという。彼が刷毛を手にとってペンキ塗りをはじめるとき、最初の一塗りはどこまで伸びるかわからないほど長い。モシー本人の談によれば、壁紙にペンキが染みこみすぎないように、薄く、手早くペンキを塗るのがうまくやる秘訣なのだそうだ。

ノーラは、ペンキ塗りを職人に頼むのはお金がもったいないかもしれないと考えた。おまけに、来るべきときに職人が来なかったり、仕事が半端に中断されて家の中が混乱させられるのは耐えられない。彼女は奥の間へ行って壁紙をしげしげと眺め、この上にペンキを重ね塗りするなんてできるのだろうかと考えた。さらに壁一面を白かクリーム色に塗ったところを想像して、他のすべてがよけいみすぼらしく見えるだろうと結論を出した。リノリウムの床はすり切れているし、暖炉のタイルは欠けていて、カーテンの金具隠しは薄い板製だから貧弱だ。かんじんのカーテンも長年掛け替えていないので、夜、閉めようとするとたるんでくる。

ノーラは、一階の部屋べやの改造計画について考えただけで眠れなくなった。何をやっても大丈夫なのだ、と彼女はあらためて自分自身に言い聞かせた。お金にうるさく、日課の妨げになることを嫌うモーリスはもういない。自由なのだ。家まわりのことは何でも自分の一存で決めていい。自分の好みだけで決断できると思うと少し後ろめたい感じさえする。だが代金さえ支払えれば、何ひとつ問題はない。ジムやマーガレットが認めないと言っても——妹や娘たちが口を出しても——耳を貸す必要はないのである。

ただし息子たちだけは要注意だ。彼らは疑り深いし、母親がお金のことを口にするだけで心配そうな顔つきになる。コナーはものの値段を気に掛け、ノーラの買い物に口を出すようになった。ダン・ボルジャーズで彼女がカーペットを選んでいるのを見かけたら、コナーはやきもきしはじめるに決まっているので、買ったのを気づかれないうちにカーペットを届けてもらうのがいい。

ノーラは部屋べやを今風に模様替えするためにやるべきことを箇条書きにした。奥の間はカーペットを新調して暖炉を取り替える必要があり、壁も塗らなくてはならない。モシー・ディレイニーがフィリスの家のペンキを塗っているところを見せてもらい、彼がどんなペンキを使っているかがわかれば、壁のペンキは自分で塗れるかもしれない、と彼女は考えた。奥の間に置いている食卓は表の間へ移す。表の間のカーペットも新調して、壁も塗ったほうがよさそうだと判断した。そうすればコナーが食卓で宿題をやりやすくなるし、自分にとっても何かと好都合だ。表の間にある三点組の応接セットは奥の間へ移そう。奥の間の暖炉脇の椅子二脚はおんぼろだし、座り心地もよくないので捨てること。

ノーラはマーケットスクエアのダン・ボルジャーズへ行き、カーテン生地を見た。それからカタログも見てみたところ、窓だけなら半分の布地ですむのに、窓の上端から床まで届かせるカーテンが載っていた。奥の間をこの方式でやってみたらいいかもしれない。壁を白く塗った場合、カーテンを色物にすれば暖かくて豪華な感じが出る。ノーラはカタログに載っているリビングルームの写真が、天井の電灯ではなくフロアスタンドの光で撮られているのを見て、表の間でほとんど使っていないフロアスタンド・ランプを奥の間に移そうと決めた。ダブリンへ行ってランプを買い足してもいいと思った。アーノッツかクリアリーズ百貨店で買おう。あるいはウェックスフォードの町へ出て買ってもいい。

彼女は必要なもののリストに予算を書き入れはじめた。仕事の合間にはリストを取り出してじっくり眺めた。壁塗りは埃が立つ作業をすべて終えたあとにおこなう。まずは暖炉の交換から取りかかるのがよさそうだ。

ノーラがフィリスに、壁塗りはモシー・ディレイニーには頼まないことにしたと告げると、そのほうがいいと相手が返した。

「あいつから最初にひととおりの手順を聞いておかなかったのが失敗だったのよ。やり方さえわかれば、あいつがやり残したところをわたしが塗れたんだから。そのほうが面倒がなくて、いい運動にもなったはずなんだもの」

フィリスは二、三日後にノーラの家を訪れて、モシー・ディレイニーから聞いたというペンキと刷毛に関する蘊蓄を伝授した。フィリスは新型ペンキを塗る秘訣や塗料が垂れるのを防ぐ方法まで知っており、壁塗りのコツを実演してみせた。

ある日、ノーラがダン・ボルジャーズへ行くと、店主のダンが寄ってきて、モーリスとは信用組合を立ち上げるとき一緒だったので旧知の仲だったと言った。そして今でもよくジム・ファレルと、モーリスがいなかったら組合事業が軌道に乗るまでに一年は余計にかかったはずだ、と思い出話をしていると語った。

「ご存じかと思いますが、わたしはアイルランド共和党《フィアナ・フォイル》の支持者ではありません」とダン・ボルジャーが続けた。「ですが、モーリス・ウェブスターが下院《ドイル》に立候補するならば真っ先に一票入れる、と昔から言っておりました。わたしのような根っからの統一アイルランド党《フィナ・ゲール》（アイルランド内戦時の英愛条約賛成派が後に結成した政党で、反対派が結成したアイルランド共和党とは対立する考えを持つ）支持者としては、無上の賛辞を捧げたつもりです」

ノーラは微笑んだ。

「そういうわけですから、壁紙でもカーテン生地でもカーペットでも何でもお申し付けください」と彼が言った。「勉強しますよ」

値引きしてくれるのだな、とノーラは理解した。そして、値引きしてもらったことを話の種にできれば改装の値打ちがいっそう上がると思った。彼女は書いてきたリストを取り出した。

「かしこまりました。塗料の在庫は今切らしていますが、スマイスのところにあるはずなので、さっそく電話して確かめます」とダン・ボルジャーが言った。「カーテン生地と暖炉とカーペットはすぐにお勉強価格でご提供できます。暖炉の取り替え工事はモーグ・クロニーにやらせます。ゲーリックフットボールの決勝戦がおこなわれる、雨の日のクローク・パーク・スタジアムの入り口みたいに、床一面が汚されるのを懸念されるかもしれませんが、心配はご無用ですよ。モーグ・クロニーは話し下手な男ですが、腕はピカイチです」


カーテン生地とカーペットをノーラが選び終えると、ダン・ボルジャーが係の者を家まで差し向けて計測させた。ノーラが窓下の壁もカーテンで覆いたいと説明すると、店員が、最近では大げさな金具隠しを使わずにカーテンを掛ける方法があると教えた。

「カーテンができあがったら掛けて下さる?」とノーラが計測係に尋ねた。

「通常掛けるのはお客様にお願いしています。カーペットの敷き込みはいたしますが」と計測係が言った。「カーテンの場合は仕立て上げたものをお手渡しすることになっています」


ノーラは、今言われたことばによって心に不安が広がったかのように、黙りこんで動きを止めた。相手がなんとかして、「サービスでカーテンをお掛けします」と言わずに立ち去ろうとやっきになっているのが手に取るようにわかった。彼女は一瞬、相手の名前か個人的なことを少しでも知っていれば、もうひと押しできるのにと思った。

「わが家にはカーテンを掛けてくれるひとがいないので」とノーラがつぶやいた。

「わかりました」と相手が言った。「お引き受けしますよ」

「どうもありがとう」とノーラが言った。「ご親切に感謝します」


モーグ・クロニーが助手を連れて朝八時半にやってきた。ノーラはコナーに、暖炉を取り替えてもらうのだと説明した。

「どうやって暖炉をはずすの?」とコナーが訊いた。

「ハンマーでバールを叩き込んでセメントをぐらつかせるんですよ」とモーグ・クロニーが言った。

「壁も一緒に剝がれやしない?」とコナーが返した。

「坊っちゃん、あたしは今、巡査に車を止められて、タイヤが丸坊主になっていないか調べるって言われたのを思い出しましたよ」モーグ・クロニーがそう言って、助手と顔を見合わせて笑った。

ノーラが昼に帰宅すると奥の間は灰だらけで、古い暖炉が取り外されて、リノリウムの床の真ん中に置いてあった。コナーも帰宅した。彼はフィオナをつきあわせて全体をチェックした。まるで彼が職人と助手の雇い主であるかのようだった。

「新しい暖炉はどこにあるの?」と彼が尋ねた。

「バンに積んであるんですよ」とモーグ・クロニーが答えた。

「サイズは合うのかな?」とコナーが尋ねた。

「大丈夫ですよ」とモーグ・クロニーが答えた。

コナーは部屋を見渡した。すべてが定位置にあるか、モーグ・クロニーが部屋を傷めていないか点検しているように見えた。

コナーとフィオナは昼食後、学校へ戻っていった。ノーラは外出すべきか、このまま作業を監督し続けるべきか迷った。

「床用のほうきと掃除用ブラシさえお借りできれば」とモーグ・クロニーが言った。「わたしらがここへ来て暖炉をつけ替えた跡をぜんぶ消してごらんにいれますよ」

ペンキが配達された直後の土曜日、ノーラはウェックスフォードの町へ行き、モシー・ディレイニーがフィリスの家を塗るのに使ったのとまったく同じ刷毛を買った。ウーナに脚立を借りにいくと、自分でペンキを塗ろうなんていう気を起こさないこと、と釘を刺された。

「二、三日でできるから大丈夫」とノーラが言った。

「大仕事になるわよ」とウーナが返した。

ノーラはある日、フィオナとコナーが昼食を食べ終えて学校へ戻るとすぐに作業をはじめた。彼女は脚立の最上段の横棒に立ち、てっぺんにペンキ缶を置いた。そこからなら天井に手が届いた。ペンキが薄く、髪の毛にしたたってくるとわかったので、シャワーキャップをかぶることにした。この作業を三、四日続ければ、毎日帰宅するフィオナとコナーが感心するような結果を出せると思った。微妙なバランスを取りながら、ペンキを平らに伸ばしていかなくてはならないので、刷毛塗りは集中力が試される重労働だ。たぶん天井が最難関で、壁にさしかかれば易しくなるはずだった。

ペンキ塗りはノーラに不思議な幸福感を与えた。彼女は毎日、会社から帰宅して作業を進めるのが楽しみになった。ところが週末に腕と胸の筋肉が痛みはじめた。土曜日には運転できそうになかったので、ドナルとの面会はフィオナに頼んで行ってもらった。午後、痛みがひどくなり、医者に診てもらわずにはいられなくなった。激痛が増していくのに耐えながら、心臓発作の前兆だったらどうしようと思った。

カディガン医師が彼女の腕に触れたときには縮み上がり、医師の親指が鎖骨の下の柔らかい肌を押したときには危うく悲鳴を上げそうになった。

「以前にも天井のペンキ塗りをしたことはありますか?」と医師が尋ねた。

「はじめてです」とノーラが答えた。

「誰にでも簡単にできる作業ではありませんよ」と医師が言った。「ふだんまったく使っていない筋肉を酷使してしまったんですな。強い痛み止めを出しておきます。無茶なことをやめさえすれば痛みはおさまって、筋肉が元の位置に戻りますよ」
「もうペンキ塗りをしてはいけないということですか？」
「もっと深刻なことになっても不思議はなかったんですよ」と医師が返した。「ペンキ塗りはペンキ職人にまかせたほうがよろしいでしょう」

その晩、ノーラは部屋を見渡した。天井の四分の三にペンキが塗られていたが、むらだらけだった。ノーラはフィオナに頼んでフィリスに電話をかけてもらい、時間があるときに見に来てもらうことにした。

翌日、フィリスがやってきて奥の間をチェックした。
「解決策はひとつしかないわね」と彼女が言った。「モシー・ディレイニーを呼びましょう。今日は日曜だから、本人をつかまえることはできると思う。わたしがあなたなら、貧しいので自分で天井を塗ろうとしたかのように振る舞うわね。わたしが高飛車に出たときはすごく反発したので、下手に出たほうがうまくいく。支払いのしかたにもコツがある。あいつは新しい仕事が入ると、やりはじめた仕事を放りだしてそっちに取りかかる癖があるの。だから初日にお金を払ってやれば、あなたの家を優先するはず。表情を変えちゃ駄目よ」

その日の夜、ノーラがモシー・ディレイニーの家のドアを叩くと、おかみさんが出てきて何の用かと尋ねた。
「ミスター・ディレイニーとお話ししたいのです」とノーラは静かに言った。

モシーが出てきた。眠っていたのを起こされたのがありありとわかった。ノーラはおかみさんに聞こえないように注意しながら、事情を説明した。

「そういうわけで真っ先にこちらへ伺ったんです。本当に困っています。どうしたらいいかわからなくなってしまって。代金は前払いしますので」

「小さな部屋ひとつだね？」と相手が尋ねた。「家全体じゃないんだね？」

ノーラはへりくだってうなずいた。

「明日の朝、いの一番にやりますよ。ペンキはあるんだね？」

「あります」

「八時半に行きますよ」

ノーラはもう一度うなずいた。

「うちのかみさんに送らせようか？ あんたはとても具合が悪そうだ」

「いえ、ひとりで帰れます」とノーラが言った。「明日、よろしくお願いします」

第18章

カディガン医師が処方した錠剤はよく効いて、胸郭と左右の腕の痛みが和らいだ。とはいえ重たい感じとこわばりは残った。三日目の朝、心臓発作が起きるのではないかという不安がぶり返したが、起き上がると激痛はおさまった。

夜眠れないせいで、身のこなしが用心深くゆっくりになった。真夜中に冴えわたった心に去来するあれこれの思いを受け止めたあと、ぼんやり夢うつつになるのは痛み止めを飲んでいるせいか、それとも、両腕と胸郭に消え残る違和感のせいなのかはわからない。ペンキ塗りはモシー・ディレイニーと助手が一日半で片づけた。ノーラは彼にていねいに礼を述べた。

「教えてあげますがね」とモシー・ディレイニーが言った。「職人に手間賃をふんだくられることがあるのはお客さんが無知だからですよ。金があると人間は無知になる。誰とは言わないがこの町にも無知な人間はいるからね。無知かどうか知りたかったら、その人間に頼まれた仕事をやってみるに限る。この町のある女のことは名指ししてもいいと思っているんですがね。その女の頭の上から赤ペンキをぶっかけずにおいてやったご褒美は、天国でもらえると思ってますよ。なにしろ本気でぶっかけてやるつもりだったんだから。叫び声が聞こえるようだ。こっちはいつだって人助けをしたいと思っているんでね。天井を自力で塗れると考えたおたくは見上げた度胸の持ち主です。おたくの塗りっぷりを見て大笑いさせてもらいましたよ。世の中何でも餅は餅屋で、専門家がいるんです。手順ってものがあるわけです。銀行に相談があるときにラリー・カーニーのところへ行くやつはいないでしょう？　司教様に用事があるとき、バビー・ルークの家の玄関を叩くやつはいないってことですよ」

カーペットを敷きつめに来た職人たちの作業をフィオナが監督した。カーテンを掛けに来たダン・ボルジャーズの職人たちは彼女とコナーが迎えた。とはいえ改装は未完成で、シェードをまだつけていない裸電球が部屋の真ん中にぶら下がり、真っ白な壁には額縁がひとつも掛かっていないので、寂しく感じられる。奥の部屋には分厚いカーテンをつけたので日中も薄暗い。夜、ノーラはしつらえたばかりの部屋で、塗り立てのペンキの匂いを嗅ぎながらうたた寝したり起きたりした。睡眠のリズムを崩さないために、起きているほうがいいのはわかっていても、ついうたた寝してしまう。夜中は目がさえて朝になるのを待ちこがれ、午前中は三十分も仕事をするとぐったり疲れた。

ジブニーズではトイレの個室で数分間眠るようになった。便器に腰掛け、頭を壁にもたせかけて眠ったあと、冷水で顔を洗ってデスクへ戻った。エリザベスはふたりの男友達と別れて、新しい男とつきあいはじめていた。ノーラの見るところでは、新しい男は堅実な上にエリザベスにぞっこんなので、長電話はいっそう長くなった。彼女は片耳で話を聞きながら眠気を抑えた。

ノーラは事務所で朝インスタントコーヒーを飲むと、少なくとも最初の一時間は——うまくいけばもっと長時間でも——持ちこたえられるのがわかった。スプーン三杯のコーヒーとできるだけたくさんの砂糖を熱湯で溶かして飲めばいいのだ。エリザベスが席を外しているときには、彼女のケトルを借りて、大きなカップにお代わりをつくって飲んだ。胸がつかえるような気分にはなったものの、仕事に集中さえできていれば、デスクに突っ伏して眠りたい欲求は抑えられた。

七日後にカディガン医師を再訪したとき、彼はノーラに、痛み止めと睡眠薬は一緒に出せないと言った。医師はノーラの脈拍数を計り、聴診器を胸と背中にあてた。そうして、筋肉をかなり痛めているので痛み止めはあと一週間ほど飲んでもらいますが、一週間後も不眠が治らないようなら睡眠薬を処方します、と言った。

ノーラは毎晩、フィオナとコナーが周囲にいないときを見計らって二階の寝室へ上がった。いつもぐったり疲れているので、階段からあお向けに落ちないように手すりをしっかり握って上った。それでも半分ほどで息が切れた。彼女は電灯を点けたまま、服も着替えないでベッドに横になった。すると、スペインのシッチェスへ行ったときに、ホテルの地下の小部屋で経験したのと同じ、何もかも忘れさせてくれる深い眠りがやってきた。ところがその眠りは、長くても十分しか続かない。その後はぱっちり目がさえて、さまざまな考えが去来するのを延々と受け止めなければならなかった。ねまきに着替えて電灯を消し、眠るためにあらゆる努力をしてみた。羊を数えて寝返りを打ち、いかなる雑念も心に割り込んでこないようにした。ところがどうしても眠れなかった。この分では今度カディガン医師を訪ねるときには、痛み止めをやめる代わりに睡眠薬をもらう他ないだろう。

暗闇でこんなふうに横になっていれば昔のひとになれそうだ、とノーラは思った。彼女は父方も母方も祖母を知らない。ふたりともノーラが生まれる前に死んで、今頃はしゃれこうべと骨になっているはずだった。だが彼女は自分の祖母になれる気がして、祖母たちについて知っていることをあれこれ思い出すうちに、母の顔がふいに心に浮かんできた。母の存在を間近に感じながら、自分はここにこうして横たわったまま母になってしまえると思った。今と昔の違いは消える。闇の中で目を開けて息だけはしているものの、自分の息づかいは聞こえない。半睡の状態で母がどんどん近づいてくる。

母が死んで横たわっていたときの姿がゆっくり、ありありとあらわれた。今この瞬間、母がこのベッドに寝ている。何も見ず、何も聞こえない。母の遺体と一緒に過ごした最後の時間がまざまざとよみがえり、じたばたしても元に戻らない。

ノーラは生前の母が嫌いだった。母さんが死んだとき、キャサリンとウーナはどう思ったのだろう、と彼女は考えた。修道女たちがやってきたので、実家の二階の寝室に安置した母の遺体の世話を任せて、三人で階下へ下りたときのことだ。食堂兼居間《キッチン》の椅子に腰掛けて三姉妹が黙り込んでいたとき、ノーラは、次に母さんを見るときには、白布で覆われ、行儀よくさせられた姿になっているのだろうと考えていた。明かりが消され、ロウソクの光だけがちらちらする寝室に遺体が横たわっている。でも母さんはもういない。逝ってしまったのだから。遺体は夜通し横たわり続け、翌日埋葬されるまでずっと寝たまま過ごすのだ。

その後見聞きしたことがノーラの脳裡によみがえる。父さんが死んだときも似たようなものだった。ジョージーおばさんと、母さんの姉のメアリーおばさんが遺体の両側に椅子を持ってきて腰を下ろし、じっと黙り込んでいた。やがて葬儀屋が父さんを入れる棺を持ってきた。おばさんたちはお茶だけ少し飲んだけれど、それ以外は何も口にしなかった。ふたりは何も食べずに死んだ義兄のために祈り、祈りの合間には遺体をじっと見つめていた。そして知人が来たり帰ったりすると黙礼した。彼女たちは他の誰も邪魔できない場所を確保して遺体を見つめ、ときが過ぎ去るのを待った。あれがお通夜というものだった。

ノーラは母の寝室のベッド脇に古い肘掛け椅子があったのを憶えている。かつて階下にあったものだ。母さんはその椅子に衣類を掛けていた。若い頃は洋服ダンスや整理ダンスにちゃんとしまっていたが、年老いて無精になった。動き回るのが難しくなったからだ。身体が利かなくなってからはなるべく動かないようにしていた。ノーラははじめて知る悲しみに襲われた瞬間をよく憶えている。死が何を意味するかが突然腑に落ちたのだ。母さんはもうしゃべらない。母さんはもう部屋へ入ってこない。自分を生んでくれたひとが息を引き取った。二度と息を吹き返すことはない。こんなはずじゃなかった、とノーラは思った。心を開いて、和やかに話し合えるときがきっとくると思っていたからだ。せめて和やかかの真似事だけでもしたかったのに、その機会は永遠に失われた。

ノーラは、遺体を安置した部屋の準備が整いました、と誰かに言われるまでずっとうなだれていた。彼女は誰ともことばを交わさなかった。キャサリンにものを尋ねられたときも、ことばが耳に入らなかったので黙っていた。キャサリンは姉に頼らずに問題を解決した。ノーラは長女なので真っ先に部屋へ入らなければならなかった。階段を上り、ドアのところに立っていた若い修道女に会釈した。カーテンは閉じられて、シーツの糊のさわやかな香りがした。彼女はいったん立ち止まってから部屋へ入った。最初に目についたのは母のあごだった。枕に頭を載せた角度のせいで、あごが実際よりも長く見えたのだ。違和感を覚えたので、何とかならないか修道女に言ったほうがいいかもしれないと考えた。だが言わずにおいた。だってもう遅い。あごがどう見えようが関係ないのだから。

例の肘掛け椅子がいつもの場所にあった。掛けられていた衣類はどこかに片づけられてしまっていた。ノーラは自分がこの部屋にとどまっていると、母への後ろめたさの埋め合わせをしたがっているかのように思われないかとひやひやした。母のためにしたりしなかったりしたことがらについて後悔しているのだ、と修道女や近所のひとたちに誤解されてはたまらない。後悔など少しもなかった。ノーラは逆に、母の死に顔を見つめるうちにきずなを感じた。行動で示さず、ことばにも決して出さなかったけれど、母とのきずなはつねに感じていた。

苦しみが消え、見慣れた表情も消えた死に顔は、若い頃の写真で見た顔にそっくりだった。やせてむっつりしていて、はにかみと用心深さが混じり合った美しい顔。その顔――あるいはその顔の名残――が目の前に今戻って来ている。若さ――あるいは若さのかけら――が復活したと知ったら、母さんはきっと喜んだに違いない。

ふたりの妹たちも部屋へ来て遺体と対面した。キャサリンはひざまずいて頭を垂れて祈り、十字を切って立ち上がった。ノーラは、悲嘆に暮れた信心深い娘という役割を自覚してたたずみながら、キャサリンの挙動から目をそらさなかった。彼女はキャサリンが階下へ行ってくれたらいいのにと願った。一瞬目が合ったとき、ノーラは妹の瞳に不信を見た。そして今後しばらくは何があってもキャサリンとふたりきりになるのは嫌だと思った。ノーラはこの部屋で夜明かしすることにした。母の椅子に腰掛けたまま動くまいと決心した。モーリスがやってきたので、自分はここにずっといるつもりだと告げた。モーリスはノーラの手を取って、明日朝には子どもたちを連れてくるからと言った。そうしてひとまず帰っていった。ノーラは出ていくモーリスに微笑みかけた。母さんはモーリスがお気に入りだった。モーリスは誰からも好かれていたので当然だ、とノーラは思っていた。

それからの数時間、近所のひとたちがたてつづけにやってきた。次々にひざまずいて祈りを捧げた。かがみ込んで、ロザリオを絡めた手で死者の手に触れたり、額を撫でたりするひともいた。ひとびとはノーラに会釈した。お母様の死に顔はやすらかですね、皆に惜しまれはするでしょうけれど、よき場所へ旅立って行かれたのですから、などとささやくひともいた。

ノーラがひとりになると階下にいるひとびとの声が聞こえた。お茶とサンドウィッチが供されているのだと思った。ロウソクは半分ほどに燃え尽きていた。母は今や死んだ老女以上の何物でもなかった。死に顔には、ノーラが意味を理解できる表情は浮かんでいない。白くなった皮膚に皺が寄り、あごが不自然に目立つだけだ。目を閉じてもの言わぬ母さんには命が宿っていない。このひとはもう誰でもなかった。

家の中はついに静かになった。ウーナが上がってきて、そろそろ交代して遺体を見守ると申し出たが、ノーラは断った。そして、あなたたちは少し眠りなさいと告げた。彼女はロウソクを灯し続け、母がこの世で過ごす最後の夜に付き添っていたかった。家中が静まりかえっていた。静寂を破るのはときたま通る自動車と、窓ガラスを揺らす夜風だけだった。

疲れているせいか、それとも、壁に長い影を落とすロウソクのせいかはわからなかったけれど、ノーラは、今なら母が動き出し、語り出しても何ひとつ不思議はないと思った。今ならふたりで和やかな会話ができる気がした。

あらためて母の顔を見つめてみると、すべてがあまりにも不確かなので驚いた。顔の細部はことごとく消え去っているのに表情の片鱗は残っていて、誰かの顔だということがわかる。見ているうちにその片鱗がくっきりと焦点を結びはじめる。母の死に顔にたくさんのひとびとの顔が重なってくる——いとこたち。ホールデン家、マーフィー家、そしてベイリー家とカヴァナー家のひとびとの顔。キャサリンとウーナの顔。ノーラ自身の顔。ノーラの子どもたち、とりわけフィオナの顔が重なって見えた。長い夜を過ごすうちに母の顔が親戚全員の顔に変化していった。

人間の生命が去ったあと、代わりのもの——長い時間を掛けて形作られていく何か——がやってきている。それはその場に居座るのだがしばらくすると消えて、また別のものがやってくる。目の前の顔は、日夜息をして声を発していたときには決して見せなかったほどの力強さを発散している。

ノーラは少し不安になって、記憶の中の母の風貌を思い描こうとした。柔らかいウールのグレーのコートを着て、襟の折り返しにブローチをつけ、スカーフを巻いている老女。こちらへ向かって歩いてくる老女。写真に写っている若い女。ところがこれらのどれと比較しても、目の前のベッドに横たわっている顔のほうがリアルに見えた。どうやったらこの顔を覚えていられるだろうと考えたが、そもそも記憶などは、今ここで見つめている行為そのものに較べたら何の価値もなかった。

あごはもう目立たない。そんなものは細部に過ぎない。細部などどうでもいい。重要なものは名指しできないし、簡単に見えるものでもない。他の誰かがこの部屋へ入ってきたとしても重要なものは何ひとつ見えないかもしれない。ノーラと母が待ち続けていた瞬間が、たぶん今やっと来ている。母さんの遺体と向き合っているこの出会いを大切に心にしまっておけばいい、と彼女は思った。死に顔は仮面のようであると同時に、かつてないほど母そのものに見えた。それが見えるのは自分だけだ、とノーラは確信した。他のひとたちは忙しすぎたり、関係が近すぎたりするから見えないのだ。ノーラと母はよそよそしかったせいで、かえってそれが見えた。その距離感のおかげでしばらく眠ることができた。はっとして目覚めるとノーラは自分の寝室にいた。母の遺体と過ごした通夜のてんまつは夢だった。ノーラは自分の家のベッドで目を覚ました。もう朝だ。子どもたちを起こし、朝食をつくり、出勤する時刻が迫っていた。


その日、執務室の戸棚からファイルを取ろうとして手を伸ばしたとき、ノーラは気が遠くなって倒れた。意識を取り戻したときには、エリザベスがペギー・ジブニーに電話をかけている声が聞こえた。ミセス・ウェブスターが歩けるようなら屋敷のほうへ連れてくるように、というのがペギー・ジブニーの指示だった。ノーラが立ち上がってみせると、エリザベスが付き添っていくと言い張った。執務室を出て、倉庫の脇を抜けて通りを渡り、ジブニー家の屋敷へ行った。

「本当に大丈夫です」とノーラが言った。

「ひとの健康状態を見極めることにかけては、うちの母はピカイチなのよ」とエリザベスが返した。

ペギー・ジブニーはいつもの椅子に腰掛けていた。エリザベスとノーラの顔を見ると、彼女はミセス・ウィーランにお茶を持ってくるよう命じた。

「顔色がすごく悪いじゃない」と彼女が言った。「どの医者に診てもらってるの?」

「カディガン先生です」

「そうなの。あの先生ならよく知ってるから今すぐ電話をかけてみるわね。先生にここへ来てもらうのがいいか、あなたが診療所のほうへ行くほうがいいか、それとも、あなたには家へ帰ってもらって先生に往診してもらうのがいいか、訊いてみます」

ペギー・ジブニーは玄関広間のほうへ行き、エリザベスもついていった。ノーラは目をつぶるのが怖かった。ジブニー家の居間で眠りに落ちてしまうのが怖かったのだ。今、家へ帰れれば、そのままずっと眠れる気がした。だが昼間眠ってしまうと今晩また眠れなくなる。痛み止めとの併用はよくないと聞いてはいるけれど、カディガン医師に睡眠薬をもらうのがよさそうだ、と内心で考えていた。彼女は自分の胸と両腕の筋肉に触れて、しつこい違和感を確かめた。痛みはまだ消え残っていた。

「カディガン先生は留守」ペギー・ジブニーが戻ってきてそう言った。「州営救貧院の担当医もしているので、そっちへ行っているのだと思う。電話に出たのは知らないひとだったわ。ラドフォード先生に電話してみようかしらね。わが家のホームドクターだから」

カディガン医師にはどこか不都合なところがあり、ラドフォード医師のほうが優れているといいたげな様子を言外に感じて、ノーラは目がさえた。

「いえ、それは」とノーラが言った。「ラドフォード先生のご夫婦とはわたし、個人的なおつきあいがあるので、こういうことではお世話になりたくないんです」

ペギー・ジブニーは椅子に深々と身を預けた。事務所で働いている人間が当家の主治医と個人的なつきあいがあると聞いて、気分を害したようにも見えた。

「それじゃあエリザベスの車でお家まで送ることにして、できるだけ早くカディガン先生に往診してもらえるように連絡を取るのがいちばんよさそうね。何はともあれまずお茶を飲みましょう。この部屋へ入ってきたとき、あなたは幽霊みたいに真っ白な顔をしてたわよ。あなたが体調を崩したことは、エリザベスからトマスに報告させます。明日にはきっとよくなるに違いないけれど、トマスは何でも自分の耳に入っていないと気が済まないひとだから。お茶運びのマギー・ウィーランだって、何が起きたか知りたがっているに違いないわ」

ミセス・ウィーランがお茶道具を運んできたとき、三人は黙りこくっていた。ノーラは、医者へ行く代わりにこの家に連れてこられたことをありがた迷惑だと感じていた。

「エリザベス。あなた、ミセス・ウェブスターを車でお家まで送っていってくれるわよね?」とペギー・ジブニーが念を押した。

「お家まで」というひとことを聞くと、居心地のいいこの屋敷からノーラの家までは遠く離れているかのように感じられた。

「どう」車に乗り込むとすぐにエリザベスが口を開いた。「うちの母の采配はお見事でしょう? あのひとなら一国を治めることだってできそう。権力の陰に母ありってことよ」

ノーラはうなずいた。くたびれすぎていてことばを返すことができなかったからだ。睡眠薬のことで頭がいっぱいだった。家に睡眠薬を持ち込むのは危険である。錠剤が入った瓶は洋服ダンスにしまうことにして、健康な眠りが回復したらすぐに捨ててしまおうと考えた。

家に着いた。ノーラは車内でエリザベスと話した内容を思い出そうとしたが、記憶が完全に途切れていた。何か話したに違いないし、送ってもらったお礼も述べただろう。もしかしたら車内で眠ってしまったのかもしれない。どの道を通って家に着いたのかもまるで憶えていなかった。

彼女は奥の間へ行き、肘掛け椅子に腰を下ろして眠った。玄関扉をしつこく叩く音がしたので目を覚まして、時計を見たらまだ十一時だった。コナーとフィオナがこんなに早く帰ってくるはずはない。それにあのふたりなら家の鍵を持っている。玄関へ出ると彼女の名前を呼ぶ声がした。カディガン医師である。

「ああ、よかった」と医師が言った。「今、消防を呼ぼうかと思ったんですよ。ペギー・ジブニーから緊急の伝言を受けてやってきました。彼女、町中に電話をかけまくってわたしの居所を探したのです。聖ヨハネ病院修道会のトマス修道女がわたしを見つけてくれました。容態の悪い老人があちらに入院しているもので、様子を見に行っていたわけです」

ノーラは医師を表の間に通して不眠の症状を説明した。

「それは誰にでも起きうる症状ですよ」と医師が言った。「歳を重ねるにつれて必要な睡眠時間は減っていくのですから」

「わたしは全然眠っていないんです」とノーラが返した。

「いつからですか？」

「すでにお話ししました。痛み止めを飲みはじめたときからなので、もう八日になります」

「睡眠薬を処方することはできますが、それは最後の手段です。お茶やコーヒーを飲まないように心がけていますか？」

ノーラの顔に怒りが走った。

「困り果てているんです」と彼女が言った。そしてこの医師はもしかして、女性患者を差別しているのではないかと思った。

「ペギー・ジブニーはトマス修道女に、あなたが死に瀕していると伝えたんです。これから大急ぎで彼女を探し出して、命に別状はないと知らせなくちゃなりません」

「眠れないんですよ」とノーラが繰り返した。

「それでは睡眠薬を処方しましょう。一錠飲めば五時間から七時間は眠れます。でもあまり長期間飲み続けないこと。さもないと薬に頼るようになってしまいますからね。それから、薬を飲んでいるときは運転しないこと。まあ、町の周辺をゆっくり走るくらいなら差し支えありませんが、このことだけは他言無用に願います。あとは毎週一回、診療所へ顔を見せに来てください。今日はこれから起きているようにして、夜までは睡眠薬を飲んではいけませんよ」

「痛み止めは飲み続けていいんですか?」

「来週会うときまで飲み続けてください」

両方の薬を一緒に飲んではいけなかったのでは、と言いそうになって口を噤んだ。

その代わりに彼女は、「来て下さってありがとうございました」と言った。

「トマス修道女が、毎日午後三時にミサに出ているとおっしゃっていました。修道院のチャペルで毎日あなたのために祈っておられるとのことです。彼女は特別に徳の高い方だと思います。その彼女がペギー・ジブニーから電話を受けて、わたしを探し出して下さいました」

「ペギー・ジブニー」ノーラはそうつぶやいてため息をついた。

「あの屋敷で悠々自適に暮らしておられるとのこと」とカディガン医師が言った。「幸せなお方ですな」

「彼女が電話をかけてくれたことに感謝しています」

カディガン医師は処方箋を書き、ノーラに渡して帰っていった。

フィオナとコナーが帰宅したとき、ノーラは会社を早退したのを黙っていた。台所でコーヒーをつくって飲んだおかげで、何ごともなかったかのように話せるだけの勇気が出た。ノーラは昼食後、学校へ戻るフィオナに処方箋を渡して、もし帰りにケリーズ薬局に寄れたら、薬をもらってきて欲しいと頼んだ。

「この処方箋、いつもらったの？」とフィオナが尋ねた。

「カディガン先生がジブニーズへ届けて下さったのよ」とノーラはしらばっくれた。

「大丈夫なの？　何か言いかけてやめたみたいだけど」

「大丈夫。薬を飲んでるせいでちょっとふらついてるだけ」

「何の薬の処方箋なの？」

「睡眠薬よ」とノーラが答えた。「このところ眠れないから」

フィオナとコナーが出ていったあと、ノーラは肘掛け椅子に戻った。自分の鼓動が気になって呼吸をするのも苦しいので、音楽を掛けたら楽になるかも知れないと考えた。彼女はレコード棚まで立っていき、一枚ずつ出してはみたものの、どれもこれも今の気分からは遠く、音楽の自己主張がうるさそうな気がした。だがベートーベンのピアノ三重奏曲『大公』のジャケットを手に取ったとき、これなら音楽そのものは癒しにならなくても、演奏者たちの若さにあやかって夢と自由が得られそうに思えた。音楽に耳を傾け、チェロ奏者になりきって一音一音を追いかけていれば、雑念が消え失せて起きていられるかも知れなかった。

チェロが奏でる旋律を聞いていると思わず背筋が伸びた。楽器の音が寄り集まってひとつの旋律をまとめようとするかに見えた次の瞬間、音たちは互いに離れていく。ノーラはうなるようなチェロの音が好きだ。ふいに雑念が迷い込んできた瞬間には心の手綱を引き、一音一音に耳を傾けなおして、旋律の動きに耳を澄ました。悲しみとためらいに飛び込む直前のところで、演奏者たちが勇敢に楽器を鳴らしているのを聞いて、彼女は思わず微笑んだ。

ゆるやかな楽章がはじまったとき、ノーラは息苦しさを自覚した。目を閉じると震えが来た。部屋が思いの外寒いので、暖炉に火を入れようかと思った。だが動くのはやめにして、腰掛けたままチェロの深い音色を聞き続けることにした。

ゆるやかな楽章が終わって快活な楽章が動き出したとき、音楽がめざしていた地点が見えてくる気がして、はちきれんばかりの喜びがあふれ出した。ちょうどそのとき二階で物音がした。ノーラは静かに部屋を横切ってドアを開けた。そして耳を澄ました。二階で何かが動いている。誰かが家具の位置を変えようとしているように聞こえる。だが二階には誰もいるはずがない。フィオナとコナーは学校だ。ふたりが帰宅したときには、玄関の音が必ずノーラの耳に入るはずだった。

再び物音がした。もっと大きな音。隣のオコナー家へ駆け込み、トムに頼んで二階の物音の正体を一緒に確かめてもらおうか、という考えが頭をよぎる。玄関ドアを確認すると鍵はちゃんと掛かっている。勝手口にも鍵が掛かっている。しばらく静かになった後で、家具を引きずる大きな音がまた聞こえた。ノーラは階段を小走りで上がって声を上げた。

「誰なの？　そこにいるのは誰？」

寝室のドアは閉まっている。自分が部屋の外にいるときにはドアを開けておくことにしているので、これは異常だ。もういちど耳を澄ますと音が聞こえた。彼女は手の平に痛みを感じて顔をしかめた。片手を強く握りしめすぎたので、爪が手の平に食い込んで血が滲んでいる。寝室内の物音は人声のようにも聞こえた。彼女は思いきってドアを開けた。

「モーリス！」ノーラが大声を上げた。

夫が窓際のロッキングチェアに腰掛けて、正面から彼女を見ている。

「モーリス」こんどは小さくささやいた。

夫は緑と青の斑が入ったツイードの上着を着ている。ゴーリーのファンジェスの店で、ふたりで見立てた上着だ。グレーのスラックスに、シャツもネクタイもグレーを合わせている。ノーラが後ろ手にドアを閉めると夫が微笑んだ。病気になる前の姿そのものだった。

「モーリス、あなたしゃべれるの？　何かしゃべってよ」

夫は彼独特の、はにかんで唇を歪める微笑みを見せた。

「悲しい曲を掛けていたね」彼がささやいた。

「そうね、悲しい曲」と彼女が返した。「でも、いつも悲しいわけじゃないわ」

「トマス修道女が」と夫が言った。彼の声はいっそう小さくなった。

「そう、毎日わたしたちのために祈ってくれているそうよ。バリーヴァルーの浜を歩いていたとき、わたしに声を掛けてくれたの」

夫がうなずいた。

「あなたがあの海岸にいる気配を感じたの。あのときだけ」

「わかってる」

彼の声は、ノーラの耳に残っている声よりも低く響いた。

「あなたの声は」ノーラはそう言いながら微笑んだ。「変わったわね」

夫はどう答えたらいいかわからないとでも言いたげに、悲しそうな顔をした。

「モーリス、あなた、しばらくこっちにいられるの？」

彼の姿がふいに揺らいで、少しかすれたようになった。うつむいた顔がぼやけて上着の色も薄くなった。

「あなたは……？」とノーラが言いかける。「つまりその何か……？」

相手は肩をすくめて微笑んだように見える。

「違う」と彼がささやく。「違うんだ」

「わたしたちは大丈夫なの？　これから皆、元気にやっていけるのかわからないのよ」

相手は答えない。

「フィオナは大丈夫なの？」

「大丈夫だよ」

「オーニャはどうなの？」

相手がうなずく。

「ドナルは？」

「大丈夫だとも」

「コナーは？」

夫は少しうつむいて、問いかけが聞こえなかったかのように見えた。

「モーリス、コナーは大丈夫なの？」

夫の目に涙が溢れていた。

「モーリス、答えてよ。コナーは大丈夫なの？」

「聞かないでくれ」と夫がささやいた。声がかすれてとぎれとぎれにしか聞こえない。「聞かないで」

ノーラがじりじり近寄っていくと、夫は両手を立ててさえぎるようなしぐさをした。

「あなたは知っていたの……？」とノーラが言った。

「ああ、ああ」と相手が言った。

「あなたが病気になってからようやくわたしは――」

「わかってる、わかってる」

「後悔したことはないの……？」

「後悔？」彼が尋ね返した。その声はいくぶんか大きかった。

「わたしたちのことを？」

「してない、してない」

彼は再び微笑んだ。その後、困惑したような表情を見せた。

「モーリス、他にも何か言いたいことがあるの？」

「もうひとりのほう。別にまだいるだろう」と彼が言った。

「ジムのこと？」

「そうじゃない」

「マーガレット？」

「違う」

「誰のことよ？」

「もうひとりのほうだよ」

「他には誰もいないわ」

「いるよ」

「モーリス、名前を言って。他には誰もいないじゃない」

彼は顔を両手で覆った。ノーラは彼をじっと見つめた。彼は苦しんでいた。彼はノーラを再び見た。微笑もうとしているようだったが表情は変わらなかった。

「モーリス、しばらくここにいて」

相手は首を横に振った。

「モーリス、音楽が好きなの？　レコードを掛けたらまた来てくれる？」

「いや違う、音楽が好きなわけじゃない」

「モーリス、コナーのことを話して。もしかして何か……？」

「もうひとりのほうだよ」

「モーリス、他には誰もいないわ。名前を言って」

彼は再び影が薄くなった。そして低くあえぐような声が彼の口から漏れた。

「モーリス、また会える？」

「わからない」と彼が言った。「誰にも」

通りに響く車のクラクションが聞こえた。ノーラは服を着たままベッドに斜めに寝ていた。身体を起こしたが他には誰もいない。彼女は部屋を横切ってロッキングチェアに触れた。古びたスプリングが反応して椅子が前後に揺れた。夫が腰掛けていたところを触ってみたが温みはなく、人間がそこにいた痕跡は何もなかった。

家と車の鍵は階下にあった。ノーラはコートを腕に掛けて玄関を出てドアを閉めた。車のエンジンは掛けたものの、自分がどこへ行こうとしているのかわからない。だがそんなことはどうでもよかった。車がダブリン街道をそれてブンクロディ方面へ進んでいるのに気づいたとき、自分はジョージーおばさんの家へ向かっているのだとはじめて自覚した。彼女は前方の道路に意識を集中して睡魔を退けた。川沿いの道を折れて丘の急坂を上ってジョージーの家に近づくにつれて、ここへやってきた理由をどう説明したらいいか考えあぐねた。道の左側によその農場の入り口を見つけた。門の前に車かトラクターを一台停めておける空き地がある。彼女はそこに車を停めてエンジンを切った。頭をヘッドレストに預けて目を閉じた。このまま町へ戻ろうかとも思ったが、今すぐ車を運転して帰るだけの集中力が保てるかどうか自信がない。ジョージーやジョンやジョンの奥さんが通りかかったりしませんようにと祈りながら、そこでしばらく休むことにした。少しここで眠ってからどこか違うところへ行けばいい。だがどこへ行けばいいのかわからなかった。

ふいに目を覚ますとジョンが窓をコツコツ叩いている。ノーラは驚いて窓ガラスを下げた。

「一瞬、誰がいるんだろうって思った」ジョンが微笑みながら言った。ジョンのトラクターはエンジンを鳴らしている。

「ちょっと休んでいたのよ」ノーラは、意味が通じないのを承知でそう返した。

「母さんなら菜園にいるけど」とジョンが言った。

「あなたはこれから家へ帰るところ？」とノーラが尋ねた。

「そう」と相手が答えた。

「それじゃあとからついていくわ」

ノーラを食堂兼居間《キッチン》に招き入れてから、ジョンはケトルのスイッチを入れて、母親を探しに行った。

ノーラは最初、眠気のかけらもなく、室内に見えるものの色や外の音に敏感だったのだが、じきに睡魔に襲われてその場に横になりたくなった。

ジョンがジョージーを連れて戻ってきたとき、ふたりの顔には心配の色が見てとれた。ジョンはドアのところにしばらくたたずんだあと、引っ込んだ。作業着姿のジョージーは農作業用の手袋をはずしはじめた。

「どうかしたのかい?」

「モーリスが戻ってきたの。わたしたちの寝室だった、二階の部屋に」

「まあ?」

「わたしに話してくれたのよ、おばさん。いろんなことを」

ケトルの湯が沸いたので、ジョージーはスイッチを切った。

「ノーラ、体調がよくないんだろ?」

「眠れないのよ。で、いざ眠れたときには……」

「薬を飲んでるのかい?」

「腕と胸の筋肉を使いすぎたので痛み止めを飲んでいるわ」

「いつから眠れないんだい?」

「もう一週間以上。ときどき深い眠りに落ち込むときもあるんだけど、長時間眠れないの」

「医者には相談したのかい?」

「したわ。フィオナが勤め帰りに睡眠薬をもらってきてくれることになっているの」

ジョージーがポットに熱湯を満たした。

「モーリスが寝室にいて、おしゃべりしたのよ」とノーラが言った。

「その話はもう誰かにしたのかい?」

「してない。ここより他に行くところはないもの」

「あんたは車の中で熟睡してたって、ジョンが言っていたよ」

「どうしたらいいかわからなくなってしまって」とノーラが言った。「だってコナーはこの先大丈夫かしらって尋ねたら、彼が――モーリスだけど――そのことは聞かないでくれって言ったの。どういう意味だと思う?」

「ノーラ、それは夢だよ。じっさいには誰も来ていなかったんだよ」

「彼は寝室にいたのよ」とノーラが返した。「夢がどんなものかはわたしだって知ってる。でも彼は本当にいたのよ。そしてしゃべったの――」

「モーリスは戻って来やしなかったんだよ」

「彼は確かに部屋にいた。間違いない」ノーラは身体を前後に揺らして泣きはじめた。「会いたい――」

「今何て言ったんだい?」

「彼に会いたいって言ったのよ」


ジョージーとジョンがノーラを二階の寝室へ案内して、ねまきを渡した。それから少ししてジョージーが水を入れたグラスを持ってきた。

「この薬を飲めばよく眠れるよ。目覚めたときにはしばらくふらふらするから、ここにじっとしていればいい。あたしに声を掛けておくれ。すぐに歩こうとしちゃだめだよ。これはすごく強い睡眠薬だから注意して使わないといけないんだ。家の鍵を借りておいていいかい?」

ノーラは鍵を手渡した。

「あたしはこれから町へ行って用事を済ませてくる。ジョンはずっと家にいるからね」

「コナーは？」

「コナーのことはまかせておいて。今はよく眠るのが大事だよ」


目が覚めたとき手足が重たかった。左右の腕を動かそうとするとずきずき痛んだ。胸の筋肉も痛かった。痛み止めはどこだろう。ベッド脇のテーブルの引き出しに入っているはずだ。ノーラは手を伸ばしたがテーブルがない。ここは自分の寝室ではないと気づいた。真っ暗で、どこかからかすかな音が聞こえてくるが、何の音だか分からない。彼女はようやくジョージーと睡眠薬のことを思い出した。シーツにくるまれ、大きな枕をしてやわらかいマットレスの上に寝ている。ランプを点けたくなり、テーブルは少し離れたところにあるかもしれないと思って手をうんと伸ばしたが見つからない。


ジョージーの名前を呼ぶと本人がやって来て、ランプを点けてくれた。ランプは窓際にあった。

「さっき様子を見に来たんだけど」とジョージーが言った。「よく眠ってたよ」

「今日は何曜日？」

「金曜日だよ」

「何時？」

「九時」

「行かなくちゃ。コナーが……それから明日はドナルに……」

「どこへも行かなくて大丈夫。コナーは元気だよ。母さんはおばさん家で週末を過ごすんだよと言っておいた。それからコナーをマーガレットの家へ連れていった。あっちで写真を現像したりして過ごすだろう。明日、ドナルの面会にはウーナが行ってくれることになった。フィオナも一緒に行くかもしれない。ウーナとシェイマスも、コナーの様子を見に行ってくれることになってる。日曜日、あんたがじゅうぶん回復してるようならコナーがここへ迎えに来るよ。トマス修道女にも電話しておいた。あんたのことが心配なときには、あのひとによく相談するんだ。ジブニーズにはあのひとの口から、あんたが元気になり次第、会社へ出るって伝えてもらうことにした。カディガン先生が処方した睡眠薬と、フィオナが見つけたあんたの薬も持ってきたよ。ずいぶん強い痛み止めを飲んでたんだね。強すぎて馬には与えられない薬だ。でもあんたにはあのくらい強い薬が必要だったんだね。そういうわけで万事心配はご無用。あんたはよく眠りさえすればいい。その代わり、あたしが病気になったときには面倒みておくれ。他の皆はあたしにうんざりしてるかもしれないからね。よろしく頼むよ」

ドアの内側に掛けてあったガウンをジョージーがとった。

「今はちょっと、起きてなさい。お風呂に熱いお湯を張ってあげる。湯船の中で眠らないように音楽を掛けておくから、ドアを開けたまま入ったらいい。それから何かおいしいものを食べようね。食べ終えたらもう一度ベッドに入る。もし眠れないようなら、また睡眠薬を飲んだらいいさ」

「音楽は掛けないで」とノーラが言った。

「わかった。でも湯船の中で眠っちゃだめだよ」

「わかったわ」

ジョージーがトマトソースのスパゲッティをこしらえている間、ノーラは食堂兼居間《キッチン》に腰を下ろしていた。ジョージーがワインの栓を抜いた。

「ダブリンで買ったワインだよ」とジョージーが言った。「ちょっと飲んでみたらいい。睡眠薬とお酒は相性が悪いなんてひとは言うけど、わたしはそうでもないと思っているんだ」

「モーリスについて話したこと、おばさんは信じてくれてないわね」とノーラが言った。

「信じてないよ」

「本当に彼が来たのよ。間違いないんだから」

「人間ってものは」とジョージーが言った。「目の前にあるものがなかなか見えないものだよ。誰も言ってはくれないけど、目の前にあるものを見るのが一番難しい。そこにあるものがちゃんと見えれば、それだけですごいことなんだ」

「おばさんは何も信じないんでしょう……？」

「あたしはその場その場をしのいでいるだけだよ、ノーラ。それだけしかやっていない。余計なことには一切干渉しないんだ」

「彼ったらコナーのことを――」

「モーリスは何も言ってないよ、ノーラ。コナーはいたって元気じゃないか。ただね、あの子は敏感だから、あの子を心配させる種は播かないこと」

ノーラはふいに罠にはまったように感じた。車の鍵と家の鍵はどこにあるのだろう。鍵さえ見つけたら、ジョージーが席を外した隙に車に飛び乗って家へ帰ろうと思った。

「眠る前に必ず痛み止めを飲むこと」とジョージーが言った。「かわいそうに、フィオナがとても心配していたよ。あんたがこっちへ来ていると知ったら安心してた。ふたりの娘はあんたの大事な宝だよ。オーニャはずいぶん政治に走ってるようだけど、うちのほうにその手の血統はないから、ウェブスター家の血を引いたんだね。フィオナが奥の間を見せてくれた。きれいに仕上がってた。あんた専用の部屋ができたね」

「モーリスはもうひとりいるっていうんだけど、わたしにはどうしてもそのひとが思い当たらない。

彼の言ってる意味がわからないのよ。あれは全部夢だったのかしら？」

「あたしはそう思うよ」

「でもとてもリアルだったの。彼は生きてるみたいだった」

「もちろんそうだろうね。でもモーリスは死んだんだ。彼はもう死んだんだから戻っては来ないということを、自分に納得させなくちゃだめだよ」

ワインを飲んだらまた眠くなったので、ノーラはベッドに入った。だが四六時中睡魔に襲われ続けているくせにいざとなると眠れないので、もう元には戻れないような気がした。彼女は睡眠薬と痛み止めを同時に飲んで、ランプを消した。


再び目を覚ますと明るくなっていた。ラジオの音声と皿が触れ合う音と、老樹のあたりでカラスが鳴き騒ぐ声が聞こえた。室内に置き時計を探したが見つからなかった。ノーラはあお向けになったまま、ため息をついた。

一日中、彼女は居間と寝室を行ったり来たりして過ごした。ジョージーがときどき様子を見に来た。よく晴れた日だったので、彼女は庭に何かを植えつけているようだった。午後にはジョンとその妻が隣の農場からやってきた。だがふたりは長居せず、じきに帰っていった。ジョージーがノーラの家から着替えの服を持ってきてくれていたが、彼女はねまきにガウンを羽織ったまま過ごし、足は素足のままでいた。

日が陰りはじめた頃、ジョージーが寝室へ来て、腰を下ろした。

「余計なお世話だとは思うけど」とジョージーが口を開いた。「きのうあんたの着替えを探していたとき、モーリスの服が洋服ダンスにいっぱい詰まっているのを見てびっくりした。上着もズボンも、スーツもネクタイもシャツも、靴までとってあるんだね」

「捨てる勇気が出なかったのよ。それだけ」

「ノーラ、もう三年以上も経ったんだよ。そろそろ勇気を出してもいいんじゃないかい」

「でもそうしたら終わってしまうでしょう？」

「子どもたちは服をとってあるのを知ってるのかい？」

「子どもたちはわたしの洋服ダンスを覗いたりしないわ、おばさん」

「そのことばを聞いたら、あんたの母さんは苦笑いするだろうね」

「わたしの母さん？」

「恩知らずの子どもを育てるくらいなら毒蛇に嚙まれた方がましだって、いつも言ってたんだから」

「ふふ、もっとひどいことをたくさん言われたわ」ノーラが声を上げて笑った。

ノーラはソファーに横になって眠った。目が覚めると暗かった。階下へ下りていくと、ジョージーが四人で食事をする支度をしていた。

「誰が来るの？」とノーラが尋ねた。

「キャサリンに声を掛けたんだよ。もうじき来るよ」

「キャサリンには会いたくない」

「あんたの好みは尋ねてないよ。あんたの友達のフィリスも招いたんだから、その髪をなんとかして、着替えておいで。いつまでも眠ってる場合じゃないよ」

四人が主菜を食べ終えた頃、車が外に停まる音がした。ノーラが窓辺に行くとウーナが見えた。

「ウーナだ。コナーも一緒に来たのかな」とノーラが言った。

「コナーにあれこれ心配させないために、あの子はフィオナにまかせて、ひとりで来るって言ってたよ」とジョージーが返した。ウーナがテーブルにつくと、ジョージーは皆のグラスにワインを注ぎ足した。

ノーラは食卓から肘掛け椅子に体を移してうとうとしはじめた。聞き慣れた声に囲まれて安心したのだ。ふと目を覚ますと皆がノーラのことを話題にしていた。

「ほんと、へそ曲がりだったのよ」キャサリンの声がした。「そうとしか言いようがないわ」

「へえ、そうなの？」とフィリスが返した。

「それでモーリスと出会ったわけ。彼とデートするようになったとたん、まるっきり別人になったのよ。おとなしくて従順になったわけじゃないんだけど、とにかくがらっと変わったわね」

「よっぽど幸せになったんだと思う」とウーナが言った。

「姉さんは人生を掛けてモーリスを愛していたわ」とキャサリンが言った。

「そうだね、本当にそうだよ」とジョージーが口を挟んだ。

「今でもときどきへそ曲がりにはなるけどね」とウーナが言った。「姉さんが母さんと口を利かなくなったときのことを憶えてる？　ひとつ屋根の下に暮らしているのに、姉さんったら母さんに話しかけもしなければ、見もしなかったんだから」

「もちろん忘れやしないよ」とジョージーが返した。「あたしと、あんたたちのおばさんのメアリーは——ああ神様、彼女の霊を休ましめたまえ——ふたりして困り果ててたんだから」

「母と娘が絶交した原因は何だったの？」とフィリスが尋ねた。

「モーリスには結核で死んだ弟がいたの」とキャサリンが言った。「素敵な子だったからとても悲しい出来事だった。ノーラがモーリスと交際しはじめた頃に母さんが、モーリスも結核を持っていたら嫌だねって誰だかに言ったのよ。モーリスが結核になったら悲しいねっていうくらいの話だったかも知れない。それで、母さんからその話を聞いた誰だかが、姉さんに告げ口したわけ。姉さんは、母さんが町中のひとたちに、モーリスの家系は結核を持っているって言いふらしていると思い込んで、家庭内絶交をしたわけなのよ」

「姉さんは本当に頑固に、絶交を続けたんだから」とキャサリンが言った。

「で、その話が」とウーナが続けた。「クウェイド神父様の耳に入ったの。うちの母は聖歌隊に入っていて、大聖堂でよく歌っていたので、神父様とは親しかったから。神父様が母に事情を確かめると、その通りですと母は答えた。そこで神父様はある日、姉さんが来るのを待ち構えていて声を掛けたの。クリスマスが近づいた時期だった。ばかげた行為はもうおよしなさい、とクウェイド神父様に叱られた姉さんは、クリスマスの日に母さんに〈クリスマスおめでとう!〉と言うよう約束させられた。それでようやく一件落着したのよ」

「皆、ほっとしたわ」とウーナが言った。「町中のひとがほっとしたんだと思う。少なくともうちの家族を知ってるひとたちは皆、胸をなで下ろしたはずよ」

「それでどうなったの?」とフィリスが尋ねた。

「姉さんは、母さんがローストした七面鳥をオーブンから出す瞬間までじっと待ったわけ」とキャサリンが言った。「ちょうどその瞬間に姉さんも母さんの真後ろにしゃがみ込んで、〈クリスマスおめでとう!〉ってつぶやいたもんだから、まるで母さんのお尻に向かってオメデトウって言ったみたいになったわけ」

「思い出すと噴き出しそうになるわね」とウーナが言った。

ノーラが声を上げて笑い出した。

「あら、起きてるんじゃない！」とフィリスが言った。
「ちょうど皆で姉さんのことを話してたところ」とキャサリンが言った。
「ひとことも漏らさず聞いてたわよ」とノーラが返した。

仕事に復帰してからは毎晩眠れるようになった。痛みも徐々に消えていった。寝室で起きたことについては誰にも語らなかった。ジョージーが言うように夢だったかも知れないと思うようになった。とはいえ、夢にしては生々しすぎたようでもある。夜、寝室の電灯を消した後、モーリスがつい最近この部屋へやってきたと考えると心が和んだ。彼に向かってささやくのはやめにしておこうと思いながら、ついついやめられなかった。おかげで寝つきがよくなり、朝まで眠れるようになった。

職場では家に帰るのが待ち遠しかった。自分でペンキを塗った部屋で、ひとりで過ごすのがうれしかった。暖炉に火を入れ、電灯を全部点けて、図書館から借りてきた本を読んだり、ただぼんやりしていた。ノーラは、フィオナが外出してひとりぼっちになるときがお気に入りだった。コナーは表の間で宿題をやるのだが、やり終えたら奥の間へ来てソファーに座り、自分で撮った写真を眺めたり、ドナルからもらった写真雑誌や技法書を読む。フィオナはよく、ノーラが掛けるレコードをうるさいと言ったが、コナーは音楽がほとんど気にならないようだった。コナーはレコードの音をやすらぎとか、慰めとか、緊張からの解放と連想づけているのだろう、とノーラは考えた。だがときおり、コナーが不安げな目で彼女を見つめているのにも気づいていた。彼女はコナーの将来を想像した。心配性で、悪い兆しを見逃せない男になるのだろうと思った。

ある日、ダブリンを歩いていたら、スティーブンズ・グリーン公園近くのメイズ・レコード店でセールをやっているのに出くわした。ドイツ・グラモフォンのレコードがたくさん、一枚一ポンド以下で売られている。ノーラは持って帰れるだけの枚数を買い込んだ。ナショナル・ギャラリーの売店でオーニャとフィオナと落ち合って、奥の間の壁に掛ける複製画を選んだ。帰宅後、複製画を額装してもらった。壁に釘を打つのは子どもたちの誰かに頼もうと思った。

ジョージーが手はずを整え、キャサリンとウーナが段ボール箱を持ってきて、洋服ダンスの中のモーリスの衣類をすべて処分することが決まった。ノーラは妹たちに頼んで、フィオナがポールとダブリンへ出かけ、オーニャは帰省しないとわかっている土曜日に来てもらうことにした。その日はマーガレットに頼んでコナーを夕食に呼んでもらい、遅くまでいさせてもらうよう取りはからった。ノーラは午後の早い時間にウェックスフォードの寄宿学校まで車を飛ばした。ドナルにはあらかじめ手紙を書き、早い時間に面会に行くからと伝えた。彼女は学校に一番近いチップス屋でドナルにチキン・アンド・チップスを食べさせ、彼のお気に入りのミランダ・レモンを飲ませた。ドナルは、ノーラがコナーかフィオナかオーニャを連れていくと喜んだ。大勢いれば、自分が黙っていても目立たないからである。母親とふたりきりのときは、ドナルはいつも緊張していた。ノーラが何かアドバイスすると彼はきまってぷりぷりした。

「し、信仰のぎ、逆説って知ってる?」チップスを食べ終えたドナルが言った。

「さあ、知らないわねえ」とノーラが言った。

「ム、ムーアハウス神父様がそ、そのことについて説教をしたんだよ。宗教研究をし、してる生徒のグ、グループがあって、と、特別に話をし、してくれたんだ」

「どういう説なの?」とノーラが尋ねた。

「し、信じられるようにな、なるためには、し、信じなければならないっていうことだよ」とドナルが言った。「し、信仰を持てば、も、もっと深く信じられるようになる。けど、信じはじめるようにならないかぎり、し、信じることはできないんだ。そ、その最初の信仰っていうのがし、神秘なんだよ。そ、それは贈り物みたいなものだって。そ、そこから先はた、たぶん理性が働きはじめるんだけどね」

「でもそれは証明できないわね」とノーラが言った。「感じることができるだけでしょ」

「そう。し、神父様がい、言うにはそれは証明ではない。一と一を足すようなも、ものじゃなくて、ひ、光とみ、水を足すようなものなんだって」

「なんだか難しい話ね」

「いや、じつは簡単な話なんだ。こう考えるとものごとがよくわかるんだよ」

ノーラは、ドナルが最後のところはつっかえずにすらすらしゃべったのに気がついた。

「し、神父様がい、言いたいのは」とドナルが続けた。「まず最初にな、何かを持たなくちゃだめだということだと思う」

「でももし持てない場合は?」

「無神論者ってことだね」

丘の下に家々の屋根が見え、教会の塔の彼方に港が広がり、静かな光が降り注いでいた。ドナルは十六歳だけれど、これから歳を重ねるにしたがってものごとがどんどん不確実に見えてくるようになる、とノーラは思った。でもドナルはそのことを今知る必要はないのだから、息子の考えに水を差すようなことは決して言ってはいけないと思った。

ドナルは、ノーラが早い時間に面会しに来たのは他に用事があるからだと理解していた。そこで彼は、もし今から一時間ほどひとりで過ごせるなら、クラスメイトたちがハーリングやサッカーをしたり、野原に出てこっそりタバコを吸ったりしている間に、学校の暗室を独り占めして、光沢のない印画紙でちょっとした実験をしてみたいと言った。ノーラは息子が、自分のことを追い払おうとしているのか、それとも自分に気を遣わせないようにしているのか、気持ちを測りかねた。彼女は車の運転席に座ったまま、サイドミラーに映ったドナルの後ろ姿が意気揚々と学校へ戻っていくのを見送った。

帰宅するとノーラはまず、ビクトリア・デ・ロス・アンヘレスがシューベルトとフォーレの歌曲を歌っているレコードを掛けた。そしてその次にベートーベンのヴァイオリン協奏曲を聴きながら、キャサリンとウーナがやって来るのを待った。

ノーラは、作業を終えたら妹たちにはさっさと帰ってほしかった。モーリスの衣類をどのように処分するつもりか説明などせずに、ただ持ち去ってくれたらいいと思った。ふたりが帰ったあとも数時間はひとりきりでいられるから、暖炉で暖まりながらレコードを聴ける。モーリスの蔵書から一冊持ち出して読んでみるのもいい。やがてコナーが帰ってきて寝室へ上がっていったら、自分も夜更かしせずに寝てしまおう。ジョージーや妹たちの夫に悪口を言われてはたまらないので、キャサリンとウーナにお茶ぐらいは出すけれど、食べ物は出さないでおこう。そのほうがやるべき仕事が終わったらぐずぐずしないで帰ってくれるだろうから。今頃妹たちはどこかで落ち合って、せっかくの土曜日にこんなことをさせられることになったと嘆きながら、自分とジョージーをこき下ろしているに違いない、とノーラは考えていた。

妹たちが到着するとノーラは玄関で出迎えたが、奥の間には通さなかった。

「モーリスの衣類はぜんぶ窓際の洋服ダンスに入ってる」と彼女が言った。「他のものは入ってないから」

キャサリンとウーナはノーラの顔を見た。当然二階へ一緒に上がると思っていたのだが、ノーラはひとりで奥の間へ引っ込んで薪と練炭を暖炉に継ぎ足した。そうして、ヴァイオリン協奏曲からもっと静かなピアノ曲にレコードを掛け替え、ボリュームを絞った。妹たちにしてもらう作業は単純だった。洋服ダンスの中身を全部出して袋と段ボール箱に押し込んで階下へ下ろし、車に積んで行くだけのこと。ノーラは、モーリスが死んだ直後、彼の服をすべてしまい込んで以来、洋服ダンスを開けていない。ウールのものは虫が食って穴が空いているかもしれないけれど、靴は大丈夫なはずだ。靴紐は夫が触れたままの状態で、上着のポケットには教室の黒板で使ったチョークが入っているかも知れない。彼女は、自分がそれらの衣類を少しずつ処分しなかったせいで、今日を迎えてしまったのを申し訳なく感じた。そして、妹たちがさっさと作業してくれればいいと思った。ノーラの耳に二階の床板を鳴らすふたりの足音が聞こえた。ずいぶんばたばた動き回っているな、と彼女は思った。

キャサリンとウーナはぱんぱんに膨らんだ袋と段ボール箱を玄関へ運び下ろし、最後のチェックをするために寝室へ上がっていった。ちょうどそのとき玄関ドアをノックする音が聞こえた。ローリー・オキーフが訪ねてきたので、ノーラはとても驚いた。ローリーがこの家へやってきたのははじめてだった。一瞬、ノーラはどう応対すればいいかわからなかった。ローリーが住んでいる世界は、キャサリンやウーナが暮らす世界とはまったく相容れない。妹たちは、ローリーが常軌を逸していると思うだろう。ノーラはローリーに、今は間が悪すぎると言おうとしたが、相手の熱心さと愛想の良さに圧倒されて言い出せなかった。ローリーはなぜか息を切らしてもいた。ノーラは彼女を奥の間に通し、二階から下りてきた妹たちに紹介した。妹たちとローリーはどのくらい長居するのだろうと考えながら、ノーラはお茶を淹れた。

「予告もなしによその家を訪ねるのは嫌いなのです」とローリーが言った。「あなたたちだってきっとそうでしょう?」

彼女はキャサリンとウーナを見て、それからノーラの方を向いた。

「ノーラが電話をつけてくれさえしたらいいんですよ」とキャサリンが言った。

「そう、確かにそうだわね」とローリーが言った。「でも電話は好きじゃないひともいるから」

「電話を引くお金がないひともいるのよ」ノーラが腰を下ろしながら口を挟んだ。

「そんなお金があったらレコードを買いたいひともいるしね」とウーナが言った。

「その通り」とノーラが言った。

「今日はいいニュースが入ったので」お茶が注がれるのと同時にローリーが口を開いた。「ぜひお知らせしたいと思って来ました。ノーラ、今日はあなたにとってはつらい一日だから、いいニュースを知らせたら少しは励ませるかもしれないと思ったのよ」

「今日のことをなぜ知っているんですか?」とノーラが尋ねた。

「思わせぶりは嫌いなので言ってしまうわね。あなたのおばさんがトマス修道女に話したの。わたしは修道女から話を聞いて、今日ここへ来るように勧められたわけ」

「あのひとったらずいぶん出しゃばりね」とウーナが言った。

「確かにそういう言い方もできるわね」とローリーが返した。「とにかくニュースをお知らせするわ。どういう素性のひとかは不明なのだけれど、ある女性が最近亡くなって、遺書と資金を残したの。ウェックスフォードかキルケニーかカーロウで宗教音楽のリサイタルをして欲しい、と。素性が不明とはいえ、そういう企画と、お金まで遺してくれるなんて素敵なひとよね。それでフランク・レドモンドに声が掛かりました。ところが彼は忙しすぎるので——本人と直接話したわけではないけれど——

聖歌隊を組織して欲しいという依頼がわたしに舞い込んだわけ。これは神様からの贈り物だと思うのよ」

ローリーはそこでひと呼吸置いて、理解を求めるかのように三人を順々に見た。ノーラは、一番信心深いキャサリンが夢中でローリーを見つめているのに気づいた。

「今年はちょうど」ローリーが威厳ありげに続けた。「戦後に女子修道院が再開され、教会が再度奉献されたときから数えて二十五周年に当たります。ナチスがわたしたちから教会を取り上げて以降、ことばにできないようなことがたくさん起こりましたからね」

「ローリーは戦争中フランスにいて、聖心会の修道女だったのよ」とノーラが言った。

「わたしたちのところには徳の高い女子修道院長がいらっしゃって」とローリーが続けた。「フランスの旧家のご出身でしたが、その院長様が一九四七年に、教会が神様に再び奉献され、わたしたちももとの修道院へ戻ってこられたことを感謝するために、音楽会を開きましょうと提案なさったの。戦争ではたくさんの村人の命が失われたけれど、それでも当時、わたしたちはすばらしい聖歌隊を組織することができました。院長様の発案で、ブラームスの『ドイツ・レクイエム』を歌うことに決まったの。院長様ご本人がピアノを弾き、ソプラノとバリトンのパートリーダーも院長様が指名なさって、わたしたち修道女と村人たちが聖歌隊となったわけです。もちろん聖歌隊に参加したくないというひともいたけれど、わたしたち修道女は従順の誓いを立てていますのでやるしかありません。とはいえ練習は、修道女にとってさえ厳しいものだったわね。当時、ヨーロッパのすべてのひとにとってドイツ語は悪夢そのものだったから、耳にするのさえ厭わしかった。ましてやドイツ語で歌いたい人間なんて誰ひとりいなかった。さらに『ドイツ・レクイエム』はカトリックの歌曲ではありません。でも院長様はどうしてもこの曲をやりたかった。外部に向けて手をさしのべることが院長様の夢だったから。男のひとたちは誰も参加しようとしなかったので、修院長《メール》マリー＝テレーズが自ら一番よく知っている男性の家を訪ねました。いい声の持ち主でしたが、彼は戦争で息子をふたり亡くしていました。ひとりの遺体はついに見つからず、奥さんも亡くなっていたので、心が石のように頑なになっていました。院長様は彼に向かって、神様に再び奉献されたチャペルで一緒に祈りましょうと誘ったの。祈りましょう。院長様がおっしゃったのはそのひとことだけでした」

ローリーはすべてを語り尽くしたかのようにそこで口を噤んだ。

「それでその男のひとはどうしたんです？」とキャサリンが尋ねた。

「彼は院長様に向かって、フランス人の死者のために、フランス語でカトリックのレクイエムを歌わせて下さいと頼みました。でも院長様は決して首を縦に振らなかった。わたしたちはすべてをお赦しになる神様を讃えるために歌うのです、と院長様は言ったの。ドイツ語で歌うことによって、わたしたち全員が神様の似姿につくられたことを示し、わたしたちも赦すことができることを示しましょう、と。院長様は毎日男のひとの家へ通って一緒に祈りました。院長様にはふたりの修練女がお供についていました」

「彼は説得されたんですか？」とキャサリンが尋ねた。

「いえ、最後まで説得に応じませんでした。でも他の男のひとたちが数多く聖歌隊に参加しました。一九四七年十月に音楽会は開かれました。わたしはその日から平和がはじまったと思っています。赦すのが難しいときにわたしたちはドイツ語で歌った。その歌声は天に向かって高く上ったのです」

暖炉の中の丸太ががさりと音を立てて沈み込み、赤々と燃えはじめた。しばらくの間、誰も口を開かなかった。

「たいへんな時代にフランスで過ごされたんですね」とキャサリンが言った。

「あれから二十五年経ったので、聖歌隊を再び組織して、ウェックスフォードの町で『ドイツ・レクイエム』のリハーサルをしたいのですよ。フランク・レドモンドが小編成のオーケストラか、ピアニストをふたり連れてきてくれることになっています。ソロ歌手もふたり、彼が声を掛けてくれる予定です。わたしとしては、あなたたちのお姉様であるミセス・ウェブスターに、真っ先に聖歌隊に参加していただきたいのです」

「ノーラのこと？」とキャサリンが尋ねた。

「そう。彼女はわたしのもっとも優れた生徒です」

「母が生きていたら」とキャサリンが言った。「きっと大喜びします。だって母はとても歌が上手なひとで、姉が歌が上手なのもよく知っていたから。でもノーラは人前では歌いませんよ」

「人間は変わるものですよ、キャサリン」とローリーが言った。

キャサリンは疑り深そうな目でローリーを見た。

「わたしはこれでおいとまします」とローリーが言った。「このことだけをお伝えしに寄ったのですから」

ローリーを見送ったあと、キャサリンとウーナはノーラと一緒に奥の間へ戻った。

「あのひと本気なの？」とキャサリンが尋ねた。

「あのひとの評判なら聞いてるけど、本気だと思うわ」とウーナが返した。「皆から尊敬されてるひとだもの」

「とてもいい友達づきあいをさせてもらっているのよ」とノーラが言った。

「聖歌隊に入って本当に歌うつもりなの？」とキャサリンが尋ねた。

「ベストを尽くすつもり」とノーラが返した。

ノーラが玄関ドアを開けて押さえ、妹たちが段ボール箱を車に運んだ。すべてが終わるとウーナがもう一度二階へ行って、鍵の掛かった小さな木箱を持ってきた。

「洋服ダンスの一番奥にこれがあったわよ」と彼女が言った。振ってみたが何も音はしない。

ノーラは身震いした。それが何かわかっているからだ。

「鍵はもうなくしてしまったわ」と彼女が言う。「開けるのを手伝ってくれない？」

「こじ開けなくちゃだめね。でも箱が壊れちゃうわよ」とキャサリンが言う。

「壊れてもいいわ」とノーラが返す。

キャサリンが台所で見つけた金物でこじ開けようとしたがうまくいかない。

「なんとか開けてみて」とノーラが言う。

「うん。でも開かないわ」

「ウーナ」とノーラが言った。「お隣のトム・オコナーのところへ持っていって頼んでみてくれない？　あのひとはあらゆる道具を持ってるから」

ウーナが玄関を出たあと、キャサリンは二階のトイレへ行った。ノーラは、モーリスの衣類を片づけたあとのキャサリンは心が少しざわついていて、ノーラとふたりきりでいるのが気詰まりなのがわかっていた。キャサリンはウーナが帰ってくるまで階下へ下りてこなかった。

「開けるのはひと仕事で」とウーナが報告した。「板を割らざるを得なかったみたい」

ノーラは木箱をテーブルに置いて、妹たちがいる玄関へ戻った。

「じゃあわたしたちは帰るね。ひとりで大丈夫？」とキャサリンが言った。

「コナーがもうじき帰ってくるから」とノーラが言った。

ノーラはふたりがコートを着るのを待った。

「わたしにはとてもできない作業だった」とノーラが言った。

「知っていればもっと前にやってあげたのに」とウーナが返した。

ノーラは玄関口で妹たちを見送った。キャサリンが注意深く車の向きを変えて、モーリスの衣類を運び去った。自分にどんなことが起こるか知らぬままに彼が買った服がひとまとめにされて、捨てられるかどこかに寄付されるのだ。ノーラは玄関ドアを閉めて奥の間に戻り、木箱の中身を全部出した。結婚前にモーリスから届いた手紙がすべてそこに入っていた。ノーラが鍵を掛けてしまっておいたのだ。彼女はモーリスの手紙の文面が羞じらいを含んでいたのをよく憶えている。待ち合わせの場所と時間ぐらいしか書いていない、短い手紙も多かった。

中身はすべて頭の中に入っているので、いちいち見直す必要はない。モーリスはしばしば、別人の視点から彼自身のことを書いてきた。ある男に会ったのだがその男に好きな女性がいる、とか、ある友達がガールフレンドを家まで送っていったのだが、彼はその娘と一刻も早くまた会いたいと思っている、とかいう調子だった。バリーコニガーへ一緒に行きたいとか、クッシュの崖道を歩きたいとか、天気がよかったら一緒に泳ぎたいなどということも、別人の視点で書いてきた。

ノーラは床に膝を突いて手紙を一通ずつ暖炉にくべた。手紙を燃やしながら、それらが書かれてから起きたさまざまなことがらを考え、それらの手紙がもう戻らない時間に属している現実を嚙みしめた。それこそは世の常、ものごとはそういうふうにできているのだ、と。

コナーが帰宅した。彼は暖炉にくべた薪と練炭の間に燃えかけた木箱があるのを目に留めて、何なのか訊いた。

「ちょっと整理をしただけ」とノーラが答えた。

コナーは木箱に疑わしげな目を投げた。

「聖歌隊に入ろうと思ってるの」とノーラが言った。

「大聖堂の？」

「そうじゃなくて、違う聖歌隊。ウェックスフォードの」

「あの男のひとは母さんが嫌いなんじゃなかったっけ？」

「何だか気が変わったみたいなのよ」

「それで何を歌うの？」

「ブラームスの『ドイツ・レクイエム』」

「それは歌のタイトル？」

「シリーズものの歌のタイトル。大勢で歌うようにできているの」

コナーは慎重に考えるようなそぶりを見せたあとでうなずいた。それから満足げに母親に微笑みかけて二階へ上がっていった。ノーラは暖炉のそばにひとりで腰掛けて、とびっきりお気に入りのレコードを掛けようと決めた。コナーが下りてきて、寝る前のしばらくの時間、この部屋で一緒に過ごしてくれたら申し分ない。今は家中が静まりかえっている。静寂を破るのは、二階にいるコナーのかすかな気配。それから、暖炉の中でゆっくりと燃え崩れていく木片が立てる、パチパチという音だけだ。

訳者あとがき

ノーラ・ウェブスターは夫モーリスに先立たれてはじめて、自分には趣味さえなかったことに気づく。アイルランドの田舎町に暮らす専業主婦、四十六歳。娘ふたりはすでに家を離れているが、まだ手がかかる男の子ふたりを育てている。結婚生活はじゅうぶん幸せだったものの、夫に死なれた今、貯金はなく、わずかな年金だけでは息子たちを養っていけないため、結婚前に勤めていた事務所に再就職する。元来愛想がよいほうではなく、家族からさえ近寄りがたいところがあると見られているノーラは、いざというときには突っ走る反面、ものごとをよく考えた末に結局黙り込んでしまうタイプなので、なにかと生きづらい……。

＊

コルム・トビーンの小説『ノーラ・ウェブスター』（原著は二〇一四年十月に出版）をお届けする。長篇小説としては第八作となる。以下に小説のあらましと時代背景について、注釈めいたことがらを書きとめておきたい。本文をお読みいただく前にでも後にでも、お目通しいただけたらうれしく思う。

主人公のノーラが暮らすのは、アイルランド南東部ウェックスフォード州の田舎町エニスコーシーである。この町は著者トビーンの生まれ故郷であり、小説第四作『ブラックウォーター灯台船』（伊藤範子訳、松籟社）、第六作『ブルックリン』（拙訳、白水社）をはじめとする彼の小説にしばしば登場してきた。おもしろいことに、ノーラ・ウェブスターは『ブルックリン』の終盤にちらりと登場する。そして『ブルックリン』の主人公アイリーシュは、今ではノーラ夫妻が所有している海辺の家にかつて泊まったことがあると語る。一方、『ノーラ・ウェブスター』の冒頭近くでは、アイリーシュの母親がノーラの家を訪問する。彼女はその家を自分の息子に売却してもらいたがっているのだ。トビーンの想像力の中で、故郷の町とそこに暮らす虚構の登場人物たちは小説の垣根を越えて生き続けている。

『ノーラ・ウェブスター』の背景となる時代は、『ブルックリン』よりも十五年ほどあとの一九六八年から七二年頃である。北アイルランド紛争がはじまった時期で、エニスコーシーにも紛争の報道が遠雷のように響きわたる。一九六八年十月、北アイルランドのデリーで公民権運動のデモ行進をしていた、カトリック系の市民グループを警官隊が警棒で殴りつけた事件——これが紛争のはじまりであった——のニュースを、ノーラは家族とともにテレビで見ている（一五七ページ）。さらに七二年一月、デリーでデモ行進をしていた市民に英国軍兵士が発砲し、死者一三人を出した〈血の日曜日〉事件が起きたときにも、テレビとラジオでニュースを聞いた（三五九—三六〇ページ）。ダブリンでデモ隊が英国大使館を焼き討ちしたあとには、ノーラの家族のあいだで激しい議論が巻き起こる（三六三—三六五ページ）。

ノーラは理不尽で悲惨な紛争の進みゆきに動揺し、職場や町のひとびとと語りあいたいのだが、ひとびとは総じて冷淡ないし無関心に見える。北アイルランド紛争初期において、エニスコーシーのような南部の田舎町では紛争は他人事と受け取られることが多かったのだろう。小説に描かれた温度差を見るにつけ、アイルランド島は北海道くらいの面積しかない島国だが、あの当時、北アイルランドと南部の地域には心理的な距離があったのだな、とあらためて思い知らされる。だがじきに、ノーラの次女オーニャの行動を通して、紛争は間近に迫ってくる。

北アイルランドで、主として労働者階級のカトリック信徒とプロテスタント信徒の対立が激しくなりはじめたこの時期、エニスコーシーでは、一九二二年のアイルランド自由国成立前後の動乱を引きずった隠微なしこりが残っていた。

ノーラの家族や親戚は皆、カトリック信徒である。夫のモーリスはカトリック系男子校の教員で皆から尊敬される人物だったが、惜しまれつつ逝った。教室では生徒たちに、地図帳の〈ロンドンデリー〉という地名の〈ロンドン〉の字に棒を引いて消させた（一六四ページ）という。モーリスの兄のジムは、英国による植民地支配からの脱却をめざし、アイルランド自由国を成立させるための「独立戦争のときには伝令として働き、内戦時には拘禁された」（一五一ページ）。モーリスとジムはともに愛国心が強く、ともにアイルランド共和党《フィアナ・フォイル》の熱烈な支持者である。

その一方で、エニスコーシーにはプロテスタント信徒もいる。プロテスタントはかつてアイルランドの地主階級だったが、アイルランド自由国成立後は特権を失い、しだいに零落していった。領主屋敷でおこなわれる家具調度品オークションと、その屋敷に暮らす「プロテスタントのおばあさん」が登場するエピソード（九九―一〇〇ページ）に、滅びゆく階級に消え残るプライドが皮肉に掬い取られている。

とはいえ、依然として広大な土地を相続し、城館のような家に住んでいるひともいれば、きちんとした教育を受けて聖職者（キーホー参事）や高度な専門職（ラドフォード医師）についているひともいる。町のホテルで毎週例会を開いている〈グラモフォン友の会〉の中心メンバーにはプロテスタント信徒が目立つ。

カトリック信徒のジムやモーリスと、プロテスタント信徒のラドフォード医師夫妻を比較してみれば、音楽の趣味も飲む酒も好きな話題もことごとく食い違っているのがわかる。北アイルランドとは異なり、彼らは表だって対立することは決してないが、お互いに異なる生活圏と習慣を保ちつつ、ひとつの町を共有して棲み分けているのだ。カトリックとプロテスタントの間に横たわる、冷ややかで見極めにくい距離感が描かれたところは、本作の読ませどころのひとつかもしれない。

＊

モーリスに先立たれたノーラは、結婚前に勤めた職場へ二十一年ぶりに再び就職する。社主との面談には、美容院ではじめて白髪を染めて臨んだ。彼女は事務員として有能なのだが、再就職後、以前勤めていた頃までさかのぼる宿恨のせいで苦労を強いられる。しかし彼女は職場でのいじめをしたたかに克服し、労働組合に加入して、自分の中に眠っていた能力や柔軟性を見出していく。

この小説がたどるのは、ノーラが自分自身を立て直し、ゆっくり変化させていく過程である。良くも悪くも相互扶助と干渉を前提として成り立っている田舎町で暮らす彼女は、傍目には頑固で気難しく見えるかもしれない。だがよく観察してみれば、彼女はほかのひとたちよりもいささか精神が自立しているに過ぎないのだ。ノーラはあるとき、自分には趣味がなかったことに気づき、町のグラモフォン友の会に加入して、クラシック音楽鑑賞の楽しみに目覚める。周囲から浪費家だと後ろ指を指されるのを覚悟でステレオを買い、レコードを買い集めて聞くようになる。音楽を通して宗派を超えた新しい人間関係をはぐくみ、人生の新しい局面を開いていく彼女には静かな威厳がそなわっている。

ノーラには究極の一枚というべきレコードがある。「ベートーベンのピアノ三重奏曲『大公』。青い目でブロンドの若い女性がはにかんだ――それでいて力強い――微笑みを浮かべているジャケット写真がずっと忘れられなかった」（三二三ページ）と描写される一枚にノーラは繰り返し耳を傾け、そのたびに心癒される。このレコードが奏でる音楽はたんねんにことばに置き換えられてもいる――「チェロが奏でる旋律を聞いていると思わず背筋が伸びた。楽器の音が寄り集まってひとつの旋律をまとめようとするかに見えた次の瞬間、音たちは互いに離れていく。ノーラはうなるようなチェロの音が好きだ」(三九七―三九八ページ)。作中で名指しされてはいないものの、このレコードはチェロのジャクリーヌ・デュ・プレとダニエル・バレンボイム(ピアノ)とピンカス・ズーカーマン(ヴァイオリン)が録音した一枚に違いない。今はCD(Warner Classics WPCS-23320)で手に入る。若いエネルギーと深い陰翳をあわせもつ演奏は、色あせない名盤と呼ぶにふさわしい。本書のお供にぜひ一聴をお勧めしておきたい。

ノーラはやがて音楽を聞くだけでなく、隠れていた歌唱の才能にもめざめる。歌唱指導のレッスンを受け、自分の声を発見することを通して、日常生活の閉塞感から解放されていく彼女の姿を読者は見届けるだろう。

この小説にはとくべつ劇的な事件は起こらないし、苛烈な感情が描かれるわけでもない。その代わりに、日常生活の細部が掬い上げられて特別な輝きを帯びる瞬間がいくつもあらわれる。ごく普通の女性が自分自身の魂を解放しようとして奮闘し、苦しみを生き延びていく物語は力強い。「ニューヨーク・タイムズ」紙に載った書評では、ノーラの時代には世界中で女性解放運動が興りつつあったにもかかわらず、彼女がそうした運動に敏感だったようには描かれていないことに注目して、「彼女が自分自身を立て直したとき、その姿が普遍的に見えるのはまさに神秘的だ」(Jennifer Egan, 'Finding a Voice', *The New York Times*, Oct. 2, 2014)と述べられている。

『ノーラ・ウェブスター』は十年以上の年月を掛けて構想された自伝的小説である。最初の章は二〇〇〇年の春、長期滞在していたフィレンツェで書かれ、それ以降、残りの部分が少しずつ書きためられていったのだという。作者トビーンによれば、本作には個人的な記憶が数多く盛り込まれている。ノーラは、教師だった夫に先立たれたトビーン自身の母親によく似ており、その母と似た性格を持ち、写真を撮るのが趣味で、父の死後吃音症になった長男には、十二歳頃のトビーン自身の面影がある、と指摘する書評に耳を傾けてみよう。

ドナルとノーラは本当によく似ている。ふたりともひとりが好きで閉じこもりがちで、人間よりも、気に入った音楽や写真を相手にする方が性にあっている。この小説は疑いなく、遅ればせながら息子が母親に向けた、共感を示す捧げ物だ。本作はわたしたちが偉大な小説に求めるあらゆる要件を満たし、わたしたちの人生の豊かさに応答し、人生そのものと同じくらい大きい。（Tessa Hadley, 'a rare and tremendous achievement', *The Guardian*, Oct. 11, 2014）

なおトビーンの略歴は、『マリアが語り遺したこと』（拙訳、新潮社刊）の「訳者あとがき」にややくわしく書いておいたので、あわせてご覧いただけたらうれしい。彼は今やアイルランドを代表する小説家のひとりと評価され、同郷ウェックスフォード出身のジョン・バンヴィルに続いて、ノーベル文学賞の予測ランキングにも毎年名前が出るようになった。敬愛する作家が多くのひとびとの注目を浴びているのを喜ばしく思う。

＊

新潮社出版部の須貝利恵子さんにお世話いただいたおかげで、今回もトビーンの新作を日本の読者に紹介できることになった。いつもながらのゆきとどいた応援と励ましに心から感謝を申し上げたい。

二〇一七年　ハロウィーン　東京　栩木伸明

Nora Webster
Colm Tóibín

ノーラ・ウェブスター

著者
コルム・トビーン
訳者
栩木伸明
発行
2017年11月30日

発行者　佐藤隆信
発行所　株式会社新潮社
〒162-8711 東京都新宿区矢来町71
電話 編集部 03-3266-5411
読者係 03-3266-5111
http://www.shinchosha.co.jp

印刷所
株式会社精興社
製本所
大口製本印刷株式会社

乱丁・落丁本は、ご面倒ですが小社読者係宛お送り下さい。
送料小社負担にてお取替えいたします。
価格はカバーに表示してあります。

ISBN978-4-10-590142-4 C0397

CREST BOOKS
Shinchosha

マリアが語り遺したこと

The Testament of Mary
Colm Tóibín

コルム・トビーン
栩木伸明訳

カナの婚礼で、ゴルゴタの丘で、マリアは何を見たか。
「聖母」ではなく人の子の「母」としてのマリアを描く
ブッカー賞候補となった美しく果敢な独白小説。
母マリアによるもう一つのイエス伝。